中島一夫

アフター・リアリズム

全体主義・転向・反革命

書肆 子午線

アフター・リアリズム　全体主義・転向・反革命——目次

III　時評　二〇一四年一月〜一二月

IV　書評

装幀＝稲川方人

アフター・リアリズム　全体主義・転向・反革命

はじめに

アフター・リアリズム、あるいは失われたラザロについて

本書のタイトルは『アフター・リアリズム』という。なぜ「アフター・リアリズム」なのか、タイトルの意図するところをはじめに書く。

モーリス・ブランショは、「革命は作家の真実である。書くという事実そのものによって、自分は革命であり自由だけが自分をして書かせているのだと考えるに至らない作家はすべて、実際には何も書いていないのだ」と言った。「文学は革命においてみずからを見つめ、そこにおいてみずからを正当化する」と(「文学と死への権利」)。

このような言葉を、もうわれわれは読むことができない。ブランショから見れば、もしわれわれが革命を失ったならば、文学も失ったのである。それはまた、自由も死も失ったということだ。自由と死が、最も切実に結びついたのが、革命であり文学だからだ。

ブランショにとって、自由と死は、自分の生活や存在と引き換えのものである。というか、革命とはそのような転換が起こる出来事なのだ。自分の存在や生活が大切ならば、革命とは無縁ということだろう。

ブランショにとって、革命とは、死が存在のように求められる恐怖政治である。そこでは、「もう誰も私生活への権利がなく、すべてが共有である。そして最も罪深い人間は疑わしい人物、秘密を持ち、自分だけのために一つの考え、一つの内面性を持っている人物である。そして結局、もう誰も自分の生活、実際に分離され物理的に区別のついた存在への権利がないのだ。これが《恐怖政治》の意味である」。

そこではじめて、死が「自由」な「権利」となる。「一人ひとりの市民がいわば死への権利を持っているのだ。死は彼への断罪ではなく、彼の権利の本質なのだ。罪人として抹殺されるのではなく、彼は市民としてみずからを確認するために死を必要とするのであり、自由が彼を生み出すのは死という消滅の中でである。この点で、フランス大革命は他のすべての革命よりも明白な意味を持っている」。

革命とは、文学とは、存在への権利などではない。それは死への権利なのだ。それは断じて、死の、翻って生の、意味や価値を問うものではない。それどころか、革命＝恐怖政治において、死ははじめて無意味にして無価値、平凡で何ら重要ではない出来事となる。死の、生の、意味や価値を重視するのは、戦争であり国家である。もし文学が、生や死の意味や価値を問うものになっているのなら、それは戦争や国家のものになり果てたということだ。

そのように、ブランショに革命＝恐怖政治と文学とが一致した姿を見させたのは、むろんマルキ・ド・サドという存在だった。

〔…〕一七九三年に、革命と《恐怖政治》とに完全に一致していた一人の人物がいた。〔…〕サドは優れた作家である。作家のすべての矛盾を集約していたのだ。孤独、すべての人間の中で最も孤独であり、それなのに公共的人物であり重要な政治家である。終生閉じ込められながら絶対的に自由であり、絶対的な自由の理論であり象徴なのだ。〔…〕彼の作品は否定のための働きでしかなく、彼の経験は、熱狂した否定の動きである。その否定は血を見るまで押し進められ、他者を否定し神を否定し自然を否定しそして、この絶えまなく循環する輪の中で至上の絶対としてみずからを楽しむのである。(「文学と死への権利」)

本書の第Ⅰ部第五章で見るように、三島由紀夫もまた、フランス革命はサドの思想に補填されなければ何でもなかったと考えていた。だからこそ、一九六八年革命の前夜に、革命によって釈放される直前のサドを『サド侯爵夫人』（一九六五年）として書くのである。三島は、サド本人を一切登場させずに「夫人」の視点からサドを描いた。そうすることで、サドの思想の何たるかが、かえってクリアになるからである。ブランショが言うように、サドが「否定そのものだ」としたら、そのサドの「否定」を描くには否定される夫人の側から書かねばならない。三島はサドの全的な否定、絶対的な自由、あくなき享楽を介して、フランス革命＝恐怖政治とそこに文学の真実を見たブランショと踵を接していた。

さらにブランショは、サドの「否定」を、ヘルダーリン、マラルメ、ヘーゲルらにつなげ、言葉の問題として展開していく。

わたしが〝この女〟という。ヘルダーリン、マラルメ、そして一般に、その詩が詩の本質を主題としている人たちは、名差すという行為において不安にさせるふしぎを見たのである。ことばはそれが意味するものをわたしに与える。だがまず意味するものを抹殺するのだ。わたしが〝この女〟といえるためには、どのような方法であれ、わたしはその女からその血肉の現実を抜き去り、不在にし、無に帰させねばならない。ことばはわたしに存在物を与える。だが存在を奪われた存在物として与えるのだ。〔…〕ヘーゲルがいおうとしているのは、この瞬間から、ねこは単に現実の一匹のねこであることをやめ、一つの観念ともなるということだ。ことばの意味は従って、すべてのことばへの序文として、一種の莫大な虐殺、すべての被造物を全くの海に沈める予備的な大洪水を要求する。神は存在物を創造した。だが人間はそれを廃絶しなければならなかった。(「文学と死への権利」)

「わたし」が「この女」といい、「ねこ」を名指すとき、女とねこを「虐殺」するという恐怖政治を敢行する。もちろん、そのことで「わたし」は「わたし」にも死を与えることになるのだ。言葉は、神が創造した存在物をことごとく「廃絶」する。

たしかに、ことばを使うことは誰をも殺しはしない。しかしわたしが〝この女〟という時、実際の死が予告され、わたしのことばの中にすでに現われているのである。わたしのことばは、今そこにいるこの人物がそれ自体から引き離され、その実存とその現われから抽き出され、実存と現われの虚無の中に突然投げ込まれうるということをいおうとするのだ。わたしのことばは本質的にこの破壊の可能性を意味しているのだ〔…〕わたしのことばは、その瞬間自体において死が世界の中に放たれ、話しているわたしとわたしが呼びかける存在とのあいだに出現したことの警告である。ことばはわれわれのあいだに、われわれを引き離す距離のように、ある。だがこの距離はまたわれわれが引き離されていることをさまたげるのだ。〔…〕死はことばの中においてことばの意味の唯一の可能性である。死なしでは、すべてが不条理と虚無の中へ陥没してしまうであろう。

「わたし」と「この女」や「ねこ」は、言葉による恐怖政治が与える平等の「死」を「われわれのあいだ」で共有（分有）することでしか「わかり合」えない（まさに『明かしえぬ共同体』のテーマだ）。言葉が与える死こそ、「ことばの意味の唯一の可能性である」。だからそこでは、死は「懼れ」ではなく、むしろ「自由」であり「権利」なのだ。そのとき、「わたし」はわたしを表象＝代行するどころか、わたしの実存を「否定」するだろう。そもそも、言葉の表象＝

代行作用とは、死を生（再現）と錯覚させるイデオロギーなのだ。表象＝代行作用とは機能が失調するものではない。それは機能失調、いや機能不全の状態こそが本質なのである。それは本来「無理」なのだ。

〔…〕わたしが話す時、わたしは自分がいっていることの実存を否定する。しかしわたしはまたそれをいっている者の実存をも否定するのだ。わたしのことばは、存在をその非実存においてあらわにするとしても、このあらわにすることによって、ことばが作られるのは、ことばを作る者の非実存からであり、自己を自己から遠ざけてみずからの存在とは他者になるその能力からであることを主張するのだ。

言葉は、その唯一の可能性において、「わたし」の「実存」を、ひいては「私」小説を原理的に「否定」しているのである。

この点でブランショは、本書の第Ⅰ部第一章と第四章で論じる中村光夫とも交錯することになる。以下は、中村のテーマである言文一致－私小説－言葉と物の相互的な関係が総論的に述べられている重要な一節である。

ところが我国では「言文一致」といふあいまいな用語が象徴するやうに、文章を口語に隷属させることが文学の近代化の要諦といふやうな錯覚が、一般に支配的であつたため、伝統的文体の破壊が、そのまま文章そのものの機能の自覚を消滅させる結果をもたらしてゐます。

これが小説をたんに事実の再現に限定することを、それを近代意識に適合させる方法と信じた私小説の思想と切り離せない関係にあることは前述した通りですが、別の面からいふと、我国の近代を代表する詩人や作家が、ある感覚、あるひは人生の一場面を、具体的に写す機能を言葉は自然に与へられてゐると信じて、言葉の持つ抽象性と闘ふのを文学者の務めとしてはつきり自覚しなかつたことにもなります。

僕等がある犬を指して「犬」と呼ぶとき、この言葉は、眼前の一匹の動物を、世界中にゐる無数の同類につなげます。言葉による表現は――たとへ芸術的表現であつても――この抽象性によつて初めて可能にされるので、文学的描写の具体性とは、このやうな言葉の自然性に加へられた「人工」であるゆゑに、作家の努力の対象になるのです。

「世の中に二つとして同じ石はない。」とフロオベルがいつたのは世の中のすべての石はひとつの単語で表はせるという事実と表裏して、初めて意味

を持つのです。〔…〕

現実の再現が不可能であるといふ事実を逆用して、現実の本質を表現するのが作家の才能であり、すぐれた小説を読むとき、僕等は活字の背後に人生を感じ、そこに想像する人間達に、自己の生活の真実を見るのです。

（「言葉と文章」）

犬を「犬」、石を「石」と名指すことで、言葉は物を、次々と生（具体）から死（抽象）へと「虐殺」する。このとき私も「私」として死を与えられる。中村にとって、言文一致のもとでの「私小説」や、プロレタリア作家が転向して書く「私小説」など、たとえマルクス主義思想が現実をつかめずに、そこからの転向を余儀なくされたとしても、言葉は「自然」に現実や「私」をつかめるはずだという、リアリズムに対するおめでたき「錯覚」でしかなかった。と同時に、だが現に言文一致による言葉の表象＝代行というイデオロギーが機能している圏域においては、師の小林秀雄のごとく「私小説は亡びた」と言って済ませるのも安易でしかなかったのである。中村にとって、真に問題だったのは、私小説というよりリアリズムだった。言葉を書きつけようとすれば、リアリズムが作動し、私小説が生成される条件が「自然」に整ってしまうこと自体だったのである。

言葉による「現実の再現＝リアリズム」は、「不可能であ」り無理であるとリアリズムを「否定」すること。そのことを、いかに言葉を「逆用」し、言葉でもって行うか。

〔…〕探求としての文学の言語は、実在するままのねこを欲し、小石をその物であることにおいて欲し、人間ではなくその男を欲し、その男において、それをいうために人間が排除するもの、ことばの基礎でありことばが話すために排除するもの、深淵、昼に返されたラザロでなく墓のラザロ、すでに臭ってい、悪であるもの、救われ復活したラザロでなく失われたラザロを欲するのである。（「文学と死への権利」）

ブランショと交わる地点で、三島由紀夫は、「私が「私」というとき」と言った。「それは厳密に私に帰属するような「私」ではなく、私から発せられた言葉のすべてが私の内面に還流するわけではなく、そこになにがしか、帰属したり還流したりすることのない残滓があって、それをこそ、私は「私」と呼ぶであろう」（「太陽と鉄」）。私は「私」という言葉に「帰属」しない「残滓」にしかいない。それは「失われた＝残滓」としての「ラザロ」だ。「探求としての文学の言語」は、言葉によって死んだ「ラザロ」を蘇らせ再現するのではなく、いかに墓の「ラザロ」、失われた「ラザロ」を求めるか、なのだ。いくら転倒して見えようとも、この逆説にしか文学の真実はない。究極、文学は、ラザロを蘇らせる者と、失われたラザロを求める者とのたたかいである。本当の文学論争はそこにしかない。ラザロが、ねこが、小石が、その男が、全員が平等に死を与えられている恐怖政治の中で、はじめて死は平等に権利として出現することができる。それが真の民主主義というものだろう。それまで死は、ついに不平等なのだ。

重要なのは、中村光夫、三島由紀夫、ブランショといった「転向者」こそが、この「探求としての文学の言語」の問題に直面したということだ（むろん三島は、橋川文三も言うように、「「転向」を媒介としない実存的ロマンティシズム」〈『日本浪曼派批判序説』〉と言うべきだろうが）。文学とは、つねに転向者のものである。転向者にしかリアリズムが不可能であることが、言い換えれば失われたラザロの姿を見ることはできないからだ。だが、そのこともまた、文学に「転向」という主題を導入してはじめて見えてくる。本書は、だから今さらながら、転向を問う書である。転向を問うことでしか、失われたラザロというアフター・リアリズムは決して見えてこない。

Ⅰには、雑誌『子午線　原理・形態・批評』に掲載された連載に加えて、それらと主題的に関わりの深い論考を収めた。通して読んでもらえれば、「はじめに」で述べたテーマが、ここに取り上げられた文学者らにおいて個別に追求されているのがわかるはずだ。三島由紀夫論は書き下ろしである。

Ⅱは、前著『収容所文学論』（論創社、二〇〇八年）から、いや批評を書き出して以来関心を持続しているソ連・スターリン体制下のラーゲリ（強制労働収容所）に関わる諸論考が主に収められている。ラーゲリに収容された詩人・石原吉郎は、隣のスープが少しでも多かった時の囚人たちの凄まじい嫉妬に民主主義の本質を見た。われわれは、いまだにこのスープ＝享楽の平等な分配という民主主義から、すなわちラーゲリから一歩も出ていない。

Ⅲ、Ⅳには、『週刊読書人』誌上の論壇時評（「論潮」）と、本書のテーマに関わる書評を集めた。トピックとしてはすでに色あせているものもあるが、良くも悪くも、このような論争的な書評はもはや不可能だろう。そう考えれば、これらにも多少の歴史的な意義もあるのではないかと思い、載せることとした。

I　文学・転向・リアリズム

第一章　復讐の文学　プロレタリア文学者、中村光夫

1

かつては、文学にも政治や転向が生きていた。その典型が「政治と文学」なるパラダイムであろう。その歴史性については諸説あるが、ひとまずここでは、一般的な見取り図として、丸山眞男の『日本の思想』を見ておくことにする。

丸山は、「明治末年」における「政治と文学」という問題の立て方について、戸川秋骨の「文学と政治の進歩」と石川啄木の「文学と政治」を参照している。そこで戸川は、徳田秋江（のちに近松秋江と改名）や三宅雪嶺の説を受けながら、明治末期の時点における政治と文学とを比べて、どちらが進みまた遅れているかを論じていた。そして、「この比較論を早速とりあげたのが石川啄木であった」と。

丸山は書いている。「すなわちここではなにより「政治と文学」はともに進歩に向っての競争、駆けくらべとして考えられて」おり、戸川は文学の方が少し進んでいると述べ、同じ比較で、逆に政治の方が進んでいると言ったのが石川啄木だと。

いずれにせよ、政治と文学とは、「ほとんど接触のない場でそれぞれのコースを走ってい」るように見えたということだろう。夏目漱石が言ったように、「二つのものは同じ社会にあつて、てんでんばらばらに孤立してゐ」て、「相互の間に何等の理解も交渉もな」かった（「トライチケ」）。

このような「政治と文学」の並走状態に「一大転機を画したのが、第一次大戦後の労働運動・社会運動の勃興と、引きつづいて息つく間もなく襲ったマルクス主義とコンミュニズムの「台風」であった」と丸山は言う。これによって、従来「政治」は、「国勢」すなわち丸山の言う「外向き」の政治であったが、「国家」と区別された「社会」の意識が成長した結果、社会をめぐる「内向き」のものとなり、「政治の走路はもともと「民間」的な文学のコースにぐっと寄りそって来」ることになったのだと（ただ、これは逆に捉えることもできよう。むしろマルクス主義の導入によって、「国家」を意識させられたのではなかったか）。

文学と政治の駆け比べの意味が違ってきたわけである。「プロレタリア文学史が日本の文学思想全体の上にもった「革命」的な意味は後にのべるように、むしろ、「政治」が横に並んだ相手から、いわば縦に「絶対者」として文学の内面世界を断ち割るものとして現われた点にある」。だからこそ、マルクス主義やプロレタリア文学からの「転向」が、同時に「内面」的な問題にもなり得たのだと。

このようにして、文学と政治の駆け比べは、単に並走したものから、相並び立たないものへ、どちらかが立てば、どちらかが引っ込まざるを得ないものへと変化していった。こうした丸山の見方を肯定するにせよ否定するにせよ、「政治と文学」パラダイムが、マルクス主義のインパクトによって形成されたことは疑いないだろう。マルクス主義によって、政治「と」文学になったわけだ。そして、ひとたびこのパラダイムが出来あがるや、文学とは、必然的に政治からの転向者のものとなる。なぜなら、このようなどちらかが出ればどちらかが引っ込むという両者の関係のもとでは、文学は政治ではないもの、すなわち非政治的なものへと割り振られることになるからだ。

だとすれば、このマルクス主義の導入によって形成されたという「政治と文学」パラダイムを、共有しつつ相対化しようとしたのが平野謙だったといえよう。「政治と文学」という問題は、それ以前の「実行（実生活）と芸術」の変奏かつ発展であるというのである。

かねがね私は『近代の小説』（田山花袋）などで「実行と芸術」という茫漠たる問題が説明ぬきで投げだされていながら、この曖昧な問題提起が曖昧なままに自然主義文学を貫流するおもおもしさに心ひかれていた。私の漠然たる予想では、一見つかみどころのない「実行と芸術」という問題提起は、その後実作的には田山花袋によって、理論的には島村抱月によって、「芸術と実生活」との相関関係というふうに焦点をむすび、その裏がえしが後年の「政治と文学」問題に発展したのではないか、と思えてならなかった。「実行と芸術」という問題意識に、近代日本文学史を貫流するひとつの問題史をながめたい、と私は思ったのである。

（『芸術と実生活』）

平野は、「政治と文学」を、それ以前の自然主義文学で問題化された「実行と芸術」と接続し、それによって、一連の「近代日本文学史を貫流するひとつの問題史」を形成した（「平野史観」と呼んでおく）。

逆にいえば、マルクス主義によってもたらされた政治という絶対者は相対化されることになった（ここに平野の「転向」の最終的な帰結をみることもできよう）。ここで、芸術＝文学は、実行＝実生活＝政治という物自体に到達し得ないものとして（すなわち認識論的に）存在する。文学の政治性や転向問題を考えるうえで、平野史観は大きなリアリティを帯びた。例えば、小林秀雄と正宗白鳥の間で繰り広げられる「思想と実生活」論争なども、平野史観の文脈に包摂された。

このパースペクティヴにおいては、芸術＝文学は、常に実行＝実生活＝政治に劣等感を抱きつつ、だが相互不可分の相関関係をもつことになる。だからこそ、問題は、形を変えながら変奏＝発展していかざるを得なかったのである。「政治の優位性」や「文学の自立性」と言われてきたことは、こうした宿命的な劣等感と相互不可分の関係とを表していよう。「政治と文学」パラダイムがマルクス主義によって形成されたとしたら、その全体を飲み込もうとするのが、平野史観なのである。

重要なのは、同時に「政治と文学」を含むこの「実行と芸術」というパラダイム全体は、実行や実生活、政治といった「現実」を、「言葉」で表現せねばならないというリアリズムの力学に包摂されているということだ。ここでいうリアリズムとは、単なる文学手法上の概念ではない。言葉で現実＝対象を「表象＝代行」することそのものだから、それは反リアリズム的な手法をも含む。だからこそ、マルクス主義やそれによる政治が失効した後、なお文学の政治性や転向の問題を考えようとする者は、必然的にマルクス主義を中心に置く丸山的なパースペクティヴよりも、リアリズムの問題に（無意識的に）触れ得ている平野の視点に相対的にはつくことになろう。論点を先取りすれば、現在、文学の政治性や転向の問題を再考するためには、リアリズムの中心原理たる言語の表象＝代行作用自体を、すなわち言文一致を問題化しなければならないのだ。かつて中村光夫が、言文一致運動の先駆的担い手であった二葉亭四迷に向かったのはそのためであろうし、以前から絓秀実が、言文一致＝俗語革命の文脈で、その中村光夫の「転向」をさかんに主題化しようとしてきたのも、それゆえだろう。

2

リアリズムとは、現実を模写することではない。言葉が、本質的に抽象的な記号である以上、現実をそのまま写すことなど不可能だ。にもかかわらず、現実が模写されているかのような、現実と言葉が等価交換されているかのような擬制が働いているのである。だから、リアリズムとは本質的に、言葉が虚構的で仮構的なものでしかないことを隠蔽するものだ。今であれば誰でも言語の物質性などと（しかし政治を思考することもなく）語るだろうが、中村光夫の批評が初めからそこに照準を当てていたことには、やはり驚く。

文学とは言葉を素材として人間を表現する芸術だとさきに書きましたが、このことは文学がこの言葉の抽象性社会性から来る虚偽から、言葉を洗い清める仕事だという意味になります。といふより、かうした自から造りだした言葉の嘘に堪えかねた人間が、その本来の機能である人間の相互理解の手段としての性格を、より高次な秩序において恢復しようとする企てだといへます。

つまり文学とは言葉を行為とするところに成り立つ芸術で、文学者とは言葉が彼にとつて行為である人間なのです。正直や誠実が彼にとつて第一の資格とされるのもそのためです。かう考へると、文学のもつとも深い形式が詩であるのは意味ぶかい事実です。

(「小説の可能性と限界」)

中村は、文学における言葉が現実を表象するとは信じていないが、かといって虚構＝仮構に「すぎない」と言っているのでもない。「懐疑」とは、居直りでも諦めでもない。確かに言葉は虚構でしかないが、文学はその「嘘に堪えかね」、言葉を嘘から「洗い清める仕事だ」ということ、言葉が行為＝行動に対して虚偽であり、劣位にあるという状態に「堪えかね」、「言葉を行為とする」ことだと言っているのだ。

したがって、中村にとっては、平野謙のいう「言葉＝芸術」と「行為＝実行」という対立そのものが虚偽である。それは、現実への抵抗にみえて、その実「言葉」が「行為」や「現実」そのものではなく虚構であるという事実に、あまりに従順な問いの立て方だった。

中村にとって、本当はリアリズムやらフィクションやらという概念も存在しなかっただろう。言葉が言葉である以上、すべてがフィクションであり、そうである以上、それをリアルに見せる必要があるという意味において、言葉とはすべてがリアリズムに決まっているからだ。中村が、あえて「仮構」という言葉を多用しなければならなかったのは、日本のリアリズムが、あまりにも現実をそのまま模写（等価交換）できると思い込んでいたからである。

端的にいえば、中村にとって重要なものは言葉ではなく、あくまで行為＝行動だった。

　ましてや言葉がなくなつたら、僕等の社会生活は一日もつづけられず、生存すらすぐに脅かされると思ひますが、しかし社会を成立させる要素として、言葉よりもつと重要なものがあります。

　それは行為です。物を生産し配分し、或ひは敵と闘って勝つといふやうな人間の生存の第一条件について考へてみても、それらの問題を解決するのは、言葉でなくて行為であることは明かです。〔…〕

　むろん言葉は人間の行為や事実を表はすもので、新しい行為や新しい事実は必然に新しい言葉を生む筈ですが、しかし右にのべたやうな言葉の抽象的な性質（行為は個性的で反復不可能だが、言葉は一般的で反復可能だという性質――引用者注）は、ややもすれば言葉を行為の世界から独立した閉鎖的な体系につくりあげます。（同前）

行為が第一である中村にとって、「言葉を行為の世界から独立した閉鎖的な体系につくりあげ」る「言葉の抽象的な性質」こそが敵なのだ。行為に対して言葉を閉鎖させる「言葉の抽象的な性質」は、例えば小説を書けば書くほど二葉亭の「正直」を崩していくものでもあった。「先づ小説を書くことで「正直」が崩される」（「予が半生の懺悔」）。

中村は、二葉亭にこだわったが、それは二葉亭の文学への懐疑が、人を「正直」や「行為」から疎外する、この「言葉の抽象的な性質」に起因するからにほかならない。だが、「二葉亭四迷がもし文学そのものに対する懐疑に生き切れたら、彼は決して文学を棄てなかつた筈である」（「リアリズムについて」）とも言い放った中村は、自分は文学への懐疑を「生き切」ろうと考えていたに違いない。この、初めから何か根本に下りてしまったかのごとき姿勢が、中村を原理主義者や教条主義者のように見せてしまうことになる。かつて寺田透が、「中村氏の著書は、われわれ読者に、自分らを平凡人と思いこませずにはいないような性質を持っている」（「中村光夫論」）と言ったのも、そういうことではなかっただろうか。

3

中村が、プロレタリア作家から出発したことは、高見順『昭和文学盛衰史』がそのことに触れるまで、ほとんど一般には知られていなかった。したがって、いわゆる「転向者」だったことも不問に付されてきたし、中村自身もことさら問題にしなかった。プロレタリア文学からの転向者が、次々と私小説を書いてしまう以上、プロレタリア作家だったことも、そこからの転向者であることも、文学の上では大差がないように見えたからだろう。中村にとって「転向」とは、あくまで「言葉の抽象的な性質」に関わる問題だった。

かつて、絓秀実と蓮實重彦の間で行われた対談「中村光夫の「転向」」は、まさにその点に焦点を当てたものだった。この対談をリアルタイムで読んだ当時には、なぜ今中村光夫の「転向」が問題にされねばならないのかが、また「そのことを全く無視してやってきたということが、おそらく文学的にも全共闘ゼネレーションがだめだった理由」だ、と言った絓の発言の真意が、正直よくわからなかった。

蓮實はこう語っている。「中村光夫は、左翼だのマルクス主義だのとは別の意味で、文学の社会性、政治性を確信しており、それは最後まで一貫していたと言うべきなのかもしれません。／彼の言う文学の社会性、政治性は、西欧のレアリスム文学に見られる確固たるブルジョワ的な資質として姿を見せるもので、少なくとも、日本のプロレタリア文学はそれに負け続けてしまったという階級的な意識は最後まであったと思う」。

中村の「転向」が、そしてそれを問題化するこの対談が重要なのは、「転向」問題や文学の政治性を、「政治と文学」というパラダイム、すなわちマルクス主義からようやく切断したからである。今から振り返れば、中村のやったこと（及びそれを見出したこの対談）は、まさにパラダイムチェンジだったのだ。

述べてきたように、中村の「転向」は、徹頭徹尾「言葉の抽象的な性質」に、ひいては文学という「形式＝制度」（文学「の」形式、ではない）に関わる。したがって、それは、ソ連＝共産主義圏が崩壊、消滅した現在においてもなお、いやだからこそ、文学に関わろうとする者すべてが逃れられない問題として存在するのだ。とすれば、この対談がソ連崩壊以降に行われていることの意味は大きい。ソ連崩壊以降、中村の「転向」のリアリティが、にわかにせりあがってきたのである。ソ連が崩壊することで、ようやく転向が文学や言語の問題として思考されはじめたのだ。

蓮實は続けて言う。「事実、プロレタリア文学が、あらゆる国でブルジョワ文学に負け続けるしかなかったというのは、残酷なまでに歴史的な真実なのです。日本の場合はブルジョワ文学が存在し得なかったので、「私小説」に負けてしまった」。

日本に「ブルジョワ文学が存在し得なかった」のは、文学という形式＝制度自体をブルジョアがもたらしたからだ。そして、その「残酷なまでに歴史的な真実」を論じたのが、『吉本隆明の時代』をはじめとする近年の絓秀実の仕事にほかならない。

そこにおいては、坪内逍遥以降の言文一致運動＝俗語革命が、いかに国会開設による「市民社会《ブルジョア》」を擬制として作為し、国民を市民として文学的に統治する技術として機能してきたかが告げられている。国会開設は、下からの自由民権運動の成果ではなく、すでに明治天皇による「国会開設の勅諭」（一八八一年）によって準備されていた。ならば、国会とは天皇制というブルジョア独裁の装置ではないのか。この文脈における言文一致運動＝俗語革命とは、したがってそれにふさわしい「国民＝市民」を形成するものでしかないだろう。「国語《ナショナル・ランゲージ》」を駆使でき、「自由」と「平等」の精神（＝選挙という表象＝代行制度によって、政治は行われるべきとする民主主義の精神）を備えた主体を、である。こうして、日本近代文学は、その開始からしてブルジョア独裁に与してきたのである。二葉亭が「予が半生の懺悔」で吐露した「ヂレンマ」というのも、このようにいつのまにかこれに手を貸してしまっていたことに対するものではなかったか。

文学とは、ブルジョア独裁を、自由で平等な民主主義だと思わせるための統治の制度＝技術である。プロレタリア文学であろうとなかろうと、近代以降文学そのものがブルジョアのものであり、文学者となること自体がブルジョアへの転向なのだ。政治を、ブルジョア独裁によって都合の良い、ほどよく馴致された「政治＝民主主義」へと囲いこみ、それ以外に政治は存在しないかのように見せようとするのが、文学という装置なのだ。それが絓の述べる文学の政治性であろう。そして中村は、プロレタリア作家時代から、このことに自覚的だった。

〔…〕勿論我々プロレタリア作家は階級的人間を描く。何故なら我々は最も徹底したレアリストであるから。然しそれはブルヂョア文学でもやつてゐた事なのだ。だからそれを現在日本に於いてプロレタリア文学の創作方法として無批判に掲げる事は敵へのプロレタリア文学の武装解除を意味する。（「プロレタリア文学当面の諸問題」）

立野信之は、「プロレタリア作家は階級的に人間を描かなければならない」と主張した。それを批判して、中村は、「階級的人間を描く」などというリアリズムは、「ブルヂョア文学でもやつてゐた事」だと一蹴する。

だから問題は、人間を「描く」といった時の「リアリズム」という形式＝制度自体でなければならない。にもかかわらず、プロレタリア文学者は、ブルジョアによってブルジョア社会が描かれる文学を敵だと見誤ってしまった。それは敵に対する「武装解除」にほかならない。ならばと、いっそ中村はこう言ってみせる。「冗談ぢやない。ブルヂョア文学などといふものはなかつたのだ」（「転向作家論」）。文学自体がブルジョアによるものだからである。

4

では、プロレタリア文学が、真に文学というブルジョアの産物に批判的たり得るには、どうしたらよいのか。中村にとって、やはり問題の核心は「行動」だった。

なるほど諸君は、思想に動かされて「行動」したかも知れぬ。だがその行動する人間を描けたためしは一度もないのだ。行動的な思想が人間情熱と交錯する場所を精妙に描いてくれた作家は一人もゐないのだ。所謂プロレタリア派作家の手法はことごとく先輩の私小説家の手法の機械的な模倣である。(「転向作家論」)

何も中村は、政治的に行動することを重視しているのではない。政治的に行動するのは政治家(活動家)だ。問題は、「行動する人間を描」くこと、人間が行動と「交錯する場所」を描くことなのだ。そうでなければ、政治を描くと言っても、単に政治家を「私小説の手法＝リアリズム」で描くことにしかならない。そして、それは文学を政治に、しかもブルジョアによる政治に従属させることにしかならないだろう。

だが政治といふことは一つの献身的な事業である。一体それは文学の片手間に出来ることなのか？　それに諸君が政治活動をするのはその作品を書く助けにするのか。小説の種取りに革命運動をする奴もないではないか。

それとも、諸君の文学は政治に従属するものなのか。では何故文学の様な迂遠な手段をす

て政治に専念しないのか。（同前）

先に、中村にとっては、「芸術と実行（実生活）」という対立自体が虚偽だったと述べた。同様に「政治と文学」も虚偽である。政治は文学の表現の対象ではあり得ない。両者は、認識論的に二項対立をなすのではなく、あくまで「交錯」しなければならないのだ。

中村にとって、「行為」「行動」とは、社会と個人との分裂を生きること、すなわち社会と対立し抗議することだ。社会に従順に生きるなら、とりたてて行動する必要がないからだ。したがって、行動は必然的に政治的になるのである。そして、そのように行動することで政治的にならざるを得ない人間を描くのが文学であり、そのとき「書く」ことが「行動」になる。中村がプロレタリア作家として出発したゆえんである。

よく知られるように、中村は、日本のプロレタリア文学を、ロマン主義運動と見なした。それによって、西欧のロマン派と日本のプロレタリア文学とを同一視しているといって批判されもした。だが、中村の真意は明らかだろう。中村は、西欧のロマン派に、社会への抗議をもって、政治と文学が「最も見事に交渉した例」を見出したが（同前）、同様に、日本のプロレタリア作家は、初めて日本の作家に、対立すべき（表象すべき、ではない）社会を意識させたのである。社会とは、それに対立、抗議、抵抗することで、初めて意識されるものだからだ。そして、対立、抗議、抵抗が、「行動」と呼ばれるべきものである。一方、その一員になろうと意識される「社会」は、ブルジョアが統治のために設えたものにすぎない。そして「一員になる」という従属の意識こそ、ブルジョアが「行動」から遠ざけておくために、文学の手を借りて植え付けた「意識」である。そのような意味において、文学は、自己の生を滅ぼすものだ。

〔…〕即ち素朴な生活の欲情が捨てられたとき、彼の感受性の苦痛は直ちに社会そのものの映像と化するのだ。「私の自我は事物のなかに撤ってしまつた。」とフロオベルが云ふのはこの間の事情を指すものに外ならぬ。

云いかへれば、彼は自己の人間性を殺した所に社会の人間性を発見したのだ。〔…〕したがつて、彼にとって、自己表現とは社会表現であつたのだ。彼は社会表現を通じて自己を語つたのではない。社会表現そのものが自己表現であつたのだ。更に一歩進めて云へば社会の良識がいかに人間を歪めるかといふ社会そのものの姿を正確に表現して、社会に投げ返すことが彼の実生活を滅ぼした社会に対する彼の復讐なのだ。しかもこの復讐はあくまで作家としての、社会との対決において少しもその良識に媚びぬ、堂々たる復讐であつたのだ。芸術家として社会に対するこれ以上の勝利はあり得ようか。（「リアリズムについて」）

中村の文学観が明瞭に語られている一節だろう。中村にとって、文学とは「復讐」なのである。実生活を殺す、滅ぼすと言っても、それはいわゆる性格破産者や現世放棄者のようなものではない。

中村は、そうした破滅型の作家や文学者を、典型的な私小説として退けた。「性格破産者といふ言葉はあつた、だが現実に自己の性格を見失つた作家などは存在しなかつたのだ」(同前)。結局、彼らは性格破産などしていない。彼らは自己の性格を見失うほど社会と対決していない。そんなことをしたら、自己が拠って立つ文学を否定することになってしまう。「この自我を否定することは彼等には文学そのものの否定であつたのだ」(同前)。彼らは生を捨てて、文学を守ったにすぎない。

5

では、中村のいう「自己の人間性を殺した所」とは、いったいどのような「場所」なのか。それは、「社会の良識がいかに人間を歪めるかといふ社会そのものの姿を正確に表現して、社会に投げ返すことが彼の実生活を滅ぼした社会に対する彼の復讐」となるような「場所」である。その「場所」において、「自己表現とは社会表現」となり、「社会表現そのものが自己表現」となるだろう。いうまでもなく、この「場所」こそが、例の高名な「社会化された私」が浮上してくる「場所」にほかならない。

ここに、個人の再建が、社会の認識を通じてのみ行はれるといふ点に、ルソーからジイドに至るヨーロッパの私小説を貫く根本の性格が存する。彼等の「心理」の表現がいかに精妙にならうと、彼等の文学が決して社会性を失はなかつた所以も亦ここにあるのだ。彼等にとつて自己を識るとは社会を知ることであり、またその逆も真なのだ。

云ひかへれば彼等の「私」とは「社会化された私」なのである。(「私小説について」)

ここで、個人の破滅、ではなく「再建」と言われていることが重要だろう。実生活を破壊した者こそが、個人を再建できる。社会との対決において、「自己の人間性を殺した」(決して敗北ではない)者が、滅ぼされた自己を再建することで、復讐を遂げようとするのだ(フーコーの「狂気」に近い)。それが、中村の言う「行動」であり「文学」であった。その行動する「社会化された私」によってはじめて個人が「再建」されるのだ。そのままの個人が表象したり、されたり、などということは、中村にとってはあり得なかった。

ところで、中村の「社会化された私」と、小林秀雄の「社会化した私」に、両者の「相互滲透」があったのではないかという、平野謙の説は有名である(『文学・昭和十年前後』)。小林の「私小説論」は、一九三五年五月から八月に『経済往来』に連載され、問題の「社会化した私」の部分は六月に発表された。中村が、田山花袋『蒲団』と比較しながら、ヨーロッパの私小説に「社会化された私」を見出した評論「私小説について」は、その三か月後の九月発表である。平野は、この両者の関係について、例によって独特の推理を展開する。

くどくどと中村の論文を紹介したのは、ほかでもない、その私小説論、プロレタリア文学論が小林秀雄の『私小説論』のなかのそれとほとんど符節をあわせているからである。このことに私はいまはじめて気づいたのではない。しかし、中村光夫の近代文学史論が小林秀雄の私小説論のふかい影響下にあるのは、もともと師匠と弟子という関係がそこに成立してからだ、と私はむかしから独断していた。つまり、中村光夫は小林秀雄の亜流で、小林秀雄の文学史観を中村流に書きなおしたにすぎない、と思っていたのである。ところが今度調べなおしてみて、その関係は逆じゃないか、と思えてきたのである。

〔…〕

ここでプロレタリア小説家出身という中村光夫の前歴がものをいっているのではないか。ことマルクス主義文学に関しては、小林秀雄より中村光夫の方が詳しかったにちがいない。小林秀雄の私小説論と中村光夫のプロレタリア文学史論とは、そこに強力な相互滲透のあったことは疑いないとしても、その主導性は若き中村光夫の手に握られていたのではないか。

(『文学・昭和十年前後』)

さらに平野は踏み込んで、小林が「私小説論」後まもなく連載した「近代日本文学史論」(と平野は書いているが、このような著作はない。後に大岡昇平が述べているように、一九三七年に『新女苑』に小林が三回連載した明治文学史講座を指していると思われる)は、「当時の私の印象では、中村光夫の代作ではなかったかと、邪推したくなるような論文だった」とまで言う。だが、この平野の説は、江藤淳によって実証的に否定される。小林は「私小説論」の原型となる「私小説について」を、すでに三年前の一九三二年一〇月に書いていたというのだ（『小林秀雄』）。「近代日本文学史論」に至っては、「代作したのは私だ」「中村は批評家の地位を確立していて、代作の必要はなかった」という大岡昇平からの告白によって根本的に否定され、文字通り平野の「邪推」となった。これらのいきさつも、よく知られたものだろう。

むろん、この小林「社会化した私」と中村「社会化された私」の問題を捉えるには、人民戦線の問題、小林とマルクス主義の関係、市民社会に対する視点など、さまざまな観点からの考察が可能であろう。だがここで問題化したいのは、述べてきた中村の「復讐」という核心についてである。果たして、小林の「社会化した私」に、中村のいう「復讐」の要素は存在したのだろうか。

小林は、バレスやジイド、プルーストが「「私」を研究して誤らなかつたのは、彼等の「私」がその時既に充分に社会化した「私」であったからである」と言った（『私小説論』）。読まれるとおり、小林の「社会化した私」とは、「充分に」という形容詞が示すように、「充分に社会化した」状態、「私小説論」の言葉で補足すれば、「充分に」「爛熟した」「近代市民社会」における「私」だといえる（ここから、橋川文三や絓秀実の言う日本資本主義論争における講座派歴史観の影響の問題も出てくるが、ここでは踏み込まない）。だが、日本の社会は不十分にしか（市民）社会化されていないのだから、それに見合った「私」しか存在しないというのが小林の考えだ。したがって、

「つまり、小林は、『私小説論』において、「社会化した私」の実現は不可能であったことを告白し、「私小説」は亡びないことを宣告したと見るのが正しいと考える」(『日本浪漫派批判序説』)という橋川の見解は、大筋としては妥当と言える。

なるほど、小林の「社会化した私」にも、中村が重視した社会との「対決」がないわけではない。「彼等〔ゲーテやコンスタン——引用者注〕の私小説の主人公等がどの様に己れの実生活的意義を疑つてゐるにせよ、作者等の頭には個人と自然や社会との確然たる対決が存したのである」(『私小説論』)。

だが、小林の「対決」は、いわばすでに「社会化した私」の中に繰り込まれて「存し」たものとしてある。したがって、それは「復讐」という「行動」ではなく、直ちに整然と「問題」と化すだろう。「彼〔ジイド——引用者注〕は「私」の姿に憑かれたといふより「私」の問題に憑かれたのだ」。だからこそ、それはまた数量化され公式化されもするのである。「言はば個人性と社会性との各々に相対的な量を規定する変換式の如きものの新しい発見が、彼の実験室内の仕事となつたのである」。

すなわち、資本主義の発達にしたがい社会も「充分に」「爛熟し」ていくなかで、「私」はそれとの「対決」を強いられるものの、やがて「死者」として回収される。「私」はその時、小林がフロオベルやモオパッサンに見たように、「一つぺん死んだ事のある「私」」となる。「フロオベルの「マダム・ボヴァリイは私だ」、という有名な言葉も、彼の「私」は作品の上で生きてゐるが現実では死んでゐる事を厭でも知つた人の言葉だ」というわけだ。

いわば、「社会化した私」とは、「私」が「爛熟」していく資本主義ないし市民社会の中で、すでに「一つぺん死んだ」ものとして抑圧、回収された姿を、事後的に捉えた言葉にほかならない。社会は、「私」をそのように「機構」の中へと回収しながらも「爛熟」していくのである。したがって、橋川も言うように、「社会化した私」とは一つの理念であり、「「近代資本主義社会」という理念が有効でありうるのと同じような意味で用いられたものであった」（橋川前掲書）と言ってよいだろう。

6

もはや振り返るまでもないが、こうした小林の「社会化した私」は、中村の「社会化された私」とは、真逆のものだと言ってもよいくらいだ。

平野謙の「相互滲透」説のみならず、一般的に小林の「社会化した私」と中村のいう「社会化された私」は、類似したものとして捉えられてきた。例えば柄谷行人が、「「社会化した私」と「社会化された私」とどう違うのか。別に言い方はどうだってかまわないんですよ」と言ったように（「近代日本の批評　昭和批評の諸問題　1925―1935」）。だが、「社会化した私」と「社会化された私」の差異こそが決定的なのだ。中村の「社会化された私」の「された」という受動態に、己を歪ませる社会に復讐する「私」のジグザグの格闘を見ないならば、確かに両者は類似したものとしか見えないだろう。

平野謙は、「相互滲透」を見ると同時に、プロレタリア作家だった中村の側にヘゲモニーを認めようとした。そこには、小林の「社会化した私」に人民戦線の可能性を見出そうとする意図があったことも有名である。その「相互滲透」によって小林は、中村のヘゲモニーを背景に人民戦線を模索し、逆に中村は、小林への接近をもって、プロレタリア文学からの転向を果たしたと見なされたわけだ。

だがここでは、両者の関係に「相互滲透」を見たり、師弟関係や時期的な前後関係を覆してまでも中村の優位性を見たりする見方を退けて、ここまでの記述をふまえたうえで、次のような私見を述べておこう。すなわち、中村の「された」には、小林に対する根本的な批判がこめられていたのではなかったか。

そもそも、「私小説は亡びた」と言いつつも、すぐさま「「マダム・ボヴァリイは私だ」という有名な図式が亡びないかぎりは」それは亡びないのだ、とひっくり返す小林「私小説論」末尾の主張を、私小説を終生の敵とした中村が、すんなり受け入れられたはずはない。

「マダム・ボヴァリィ」は「私」でもある、言い換えれば「マダム・ボヴァリイ」は「私」の表象でもある、という「「マダム・ボヴァリイは私だ」という有名な図式」とは、端的にリアリズムという「図式」を示していよう。この、現在に至るまで文学を規定している「図式」が、「亡びない」ことを前提とする小林に対して、中村は、それこそを敵として亡ぼそうとしていたのではなかったか。ならば、中村は、小林を単に引用したのではなく、そこに「図式」に隷属しようとする精神を看取し、決然とそれに抵抗しようと「社会化された私」と書きつけたはずである。そこに、小林の「私小説論＝社会化した私」と、中村の「私小説について＝社会化された私」の決定的な違いがあった。次の一節は、小林「私小説論」末尾に対する批判でなくて何なのか。

〔…〕なるほど私小説の形式は少なくも文学の主流から滅びたが、その精神は形骸と化したまま、なほ執拗に現代文学の上に生き残つてゐるのだといふのは、誰もこの文学精神に決然と反抗した作家がゐないからである。いかに形骸と化さうと或る伝統的精神はその根幹を否定されぬ限り、決してその支配力を失ふものではないのだ。（「私小説について」）

中村の目には、周囲の文学者たちが、この巨大な「支配力」に屈し次々に巻き込まれていく姿が映っていただろう。その中で中村は、いわば孤立的に耐えていたように見える。中村は、「伝統的精神」の「根幹」を見定めようと、先に述べたように一人根源＝原理へと下りていかねばならなかったのだ。

弁明のために、あへて云はせてもらへば、僕がむかしからしてきたのは、僕等の文学の通念をつくりあげてゐる「リアリズム」「自我」「芸術」などさまざまの観念を分析して、その源泉をつきとめようとする試みです。

むろんマードック女史のやうに「鋭利な哲学的頭脳」にめぐまれてゐないために、佐伯氏を説得するほどの成果をあげられなかつたのは残念ながら事実ですが、しかし流れのなかから自分の位置を見究めようとする群盲のひとりとして、できるだけの努力をしてきたとは云へます。

進歩は遅々たるもので、自然主義のつくりあげたさまざまの価値の概念から脱けだすには、十年以上かかりましたし、いまやつと、その批判の枠を、自然主義の源流である逍遙の「小説神髄」にまで拡大したところです。(「批評の使命」)


これは、私小説が力を失って敵を失ったことで、中村のような批評家は「ジレンマ」に陥っているという「佐伯氏」=佐伯彰一の「現代批評のジレンマ」に対する「弁明」として書かれたものだ。当時佐伯は、篠田一士や村松剛らとともに『批評』という雑誌を創刊したばかりだった(一九五八年)。それなりに中村の仕事を追っていたはずの佐伯は、だが中村の「ふたたび政治小説を」という画期的な批評の意義を完全に取り逃がしている。それは、中村を大いに失望させた。「佐伯氏のやうに比較的僕の本なども読んでくれてゐる筈の人から、かういふ馬鹿馬鹿しい誤解を蒙ると、腹を立てるより前に、一体自分はなんのために書いてきたか、何をひとから理解してもらつたのか、といふ気がします」(「批評の使命」)。

坪内逍遙の「小説神髄」の趣旨を否定して、それ以前の「神髄」によつて葬られた文学（その主要なものとしての政治小説）を、新しい眼で見直せといふ主張をはつきり書いたのは、僕としては初めてのことであり、他にもあまりさういふことをした批評家はゐないので、もし僕の論文について、何かの批判を書くなら、その点を充分に論じてもらひたかつた。（同前）

一貫して、日本の近代小説の実現し得なかった可能性を探ってきた中村は、「いまやっと」逍遙の『小説神髄』の問題にまでたどり着いたのだ。従来、『小説神髄』は、近代文学の出発点という視点からなら、十分すぎるほど論じられてきた。だが、「逍遙自身がその青年の一時期に政治小説に接触し、これを否定することから、文学者としての自覚的生涯を始めてゐる」以上、『神髄』は、「それ以前の政治小説の方角からも、見ることが必要」という中村は、例えば『神髄』と同年に政治小説『佳人之奇遇』（東海散士）が刊行され、広く深い人気を博したことを重視する。いわば『神髄』は、この政治小説の「可能性の芽」を「閉塞」させることで、新しく近代文学を始めたのではないか、と。ようやく一九五〇年代が終わろうとする当時、中村の見出したこの歴史は、まったく理解されなかったとみていい。

おそらく政治小説と新しい文壇小説との勝敗を決定したのは、明治二十年前後が、明治国家の整備期であり、時代の文化の中心が、新しい国家の建設者の世代から、それに仕へる使用人の世代に移つて行つたといふ大きな事実なのです。（「批評の使命」）

逍遙は、『小説神髄』で近代文学の開始を告げるとともに、それ以前の政治小説を否定した。小説を小芸術として完成すること、そのために主人公を凡人＝市民として設定し、その私生活や感情を描き、それを人間の本性と見なすこと。それが逍遙の（反）革命だった。それは「明治二十年前後」の「明治国家の整備期」に、「新しい国家の建設者の世代から、それに仕へる使用人の世代に移つて行」くのに即した「政治」であった。先に述べたように、上からの「国家の建設」のデザインにふさわしく、人々を「それに仕へる使用人」に作り変えていく装置となるよう文学改良を行ったのである。この逍遙の（反）革命は、「政治小説と新しい文壇小説との勝敗を決定した」。その時、決定的に「可能性の芽」が「閉塞」したのだ。

この逍遙『小説神髄』の両義性の発見にたどり着いたとき、中村は「やつと仕事の上でひとつの出口が見付かつたと喜ん」だという（同前）。それが、先に触れた「ふたたび政治小説を」という画期的な批評だった。次のくだりからは、その生き生きとした「芽」の息吹と、それが閉ざされていく息苦しさとを、ともに感じ取ることができるだろう。

「佳人之奇遇」「経国美談」などには、明治の国家が、欽定憲法と陸海軍の固い殻で装はれてしまふ以前に、我国の知識階級が素肌に感じてゐた国際政治の息吹きが表現されてゐたので、それが後代の云ふ意味では、ほとんど「人間」を描いてゐないにかかはらず、今日では考へられぬほど多くの読者に深い感銘をあたへたのはこのためです。

正宗白鳥氏は、若いころ「佳人之奇遇」に感動してこれを筆写したといつてゐます。氏のやうな非政治的青年をこの「政治小説」がそれほど動かしたのは、意外でもあり、多くのことを示唆してゐます。おそらく当時は「政治」という言葉が現代のように下落していなかつたのです。弱小国日本の一員として、強国の恣意がそのまま正義とされる世界にむかつて発した憂ひと憤りが、読者の胸にぢかに反響する時代であつたのです。

現代の知識階級のあひだでは、かういふ素朴な共感の場はすでに消滅してゐます。しかし、逍遙から、硯友社、自然主義といふ順で、狭い純粋化の形の近代化を実現してきた我国の小説は、結局天皇絶対の観念と、強大な軍備に支へられた「帝国」にふさはしいものであつたし、この内外にむかつてめぐらされた強大な壁のなかで育つてきたさまざまの観念が、今日の知識階級の心理を殻をうしなつた宿かりに似た状態にしてゐるのも、また事実なのです。(「ふたたび政治小説を」)

「逍遙から、硯友社、自然主義という順で、狭い純粋化の形の近代化を実現してきた我国の小説は、結局天皇絶対の観念と、強大な軍備に支へられた「帝国」にふさはしいものであつた」。中村は、文学が、小説が、「帝国」に抑圧されてきたと言っているのではない。むしろ、文学こそが「近代化を実現してきた」のであり、その意味で「帝国」に「ふさはしいもの」だったと言っているのだ。

中村は、「現代ほど、政治が人々の嫌悪の的になつた時代もない」という。重要なのは、そうさせてきたのは文学だということなのだ。逍遥は、政治小説を否定し、それを抑圧した「場所」に文学の土台を設えた。以降、そこに積み上げられてきた非政治的な「文学」は、天皇と軍備に支えられた「帝国」を形成する「強大な壁」の一つとなったのである。そして、その「外」の、決して「帝国」に「仕へる使用人」とはなるまいとする人々の政治や行動を、「嫌悪の的」として排除することに加担してきたのだ。「帝国」の内側で機能する代表制＝議会制民主主義の枠内のみを「政治」とし、選挙に行き投票を行うことを「行動」と見なすプログラムを成功させたのである。

7

述べてきたように、中村の「行動」や「政治」は、このようなものではなかった。いわばそれは、「帝国」の代表制＝民主主義の「外」、あるいは「以前」にあるものである。中村が一貫してリアリズムを問題化してきたのにそれ以外の理由はない。リアリズムとは、言葉が現実や対象を「表象＝代行」するという代表制のシステムにほかならないからだ。そしてそれは、言文一致によって可能となったのである。

ところが我国では「言文一致」といふあいまいな用語が象徴するやうに、文章を口語に隷属させることが文学の近代化の要諦といふやうな錯覚が、一般に支配的であつたため、伝統的文体の破壊が、そのまま文章そのものの機能の自覚を消滅させる結果をもたらしてゐます。

これが小説をたんに事実の再現に限定することを、それを近代意識に適合させる方法と信じた私小説の思想と切り離せない関係にあることは前述した通りですが、別の面からいふと、我国の近代を代表する詩人や作家が、ある感覚、あるひは人生の一場面を、具体的に写す機能を言葉は自然に与へられてゐると信じて、言葉の持つ抽象性と闘ふのを文学者の務めとしてはつきり自覚しなかつたことにもなります。

僕等がある犬を指して「犬」と呼ぶとき、この言葉は、眼前の一匹の動物を、世界中にゐる無数の同類につなげます。言葉による表現は——たとへ芸術的表現であつても——この抽象性によつて初めて可能にされるので、文学的描写の具体性とは、このやうな言葉の自然性に加へられた「人工」であるゆゑに、作家の努力の対象になるのです。

「世の中に二つとして同じ石はない。」とフロオベルがいつたのは世の中のすべての石はひとつの単語で表はせるといふ事実と表裏して、初めて意味を持つのです。

〔…〕

現実の再現が不可能であるといふ事実を逆用して、現実の本質を表現するのが作家の才能であり、すぐれた小説を読むとき、僕等は活字の背後に人生を感じ、そこに想像する人間達に、自己の生活の真実を見るのです。(「言葉と文章」)

言文一致は、犬を「犬」という言葉で「表象＝代行」し得ると見なした。「自己の生活の真実」が一枚の投票用紙に「表象＝代行」され得ると見なされたように。だが、文学は、そうした「表象＝代行」による「現実の再現が不可能であるといふ事実を逆用して」、「現実の本質」や「自己の生活の真実」を見させることではないのか。真の政治が、常に「表象＝代表」されない者にこそあるように。ここでもフーコーが「狂気」に「真実」を見ていたことを想起させる。

「言葉をたんに或る事物を指す符合と考へることは、言葉をその主体の生命から切りはなすこと」だと中村は言う(「ふたたび政治小説を」)。本来は、「僕等が一匹の犬を見て「犬」といふ場合、その一語はたんに対象の犬だけでなく、それにたいする僕等の愛情、嫌悪、または恐怖を表現してい」るはずなのだ。だが、実際は「僕等の愛情、嫌悪、または恐怖」という自己の「真実」は、「言葉の持つ抽象性」が邪魔して表現されずに捨てられていくのである。自己の「真実」の声を表す口語＝言は、人工的で抽象的な文語＝文とあいまいに「一致」させられた。そこには、相当な「無理」(宇野弘蔵のいう「労働力商品化の無理」を想起すべきだろう)が働いていたはずだが、いったんその無理が通ってしまえば道理となり、文学者にすら無批判に受容されていく(その無理を道理として通す力を、中村は「似而非合理主義」と呼んだ)。

あの、嫌味に聞こえかねない、中村の「です」「ます」という敬体の使用も、言文一致に対する意識的なスタンスだったのではないか。中村は「いわゆる「です調」の文章を、僕が評論で始めたのは戦後のことですが、この「戦争まで」は、新しい文体の最初の試みでした」（『憂しと見し世』）と述べている。最初は「手紙だから」（「戦争まで」の巻頭「巴里通信」を指してだろう）という理由だったが、「やってみると、案外柔軟で、自分の気持を型にはめないで言うには便利で、評論に使ってみようと思った」という（蓮實重彥との対談「破局の時代の豊穣　今日における言葉・文字・西欧」）。

小林秀雄の文体の影響からの脱却というねらいもあった。言文一致が擬制であるならば、いっそ実際に語るように書いてしまうこと。それは小林の、そのまま「斫断」的に真理を体現するかのような「文」に対する抵抗ではなかったか。

さらに、中村はこうも言っている。

〔…〕一方から考えると、口語文の発生の時点では、「です」も「である」と並んでいたわけですね。それが「です」のほうが伸びなくて、「である」だけが発達して来て、口語文自身に型ができてしまった、というのは、やはりまずいんじゃないか、そう思って「です」調を始めたところもあります。

「です」「ます」が、言文一致によって「口語文自身に型ができてしまった」ことに対する批判的実践としてあったことは、この発言からして明白だろう。中村の「です」「ます」の使用は、口語が文語と癒着させられた言文一致体に対して、何とか身を引きはがして距離をとろうとする苦肉の策だったのである（立尾真士は、この言文一致に対する「距離」＝間隙を、中村が戦後の象徴天皇制に対しても一貫して見出だそうとしていたことを、中村の批評と小説を往復しながら説得的に論じている〈「「おこりそうなことはすべてリアルなのです」――中村光夫の批評と小説」〉）。

8

中村が、高見順らの左翼的同人誌『集団』に参加し発表した小説「鉄兜」は、発表後二六年たって、その高見順が『昭和文学盛衰史』で、「『鉄兜』といふ小説を書いてゐる中村光夫は、現在、亀井勝一郎と論争してゐる評論家の中村光夫のことである。中村光夫もかつてはプロレタリア作家だつたのである」と言及したことで、ようやく明るみになったものだ（平野謙などは、高見に「すっぱぬかれた」と述べている〈『文学・昭和十年前後』〉）。

中村がこの作品についてどう考えていたにせよ、このプロレタリア作家としての作品には、中村の当初からのオブセッションが何だったのかが、明瞭に表れているように思う。

小説「鉄兜」が描くのは、「満洲事変」を背景に、子供たちの戦争ごっこが「ごっこ」を超えて激化を余儀なくされていくさまである。「九月は新聞の号外への人群りであつた。／活字では「事変」と書いてあつたが写真で見ると戦争だつた」と始まるように、現実を映し出す写真によって、活字＝言葉の虚構ぶりが冒頭から暴かれている。そして、「十月には学生や青年団が街々で金を集めた」、「十一月には足止め命令が方々の家へ行った」、「軍歌が流行歌になつた」と、時間とともに徐々に現実＝戦争が浸透していき、それはついに子供の世界にも広がってくる。「かうして十二月が来た。子供達は剣劇の真似を止めて戦争ごつこを始めた」。

ここには、現実を真似る「ごっこ」が、そのまま「表象＝表現」という制度の問題でもあることが書き込まれている。子供たちの「ごっこ」は、現実＝実生活を真似、やがてはそれに拮抗するものを目指す運動＝芸術となる。すなわち、あのリアリズムそのものなのだ。「然し子供達の遊びは写実的である」、「戦死の真似をする者もあつた」、「本当の兵隊さんみたいに歩かう、さうしたら大人も俺達を馬鹿に出来まい」。

「戦争ごつこ」を始めた子供たちは、やがて玩具屋の飾窓に鉄兜が重ねてあるのを発見する。子供たちにとって、鉄兜は強い日本軍の象徴である。「日本軍は鉄兜を被つている。支那軍は被つてゐない。日本軍は強い。支那兵は弱い」。さらに鉄兜は、彼らの「戦争」を「真似＝ごっこ」ではなく、「本当の戦争」の次元へと突入させていく。「子供等は兜を被つた御蔭で本当の兵隊になつた様な気がした。そしてひどく勇ましい気分になつた。サカリの付いた犬みたいに殺気立つてゐた。彼等は「本当の戦争」がして見たくて仕様がなかつた」。

やがて子供たちの間に難問がもちあがる。全員が鉄兜を被ってしまえば、いざ戦争をしようにも敵がいなくなってしまったのだ。「だが日本軍同士では戦争は出来ない。誰かが支那兵にならねばならぬ。誰がなるか？　それが問題だつた」。

彼らは敵をねつ造しなければならなくなる。いったい、どのように。全員が鉄兜を被っているのなら、「鉄兜」において何らかの差異が見出されなければならない。

〔…〕彼も亦兜を被つてゐた。しかしそれがボール紙で家で手製にした物の事は一見して解つた。その兜は丁度真ん中の尖つた陣笠みたいな格好をしてゐた。敏はこの兜がみんなにどんな感じを与へるかが心配だつたのだ。

突然良雄が笑ひ出した。単純な、だが軽蔑の混つたお坊つちやんの笑ひだつた。

「アハッハ、　支那人そつくりだ！」皆もどつと笑つた。洪二も笑つてしまつた。「アハッハ、便衣隊だ。」健ちやんが嬉しさうに云つた。

「馬占山！」

「チャンコロ、　チャンコロ！」

笑ひながらこんな事をいふ者がゐた。

「敏」の家は、「電燈料が払へなくて電気を止められた」のだろう、「蝋燭の灯で家中が麻糸繋ぎの内職をしてゐる」ような家だったので、とても鉄兜を買えるような環境になかったのだ。

さらに重要なのは、鉄製で「本物そつくり」の兜を所有していたのは、大家の倅の「良雄」だけだったことだ。他の子供たちは、主人公の「洪二」を含めて、全員ボール紙製のものしか手に入らなかったのである。すなわち、洪二らの兜と敏のそれとは、材質としては同じボール紙製でしかなかったのだ。だが、あくまで前者は「三十銭」の商品であり、後者は手製のもので商品ではない、そこに子供たちは日本軍＝味方／支那兵＝敵という「差別」の線を引いたのである。

資本主義的な商品の等価交換という「リアリズム」の法則は、それ自体がリアリズム的である「ごっこ＝写実」を通して、容赦なく子供の世界にも浸透してくる。そして、いったん「等価交換＝リアリズム」を受け入れてしまえば、子供たちは大人を真似て、ボール紙という質（使用価値）ではなく量（商品の交換価値）の差異に従って、世界を序列化するだろう。そして、自らの階層を守るために、ヒエラルキーの下層を敵として差別するようになるのである。

中村の小説「鉄兜」がプロレタリア文学だとしたら、それは反戦小説だからでも、作中にストライキや伏字が存在するからでもない。このように、資本主義が子供の世界をも自らの姿に似せようと、階級＝序列化を貫徹せずにはおかないありさまが活写されているからである。

これは、そのまま後年の批評家としての中村の、例えば以下のような文章に重なるだろう。そして、「言文一致」という決定的な分岐点を見出した中村にとって、文語を口語に隷属させながら、それをあたかも両者の幸福な「一致＝等価交換」のごとく言い張る「言文一致の無理＝似非非合理主義」は、資本主義と共犯なのである。

「資本主義は自分の姿に似せて世界を変革する。」とマルクスが云ひましたが、十九世紀について云へば、それに「自分の従属物として」と付加へる必要がありませう。この世紀の動きは、全世界のヨーロッパの資本主義国への植民地化といふことで要約されます。

（「日本の近代化と文学」）

中村は、西洋近代を基準として日本文学を裁断する者であるどころか、一貫して「「近代」への疑惑」を手ばなさなかった批評家であった。その「疑惑」は、日本に向けられているというより、「全世界」をその論理で覆い尽くし、「植民地化」（＝脱領土化－再領土化）し、すべてを「自分の姿に似せて」「変革」しないと気が済まない資本主義に向けられていたと考えるべきである。「鉄兜」が描いた戦争とは、同じ鉄兜を被っているにも関わらず、いやだからこそ、交換価値によって差別化をはかっては敵をねつ造し、勝者による敗者の植民地化を自明視していく過程にほかならない。資本主義は、戦争をも「自分の姿に似せて」「変革」したのだ。

洪二は、本物の鉄兜の良雄が、序列を固定化せんがために戦争をしかけ、敏を「無理に支那人にして殺してしまつた」とき、やっとそのことに気づく。だが、もう事態は取り返しがつかない。

〔…〕歩きながら先刻の敏の眼を思ひ出した。涙を溜めた大きな眼は先夜の別れ際の乾いた眼と同じ事を云つてゐたのだ。その眼は今彼の腕の中で長い睫を伏せて閉ぢている――洪二は此れが皆自分の所為だと思はれた。そして自分の卑怯さを責めた。御都合主義に唾を引つかけたかつた。然しもう遅かつた。内臓を締め付けられる様な悔恨が身内を食ひ破り廻つた。

敏の「先夜の別れ際の乾いた眼」とは、「鉄兜をほんとに買つて貰ふかい？」と「じつと唇を噛みしめて洪二の眼を見入つた」、あの「眼」のことだ。洪二は、敏が何を訴えようとしていたかに薄々気づいていたにもかかわらず、皆で「鉄兜」を被ろうという、欲望とも同調圧力ともつかぬものに屈して、結局は敏を見殺しにしてしまった。「鉄兜」が「彼の心をかたくなにした」のである。ならば、戦争とは、全員一致で「鉄兜」を被ること、いや「かたくなに」全員に被らせようとすることそのものではないのか。「鉄兜」をどうしても「買つて貰ふかい？」というあの敏の「眼」は、洪二にそのことを訴えようとしていたのではなかったか。

中村は、『二葉亭四迷伝』を書いたとき、二葉亭が国民に「鉄兜」を被せようとしたことで、洪二と同じく「内臓を締め付けられる様な悔恨」に襲われていたのだと感じたことはなかっただろうか。少なくとも、中村自身は「此れが皆自分の所為だと思はれた」だろうし、「自分の卑怯さを責め」、「御都合主義に唾を引つかけたかつた」に違いない。

今や、文学は、政治や転向とは無縁なものとなったように見える。だが本当は、この「悔恨」が「身内を食ひ破り廻つた」ところからしか、文学を考えることなど出来ない。

第二章　なし崩しの果て　プチブルインテリゲンチャ、平野謙

1

平野謙は、第二次大戦の敗戦を、福岡県飯塚市の麻生鉱業株式会社の嘱託として迎えた。「昭和二十年八月十五日、ラジオのない一鉱山の寮に仮寓していた私は、やはり午後になってはじめて敗戦の事実を知った。青天の霹靂のようなその報知に、私はただ呆然自失した。戦争が終結した、戦争もまた終るものなのだ、という納得しがたい事実の前に、私は芸もなく棒だちとなった」。そして、「昭和二十一年一月」の「文芸時評」は、有名な一節へと続く。

〔…〕私は呆然自失のままに配達された号外をむさぼり読んだ。私は「終戦の詔書」を読み、御前会議の経過を読んだ。私の頭には、詔書のなかの「五内為ニ裂ク」という破格の言葉と、白の手袋を竜顔にあてられたという、廟議決定の経過報告には不似合な一節とだけが灼けつくように残った。私は、ひとり声をのんで泣いた。わけもなくあふれでる涙をどうしようもなかったのである。

あらかじめ断っておくと、このあられもない「天皇」への敬愛は、荒正人や小田切秀雄ら他の『近代文学』同人とは異なる、平野独特のものだ。例えば、荒などは降伏のニュースを聞いて、「ある憤激をこめた奇怪な哄笑を二三度虚空にむかって繰り返した」（「第二の青春」）。さらに、『近代文学』同人による座談会「文学者の責務」においても、荒が「あゝいつた半封建的な日本社会のシンボルとしての天皇制がある限りは、近代的人間といふものは確立され得ないと僕は断言するね」と言い、小田切も「天皇制下につくられて来た国民感情といふものが非常に封建的なものであることはいふまでもないが、さういふ封建性はわれわれ日常の色々な感覚の隅々にまで色々な形で入り込んで来てゐる。だからさういふものとの戦ひ、自分自身の中にある封建性、日本人民の中に広く浸潤してゐる封建性、それとの戦ひといふものが非常に必要なことになつてゐる」と口々に述べても、平野は「どうも僕にはピンと来ないね」と返すのみだった。

その一五年前の一九三一年一一月、日本プロレタリア文化連盟（コップ）が結成されると、当時大学生だった平野は、出版部長の壺井繁治を訪れて、「私はプロレタリア文化運動の一兵卒としてはたらきたい」と願い訪問した。壺井は、平野が自発的に訪れた最初の文学者であり、その時壺井が朝食を食べていて、「それがミルクと果物とトーストだったことを、プロレタリア作家のくせに案外ハイカラなんだなと思っ」たようだ。その後平野は、コップ書記局員となっていくが、実際は正式にコップ書記局メンバーに加えられたという話を、当時誰からも知らされた覚えがないという。平野曰く「いわば踏みきりの決意ぬきに、ズルズルと半非合法活動にまきこまれる結果となった」のである（『文学・昭和十年前後』）。

いわば、最初から「なし崩し」の人生だった。平野は、「ズルズルと」プロレタリア文学運動に加わり、やがて転向、戦時下においては「身は売っても芸は売らぬ」というセリフ（もともとは高見順『死の淵より』の言葉）とともに文学報国会の結成を指導した国家機関の「情報局」嘱託を勤め、敗戦に至ると天皇への共感と民主主義革命＝天皇制廃絶への疑いを示すこととなった。

そして、食道癌で病床にあった最晩年の一九七七年三月、それまでの批評家としての文業に対して、藝術院賞恩賜賞を受賞。受賞の意向を打診されると、「ハア、そうですか、と応えたものの、オンシショウとは一体なんだったろうと思って、そのまま絶句したかたちになった」（「恩賜賞受賞のこと」）。杉野要吉によれば、その際、「『そうですか』と応えたことで『受ける』意思ありと理解され、その後はずるずるとなし崩しにことが進行し、彼は『恩賜賞』受賞者になった」（『ある批評家の肖像　平野謙の〈戦中・戦後〉』）。最後まで「なし崩し」であった。

このような、批評家平野謙の「なし崩し」のありようについては、今挙げた杉野要吉『ある批評家の肖像　平野謙の〈戦中・戦後〉』が、その人生の局面局面に対して、実証的かつ徹底的に批判を加えている。その「なし崩し」の「転向」ぶりに限っても、江藤淳（「青春の荒廃について――純文学論争を語る」）や廣松渉（『〈近代の超克〉論　昭和思想史への一断想』）など重要な批判が多々ある。平野の文学人生は、批判の蜂の巣であったと言えよう。すでに平野謙は何度も死んできたし、もはや読まれていないという意味で今も死に続けている。

だが、本当に、平野は死んだのだろうか。なし崩しにブレブレになっていく過程を、いつのまにか我々もまた歩んでいるのではないか。

先の座談会「文学者の責務」において、荒や小田切らによる「天皇制廃絶＝民主主義革命」の声に、「どうも僕にはピンと来ないね」と応じた平野は、その後こう続けている。「しかし、さういふことを君たちは事もなげに言ふけれども、さういふことがどんなに困難なことか、といふ事実こそ、僕らが今度の戦争で学んだ最大の教訓なんぢやないか」。どんなに平凡で陳腐に見えようとも、これが平野の偽らざる「実感」だった。日本プロレタリア作家同盟（ナルプ）解散後、誰もそれをプロレタリア文学運動の敗北として認めず、したがって一向に総括もなされない「なし崩し」のなか、かろうじてそれを『転形期の文学』で認め得た亀井勝一郎に傾倒したのもそのためだ。

先に見た、戦後第一声の「文芸時評」において、平野はまた言っている。「私といえども、二度と芸もなく流されッぱなしに流されたくないのだ。文学者なら、どんな時世にめぐりあおうと、自己の肉体をおきざりにするわけにはゆかぬという事実を、おたがいにたたかい代償を仕払ってまなんだはずではないか」。結局君らだって、戦争も、天皇制もやめられなかったではないか、革命も起こせなかったではないか、結局君らだって「なし崩し」に流されてきたではないか、そう続けたかったに違いない。

なし崩しに「流されッぱなしに流され」てきた果てに、平野が最後にしがみついたのは「自己の肉体」だった。これは、時期的にも、「自分の肉体そのもの以外に、どこにも思想といふものはない」という田村泰次郎「肉体が人間である」や同じく田村の『肉体の門』、坂口安吾「肉体自体が思考する」など、いわゆる「肉体文学」を想起させる。だが、戦争を通して、「肉体」を忘れた「思想」への不信を表明し、敗戦国の文学は「もっと敗けた国の文学らしく、もっと混乱し、もっとめちゃくちゃになり、もっとエロになり、もっとハメをはづさなければならない」(「肉体が人間である」)という「肉体文学」に比べると、平野が流されてきた果てにしがみついた「肉体」は何だったのか。戦火を通過した「肉体文学」には、まだ「肉体」が信じられる「思想」として残存していた。「肉体が人間である」と主張できる「肉体文学」と、いわば「人間は肉体である」としか言えない平野との差異は、見かけ以上に大きかったはずだ。平野には、最後に「信じられる」ものとして「肉体」が見えたのではない。何も信じられなくなった果てに「肉体」としか言えなかっただけだ。本当は、平野にとって、肉体ですら「ピンと来な」かったろう。

食道癌に侵された最晩年、恩賜賞受賞式を前にして平野は述べている。「しかし、現在の私はできることなら六月六日の受賞式には出席して、自分の手で天皇からの花瓶をいただきたい、と希っている。なんとかそれまでにすこしでも体重をふやしたいと、目下家内ともども苦心している最中なのである」(「恩賜賞受賞のこと」)。

平野の肉体は、天皇を前に自身では支えられないほどやせ衰えていた。比喩的に言えば、この肉体は、ほとんど現在の我々のものでもあろう。天皇を前に、戦争を前に、何か確かなものが残されているのか。日米安保とセットとしてしか存在し得ず、したがってなし崩しに海外派兵を許容させられている平和憲法は、果たして信じられるほどの肉体たり得ているか。

平野の反戦＝人民戦線を嘲笑し、そのなし崩しの転向を批判するのは、現在から見ればたやすい。だが、とりわけ冷戦崩壊以降、マルクス主義も共産主義も持ち出せなくなり、反戦であれ何であれ、そのよりどころがいったいどこにあるというのか。アメリカという「平和勢力」か、中国という「帝国」か、ヨーロッパという「普遍主義」か、それとも「市民主義」か。いっそ、IS（イスラム国）のごとき「法の外」か。平野でなくても、どれもこれも「ピンと来ない」という実感の欠如に、思想なり批評なりは、どのような「肉体」を示すことができるというのか。

平野が、敗戦後すぐに披歴した、何もかも「ピンと来ない」という肉体すら残らぬ「実感」を、我々もまた共有しているのではないか。だとしたら、平野は、すべてがなし崩しになっていく過程を、いち早く生きた批評家だったとはいえないか。知られるとおり、平野は、何度も何度も「昭和十年前後」にたち帰り、これをライフワークとした。まるで己の「なし崩し」がオブセッションであったかのように。平野の「昭和十年前後」は、いわば「なし崩し」の歴史性を示しているのである。

2

「なし崩し」の歴史性を見るために、「純文学」について見てみよう。かつて、一九六〇年代前半に「純文学論争」という論争があった。その中心が平野だった。平野は純文学の擁護者のイメージがあるが、実は論争においては攻撃者だった。旧来の「純文学」概念を破壊する異端と見なされていたのである。にもかかわらず、平野の「純文学」概念は、正統＝オーソドキシーとして機能していくことになる。

論争を簡単に振り返っておこう。平野は、『群像』という「純文学擁護という目標」を掲げるフィールドの一五周年記念に際して、「純文学という概念が歴史的なものにすぎないこと」(「『群像』十五周年によせて」)を敢然と主張した(ゆえに、当時の『群像』編集長の大久保房男に睨まれ、大久保が周囲を焚きつけて論争を演出したと平野は語っている(「純文学論争以後」)。

早速、これに反応したのが、伊藤整や大岡昇平だった。伊藤は、「逍遙が「小説神髄」を書いた時から、純文学の観念は成立していて、それが次第に変化して来たのであり、その原型が西ヨーロッパの近代小説にあることは否定できない。そしてその焦点は常に良心と社会事情との接するところに結ばれていたのだ」と述べた。つまり、「純文学」は、平野が言うほど脆弱なものでも歴史の浅いものでもないと反論したわけだ。その「良心」があるせいで、かえって「政治の非情性なるものをまともに扱うことができず」、その結果「松本清張などの切り開いた社会推理小説のタイプ」に場を譲っている、と(「「純」文学は存在し得るか」)。この「社会(派)推理小説」については、本章6節でまた述べる。

また大岡は、「思うにこういう平野の感慨の底には、現代における文芸評論家の生活問題がからんで」おり、そこには「中間小説の洪水の中にあって、不景気な純文学作品の評価を行わなければならない批評家の苦渋がにじみ出ているようである」と述べた（「批評家のジレンマ」）。

両者とも、大衆社会の膨張という現象を踏まえ、それなりに当時の現状に即した論ではあるものの、平野の問題意識を完全にとり逃している。平野もそう感じたのだろう、再反論を試みることになる。

「私のちょっと調べたところによると、純文学という言葉は昭和七年になってはじめて固定している。純芸術とか純文芸などともよばれたすえ、純文学に定着したあんばいである。注意すべきは、純文学は何処へ行くとか純文学の危機とかいうテーマと結びついて、ようやくそれが定着している事実だろう」（『文学・昭和十年前後』第十六回「中間の締めくくり」）。すなわち、純文学は「危機」に直面してようやく「定着」した。「純文学という概念が歴史的なものにすぎないこと」とは、そうした意味においてであり、それは「純文学」の破壊でも再評価でもないというのだ。

あくまで平野は、プロレタリア文学との関係において「純文学」の「定着」を捉えていたのである。平野の見立てでは、すべての発端は、有島武郎の「宣言一つ」にあった。「有島武郎の『宣言一つ』は、プロレタリア文学をプロレタリア出身者の手になる文学とプロレタリアのための文学とに分けて考えた場合、ほぼ前者の時期にあたる論だった。プロレタリア出身とブルジョア出身という対立概念がほとんど宿命的に受取られかねまじき時期に発せられたマニフェストにほかならなかった」（「中間の締めくくり」）。このプロレタリアとブルジョアの「宿命的」な「対立概念」

こそが、前章の中村光夫論で問題にした平野史観を形成していくこととなる。

既成の文学に対する初期プロレタリア文学は、プロレタリア出身の人々の手による文学だった。それが、青野季吉の『自然生長と目的意識』(一九二六年)以降、プロレタリア文学とマルクス主義とが結びつき、「プロレタリア文学ははっきりプロレタリアのための文学に力点を打って、そこに運動のための組織論もはじめて成立したのである」(「中間の締めくくり」)。このときプロレタリア文学は、プロレタリア「による」文学(=自然生長的)から、プロレタリア「のための」(=目的意識的)文学へと変容かつ拡大を遂げていくものとなった。

同時に、このときから、プロレタリア文学固有のジレンマも始まったといえる。プロレタリア「のための」文学において、プロレタリア解放という「目的」にウェイトが置かれれば、文学は一種の啓蒙宣伝のための「手段」にすぎなくなろう。それは、あたかも「進軍ラッパ」(鹿地亘「所謂社会主義文芸を克服せよ」)のごときものと見なされる。逆に、文学こそが「目的」だと見なされれば、プロレタリア文学もまた「文学」でなければならないということになる。ここに「政治と文学」の二元論的対立が生起する。

知られるように、平野自身、この「政治と文学」に、言い換えれば、「政治の優位性」と「文学の自立性」との間で引き裂かれ続けた存在だった。そして戦後、ついには、「私は中途半端がすきだ」(『文学時標』第一一号、一九四六年九月)と言い放たねばならなくなる。

この平野の「中途半端」は、思想的には「主体性論」と言い換えられた。「中途半端」をポジティヴに捉えかえし、マルクス主義＝唯物史観の鉄の客観性に規定されない、自由浮動的なインテリゲンチャ（カール・マンハイム）の「主体性」が重視されたのである。

平野は戦後、「政治と文学」論争をたたかうことになる。一般的には「政治と文学」という概念は、むしろこの戦後の論争の方を想起させよう。だが、平野から見れば、それは、有島『宣言一つ』から初期プロレタリア文学期に生起した「政治と文学」の二元論的対立が、「なし崩し」的に反復されたものにすぎない。平野にとっては、先行する「文学的インテリゲンチャ」（平野）としてずっとリスペクトしてきた、中野重治と論争になったこともさることながら、戦後にまたしても「政治と文学」が問題になったことが一番の驚きだったのではないか。平野が、日本近代文学史において核心的な「昭和十年前後」の問題は何一つ解決せず、戦後に持ち越されたと盛んに述べるのもそのためではなかったか。

『宣言一つ』で生起した「政治と文学」は、プロレタリア文学の文壇制覇によって、確固たる「対立」となっていった。だが、そもそもなぜプロレタリア文学は、ヘゲモニーを握ることができたのか。平野は、意外にもその理由に、菊池寛の「文芸作品の内容的価値」（一九二二年）と、広津和郎の「散文芸術の位置」（一九二四年）とを挙げる。いわゆる散文芸術論である。前者は里見弴との、後者は生田長江との論争の産物だ。ではなぜ、一見プロレタリア文学とは関係のないこれらなのか。

3

ここからは、些末と言えば些末なことだ。だが、この些末さにこそ、すべてが「なし崩し」になっていく要因が宿っているといえる。平野は言う。「菊池寛と広津和郎とは、小説という文学ジャンルをまず在来の芸術論一般から解きはなち、人生、現実、社会に密着する一点にその特質をみようとした。広津和郎は小説を人生のすぐ右隣りにあるものと規定し、菊池寛はうまい、まずい以前の題材的価値を強調したのである。それは今日ふうの純文学概念とはうらはらの一種の小説非芸術説にほかならなかった」（「中間の締めくくり」）。

菊池は、文学の「芸術的価値」に対して、「われ〱の生活そのものに、ひゞいて来る力」、「我々を感動させる力」として「内容的価値」（「生活的価値」、「思想的価値」とも言いかえられる）を主張した（「文芸作品の内容的価値」）。広津は、菊池の主張をふまえて、芸術の中でも「散文芸術」に限定したうえで、「散文芸術」は「人生と直ぐ隣り合せだというところに」「一番純粋の特色があるのであって、それは不純でも何でもない」と言い放った（「散文芸術の位置」）。

両者とも、小説の小説たる特質は、その「非芸術性」にあると主張したわけだ。むろんこれは、芸術とは「浪漫的」な「美」であり、文芸的には「詩的」であることと規定した、ヘーゲル『美学講義』に照らしても正統的な主張だった。そこでは非「詩的」である小説＝散文は、ひとまず非「芸術」と見なされるからである。もちろん、同時にそれは、「真理」を表明する「散文＝哲学」ではないという中途半端！なジャンルとして位置づけられもする。ルカーチが言いかえたように、小説は「先験的な故郷喪失」の形式として、前近代的な「芸術＝故郷」を「喪失」した中途半端な「形式」なのだ（『小説の理論』）。言うまでもなく、ここから、「芸術＝詩」と「実行＝散文」パラダイムの問題が生起するのである。

平野は、菊池や広津の主張は、「今日ふうの言葉に要約するならば、小説のアクチュアリティを重視せよ」ということだと要約した。その後平野は、ここを起点に「小説アクチュアリティ説」を展開していくこととなる。そして平野は、この菊池や広津によるアクチュアリティの主張こそが、プロレタリア文学を準備したと言うのである。「私どもの日常生活において最もアクチュアルな力をふるうものは政治であり、政治こそ現世のアクチュアリティを代表する最高のシンボルだとすれば、菊池・広津の小説論に接続するものとしてプロレタリア文学をもってきても、あながち牽強附会の弁ではあるまい」（「中間の締めくくり」）。

例えば、菊池や広津の散文（非芸術）論は、プロレタリア文学陣営の青野季吉の「調べた」芸術の提唱や、その後の蔵原惟人の「主題の積極性」論にも通じよう。ならば、散文芸術論の主張からすれば、「プロレタリア文学こそ散文芸術の理想型にひとしい」と言えないか。また、だからこそ「昭和五年を頂点として、プロレタリア文学が一時期日本の文壇を制覇したかにみえた」のだ、と。平野はこう結論する。

〔…〕正直な日本の散文芸術家は、そういう散文芸術の正統性ゆえに、ひるみ、たじろいたのではないか。そこにプロレタリア文学のヘゲモニイ確立という今日からは想像もつかぬ現象が生じたのではないか。もしも純文学という概念のなかにわが近代小説の正統性という意味を読みとるならば、散文芸術論からプロレタリア文学へという歴史的展開のなかに、その主線を汲みとるべきではないか。(「中間の締めくくり」)

「散文芸術」の「正統性」。そこから見たときに、「純文学」という概念の「理想形」は、むしろプロレタリア文学となる――。これが平野の「純文学」論のアルファにしてオメガだ。平野が「純文学」を「歴史的概念」だと言うのは、何より純文学がプロレタリア文学の歴史性に規定されているからなのだ。

考えてみれば、菊池や広津の散文芸術論は、散文＝非芸術である以上、「芸術と実行」のパラダイムにおいては、当然「実行」側につくことになる。そして、プロレタリア文学は、昭和以降における「政治と文学」の「政治」側につくものだ。前回見たように、平野史観とは、「芸術と実行」パラダイムが、やがて「芸術と実生活」、「思想と実生活」と形を変えながら「政治と文学」へと展開していったと捉えるものだ。これら二元論的対立に近代文学全体を貫流するものを見出そうとするのである。したがって、平野にとって、「散文芸術＝実行」と「プロレタリア文学＝政治」とは、二元論的対立が展開されていくために、是が非でも接続されなければならなかったと言える。

そこから見ると、「純文学＝プロレタリア文学」説とは、すなわち「芸術と実行」が「政治と文学」へと展開されていく、その媒介＝蝶番の機能を担うべきものだったと考えられよう。そこにおいて、「純文学」とは、あくまで実行＝非芸術、政治＝非文学だったのだ。平野にとって「純」文学とは、一義的にはむしろ非－文学（芸術）を意味していたのである。

そのように、「純文学」が定着したと見られる「昭和七年」以降の「昭和十年前後」には、「共産党とプロレタリア文学との関係が純文学と私小説との関係にほぼひとしい」（『文学・昭和十年前後』）と見なすことができたという平野のトリッキーな説がある。これも、この「純文学＝プロレタリア文学」説を導入することで、その意味するところが見えてこよう。

〔…〕一時期における共産党とプロレタリア文学との関係と純文学と私小説との関係は、ともに世俗的なものをきびしく排除することによって、よく純粋性のシンボルとなり得たのである。その純粋性のシンボルが崩壊し、あるいは変質する過程が、とりもなおさず非合法政党から合法政党へと「社会化」する過程でもあった。それは単なる崩壊過程あるいは変質過程でもなければ、また単純な社会化過程でもない。いわばその複合体たるところに今日の状況の困難がある。（『文学・昭和十年前後』）

平野は、この平野史観の根幹に関わる「状況の困難」が、「純文学論争の遠因」だったことを明確に認識していた。だからこそ、糖尿病で一か月入院を強いられながらも、この論争を回避できなかったのである。

その「困難」こそが、「社会化」にほかならない。平野は、共産党が非合法から合法化していく過程と、純文学が通俗化していく過程を、ともに「社会化」として捉えていた。それが、「単なる崩壊過程あるいは変質過程でもなければ、また単純な社会化過程でもない」ところに、すなわち弱体化し骨抜きになっていった負の方向とも、高度に組織化していった正の方向とも言いきれないところに、この「社会化」の「困難」があったのだ。むろん、この問題は、前章で論じた、「私」は「社会化した」(小林秀雄)のか、「社会化された」(中村光夫)のかという問題と同じものである。

前章の中村同様、「昭和の十年前後」にこだわり続ける平野にとっても、この一九三〇年代に前景化する「社会化」をどう捉えるか、言いかえれば大衆社会の勃興にどう対処するかが問題だった。平野が「純文学」の危機=定着を昭和七年に見たのは、まさに「昭和十年前後」のそのあたりから、純文学の危機が言説化してくる、その歴史性を捉えようとしたからにほかならない。純文学論争は一九六〇年代だが、それは平野にとっては、「昭和十年前後」の問題を未解決事件として放ったらかしにしてきたツケを遅れて払わされているにすぎないものだった。いや、プロレタリア文学の問題を思考してきた平野にとって、それはプロレタリア文学が直面してきた大衆化の問題(芸術大衆化論争など)の反復にすぎなかったはずである。この「社会化」の問題については、また本章6節で触れよう。

4

ここで問題を整理するために、平野史観の年表を本稿に関わる部分で示しておこう。

一九〇九年　田山花袋『評論の評論』――芸術と実行（実生活）
一九二二年　有島武郎『宣言一つ』――政治と文学
　　　　　　菊池寛『文芸作品の内容的価値』
一九二四年　広津和郎『散文芸術の位置』――散文芸術論
一九三〇年　プロレタリア文学が文壇を制覇
一九三二年　「純文学」の危機→定着
一九三五年　横光利一『純粋小説論』、小林秀雄『私小説論』
　　　　　　――純文学と大衆文学　文学の社会化
一九三六年　小林秀雄×正宗白鳥――思想と実生活論争
一九四六年　政治と文学論争
一九六一年　純文学論争

有島の「宣言一つ」に端を発し、菊池寛の「文芸作品の内容的価値」を経て、広津和郎の「散文芸術の位置」へという流れを一本の「縦糸」と見なす「平野史観」は、さらにその先の芥川龍之介と谷崎潤一郎の「「話」のない小説論争」（一九二七年）にまで糸を延ばそうとする。平野は、この縦糸を、「私は以前からひとつながりの小説論争と解釈して、それを末すぼまりに痩せていったものと受取っていた」（「中間の締めくくり」）。だが、目論見に反して、それらは一般的には「ひとつながりの論争とは呼びにくいものだった」。

平野の考えでは、「ひとつながり」と見なされなかった最大の原因は、有島の「宣言一つ」が投げかけた問題を、後続の菊池や広津が切迫したものとして受け取らなかった点にある。それどころか、広津に関しては、有島と「『宣言一つ』論争」を闘う相手として敵対する側に回った。そこで、「ひとつながり」は切断されてしまったのである。

〔…〕プロレタリア的とブルジョア的とが、もしも有島武郎のいうようにまるで話の通ぜぬ絶対的な対立だったら、早い話が、平安朝時代の貴族文学も徳川時代の町人文学も、われわれはてんで理解できぬはずじゃないか、と広津和郎は考え、そういう芸術本質《プロパア》不変説の視点から、有島武郎の考えかたを平面的で窮屈だと批判したのである。つまり、一種の脅威として有島武郎の眼に映ぜざるを得なかったプロレタリア階級の勃興という事実を、広津和郎は素通りしてしまったのである。菊池寛もまた文学以前の道徳的価値や生活的価値を強調しながら、目前のプロレタリア文学に対しては『芸術プロパアに階級なし』として、やはり芸術不変説の角度からこれを撃ったのである。（「中間の締めくくり」）

「宣言一つ」の有島が、「今後私の生活が如何様に変らうとも、私は結局在来の支配階級者の所産であるに相違ないことは、黒人種がいくら石鹸で洗ひ立てられても、黒人種たるを失はないのと同様であるだらう。従つて私の仕事は第四階級者以外の人々に訴へる仕事として始終する外はあるまい」と「宣言」したことは有名だろう。ブルジョア出身たる自分は、プロレタリア＝第四階級へと観念的に階級移行できるものではない。平野はそのことを「肉体の不可変性」（「「政治の優位性」とはなにか」）と言った（柄谷行人ならば、労働力を「買う立場」と「売る立場」との抜き差しならない非対称性と言うだろう）。

本章1節で見た、平野が、なし崩しの果てにしがみついた「肉体」の起源がここにある。平野の「肉体」には、最初から「不可変性」が張り付いていた。それは、階級間の対立そのものだったのだ。このブルジョアとプロレタリアの間の不可変性や非対称性が、両者に挟まれてある「プティ・ブルジョア・インテリゲンツィアの道」（平野）として肉体化していくこととなる。われわれはまた、最後にこの地点に戻ろう。

有島が見た、このブルジョア階級と勃興しつつあるプロレタリア階級との間の、容易に乗り越えがたい二元論的対立。このとき有島の目には、明治以来の「芸術と実行」という対立が、そのまま「ブルジョアとプロレタリア」という階級対立へとスライドしていったように映っていたのである（実際、「宣言一つ」は、「芸術と実行」ならぬ「思想と実生活とが〔…〕労働者そのものゝ手に移らうとしつゝある」と始まる）。

「『宣言一つ』論争」において、「文学はブルジョアにもプロレタリアにも専属すべきものではない」（「有島武郎氏の窮屈な考へ方」）と反論した広津に再反論して、有島は芸術家を三種類に分類した。第一は、例えば泉鏡花のように生活全部が芸術に没入している芸術家、第二は、芸術と実生活の間に思いをさまよわせずにいられない芸術家、第三は、芸術を実生活の便宜に用い、ブルジョアとプロレタリア問わず提灯を持とうとする芸術家である。この中で、有島は、「第一」を「最もうやまふべき純粋な芸術家」とし、自分は「第二」の芸術家にすぎないと言う。「私は常に自分の実生活の状態についてくよ〳〵してゐる。そして、その生活と芸術との間に、正しい関係を持ちきたしたいと苦慮してゐる」（「広津氏に答ふ」）。

有島が、「芸術と実行（実生活）」という芸術家／実行家の対立と、「ブルジョアとプロレタリア」という階級的対立を、同心円的に捉えていたことは、このような分類からも明らかだろう。そして自らを、この対立を「対立」として生きる、第二の芸術家として規定したのである（第一、第三の芸術家においては「対立」が存在しない）。「宣言一つ」とは、自然主義以前の「芸術と実行」という対立が、「ブルジョアとプロレタリア」という階級対立へと変質したことを歴史的に告げる宣言＝マニフェストだったのだ。この歴史性が、平野には無視できなかったのである。

これに対して、広津は、さらなる反論を加えた。第一が最も純粋で、第二がそれより劣るという有島の価値判断は、芸術を明確に「散文芸術」として捉えていないからだ、散文芸術は人生と直ぐ隣り合わせにあり、実行＝実生活と結びついたところにあることが最大の特徴なのだ、むしろそこにこそ散文芸術の「純粋性」があるのだ、と言った。よって、第二の立場こそ「散文芸術」家として正当なスタンスなのだ、と（「散文芸術の位置」）。

広津と有島は、自らがともに第二の立場であることを共有しながらも、有島はそれをネガティヴに、広津はポジティヴに捉えた。それが理由で論争を戦うことになってしまう。このとき両者が、差異ではなく、第二の立場を共有していることにウェイトを置いていれば、お互いに共闘できたはずだ。平野は、その理由について、「私の推定をいえば、広津和郎はむかしから有島武郎が嫌いだった。虫がすかなかったのである。人間としてか、文学者としてか、思想家としてか知らぬが、どうも有島武郎が嫌いだったようだ。その嫌いだった一斑は、有島武郎がいわば社会派の先駆者だったところにあったのではないか、というのが私の推断なのである」（「昭和文学の可能性」）と述べているが、平野ならではの勘繰りと言えばそれまでなのでここでは措こう。平野の次の指摘の方が、はるかに重大だからである。

〔…〕だから、菊池寛や広津和郎の小説におけるアクチュアリティの主張は、いわば芸術のための芸術に反対する人生のための芸術圏内の人生派的芸術論にほかならなかった、ともいえる。だから、人生派から社会派にまですすみでた有島武郎には同情をもつにいたらなかったようである。(「中間の締めくくり」)

自然主義以前の「芸術と実行」という二元論的対立は、その後、プロレタリア階級の勃興という歴史性に直面し、否応なく「ブルジョアとプロレタリア」という階級対立へと形を変えながら先鋭化していった。もちろん「芸術と実行」は、「ブルジョアとプロレタリア」へとそのまま移行したわけではない。「ブルジョアとプロレタリア」という階級対立は、従来の「芸術と実行」パラダイムから見れば、明らかにその「外」に発生した歴史的「対立」だった。有島は、その歴史的「対立」を前に、芸術=文学には回収し得ない「外」を見てしまい、ひるまざるを得なかった。だが、菊池、広津は、問題を「芸術圏内」に狭めてしまったのだ。

平野は、有島の直面した対立に遡行しようとした。ここに、「政治と文学」という対立は萌芽としてあり、「政治と文学」とは、このとき露わになった「プロレタリアとブルジョア」の言い換え=変形にほかならないことを、正確に捉えていたのである。

問題を整理したうえで言い換えよう。「政治と文学」とは、有島が見てしまった勃興しつつあるプロレタリア階級を、文学=ブルジョアの側が、対立のまま捕捉し回収する「装置」としてあったと言える。これ以降、「政治の優位性」と言おうと、「文学の自立性」と言おうと、それは階級対立を回収し、すでにパラダイムと化した「政治と文学」の「圏内」における相対的な問題となる。「芸術と実行」の「芸術」の位置に比べれば、「政治と文学」の「文学」は、「政治」にプライオリティがあるという意味で価値を低下させたと言えるが、所詮は、「政治」の側にシーソーが傾くか、「文学」の側に傾くかの違いにすぎない。このように、「外」を「装置」の内部に飲み込んで消去してしまうのが「文学」なのだ。そのとき駆動するのが、前章でも問題にしたリアリズムである。端的にそれは、「外」が「描写」されることで「内＝文学」と見なされる形式だからだ。

前章の中村光夫のみならず、平野にとっても、「文学」はブルジョアのものであり、統治の「装置」だった。平野にとって、この萌芽としてあった階級対立としての「政治と文学」がオブセッションだったのであり、後の「政治の優位性」と「文学の自立性」の対立など、その「装置」が生みだす、すでに「芸術＝文学」圏内の派生物にすぎなかった。

果たして、「政治＝プロレタリア」と「文学＝ブルジョア」との間に立つ「プティ・ブルジョア・インテリゲンツィア」たる自らは、自然生長的にブルジョアに吸収されるのか、それとも目的意識的にプロレタリアにつこうとするのか。この「対立」の間で「中途半端」に右往左往することを余儀なくされること。

憐憫も知らず憤怒も知らず
心平らかに善と悪とを聴く（エヌ・ゴニークマン）

これはすべてのインテリゲンツィアに隙あらばもぐりこもうとする根づよい誘惑ではある

が、それだけにこのロシアの諺（？）が単なる虚妄にすぎないことを、われわれは今ハッキリ「承知」しなければならない。（「プティ・ブルジョア・インテリゲンツィアの道」）

平野の出発点であり、生涯の道となった「プティ・ブルジョア・インテリゲンツィアの道」の末尾である。「プティ・ブルジョア・インテリゲンツィアの道」とは、「対立」の間で「中途半端」を宿命づけられたプティ・ブルジョア・インテリゲンツィアが、「心平らか」になろうとする「誘惑」を、「虚妄」として退け続ける「道」だった。だが、「誘惑」は「隙あらばもぐりこもうとする根づよい」ものなので、それは同時に「なし崩し」の「道」でもある。裏を返せば、このことは、平野の「中途半端」が、「外」であることを示してはいないか。ブルジョアもプロレタリアも、両者の階級対立も、「政治と文学」という形で「文学」に回収されてしまうのなら、両者の間に立つ「プティ・ブルジョア・インテリゲンツィア」（だけ）が「外」なのだ。平野の「プティ・ブルジョア・インテリゲンツィアの道」とは、文学という装置の「外」へと続く道なのである。これについても、また最後に触れよう。

5

純文学論争に戻ろう。そこで平野が目論んでいたのは、プロレタリア文学と接続できず、その結果「変質」してしまった純文学の「更生」にほかならない（「純文学更生のために」）。したがって、旧来の純文学を保守しようとする者たちが、必死になって総攻撃をしかけてきたのも無理はない。

むろん、平野にしても、攻撃者の一人だった高見順に言われるまでもなく、「村上浪六のむかしから、文学現象としていわゆる純文学と大衆文学との対立があったことぐらいは、私といえども先刻承知している」（「再説・純文学変質」）という思いはあった。

だが、平野にとっては、プロレタリア階級勃興後という歴史性に規定された純文学こそが重要だったのである。にもかかわらず、目的意識的な文学の社会化ではなく、自然生長的な文学の大衆化の進行によって、純文学の「肉体」は、なし崩しに変質させられるのに身を任せて、ますますやせ細っていく。そもそも、見てきたように、「昭和七年」に「純文学」概念が固定したのは、すでにそれが危機に瀕していたからだったはずだ。高見は、まるで自分が純文学を「攻撃」「撲滅」させようとしたかのように罵るが（「純文学攻撃への抗議」）、自分がそんなことをしなくとも、純文学はとうに大衆文学の前に「撲滅」しているも同然ではないか。それは横光利一が「純粋小説論」で「純文学にして通俗小説（＝大衆文学）」（丸括弧内は引用者による）を掲げ、純文学と大衆文学との境界を取り払い、純文学の大衆文学化を受容したとき、すでに事態は決定的になっていたはずではないか。

だからもし、今一九六〇年代になって「純文学」を言うのなら、とうに存在しないものを回顧的に保守しようとするのではなく、「更生」し再生する必要があろう。「純文学」が危機の中で固定した「昭和七年」に続く「昭和十年前後」の時期を、平野が「人民戦線の時代」として、生涯を通してその可能性を追求しようとしたのもそのためだ。平野にとって「純文学論争」とは、「人民戦線」の可能性を追求する実践の一環だった。いや、端的に「純文学」とは「人民戦線」のことではなかったか。そして、先に見たように、純粋性のシンボルとして「共産党＝純文学」と捉えていた平野にとって、純文学更生とは、共産党の更生をも意味していたはずだ。すなわち、平野の「プティ・ブルジョア・インテリゲンツィア」による人民戦線とは、反共産党＝反スターリン主義的な連帯の模索だったといえる。それは、見てきたように、純文学の理念をプロレタリア文学と捉えていたことと何ら矛盾しないはずだ。平野が、プロレタリア文学にすり寄っていた時期の『私小説論』の小林秀雄に、人民戦線の可能性を見出したゆえんである。私小説とプロレタリア文学を、それぞれ純文学と共産党の「純粋性」と見なしていた平野には、小林『私小説論』が純文学＝プロレタリア文学の更生に見えたに違いない。いわば「共産党＝純文学」の更生とは、平野が中野重治に見出していた、いわゆる「日本の革命運動の伝統の革命的批判」にほかならない。だからこそ、戦後中野と「政治と文学」論争をたたかわねばならなかったことに、平野は呆然とし、また失望もしたのだ。

なるほど、中村光夫が平野を批判して言ったように、「おほざつぱに云へば大正五年から十年あたりまでは、かへつて「純文学」などといふ言葉はなく、それらはただ「文学」で」、「「純綿」とか「純毛」などといふ例を見てもわかるふうに、当り前のものに純がつく時世には、ろくなことはない」に違いない（「ケンカではなく議論を——平野謙氏への手紙——」）。だが、このときむしろ平野の方は、前回見たような、中村の近代文学の歪みに対する分析や政治小説の再評価に伴走しているという認識を持っていた。

〔…〕そういう私の胸中には、中村光夫と佐伯彰一らの政治小説論争のことがあった。あの論争は、文壇の論争のつねとして、問題の核心にとどくまえに、うやむやになった嫌いがある。しかし、中村光夫の問題提起そのもの、論争の過程における中村光夫の近代日本文学の歪みに関する分析そのものは、今度読みなおしてみてやはり感心した。それは今日私がいわゆる純文学変質説などを唱え、小説のアクチュアリティに賭けたいというモティーフとそんなに逕庭あるものとも思えなかったが、そういっては我田引水にすぎるだろうか。

（「再説・純文学変質」）

日本のブルジョア文学は、（半）封建的文学であり、プロレタリア文学こそブルジョア文学の果たすべきロマン派的役割を担おうとした——。日本資本主義論争における「講座派」的な歴史観ともいえるこの中村年来の主張を、平野もまた共有していたといえる。先に触れたように、平野は、小林秀雄の『私小説論』に「人民戦線」の可能性を見出したが、前章で見たように、そもそも小林『私小説論』と中村のプロレタリア文学史論との「相互滲透」を認めていた。小林の「近代日本文学史論」に至っては、中村による代作ではないかと勘ぐっていたほどである（大岡昇平から「代作したのは自分だ」という暴露的な訂正があった）。純文学の理想形をプロレタリア文学と（プロレタリア文学こそブルジョア文学の果たすべきロマン派的役割を担おうとしたと考えた中村同様）考えていた平野には、小林よりも、その向こうに見える、「プロレタリア文学者」中村光夫の方がはるかに重要で信用できたのではないか。少なくとも、自らに近い文学史観をもっていると考えていたはずである。平野の「純文学変質論」や「純文学更生論」、また「小説アクチュアリティ説」は、中村光夫の『二葉亭四迷伝』や「ふたたび政治小説を」がなければ、提言されることはなかったと言っても過言ではない。

だが、この両者は、例えば「アクチュアリティ」（英語）か「アクチュアリテ」（フランス語）か、その概念を積極的に使用するか消極的に使用するかなどをめぐって、「純文学論争」においては陣営を異にすることになってしまう。両者の主張は明らかに重なっていたにもかかわらず。二葉亭が言った「模写といへることハ実相を仮りて虚相を写し出すといふことなり」（「小説総論」）を両者とも根っこで共有していたからである。

これは、平野の言い方では、「全体としてわが近代小説は、そもそもの出発当初から、私小説的なリアリティと社会的なアクチュアリティとの矛盾・衝突になやみ、それに挫折した運命をもっていた」（「わがアクチュアリティ説」）となる。すなわち、「虚相（本質）」と「実相（現象）」を、「アクチュアリティ」と「リアリティ」（平野史観においては、「政治」と「文学」や、「思想」と「実生活」となろう）と言い換えたのである。平野にとっても中村にとっても、自然主義や私小説といった近代日本のリアリズム偏重の文学が、自然生長的に「実相」を映し出すばかりで、一向に目的意識的に「虚相」を描こうとしないということが、何より「更生」しなければならなかった点だった。そして、この「実相」と「虚相」の、本来は目的意識性＝政治性に関わる「対立」が、いずれも自然生長性＝リアリズムの枠内の問題に回収されたとき、いつしか「現実と虚構」として問題は矮小化されていったのである。いまや、あらゆるジャンルで「現実と虚構」ばかりが問題となるが、それは「虚相」という「外」が消去されてしまったからではないのか。平野も中村も、この「外」にある「虚相」を見ていたのである。

平野は、エル・カルリーナ『二葉亭四迷論　ベリンスキーと日本文学』にならって、二葉亭の「小説総論」の主張には、逍遙『小説神髄』の理論的影響はほとんどなく、ベリンスキーの文学理論の「引き写しにもひとしいものだった」と述べている（「わがアクチュアリティ説」）。その見方自体は珍しくはないが、平野はそれをプロレタリア文学につなげて考えていた。

さきにベリンスキイと二葉亭との関係は、ほぼ蔵原惟人と小林多喜二とのそれにひとしい、と書いたが、かねがね私は『小説総論』の「模写といえることは実相を仮りて虚相を写し出すということなり」にはじまるあの有名な模写論を、蔵原惟人の『芸術的方法についての感想』のなかの一結論たる芸術的概括論とほぼ精確に照応している、と思ってきた。ベリンスキイなどを援用しながら、蔵原惟人は人間や事件や時代などの個別的・偶然的現象に足をとられないで、それを普遍的な芸術的タイプにまで高める芸術的概括の必要を力説したのである。（「わがアクチュアリティ説」）

前章でも述べたように、逍遙『小説神髄』は、馬琴的な勧懲小説を否定する形で、実は同時代（一八八〇年代）の政治小説を退けることが本来の意図であり、それによって国会＝議会制民主主義のもとで市民社会を形成することを目論んだ。その文学的な実践の手法が、「実相」をそのまま描写しようとするリアリズムであった。リアリズムによって、言葉が表象＝代行作用を十全に発揮するということは、市民社会における代表制民主主義も円滑に機能することを意味するからだ。二葉亭が「実相」ではなく「虚相」を重視し、逍遙に反して両者の序列を逆転したのは、何より文学とは市民社会を形成するツールではなく、むしろそれを批判しそれと対決する（前章で「復讐」と呼んだのはこのことだ）ものでなければならないという認識からだったろう。

中村光夫「ふたたび政治小説を」の「ふたたび」とは、この逍遙によって否定された「政治小説」に「ふたたび」注目することで、市民社会の発展によって抑圧された、議会制民主主義の「外」にある「政治」の領域を開示しようとする試みであった。中村が「実相」ではなく「虚相」を、と言った二葉亭に向かったゆえんである。中村は、文学がリアリズムの流通によって、市民社会を形成する装置として固着していくことに苛立ち、「小説にふたたび文学を恢復するには、現状においては小説は〔…〕文学でないことをはつきり意識することが必要なのではないでせうか」（「ケンカではなく議論を――平野謙氏への手紙――」）とまで言わねばならなかった。文学を「更生」しようとするための、強烈な文学否定である。このことは、第Ⅰ部第四章でも再考しよう。

平野は誰よりも、中村の意図を正確に読み取っていた。だからこそ、二葉亭とプロレタリア文学との接続をはかったのである。平野史観が、もともと田山花袋（「評論の評論」、『近代の小説』など）が二葉亭にその端緒を見たという「芸術と実行」パラダイムを、プロレタリア文学勃興後の「政治と文学」へと半ば強引に接続し、それを軸に日本近代文学史のパースペクティヴをとろうとした最大の意図もここに見出せよう（ついでに言えば、平野が、論争の火種となった「アクチュアリティ」という言葉を、最も早く使用した一人として、「おけさほど唯物論はひろがらず」と句を詠んだマルクス主義者、戸坂潤を持ち出したのもそのような意図だったろう）。平野史観と中村史観の見かけの対立よりも、根底に共有されているものを、今こそ見直すべきである。ここにこそ、文学を「更生」する可能性が埋もれているからだ。

このように、平野と中村は、文学が政治（小説）を排除し、鍵括弧付きの「政治」として市民社会の内側に回収する装置として機能していることに、ともに批判的だった(例えば、平野の『破戒』論の延長線上に、中村の『風俗小説論』は書かれたのではなかったか)。だからこそ自らの同時代の政治小説であるプロレタリア文学を、「ふたたび」排除はさせまいとする論陣を張ったのだ。だが、その両者が「純文学論争」では対立してしまったのである。平野が見た、有島と広津のように。

中村が、『風俗小説論』によって純文学の安易な大衆文学＝風俗小説化の批判に向かいつつ、政治小説の再評価によって『神髄』以降のリアリズム偏向を批判したとしたら、平野は純文学の更生のために、「純文学＝プロレタリア文学」説を散文芸術の正統として主張しつつ、さらには大衆文学としての推理小説に対する批判に向かった。第一次大戦後＝「大正期」に大衆社会が勃興し、それに即応して純文学が変質を余儀なくされると、純文学と大衆文学の間の厚い壁は取り払われていった。一昔前なら「芥川龍之介は村松梢風と一緒に創作欄にならぶことを拒否した」（平野「純文学更生のために」）ものだが、一九六〇年代にもなれば、例えば海音寺潮五郎が、「ぼくは大衆文学という特別な文学をやっているつもりはない。単に小説を書いているつもりだ」（平野「小説の社会性」より）と嘯くことになる。

平野は、そうした純文学と大衆文学の境界の曖昧化を、一九六〇年前後における「社会派推理小説」という新興のジャンルの台頭に見出した。「私の記憶に誤りがなければ、社会派推理小説という言葉は、松本清張や水上勉の作風に対して、荒正人がはじめて唱えたもののように思う。それはともかく、私見によれば、いわゆる社会派推理小説はすでに推理小説界の一新風たるにとどまらず、よくいえば現代小説全体の一シンボル、わるくいえば、その一カリカチュアと化しているような気配がある。〔…〕ちょうど一年前に、新帰朝者伊藤整が、松本清張の作品を目して、戦前のプロレタリア文学の曇を摩するものという意味の発言をしたのも、社会派推理小説がすでに推理小説界の一新風たるにとどまらなかったからこそだろう」（「小説の社会性」）。「社会派推理小説」は、その登場からして、戦前のプロレタリア文学の「敵」と見られていたのである。

いかなる意味において、社会派推理小説は現代小説全体の「シンボル」であり、また「カリカチュア」なのか。戦前から戦後にかけて、推理小説は、論理性重視＝知的遊戯か、芸術性重視＝芸術作品かをめぐって論争があったが、社会派推理小説の台頭は、その論争に終止符を打ったと平野は言う。『死刑台のエレベーター』のノエル・カレフが言うように、推理小説は、「誰が殺したか？」から「なぜ殺したか？」へと、犯行動機のリアリティを追求し、人間を描くように変質していった。日本では松本清張が、人間性と社会性というこの二つのモメントを新しく推理小説に導入し、水上勉や黒岩重吾が続き、社会派推理小説が花盛りになった、と（「小説の社会性」）。だが、例えば水上勉の推理小説（『死の流域』など）は、果たして推理小説と言えるのだろうかと平野は疑問を投げかける。

〔…〕とすれば、やはり水上勉といえども、推理小説の最低のルールだけは守ってほしいと思う。ところが、現在の社会派推理小説を中心とする推理小説界をみわたすと、その最低のルールがいささか行方不明になっている嫌いがある。一口にいうと、社会派推理小説のほとんどすべてが、読者にも推理させるというたのしみを与えてくれないのである。このことと、さきに推理小説論争が社会派推理小説の勃興によってうやむやのうちに葬られたと書いたこととは密接な関係がある。というより、社会派推理小説の台頭によって、推理小説の推理小説性は質的に低下した、といってもいいかと思う。推理小説でもなければ文学作品でもないヌエ的な物語が、社会派推理小説の名のもとに横行している嫌いがある。(「小説の社会性」)

さらに、大衆作家の高木彬光となると、平野の評価はより一層厳しくなる。例えばその『追跡』などは、「文学的にはいかにもお粗末だということが確言できる」と。平野からすれば、社会派推理小説は、「推理性の薄弱を社会性の濃密でカヴァする嫌いがある」のだ(「小説の社会性」)。

先の引用で、平野が「ヌエ的」という言葉で批判しているのは、まさにこの社会派推理小説の「社会性」の問題である。「文学作品における社会性が『追跡』や『死の流域』程度のものであっては困るのである」。社会派推理小説が「ヌエ的」と言われるのは、そこには述べてきたような「アクチュアリティ」が、すなわち二葉亭からプロレタリア文学にまで見られる「虚相」としての社会的アクチュアリティが欠如しているからだ。「今日、推理小説にさえ、一見社会的関心は旺盛のようだが、そこには蔵原惟人の芸術的概括も戸坂潤のアクチュアルな社会認識もついにない」(「わがアクチュアリティ説」)。

つまりこういうことだろう。平野は、純文学と大衆文学の厚い壁が取り払われた原因を、純文学がプロレタリア文学というアクチュアルな理想＝「虚相」を見失っていくことに見ていた。それは、通俗化していく社会の「実相」を、安易にリアリティとして提示しようとする方向へと変質していったのだ。「戦後におけるマス・コミの巨大な発達」という外的条件も整っていた（「小説の社会性」）。マス・コミ＝ジャーナリズムが、大衆社会を大衆社会として可視化させ、実体化させていったのである。

これ自体はありきたりな指摘だ。ただ、この視点を、推理小説の文脈で捉え直すとどうか。マス・コミ＝ジャーナリズムと大衆社会の到来とは、王＝超越性を徐々に大衆レベルにまで平均＝凡庸化していく力学が社会全体を覆っていくこと、すなわち大衆による「王殺し」という殺人事件がもたらされたことを意味していよう。こうして訪れる「王殺し」後のアナーキー化する社会（警察＝官僚の劣化）を、再び秩序ある「市民社会」として回復させることで民衆を統治する「装置」が求められるが、現実社会における警察は機能低下している（ように体感される）。そこで、探偵というフィクションが要請され、ここに探偵小説は誕生した。日本の文脈で言えば、「明治期」に市民社会を形成した逍遥『小説神髄』によるリアリズムが、「王殺し＝大逆事件」（一九一〇年）で限界に達し、それを補てんする「装置」として「大正期」に生まれたのが探偵＝推理小説（本稿では両者を分けない）にほかならない（絓秀実「探偵＝国家のイデオロギー装置」）。

平野が、社会派推理小説に与えた「ヌエ的」なる言葉は、このような「王殺し」後のアナーキーに呼応していよう。すなわち、推理性が弱まり、それに代わって社会性（くり返せば平野はこれを真の「社会性」とは考えていない）が瀰漫する「ヌエ」のような不気味さは、市民社会を統治する超越的権力＝王の無能化と、またそれを補完する官僚の劣化の結果、アナーキーと化した民衆が、互いに「万人の万人による戦争状態」（ホッブズ）のごとき不穏さを感受し合い、体感治安が悪化している状況を指していると言えよう。社会派推理小説とは、こうした不穏な社会を、探偵による推理の合理性でもって、「誰が殺したか？＝問題はいかにして解決されるか」をクリアに明確化するのではなく、「ヌエ的」な実相をダダ漏れさせ、辺りに不穏さをただよわせるのみなのだ。

平野にとっては、こうした自堕落な状況は、「王殺し＝大衆社会」が目的意識的ではなく、自然生長的に、言いかえればなし崩しに進行する（先に見たように、平野は、日本近代はいまだに王殺し＝ブルジョア革命を貫徹していないとする「講座派」の歴史観を共有していた）のに対して、文学的理性がなす術もなく無条件「降伏」しているありさまに見えたのである。長くなるが引用しよう。

大岡昇平の推理小説『歌と死と空』をみると、作者の主観はどうであれ、客観的には松本清張流の推理小説に対する一種の降伏状とも受取れる。歌謡曲界の奇怪な連続殺人事件を担当する捜査一課のある班は、いわゆるむかし流の「見込捜査」とは正反対に、「警視庁の中で、一番スマートで、ロンドン警視庁そこのけの合理的捜査をやるので、評判でもあり、けむたがられてもいた」そうである。その班の一刑事は「しかし、動機を見つけるのは、ほんとにわれわれの仕事でしょうか。『いつ』『だれが』『どこで』『どうして』までが、われわれの責任です。動機なんて、いじっているうちに、自然に出て来るものでしょう」とハッキリ口外もしており、「事実と証拠のほかは考慮しない」というのがその捜査方針の根本でもあった。しかし、ロンドン警視庁そこのけの合理的捜査方針を堅持し、事実と物的証拠以外は目もくれないというこの捜査班ほど、終始一貫して無能な班もまためずらしい。それは最後までただひとりの容疑者もあげることができない。動機論を排して、事実と物的証拠によって犯人を検挙するというオーソドックスな捜査班は、ついに推理小説ずきの低音歌手の推理にも、競争心旺盛な女流歌手の素人推理にも及ばず、まして真犯人には傍若無人の挑戦状をつきつけられるような真似をされたまま、最後まで先手をとることができなくて、いつも後手後手と、真犯人のあとを追っかけるていたらくに終っている。これでは、客観的には、松本清張流、黒岩重吾流の推理小説に対する実作者としての大岡昇平の降伏状とみられてもしかたがないではないか。(「小説の社会性」)

これは、本章2節で見たように、純文学論争において、平野を生活の必要から不景気な純文学を無理に評価していると批判した、大岡昇平に対する決定的な反批判でもあろう。「警視庁の中で、一番スマート」な「捜査一課のある班」が行う「ロンドン警視庁そこのけの合理的捜査」は、「評判でもあり、けむたがられてもいた」点。平野には、それがマルクス主義やプロレタリア文学と重なって見えたことは想像に難くない。小林秀雄が、「日本の文学が論理的な構造をもつた思想といふものを真面目に取扱ひ出したのは、マルクス主義文学の輸入から始る」(「「紋章」と「風雨強かるべし」とを読む」)と言って、『私小説論』、思想と実生活論争(小林の主張した「思想」とはマルクス主義を含意していた)へと進んでいったように、マルクス主義＝プロレタリア文学は、好むと好まざるとにかかわらず、なし崩しに通俗化していく大衆社会に歯止めをかけ、民衆を向かうべき理想＝犯人検挙へと導いていく論理であり科学であり歴史観だった。それは、私小説的な「動機論を排して」、「事実と物的証拠以外は目もくれない」唯物論によって犯人を検挙するからこそ、「オーソドックス」と見なされたのだ。見てきたように、平野謙による「純文学」概念も、そうしたマルクス主義＝プロレタリア文学を「堅持」していたからこそ「オーソドックス」たり得たのだった。それが今や、「素人推理にも及ば」ないほど無能化しているという「ていたらく」なのである。

純文学論争で分裂している場合ではない。「人民戦線」が必要なのだ。そう考えてきた平野は、そのことも推理小説の比喩で語った。

動機論だけでは推理小説は成立しない。かりに私の純文学変質説の動機が福田恆存の説くような「王位請求運動」にあれ、また江藤淳の説く青春論や大岡昇平自身の説く原稿料問題にあれ、動機論だけでは目下の純文学論争は解決しないのである。〔…〕私にどんなかくされた動機があったにせよ、私は現場に立ちあった一探偵あるいは一証人にすぎぬのであって、真犯人でもなければ共犯者でもない。もっとも探偵イクォール犯人という古びた推理小説のテもあるし、証人の偽証によって無辜の人間が刑務所にぶちこまれた実例も現にあるわけだが、すくなくとも「純文学の衰弱」という犯行現場が解消したことにはならぬのである。

（「文学・昭和十年前後」）

目の前で純文学がなし崩しに「衰弱」していく。誰もが、その「犯行現場」を目撃しながら、誰一人事件を解決できなかったのだ。

7

いかなる文学が「社会」のヘゲモニーを奪うのか。平野は、中村光夫とともに、昭和文学の核心に「文学の社会化」の問題を見出した。その「社会」とは、大衆社会の「実相」を映し出す大衆文学ではなく、コミュニズムという「虚相」を描こうとするプロレタリア文学＝純文学がヘゲモニーを奪う「社会」を意味していた。断じて社会派推理小説が示す「社会」性ではなかった。その台頭は、平野の「純文学」概念＝合理的捜査を徐々に無効化していった。

では、それをもって、「純文学と大衆文学」という「対立」も解消されたか。大衆文学＝大衆社会は「社会」を覆いきったか。中沢忠之によれば、むしろ現在認められるのは、大衆文学の機能不全だという。「大衆文学が読者の消費性向に合わせて細分化され、それぞれがジャンル的に自立した結果」、もはや「「大衆文学」という純文学との対をなす概念が機能していないことである」(「純文学再設定　純文学と大衆文学」)。むろん、もう一方には、「純文学など存在しない」というさやわかなどの議論もある(『文学の読み方』)。

だが、おそらく平野からすれば、「純文学」と「大衆文学」の対立とは、その名が示すように、すでに文学の圏内における虚偽の対立にすぎなかったろう。純文学論争において平野が主張したのは、その「純文学と大衆文学」における「純文学」が、もともとは有島「宣言一つ」の階級対立に接続されるべきものであるということだった。だが、見てきたように、歴史は接続を許さなかったのである。社会の通俗化、大衆社会化の進行のなか、平野の思考=志向する「社会化」は、文学の圏内に回収されていった。繰り返せば、それは目的意識的に「虚相」を追い求め、描いていこうとする姿勢の先にしか現れ得ないものなのだ。そしてそれは、端的に文学の「外」を欲望することだったはずである。

言うまでもなく、フーコーがブランショの批評的・文学的核心として見出した「外」(あるいは、「『外』の外」)とは、そこでフーコーが言外に指摘しているように、ブランショがバタイユやクロソフウキーとともにあった一九三〇年代的プロブレマティックにほかならないとも言える。そしてそれは、日本にあっては、生涯にわたって「昭和十年前後」における「人民戦線の可能性」に賭けようとした平野謙の批評と、意外に近傍にある。平野の最初に書かれた批評は、「プティ・ブルジョア・インテリゲンツィアの道」(一九三二年)と題されていた。平野謙の批評がついに決定的に「外」へと誘引されることがなく、自身認めるごとく或る種の「中途半端」な挫折を強いられ、それゆえ「小ブル」的ではあっても「急進主義」と言いがたいものだったとしても、われわれの批評がそれを参照先の一つとすることに変わりはない。

(絓秀実「小ブル急進主義批評とはなにか――その起源と現在」)

『複製の廃墟』以来、絓秀実が、一貫して平野謙の人民戦線論を、批判的にではあれ「参照先」とし続けてきた理由もここにあろう。フーコーが「外の思考」に言う、「空虚と無一物の状態の中で」「どうしようもなく「外」の外にあるということ」(豊崎光一訳)に、本章1節に見たような、なし崩しの果てに肉体しか残らなかった平野の像を重ねてみることはできないだろうか。

平野は何も、「芸術と実行」、「政治と文学」、「思想と実生活」、「純文学と大衆文学」という二元論的対立を数珠つなぎにして、首尾一貫した文学史観を構築したかったわけではない。そうではなく、文学が市民社会を形成し、それを不断に再生産していく装置としてあるならば、その「外」を欲望するには、二元論的対立の「と」という連結部分を、「接続→回収」ではなく、「対立(非対称)→切断」の方向へとこじ開けていくほかないと考えていたのではなかったか。平野が見ようとしていたのは、あくまで「と」という連結部だったのである。

平野は、その「外」を、確かに階級問題として、すなわちプティ・ブルジョア・インテリゲンツィアが、ルンペンプロレタリアートへと「没落」するという「一種の終末観」のような「怖れ」として捉えていた。

インテリゲンツィア問題にかぎっていえば、「没落」する運命にあったのは単に資本主義体制だけではない。ブルジョアジイとプロレタリアートのあいだに挿まれたプティ・ブルジョアはすべて急速にプロレタリア化する運命に直面していた。マルクスの『マニフェスト』以来、その運命はすでに定まっていたのである。そして、インテリゲンツィアは、これを階級的にいえば、プティ・ブルジョア・インテリゲンツィアの謂いにほかならなかったから、一種の終末観が当時のインテリゲンツィアを支配していたとしても不思議ではない。私は誇張しているのではない。昭和六年の満州事変直前の大学卒業生の就職状況などを調べれば、私の立言が側面から実証されるはずである。怯惰な私などは、当時大学を卒業することにある怖れをいだきつづけていた。ただプロレタリアートの陣営に階級的移行を敢行したものだけが、よく救われる。――これが当時の時代的雰囲気のいつわらぬ実情だった。

（「さまざまな青春」）

平野が、無名の文芸批評家だった井上良雄に着目し、その宿命に「プティ・ブルジョア・インテリゲンツィアの道」を見出していったのも、そうした没落への怖れにおいてだった。「文学という「肉体的」な領域において、そういう時代のしぶきを誠実にあびて、みずからの運命に思いをこらしたひとりの青年インテリゲンツィアが、井上良雄というほとんど無名の一文芸評論家にほかならなかったのである」（「さまざまな青春」）。平野の言う「肉体」が、プティ・ブルジョア・インテリゲンツィアのそれであることは、この一文からも明らかだろう。

先の引用にあるように、平野は、「ブルジョアジイとプロレタリアートのあいだに挿まれたプティ・ブルジョアはすべて急速にプロレタリア化する運命に直面していた」と言う。だが一方で、その「運命」は、「大学を卒業することにある怖れ」として襲ってきたと言うのだから、その「怖れ」とは「ブルジョアとプロレタリア」の二元論的対立におけるプロレタリアの側に回収されながらも、同時にその「外」へと放擲される「怖れ」としてあったと捉えられねばならない。それは、肉体ひとつで「外」に放り出される怖れだ。だが、平野は、その怖れでいっぱいの肉体に、かすかな可能性を感受し続けた批評家だったのである。

平野が、文学の圏内において文学と敵対することはできないと考えていたように、例えば沖公祐は「労働者が生産諸関係の内部で資本に敵対するということは、労働者としてのアイデンティティを失うこと（つまりクビになること）を意味するから」、それは不可能だと述べる（「マルクス主義における再生産論的転回」）。では、ポストマルクス主義が主張するように、「敵対性はこの労働者と同じ個人が生産諸関係の外部にもつ別の（例えば消費者としての）アイデンティティと生産諸関係の間でしか生じない」のだろうか。沖は、それは「誤り」だと断言する。

〔…〕労働者は資本主義的生産諸関係の内部だけでなく、外部にも（産業予備軍として）存在しているのであり、したがって、資本主義的生産諸関係と（「外部」の）労働者との間には紛れもない敵対性が存在する。労働者の再生産は自己の外部に向かって開かれており、その意味で資本の再生産とは決定的に異なるということをいま一度想起しよう。

平野が見ていた「外」とは、この労働者＝プロレタリアの側に回収されながらも、なお外部にある（あるいは、「外」として内部に回収されている）、産業予備軍のような存在ではなかったか。そこには、資本と労働者との「紛れもない敵対性が存在する」からである。平野が、平野史観の萌芽として、有島の『宣言一つ』におけるブルジョアとプロレタリアとの対立を見続けていたのは、この「敵対性」が、そこには存在するからにほかならない。

もはや、平野そのものに可能性があると考えることはできない。だが、平野の見たものを見ようとせず、自らは平野のなし崩しと無縁であるかのように振る舞うこともできない。

第三章　江藤淳の共和制プラス・ワン

1

二〇一一年三月一一日の東日本大震災以降、その直後に発せられた天皇によるビデオメッセージが「おことば」、「玉音放送」と呼ばれたのをはじめ、米軍の進駐（トモダチ作戦）、「復興」など、一九四五年の「敗戦」とアナロジーされる言説は大量に流布され、「震災後」は何度目かの「戦後」であることが強く意識された。そして、原発事故の収束がいまだまったく見えないように、依然としてわれわれはその「戦後」を一向に終えることができない。「戦後レジーム」から「脱却」できないのだ。

にもかかわらず、二〇一四年以降の集団的自衛権の行使容認か否かをめぐる一連の議論において、反対派は、一貫して「反安倍」に終始し、「戦後（レジーム）」からの脱却だけは阻止せんとする運動を展開した。安保関連法案は、いつしか「戦争法案」と呼ばれ、日本を再び戦争の出来る国へと移行させていくものだ、そもそも集団的自衛権は憲法違反ではないか、それを強行採決で押し通そうとする安倍政権は、「（戦後）民主主義」の否定だと訴えられ、「民主主義を守れ」が叫ばれた。三木清、戸坂潤、久野収らとともに京都学派の哲学の民間的伝統を継ぐ一人である山田宗睦は、かつて戦後民主主義を否定する人々を「危険な思想家」として告発し、江藤淳もその一人として批判された（『危険な思想家　戦後民主主義を否定する人びと』）。まさに安倍は、このとき「戦後」を否定する「危険な」政治家だと見なされたわけである。

よく指摘されるように、それもまた祖父、岸信介の「反復」として捉えられよう。「戦後」が繰り返されるたびに、「戦後」からの脱却も反復された。岸が目論んでいた一九六〇年の安保条約改定のビジョンは、片務的で対米従属的な旧安保条約を、相対的に双務的で独立的なものに改定しようというものだった。安保改定で対米従属を強めると捉えていた大方の「進歩派」とは異なり、江藤淳はそれを「安保条約を改定してより双務的なものに近づけることによって、日本の米国に対する「自主性」を少しでも回復しようとすることである」（「安保闘争と知識人」）と正確に捉えていた。安倍政権下の安保関連法案や集団的自衛権も同様なビジョンに基づいていた。岸は「アメリカの手先」、安倍は「アメリカのポチ」と呼ばれた。強行採決に対して「民主か独裁か」が問われ、「民主主義を守れ」が叫ばれた点も同様であった。

すでに冷戦構造は崩壊し、世界情勢は大きく異なっている。にもかかわらず、国内は批判や反対運動も含めて同じ事を繰り返す。安倍首相は、揶揄か愛称か、「アベちゃん」などと呼ばれ、もはやそれがキャラとして反復されたものであることが前提である（安倍は、次に首相のコマが不在なのを見てとると、自ら「再チャレンジ＝反復」してみせた）。

いったい、この反復ぶりは何なのか。江藤が好んだ比喩で言えば、この国はまるで「鏡張りの部屋」（『閉された言語空間　占領軍の検閲と戦後日本』）である。江藤淳という批評家は、その内側で幾重にも反射した「自分」を反復することを余儀なくされている、「鏡張りの部屋」となったこの国の構造を問題にし続けた。そして、その「外」へ出ようと「行動」を試み続けた。とりわけ「三・一一」以降、またしてもわれわれが「鏡」地獄に見舞われているとしたら、この何度目かの「戦後」において、江藤淳の言葉は、依然として有効な参照先となり得るのではないか。江藤ほど、「戦後」を終わらせようとした者もいないからだ。われわれは、むしろ山田宗睦に倣って、「危険な思想家」として江藤の再導入を試みるべきだろう。本章は、その試みの一つである。

だが、先を急ぎ過ぎないようにしよう。最初、山田は江藤に共鳴していたという。江藤が評論集『奴隷の思想を排す』（一九五八年）を出した頃だ。その後、江藤は「転向」して「危険な思想家」になっていったのだと山田は言う。

江藤は、石原慎太郎や大江健三郎らとともに警察官職務執行法反対を掲げる「若い日本の会」を結成、江藤はグループのスポークスマンのような存在となった。世代論で見る山田にとって、一九三二年生まれの石原、江藤（ただし、山田は江藤を「三三年生まれ」としている）、三五年生まれの大江ら、一九三一年の「満州事変」後に生まれた世代の動向は、「戦後思想対戦後反動思想」にとって大きな比重を持っていた。三島由紀夫と同年の一九二五年生まれの山田の目には、当初江藤らの世代が、自分たちの世代に加わり、「戦後」を継承すると映っていたのだ。

だが、山田が見るかぎり、江藤は安保反対運動の渦中で「変節」していった。

〔…〕ここでの論争は、いかにも、一九四五年八月十五日を基準にするか、しないか、ということをめぐっての論争のように見える。しかし、すでにのべたように、丸山たちは、一九六〇年五月十九日の安保強行採決を、戦後民主主義への挑戦だとみた。そして戦後を守るために、〈八・一五〉のもつ意義を考えようとしたのだ。だから、争われたのは、一九六〇年五月十九日の時点で、戦後を守りとおすかどうか、ということであった。つまり、争いは過去のことではなく、安保当時の現在のことに関係していたのだ。(『危険な思想家』)

山田が、安保の渦中に江藤が「変節」したとする最大の根拠が、この自身の言葉の中にある。読まれるとおり、山田の視点は、「五月十九日」の強行採決に「戦後民主主義への挑戦」を見た丸山眞男の視点に基づいているのだ。「一九六〇年五月十九日」の「基準」は「一九四五年八月十五日」にある。後者は前者の原点であり、前者は後者の「反復」である。丸山の高名な講演「復初の説」である。江藤は、これを徹底的に批判した。

これについては、また後で触れよう。六〇年安保において、「八・一五」以来の戦後民主主義を守れと主張されていたことが重要である。もっと言えば、そのような言説は、そもそも「八・一五」を、敗戦の日付ではなく、戦後民主主義が確立した日付と捉えているということだ。そして、このような言説を可能にしたのが、いわゆる「八・一五革命」説にほかならない。それは、「八・一五」を敗戦ではなく、革命の日付として歴史化した。山田と江藤の分岐は、本質的にはこの「八・一五革命」説を受容するか否かをめぐっているのだ。

2

知られるように、丸山眞男や憲法学者の宮沢俊義は、日本帝国主義たる旧体制に終止符が打たれた「八・一五」に「革命」を見た。それは、革命だったのだから、戦前と戦後の間には決定的な断絶が走り、両者の間の時間の蝶番は外れ、それぞれ異質なものとなった。「日本帝国主義に終止符が打たれた八・一五の日はまた同時に、超国家主義の全体系の基盤たる国体がその絶対性を喪失し今や始めて自由なる主体となつた日本国民にその運命を委ねた日でもあつたのである」（丸山眞男「超国家主義の論理と心理」）。日本国民が、初めて「自由なる主体となつた」日。それが「八・一五革命」説の認識である。

だが戦後、本当に日本国民は「自由なる主体となつた」のか。これこそが、江藤にとって生涯最大の問いであった。何も複雑な疑問ではない。ごく素朴に、占領されていた「戦後」における国民が、どうして「自由なる主体」たり得るのか。そこにおける自由など、まさに「配給された自由」（河上徹太郎）でしかないではないか。

このような虚偽が平然とまかり通るのが、この国の言説空間である。占領を自由と言い、民主主義と言って済ませてきた「戦後」とは、端的に「嘘」である。あえて「戦後民主主義」の「虚妄」に「賭ける」と言って「八・一五革命」説を主張した張本人である丸山にすら、そのことはよく分かっていた（「増補版への後記」、『増補版 現代政治の思想と行動』）。「八・一五革命」説に連なろうとした山田宗睦も、『危険な思想家』を「わたしは〈戦後〉にすべてを賭《か》けている」と書き出さなければならなかった。

古典的に考えれば、「八・一五革命」説はイデオロギーですらない。占領下において、「自由なる主体」があり得ないことなど明白だからだ。それは、端的に嘘である。イデオロギーとは、マルクスが『資本論』で分析したように、「彼らはそれを知らない。しかし彼らはそれをやっている」というものだ。だが、「彼ら」は、「八・一五革命」説が「虚妄」だということを「知っている」のだ。江藤は、「八・一五革命」説を、そしてそれによって理論的に担保された「戦後（民主主義）」を、「仮構」、「虚構」、「ごっこ」、「わいせつ」などなど、さまざまな言葉で否定し続けた。だが、これだけでは有効な批判にはなり得ない。なぜなら「彼ら」は、ペーター・スローターダイク『シニカル理性批判』よろしく、「彼らは自分たちのしていることをよく知っている。それでもそれをやっている」というシニカルな主体なのだ。「戦後」の占領を見ないようにし、「革命」が訪れ「自由なる主体となつた」、「平和」と「民主主義」が到来したと言い募る言説が、たとえ誤謬に満ちたイデオロギーであっても、それに対して「それは嘘だ」「彼らは嘘つきだ」というレベルでいくら批判しようともいまだに乗り越えられないのは、イデオロギー的な幻想が、認識（知っている）レベルではなく、行動（やっている）レベルにあるからではないのか。だからこそ、江藤は、例えば『作家は行動する』というように、「行動」を問題化せねばならなかったのではないか。

シニカルな理性は、古典的なイデオロギー＝「彼らは知らない。しかし彼らはやっている」ではなく、認識レベルの幻想＝「彼らは知っている。だから彼らはやっている」でもなく、行動レベルの幻想＝「彼らは知っている。にもかかわらず彼らはやっている」というものである。したがって、問いの立て方を変えねばならない。なぜ、「八・一五革命」説は、「自由なる主体ではない」ことを「知っている」にもかかわらず「自由なる主体」として振る舞うのか、いや、いかにして「自由なる主体」として振る舞う（やっている）ことが可能な現実が構成されたのか、というふうに。

3

江藤の「戦後」批判とは、この「戦後」の「現実」が構成されたものであることに迫ろうとするものだった（人々の「現実」が、ＡＩによって構成されたものでしかないことを暴こうとする、映画『マトリックス』のごとく）。占領史研究や憲法の問題に向かったのもこの文脈においてであった。だが、周囲の知識人の反応は、以下の吉本隆明のように冷淡だった。

ぼくらが最近の江藤さんの仕事を見て、一番感ずることは、とてもアクチュアルではあるけれど、こういうことは政治担当者や政府の権力者が、ちょっと違う方針を出してしまったら、すぐに変わってしまうものなんじゃないか。つまり江藤さんのやっている仕事は、いつでも政策担当者といいましょうか、そういうもののあとから、あとから、それを意味づけ、分析していくということにしかならんのじゃないか。もっと極端に言えば、江藤さんのモチーフがぼくにはどうもよく分からないんですよ。つまり江藤淳ともあろう人が、日本の知識人流に言えば、こんなにつまらんことにどうしてエネルギーを割くんだろう、という疑問があるんですよ。（江藤淳との対談「現代文学の倫理」）

吉本から見れば、江藤の仕事は、「政治担当者に比べて二番手じゃないか」、「知識人というのは、もっと偉いんじゃないか、もっと永続的なものなんじゃないか」というわけだ。

それに対して、江藤は「吉本さんもずいぶん楽観的だな」と反論する。「私のいまやっていることはなんら政策科学的な提言などではありませんよ。そんなものに熱中できるわけがない。私はこれが私にとっての文学だからやっているのです」と。「結局自分が言葉によって生きている人間である」以上、「言葉を拘束しているものの正体を見定めたい」、「要するに戦後の日本で文学をするための基本条件を見定め直さなければ先に進めない時期に来てしまったという判断がある」と。戦後、日本は民主主義の国になり、日本人は「自由なる主体」となった。もしそれらがすべて嘘だったら、その嘘の上に立った言葉は「キツネにもらった小判のような言葉」だ。「だからこそ、意味のある言葉、只の記号ではない言葉を、どうやって取り戻せるか」に、江藤の情熱と労力は注がれた。基本的に、江藤の全批評は、このモチーフに貫かれている。

吉本は、「江藤さんから見ると、ぼくは理想主義者で空想的、抽象的に見えるかもしれないけれど、ぼくは逆に江藤さんは非常にリアリストすぎると思うの」と言った。それに対して江藤は、「どうもあなたの理想主義にはラディカリズムが足りないような印象を受けます。型通りの理想主義といいますかね。ひょっとすると私のほうがもっとラディカルな理想主義を実践しているのかも知れないと思っているんです」と応じた。

このやりとりの側面においては、吉本には「理想と現実」（あるいは「知識人と大衆」）という軸しかなかった。江藤のような、その拠って立つ「現実」だと思われているものが、すでに構成されたものではないかと疑う「ラディカル」さはない。福田和也は、江藤の『一九四六年憲法――その拘束』の文庫版解説で、本書に「フーコーらの現代権力論と通底する問題意識」を見出したが、確かにあらゆる言説に権力を見出すフーコーにも似たラディカルな視線が江藤にはあった。一方吉本は、良くも悪くも余りにもサルトル的知識人だった。

それはともかく、江藤は一九八〇年に『一九四六年憲法――その拘束』を単行本として出版する際に、一〇年前に書いた「「ごっこ」の世界が終ったとき」と、二〇年前に書いた「〝戦後〟知識人の破産」を収録した。「黙契と共犯の上に成立している」「「ごっこ」の世界」や「〝戦後〟知識人の信奉してきた仮構」が、「一九四六年憲法」(「戦後」を認めない江藤は、「戦後憲法」という言い方はしない)に占領軍による検閲の「拘束」を見出していった一九八〇年時点における自らの視点と地続きであることに気づいたからだ。「いいかえれば、そのときから二十年間、私は多少とも同じことをいいつづけて来たことになる。それは、いうまでもなく、私にとっての責任のとり方であり、憤りの発し方にほかならない」(『一九四六年憲法』あとがき)。

このとき江藤は、自らの一貫性を誇りたかったわけではない。そうではなく、自らが二〇年間、同じ事を言い続けなければならないほど、「戦後」が繰り返されながら続いていることに「哀しみと怒り」を抱いていたのだ。「私は、〝六〇年安保〟のとき二十代後半だった自分をかり立てたものが、敗戦以来当時も今も、依然として制限されつづけている日本の主権に対する哀しみと怒りであったことを、何度も感じていたからである」。

それにしても、なぜこんなに何度も「戦後」は繰り返されるのか。「戦後」というイデオロギーの確立には、戦後、共産党が、占領軍を「解放軍」と見なし、民主主義革命と共和制を目指したことが大きく関わっていよう。占領軍による戦後の「民主化」政策も、日本の状況を「半封建的」と見なす講座派マルクス主義の歴史観を共有していた。だからこそ、大々的な農地改革が展開された。占領軍による占領は、日本人を封建制から「自由なる主体」として「解放」する「民主主義革命」として受けとめられたのである。ここに、被「占領」にして「民主主義」であり、それどころか「革命」であるという、嘘を「現実」へと変換してしまう「装置」が出来上がる。そして「戦後」と呼ばれた。「戦後」の「現実」がそのように構成されたからこそ「八・一五革命」説が正当性を持ったのであり、その逆ではない。すなわち、「八・一五革命」説を受け入れるということは、講座派マルクス主義を受け入れることでもあったのだ。

4

だが、問題は、なぜそれが「反復」されるのかということだ。江藤はそれを、「八・一五革命」説自体というよりは、それが六〇年安保の際に「八・一五にさかのぼれ」というように、常にそこに立ち返るべき「出発点」として設定され主張された点に注目する。先ほども触れた、丸山眞男の「復初の説」なる講演（「民主政治を守る講演会」憲法問題研究会主催、一九六〇年六月一二日）である。

初めにかえるということは、さしあたり具体的に申し上げますならば五月二十日にかえれ、五月二十日を忘れるなということであります。〔…〕五月二十日の意味をこういうふうに考えますと、さらにそれは八月十五日にさかのぼると私は思うのであります。初めにかえれということは、敗戦の直後のあの時点にさかのぼれ、八月十五日にさかのぼれということであります（拍手）。私たちが廃墟の中から、新しい日本の建設というものを決意した、あの時点の気持というものを、いつも生かして思い直せということ、それは私たちのみならず、ここに私は、そのことを特に言論機関に心から希望する次第であります。（「復初の説」）

この丸山「復初の説」に、江藤は戦後知識人による「仮構」を見る。

つまり、「ものの本性、事柄の本源」は八月十五日にあった、というのである。これがあの思考の型の根本にあるひとつの仮構である。なぜ、八月十五日で、そのほかではないかといえば、戦争に負けたおかげで憲法が変ったからだというにちがいない。つまりここでいう「本性」、「本源」とは主として政治的なもの、正確には政治の仕掛けに属している。「戦後」という観念がこのように八月十五日を絶対化する考えかたから生れていることはいうまでもないが、そこにはまた政治の仕掛けが新しくなったから当然一切が新しくなったはずだ、あるいは、なるべきだ、という期待もかくされているであろう。（「〝戦後〟知識人の破産」）

「五月二十日」とは、一九六〇年に岸信介首相が国会に警官隊を導入し、新安保の強行採決を行なった日付である（「五・一九」と言われることも多いが、採決は「二十日」未明に行われた）。それまで低調だった安保闘争は、それ以降にわかに活況を呈するようになる。有名な「民主か独裁か」（竹内好）が問われ、「岸を倒せ」、「民主主義を守れ」が叫ばれていく。

注意しておきたいのは、江藤が、この「五月二十日」を否定しているわけではないことだ。「あの混乱の最中には、私自身も五月二十日にかえれという意見は正しいと考えていたし、時の流れをとどめることはできぬものかとも思った」。問題は、なぜ「五月二十日」が「八月十五日」と結びつかねばならないのかということだ。「五月二十日はともかくとして、いったい、「事柄の本源」を一九四五年の八月十五日に求めることが正しいだろうか」（「〝戦後〟知識人の破産」）。

要するに、江藤は、「八・一五革命」説による「戦後」という「仮構」、「ごっこ」、「イデオロギー」の成立が、丸山によって「八月十五日」が「五月二十日」と結びつけられたことに見ている。この時「八月十五日《シニフィアン》」の意味《シニフィエ》が「五月二十日」と見なされ、安保闘争はなぜか敗戦の「反復」として位置づけられたのだ。

むろん丸山は、「八・一五」を「革命」とするために、意図的に「五月二十日」という「革命」と連鎖させたのである。すなわち丸山は、最初から「八・一五」を「革命」と考えていたわけではない。それは「五月二十日」によって未完の「革命」の出発点として再発見、再評価されていったのである。佐藤卓己（「丸山眞男「八・一五革命」説再考」）や米谷匡史（「丸山真男と戦後日本――戦後民主主義の〈始まり〉をめぐって」）も言うように、丸山にとっては、「五月二十日」がなければ「八・一五革命」などなかった。スラヴォイ・ジジェク的に、「五月二十日」が「八月十五日」の革命の失敗を「救済」し、「象徴界」に登録したのだと言ってもいい。「したがって、誤解を招く第一印象とは裏腹に、実際の革命的状況は「抑圧されたものの回帰」の一種ではない。〔…〕そうした過去の挫折した企ては、その反復を通じてのみ「存在していたであろう」ものであり、その時点で、遡及的に、かつてそうであったものになるのである」（『イデオロギーの崇高な対象』）。

丸山にとっても、「八・一五」の革命性は、「五月二十日」からの「遡及」によってのみ出現した。だが、「五月二十日」の革命性自体のリアリティが薄れている現在、「五月二十日」は忘れられ、その結果革命抜きの「八月十五日」という日付だけが残った。それが「戦後」を示す記号として反復されているのである。

今から振り返れば、「八月十五日」は「五月二十日」の原点であるという丸山の言説は、詐欺的な物語でしかない。だが、出来事の歴史的必然性そのものが、こうした「誤認」を通して作り上げられるとしたらどうか。

> 〔…〕その出来事が最初に起きたときには、それは偶発的な外傷として、すなわちある象徴化されていない〈現実界《リアル》〉の侵入として体験される。反復を通じてはじめて、その出来事の象徴的必然性が認識される。つまり、その出来事が象徴のネットワークの中に自分の場所を見出す。象徴界の中で現実化されるのである。（『イデオロギーの崇高な対象』）

なぜ、敗戦が革命となり、占領が解放となったのか。なぜ一目見れば前者であることは明らかなのに、われわれの認識は後者となってしまうのか。先ほどはそれを、講座派マルクス主義の歴史観に即して見た。「五月二十日」で問われた「民主か独裁か」も明らかにこの文脈にあろう。この場合の「独裁」とは、講座派マルクス主義の言う「半封建的なもの」を意味するからだ。すなわち、「五月二十日」を「八月十五日」の「反復」として見るパースペクティヴとは、講座派の歴史観という「象徴のネットワークの中に」、それぞれの出来事を回収するものだったのである。

当初、「八・一五」は、「偶発的な外傷として」「象徴化されていない〈現実界《リアル》〉の侵入として体験され」た。日清、日露、第一次大戦と連戦連勝で肥大化した帝国主義日本は、「外傷的」な「現実界」の侵入のごとき第二次大戦の敗戦を味わった。むろん、原爆を投下されたという未曽有の体験もまた、その「外傷」性、「現実界」ぶりをより一層強めた。

佐伯隆幸によれば、戦後日本人の自己像を形成したのは、とにかくピカ（原爆）と天皇制の「抱き合わせ」による「無限抱擁」（丸山眞男）だった。ピカのごとき被爆、被災に見舞われ、外傷を負った精神を天皇（制）が「無限抱擁」する――。この負傷と癒しの「反復」が、日本国家の「方針なき方針」である（絓秀実、鵜飼哲、米谷匡史との討議「「1968」という切断と連続」）。

同じ座談会で鵜飼哲も言うように、この時原爆（ピカ）の問題は、「戦争直後にはGHQのプレスコードもあったし、広範な共通認識があったとは言えない」ということが重要だろう。すなわち、原爆という「外傷」自体が、戦後すぐにではなく、占領後に事後的に構築されたものとしてあったのだ。したがって「「唯一の被爆国日本」という言い方は、左右相乗りで五〇年代後半に出てくる。それが六〇年安保の「巻き込まれる論」を規定した」のだ、と。

先に述べたように、六〇年安保の運動は、五月二〇日未明の強行採決を境に、「安保反対」から「民主か独裁か」、「民主主義を守れ」、「岸を倒せ」へとシフトし激化していった。そのようになって、初めて「国民」的な運動へと高揚した。もともと、社会党、共産党を中心とする「安保反対」は、安保改定を「対米従属」の強化、すなわち安保を改定することでアメリカの戦争に「巻き込まれる」という主張であった。いわゆる「反米愛国」的なものである。だが、述べてきたように、岸首相の安保改定は、従来の片務的な日米安保から、相対的に双務的な関係の確立に向けたものだった。これまた先述したが、「若い日本の会」をはじめとする「安保反対」勢力の中でも、ほとんど唯一新旧の安保条文を読み比べていたと言われる江藤は、当初からそのことを明確に認識していた。当然、社共的な「対米従属」論や「反米愛国」からはズレた、別の論理で反対することになる（したがって江藤は、いわゆる「反米」ではないだろう）。「私に留置場にはいつたことを「正義」のしるしとしている進歩的作家に対する軽蔑と反感がなければ、私は決してそれとは異つた論理によつて警職法反対を行うはずがなかつた。私に戦後の「正義」に対する不信がなければ、私は決して独自の論理で安保騒動に身を投じるはずはなかつた」（「戦後と私」）。

5

ここで、もう一度丸山の「復初の説」に戻ろう。こうした論点をふまえると、丸山が「八月十五日」と「五月二十日」とを結びつけたことは、いったい何を意味するのか。それは、占領後に構築された、原爆とそれによる敗戦という外傷を、「今度は巻き込まれるな」という形で象徴化する機能を果たしたのではなかったか。「五月二十日」の強行採決による「独裁」は、再び「八月十五日」を招き寄せ、同じような外傷＝現実界を被るという不安感情を国民にもたらした。それは、社共的な「対米従属」論、「反米愛国」の全面化だった。

その過激化は、当時の米大統領アイゼンハワーの訪日を中止に追い込むハガチー事件へと発展した。米大統領新聞係秘書ジェイムズ・C・ハガティの車をデモ隊が取り囲み、そのままヘリコプターで追い返したというハガチー事件は、日共系の全学連反主流派を中心に引き起こされた。江藤は、その一部始終を羽田空港付近で取材し、この事件に猛然と反発した。「この群衆は、ハガチー氏の車を物理的に阻止して、政治的にもアイゼンハワー大統領の訪日を阻止したつもりなのであろうか。物理的に阻止した時、政治的には通ってはならぬものが、彼らの頭上を通りぬけたということが、なぜわからないのか。大衆を甘やかし、スローガンでかり立てた指導者はどこにいて何をしているのか」（「ハガチー氏を迎えた羽田デモ――目的意識を失った集団――」）。江藤は、「反米、反アイゼンハワー」に統一されたスローガンに、「政治感覚などというものは、まったく欠如し」た「「無責任の体系」」を見た。それは、「五月二十日」以前にはまだあった、安保改定を、戦争に「巻き込まれる」ものとしてではなく、日本が真の意味で独立国となり「主体」化していく契機と捉える視点を、すっぽりと覆ってしまうものとして江藤には映ったからだ。あくまで江藤は、反「反米」なのである。

六〇年安保は、「五月二十日」によって「反安保」から「民主主義を守れ」にシフトしただけではない。それ以降、この国の「民主主義」を、戦争に「巻き込まれるな」という受動的な「反戦平和」の感情をベースとしたものとして確立したのである。「民主主義」は、すでに「八月十五日」に訪れており、あとはそれを「守る」ことだけが課題となったのである。

そして、これをもって「五月二十日」が「八月十五日」を「反復」することで、外傷＝現実界としてあった「八月十五日」を象徴界に回収するという「復初の説」のミッションは完成した。なぜなら、それによってわれわれは、「八月十五日」につきまとう「罪悪感」という「借り」の返済を完了したからだ。「最初の殺人（カエサル殺害）が罪悪感を生み、その罪悪感、いわば借りが、反復の真の推進力となったのである。なにか客観的必然性があって、つまりわれわれの主観的性向とは関わりなく、不可避的に、出来事が反復されたわけではない。この反復はわれわれの象徴的な借りの返済だったのである」（ジジェク前掲書）。

ジジェクは、こうした反復による認識には、ここで言われるユリウス・カエサルや、フロイトが分析したモーセの場合のように、殺人や犯罪という行為が必然的に前提とされると言う。ここで、「八・一五」にフロイトの『トーテムとタブー』のごとき「王殺し」を見る、絓秀実『アナキスト民俗学　尊皇の官僚・柳田国男』（木藤亮太との共著）の説を想起するのは的外れではないだろう。フランス革命＝王殺しをモデルにした「八・一五革命」説とは、それを「文字通り」受け取るならば、天皇が国民によって殺された「王殺し＝革命」があったということになると言うのだ。すると、その後の戦後の象徴天皇制とはトーテミズムである、と。

絓のこの説は、「与太話」的などと受けとられたようだが（池田信夫のブログ「日本人の中のアナーキズム」二〇一七年四月二九日）、それを言うなら、敗戦によって一夜にして天皇主権から国民主権へと、魔法の杖のごとき「革命」が起こったかのような「八・一五革命」説自体が、ほとんど「与太話」なのである。むしろ問題は、なぜそんな「与太話」（江藤の言う「ごっこ」「仮構」）がまかり通ってきたのかということなのだ。そして、おそらく、この「なぜ」にアクセスするには精神分析を要する。最も「日本精神分析」が必要なのは、依然として「八・一五」である。

ジジェクによれば、「カエサル──歴史的人格──の殺害は、その最終的結果として、皇帝支配《カエサリスム》の開始の引き金となった」（ジジェク前掲書）。同様に、天皇（王）殺しは、戦後天皇制に帰結した。したがって、絓も言うように、敗戦後「悔恨共同体」（丸山眞男）とか「一億総懺悔」（東久邇稔彦）とかと言った言説に明らかだが、王の戦争責任を追及するのではなく、むしろ国民が受動的に「罪悪感」を負おうとしたのは、国民の全員一致による「王殺し」があったと仮定しないと説明がつかない。

そして、その「罪悪感」は、負けるはずのない「王＝神」を敗戦に追いやってしまったという意味で国民による「王殺し」であったとともに、原爆を落とされたことで「王の身体＝領土」が「食べ尽く」されたという「外傷」をもともなっていたはずだ。このように「天皇制」と「ピカ」は不可分なのである。

それらは、この国の「罪悪感＝借り」の根源であり、逃れがたい外傷＝現実界であった。だから、戦後憲法においても、一条（から八条の天皇条項）と九条は不可分の抱き合わせとして書き込まれることになる。広島の原爆死没者慰霊碑の「過ちは繰返しませぬから」という石碑は、ことあるごとに「過ち」の主語は誰なのかという議論を呼んできたが、そうした「罪悪感＝借り」自体が書き込まれていると考えられよう。しかも、それはすでに「繰返しませぬから」という「反復」の認識をともなっていた。「五月二十日」が「八月十五日」を反復するとは、「反復しない＝繰返しませせぬ」ということなのだ。今度は巻き込まれずに、「罪悪感＝借り」を完済すること。先に述べたように、これによって「五月二十日」は「八月十五日」の「革命」の失敗を救済し、「八・一五革命」説が真に象徴界に登録され、何にも増して「戦後民主主義」に正当性を与えることになっていく。

6

再三述べてきたように、江藤が挑んだのは、この強固な「戦後」という虚構を終わらせることであった。そのために、いかにしてその虚構が現実を構成し得たのか、その構造の分析が必要だった。そして、ことが原爆による敗戦という外傷をともなっている以上、それは精神分析的なアプローチとならざるを得なかったのだ。江藤の占領史研究が、検閲の問題に向かうことで、フロイトの「夢の検閲」と似てくるのはそのためだ。『忘れたことと忘れさせられたこと』という本多秋五との「無条件降伏論争」に関わる論考が収められた江藤の著作のタイトルからして、言い忘れや言い間違いなどの「錯誤行為」(フロイト)を想起させてやまない。憲法の問題しかり。「反復は「法」の到来を告げる。死んだ、殺された父親の代わりに「父－の－名」があらわれる。反復される出来事は、反復を通じて遡及的に、おのれの法を受け取るのである」(ジジェク前掲書)。

江藤にとって、「戦後」とは、占領下に入ったという事実を、「革命」が起こり「自由なる主体」となったと嘯く虚構がなぜかそのまま現実となるという、まるでフロイトのいう「歪曲」を受けた「夢」のようなものとしてあった。フロイトは、そうした「夢の歪曲の首謀者」として、「材料の脱漏、変容、編成変え」といった働きをもつ「夢の検閲」を問題化した(『精神分析入門』)。江藤が、一九七九年一〇月、米国ワシントンのウッドロウ・ウィルソン国際学術研究所に国際交流基金の派遣研究員として着任して以降、ひたすら占領期の一次資料に当たり、そこに見られる「材料の脱漏、変容、編成変え」を丹念に追ったのは、占領期という「夢」の「検閲」を顕在化させようとする作業であった。江藤には、われわれが、いまだに「八・一五革命」説を担保とする「戦後」から脱却できないのは、「夢の検閲」の結果、われわれ自身が正しい解釈を「拒否」しているようにしか見えなかったのである。

〔…〕検閲する側の意向とは、夢をみた人の目覚めている時の判断によって承認される意向であり、夢をみた人がこれこそ自分の考えだと感じ取っているような意向であります。もしみなさんが、自分の夢について正しく行われた解釈を拒否なさるとすれば、みなさんは、夢の検閲を行い、夢の歪曲を生ぜしめ、そのためにこそ解釈を必要とさせた動機と同じ動機からそれを拒否していることは確かなのです。(フロイト『精神分析入門』)

江藤の占領史研究、とりわけ検閲によって「閉された言語空間」についての数々の論文は、根本的には、まさにアメリカ＝「検閲する側」の「意向」が、日本＝「夢をみた人」の「目覚めている時の判断」として、「これこそ自分の考えだと感じ取っているような意向」であることを明らかにしようというものだった。すなわち、「夢の検閲」の結果、自分たちは占領軍によって解放され民主主義になり、革命が起こって自由なる主体となった、だから、「殺された父親のかわりに」現れた「父の名＝法」、すなわち民主化された自由なる主体たちにふさわしい民主的な憲法を持つに至ったのだということを、「これこそ自分の考えだと感じ取っている」と論証しようとしたのだ。「八・一五」が「革命」となったのが、占領＝夢の検閲後の六〇年安保の渦中であったことが重要である。その時、われわれはすでに占領＝夢の検閲を忘却していた。まさに「忘却」とは、単純に「忘れた」のではなく、その背後に必ずや「忘れさせられた」という「検閲」が働いているという問題である。もし、われわれが、江藤によって「自分の夢について正しく行われた解釈を拒否」するのなら、それは江藤に「解釈を必要とさせた動機と同じ動機からそれを拒否していること」になるだろう。

フロイトは、そのような例として、ある婦人が自分の見た夢の解釈を拒んでいるにもかかわらず、それを「いやらしい夢だ」と考えていたという例を挙げた。同様に、江藤は、現実から一目盛りずらされている「ごっこの世界」を「わいせつ」と形容した。「なぜならわいせつとは、超えがたい距離が存在するという意識と、それにもかかわらずそれをこえて自己同一化《アイデンティフィケーション》をおこないたいという欲望との組合わせから生じる状態だからである。性交そのものはわいせつではないが、性交をのぞきながら自分が性交している幻想にひたるのはわいせつである」(「ごっこ」の世界が終ったとき」)。「夢」の解釈を拒み、「八・一五革命」によって「民主主義」的な「自由なる主体」となったと思いこもうとしている日本人は、江藤にすれば、「自由なる主体」を遠くからのぞき見ながら、それに「自己同一化《アイデンティフィケーション》」しているという「わいせつ」な夢を見ているのだ。

フロイトが「夢の検閲」を問題化した『精神分析入門』は、言うまでもなく第一次世界大戦中に行われた講義（一九一五年〜一九一七年）に基づいている。したがって、「夢の検閲」を論じるくだりにおいても、突然「第一次世界大戦」が顔をのぞかせる。

さて、目を個人から転じて、今日なおヨーロッパに荒れ狂っているこの大戦（訳注　第一次大戦）に向け、どれほどの野蛮、残忍、虚偽がいまや文化世界の中を横行しているか、一瞥《いちべつ》してみて下さい。みなさんは、ほんの一にぎりの、良心を持たない野心家と誘惑者とが、まんまとこれらの悪霊《あくりょう》を跋扈《ばっこ》させることに成功したのであって、命令に従っている幾百万人の人々には罪はないとほんとうに信じておられるのですか。このような事態のもとでも、みなさんはなお、人間の心的素質は悪に無関係だと主張するだけの勇気がおありですか。

（『精神分析入門』）

フロイトは、人間の中にある邪悪さや放縦が、「夢の願望」となって現れるのを、「夢の検閲」が抑制していると述べる。その真偽は別にして、注目すべきは、この第一次世界大戦と「夢の検閲」との並行性が、江藤の分析対象たる米国における検閲そのものにも見られることだ。「しかし、大規模かつ組織的な検閲が行われるようになったのは、いうまでもなく一九一七年（大正六年）、米国が第一次大戦に参戦してからである」（『閉された言語空間』）。

だが、江藤が『閉された言語空間』で引くローズヴェルト大統領の言を待つまでもなく、大義として、「あらゆるアメリカ人は、戦争を嫌悪するのと同程度に検閲を嫌悪する」。自由なる主体の国で、検閲が喜んで行われるはずもない。したがって、江藤が言うように、「つまり、アメリカ人は、第一次大戦という全面戦争に参戦して、はじめて国民的な規模で憲法修正第一条の保障する言論出版の自由と、防諜法その他の検閲関係法令との根本的矛盾に、否応なく直面せざるを得なくなったのである」。

そして、検閲を本来嫌悪しているアメリカ人が、どうしても検閲を実施せざるを得ないとき、「とかくそれを隠蔽しようとする傾向が生じる」のだ。おそらく、江藤がこの「傾向」に気づいたのは、占領史研究三部作の第一弾『忘れたことと忘れさせられたこと』を刊行し、その「あとがき」を綴っている最中だった。『忘れたことと忘れさせられたこと』の段階では、いまだテーマとしては表面化していなかった「検閲」のテーマが、この「あとがき」でにわかに前面に突出してくる。

そこには、法学者の田岡良一が、まだ日本が占領下にある時に渡米し、そこで純粋法学の提唱者であるハンス・ケルゼンと面談した際の記述がある。その時ケルゼンは、「「元来降伏（surrender）という言葉は、法律用語としては軍隊の降伏に対してしか用いないものだ」といって、日本が「国を挙げて」〝無条件降伏〟したという「通俗」の謬説を笑った」という。だが帰国後、田岡がケルゼン会見記の『朝日新聞』による掲載の求めに応じようとしたところ、説明もなしにその原稿は突然不掲載となる。これについて江藤は、「推察するに、当時すでに事後検閲に移行していた「朝日新聞」が、占領軍当局の意向を汲んで自主的に原稿の掲載を中止したものにちがいない」と述べるのである。この「あとがき」は、一九七九年一一月にウッドロウ・ウィルソン国際学術研究所で書かれており、江藤は、占領軍による検閲について、すでに本格的な調査に入っていた。

7

江藤が、無条件降伏論争を戦い、その後も無条件降伏の問題に固執し続けたこと、また一九四六年憲法の成立過程にこだわったことは、あたかもルサンチマンから発するもののように受け取られてきた。だが、それよりもはるかに重要なのは、それらがすべて「検閲」のテーマから派生していたことだ。江藤にとっては、日本の敗戦が無条件降伏だったか否かや、一九四六年憲法が押しつけ憲法だったのか否か自体が問題なのではなかった。その程度のことなら、最初から結論は見えていただろう。そうではなく、それらが「戦後」という「夢」の「検閲」に関わっていたことが、江藤にとっては避けられないテーマとなっていくのである。

それが直接には、占領軍当局の実施した検閲の影響であることは自明だとしても、そのとき日本人の心の内と外でいったいなにが起ったのか、私はあたう限り正確に知りたいと思った。それは単に、過去に対する好奇心だけからではない。奇妙な感じ方と、人はあるいはいうかも知れない。しかし、私は、その当時起ったことが現在もなお起りつづけている、という一種不可思議な感覚を、どうしても拭い去ることができなかったからである。

そうであれば、占領軍の行った検閲の実体を明らかにするというこの仕事は、過去と現在とに、つまり日本の戦後そのものの根柢に対して、同時に一つの問いかけを行う試みになるはずである。私たちは、自分が信じていると信じるものを、本当に信じているのだろうか？信じているとすればどういう手続きでそれを信じ、信じていないとすればその代りにいったいなにを信じて、私たちはこれまで生きて来たのだろうか。（『閉された言語空間』）

占領軍による検閲の影響は「自明」だが、問題は「そのとき日本人の心の内と外でいったいなにが起ったのか」だ。「私たちは、自分が信じていると信じるものを、本当に信じているのだろうか？」。そして、いくら占領が終わっても、われわれが一向にその「戦後」の「夢」から覚めないのは、その後も「夢の検閲」が機能し続けているからではないのか。「しかし、私は、その当時起ったことが現在もなお起りつづけている、という一種不可思議な感覚を、どうしても拭い去ることができなかったからである」。そのとき、いったいいかなる「検閲」がなされたのか。

一九四五年九月、占領を開始した米軍の前で、日本人はほとんど異常なほど静まり返っていた。米軍は、この沈黙が解けたとき、にわかに血の雨が降り、自分たちは一挙に殲滅されてしまうのではないか、これは「巨大な罠《わな》」ではないかと疑っていたという。「あらゆる日本人は潜在的な敵である」。この固定観念は、いつまでも米軍当局者の念頭を去らなかった。それを明かすように、米軍検閲者が開封した私信は、米軍を敵視する憎しみに満ちた文言で埋め尽くされていた。「あの憎い米兵の姿を見かけなければならなくなりました」、「こんなだらしのない軍隊に敗けたのかと思うと、口惜しくてたまりません」。江藤は言う。

〔…〕ここで注目すべきことは、当時の日本人が、戦争と敗戦の悲惨さを、自らの「邪悪」さがもたらしたものとは少しも考えていなかったという事実である。
「数知れぬ戦争犠牲者」は、日本の「邪悪」さの故に生れたのではなく、「敵」、つまり米軍の殺戮《さつりく》と破壊の結果生れたのである。「憎しみ」を感じるべき相手は、日本政府や日本軍であるよりは、まずもって当の殺戮者、破壊者でなければならない。当時の日本人は、ごく順当にこう考えていた。〔…〕
いうまでもなく、私信の検閲は、占領軍当局が日本人の沈黙に投じた一つの測深鉛にほかならない。彼らは、この沈黙のなかに充満している情念と価値観を破壊し、死者を生者から引き離さなければならなかった。
〔…〕
九月二日、ミズーリ艦上の降伏文書調印によって、国際法上の戦闘行為は停止されたが、それに替って超法規的な隠れた戦争が開始されたのである。日本における民間検閲は、この眼

に見えない戦争で、ほとんど原子爆弾に匹敵する猛威を振うはずであった。（同前）

先ほど、原爆（ピカ）という外傷は、プレスコードがあったために、占領後に構築されたと述べた。付け加えれば、それは原爆を投下した米軍への憎しみや敵視を消毒したうえで、それが逆に自らの「過ち」であり「邪悪」さゆえなのだという「罪悪感＝借り」として内側へと折り返されるよう「検閲」されたのである。江藤の言う、日本における民間検閲は、「眼に見えない戦争」であり、「ほとんど原子爆弾に匹敵する猛威」だったというのは、決して誇張ではない。

占領軍は、「巨大な罠」を恐れそれを回避するために、自分たちに対する日本人の憎しみや敵視が「夢の願望」として表面化しないよう「夢の検閲」を徹底した。ついに訪れた「平和」や「民主主義」に反する言説や行動は、「邪悪」さの表れとして「罪悪感」を抱くよう内面に抑圧させた。「八・一五」をもって、自分たちはそのように振る舞うべき「自由なる主体」となったのだから、と。江藤にすれば、「八・一五革命」説こそ「夢の検閲」の産物なのである。米軍は、原爆を投下した後、原爆に匹敵する「検閲」という「眼に見えない戦争」を持続していた。それは原爆への憎しみを、自らの罪悪感へと変えてしまう「戦争」だった。「その当時起こっていたことが現在もなお起りつづけている、という一種不可思議な感覚」を抱かせる、この「夢」のような「眼に見えない戦争」は決して「終わっていない」のだ。『閉された言語空間』の三年前に刊行された『日米戦争は終わっていない　宿命の対決――その現在、過去、未来』のテーマである。

無条件降伏か否かについても、江藤にとって重要なのは、その真実よりも、日本にとっての「真実」が「検閲」によって構成されたということだった。もともと、米国務省は、ポツダム宣言による無条件降伏は、「全日本国軍隊」にのみ適用されると考えていた。また、これが相互の契約文書である以上、講和条約締結までの間、日本と連合国の関係を規定すべき基本的文書となることは言うまでもない。にもかかわらず、米大統領トルーマンは、マッカーサーに指令「JCS一三八〇／六」を交付する。その第一項は、「われわれと日本との関係は、契約的基礎の上に立っているのではなく、無条件降伏を基礎とするものである」であり、連合国は日本を対等だとも、交渉相手だとも見なしていない、徹頭徹尾敗者であると、一方的に意思表示を行うものだった。だが、江藤が焦点化するのは、ここでもそのトルーマンやマッカーサーではなく、あくまで民間検閲支隊（CCD）長フーヴァー大佐なのだ。「戦後」の言説や文学、言葉に対する江藤の認識に大きく関わる部分なので、長くなるが引用しよう。

そして、民間検閲支隊長フーヴァー大佐がこの力の最初の行使者の一人になったのは、検閲というものが本来力と言葉との接点に位置するものだからであり、力は言葉に影響を及ぼし、そのパラダイムを組み替えることができなければ、そもそも力の要件を喪失してしまうからである。

たとえば、フーヴァー大佐は、参集した日本の報道関係者に向って、「諸君は国民に真実を伝えず、そのことによって公安を害している。諸君は日本の真の地位を不正確に描写している」といった。

この場合、大佐のいわゆる「真実」が、米国、あるいは占領軍にとっての「真実」であって、日本の報道関係者にとっての「真実」でないことはいうまでもない。逆に、日本と連合国側が基本的に「対等」であり、「交渉」が可能だというのは、日本側にとってこそ「真実」であるが、占領軍側にとっては「虚偽」でしかない。

このように、二つの相互に矛盾する「真実」が提示されたとき、もし自由な判断が可能な状況に置かれていれば、人は自ら検証してそのいずれかを取るか、そのいずれもが「真実」ではないという立場を取るかの、どちらかの態度を選ぶにちがいない。しかし、検閲は、その性格上自由な判断を許さず、一方にとって「虚偽」でしかないものを、唯一の「真実」と認めることを強制するのである。

これはいうまでもなく、言葉のパラダイムの逆転であり、そのことをもってするアイデンティティの破壊である。以後四年間にわたるＣＣＤの検閲が一貫して意図したのは、まさにこのことにほかならなかった。それは、換言すれば「邪悪」な日本と日本人の、思考と言語を通じての改造であり、さらにいえば日本を日本ではない国、ないしは一地域に変え、日本人を日本人以外の何者かにしようという企てであった。

そのためには、占領軍当局は、あの「巨大な罠」が作動するのに先んじて、日本人を眼に見えぬ「巨大な檻《おり》」に閉じ込めてしまわなければならなかった。(『閉された言語空間』)

この「眼に見えぬ檻」は、あの「鏡張りの部屋」と別のものではない。重要なのは、「檻＝部屋」が「押し付け」られていることではなく、そこは「眼に見えぬ」と同時に「鏡張り」なので、一見何にもとらわれていない姿として映っており、自らは「自由なる主体」であると思いこめるということ、そしてそこでは「検閲」によって「虚偽」が「真実」となる「言葉のパラダイムの逆転」が起こっていることである。江藤は、この「言葉のパラダイムの逆転」を、明確に日本人全体の「転向」と呼んだ。そして、その「転向」の最も露骨なる表現が、「戦後」を規定してきた一九四六年憲法だったのだ。

憲法が、その起草からして、連合国軍最高司令部(ＳＣＡＰ)に負っており、それに対する一切の言及や批判が占領軍の検閲によって完全にタブーとされてきたこと。ここでも問題は、「押し付け」自体というより、それに対する言及が「検閲」によって「禁圧」されてきたことなのだ。この国においては、「憲法自体が禁圧として作用している」のであり、その中で「表現の自由」や「学問の自由」など成立しようがない、ひいては「自由なる主体」ではあり得ないではないかというのが、江藤の一貫した問題提起だった(「憲法と禁圧」)。このように、「憲法自体が禁圧」という状況下においては、「護憲イデオロギーは、期せずしてＣＣＤの検閲を、事実上今日まで存続させるのに役立ちさえしている」(「一九四六年憲法——その拘束」)と言わなければならない。

もっと言えば、それは「転向」の隠蔽なのだ。江藤は、「八・一五革命」説は「転向」にほかならないことを、憲法学者の宮沢俊義に即して批判する。当初、宮沢は、師である美濃部達吉とともに、ポツダム宣言を受諾しても帝国憲法は変える必要がないと主張し、帝国憲法擁護の先頭に立っていた。ところが、一九四六年三月六日に政府原案としてマッカーサー草案を基本とする憲法改正草案要綱が公表されると、同年五月の『世界文化』に掲載された論文で「八・一五革命」説を唱え、「百八十度の転向を遂げ」ることになる。それ以降は、現行一九四六年憲法の強力な擁護、推進者となり、これが「戦後」のコアを形成した。「日本が〝無条件降伏〟したという誤った認識も、実はこの宮沢先生の「八・一五革命説」から生じているのです」と江藤は断じる(「現代文学の倫理」)。

江藤は、この宮沢の「転向」は「全国民の認識に影響を及ぼし」た、自分は「そのことをとりたてて糾弾しようとは思わない」が、「日本人の大多数が大きな転向を強いられたという事実だけは認めなければならない」と言う。「それは一体何だったのか、それが真実の上に立った転向なのか、美濃部達吉博士が枢密院の審議で痛論されたような「虚偽」の上に立った転向なのかということだけは、見定めておかなければならないと、ぼくは思っているのです」。

江藤自身も、「転向を強いられた」一人だった。江藤にとっては、この「戦後＝転向」はあまりに自明であり過ぎた。最初から「転向」という「夢」の中にいたのだ。最初から夢の中にいる者が、「これは夢だ」と言われても、いったいどうしたらいいのか。「これは転向だ」と言われても、では「転向」ではない現実がどこにあるのか。したがって江藤にとっては、「転向か非転向か」ではなく、あくまで「それが真実の上に立った転向なのか」、「「虚偽」の上に立った転向なのか」が問題なのだ。それさえも「夢」の「検閲」のプロセスを、順を追ってたどり直してみることでしか、見定めることができないのである。「この〝タブー〟の呪縛《じゅばく》から自由になろうと思えば、まず禁圧の存在を明るみに出し、次いで「SCAPが憲法を起草した」という事実を証明し、さらにその事実についての批判を行わなければならない」（「憲法と禁圧」）。そして、それを丹念にたどっていった先に、江藤の前に現れたのは、一九四六年憲法における「検閲」の無残な「破れ目」であり、「戦後」の最大の矛盾であった。言うまでもなく、天皇の問題である。

8

江藤の『天皇とその時代』は、天皇礼賛の書ではない。そこで繰り返し問題化されるのは、一九四六年憲法の第一条と第二条との間にある論理的な分裂である。憲法は、その前文で、「主権が国民に存すること」が述べられ、第一条で「天皇は、日本国の象徴であり日本国民統合の象徴であつて、この地位は、主権の存する日本国民の総意に基く」と規定する。これについて江藤はこう述べる。

しかし、この第一条を即物的に読めばはっきりしていることは、いわゆる「主権在民」です。「主権在民」という以上は、これはなによりもまず共和政体を規定した条項と読める。より正確にいえば、第一条はいわば共和政体プラス・ワンで、そのプラス・ワンが「象徴」であるところの天皇だということになる。共和政体であれば、当然天皇をその内部に位置せしめることはできない。かといって、全く外部に位置させることもできないので、「象徴」という奇妙な概念を捻出したに違いない。それにしても、「日本国の象徴」では、そのまま元首になりかねないから、そこでもう一回「日本国民統合の象徴」と繰り返した。現実は共和政体で、そこに帽子の羽根飾りのような天皇という「象徴」が乗っかっている。それに眼をつぶって、見ないことにすれば、日本の政体の実態は共和制にほかならないといっているかのように見える。(「遺された欺瞞」、『天皇とその時代』)

第一条を共和制の規定として読むこと自体、きわめて稀有でラジカルな視点だろう。ところが、一転して第二条では皇位の継承を規定する。「皇位は、世襲のものであつて、国会の議決した皇室典範の定めるところにより、これを継承する」。別に国民投票などによる承認を必要とせずとも、皇位は代々継承されると述べられている。明確に、立憲君主制の規定といえよう。したがって、「第一条ではあたかも共和政体を規定し、第二条で君主制を規定する。そしてこの二つの条項の間には論理的な必然性は何もない」ということになる。そして、この超論理的な分裂は、次のように乗り越えられてきたと江藤は言うのだ。「この第一条と第二条の間の分裂は、「戦後民主主義」という言葉で一括されている戦後の体制を基本的に規定している分裂といえるでしょう。実は、「戦後民主主義」とは、この分裂を直視するところに成立している主義ではない。「戦後民主主義」はこの分裂から目をそらせるところに成立している共犯関係のようなものです。むしろ「戦後民主主義」が確立されたと主張しつつ、この分裂と自己矛盾を隠蔽するというのが、「戦後民主主義」のトリックにほかならない」。

江藤の「戦後民主主義」批判が、平和や民主主義を守るか否かといったことや、国民主権か天皇主権かといった問題と、まったく無縁であることがよく分かるだろう。江藤にとっては、すべては一九四六年憲法の問題であり、そしてその憲法に占領軍の検閲の跡が表れているということなのだ。

この第一条と第二条の分裂にも、その影は射している。江藤によれば、第一条には、天皇と日本政府を「利用はするが支持しない。将来の政体については日本国民の意思に委ねる」とした「初期対日方針(SWNCC一五〇/四)」が反映している。そこには、「もし日本国民が自発的意志によって天皇を廃止し、現政体を変更した場合には、それをそのまま受け入れるとも記されて」おり、したがって「昭和二十二年の二・一ストまでの間、占領軍が日本国民の混乱を革命が起きてもかまわないといった感じで放置したのも、「初期対日方針」を忠実に守ったからと考えることができるでしょう」と。

江藤が、第一条を、共和政体の規定だと読んだ根拠がここにある。これもまた、「夢の検閲」をたどることで出てくる観点であった。「八・一五革命」説という「夢」は、いわば第一条に込められている、この「日本国民が自発的意志によって天皇を廃止」するような、「革命が起きてもかまわない」という「初期対日方針」が、あたかも現実のものとなったかのように思いなす「夢」であった。だが、江藤にすれば、それは「第一条＝初期対日方針」に自己同一化しようという「わいせつ」な「夢」だったのである。国際政治学者の篠田英朗は、憲法の基盤となったGHQ草案における「人民」(people)を、フランス革命的な国民主権思想に基づき「国民」(nation)と言い換えたことに、日本政府の「画策」を見ている。「「人民」であれば、反天皇制の響きがするが、「国民」であれば、天皇もその一部だと解釈できる。後付けの悪知恵である」(『ほんとうの憲法――戦後日本憲法学批判』)。江藤は「夢の検閲」を解きほぐすことで、「国民」(nation)から遡行し、もともとの「人民」(people)だった層へとたどり着いてしまったといえる。

一方、第二条には何が反映されているか。江藤は、第二条を、敗戦直前当時の米国務次官ジョセフ・グルーからジェイムズ・バーンズ国務長官に提案された、ポツダム宣言原案第十二項「現皇統下における立憲君主制を排除するものではない」が二重写しとなったものだと考えている(「遺された欺瞞」)。

これは曰く付きの原案だった。なぜなら、もし新米だったバーンズが、ポツダム出発直前に元国務長官コーデル・ハルの意見を求め、その結果原案が不採用にならなかったら、軍部を含めた日本側の終戦の意思決定は一九四五年七月下旬まで繰り上げられ、広島と長崎への原爆投下は免れたかもしれないからである。すなわち、君主制を継続し王殺しを回避しようとするポツダム原案が却下されたために日本側の終戦の意思決定が遅れ、その結果原爆が投下されたのであり、すると原爆は王殺しの意思表示でもあったと捉えられよう。先に述べたように、「八・一五革命」における「トーテムとタブー」のごとき王殺しの「罪悪感」と、原爆投下を受けた「罪悪感」が不可分であるゆえんである。あくまで「天皇制」と「ピカ」はセットなのだ。

だが、結果として、「ところが日本占領を実際に始めてみると、天皇を「支持しない」ではとてもやって行けない」ことに、占領軍自体が気づいていく。そこで「一旦お蔵にしたポツダム宣言第十二項原案を復活させて、憲法草案第二条に併記したといういきさつがあったに違いありません」、と。この経緯が、第二条の「皇位世襲」の方向へとつながっていき、第一条で共和制を、第二条では君主制をそれぞれ掲げるという致命的な論理破綻を生み出していくことになる。この憲法の分裂と自己矛盾は、「当時のアメリカを主体とする連合国側の対日占領政策が内包していた分裂と自己矛盾をそのまま反映している」と言ってよい。

「戦後」を規定した憲法自体が「(夢の)検閲」の産物だと述べてきたが、しかもその「検閲」は、論理的に相矛盾する両極に引き裂かれていたわけである。この分裂と自己矛盾は、憲法を表面的に眺めているだけでは分からない。それは、「検閲」の過程をつぶさに検証した江藤の目によって、初めて露わになった「戦後」の裂け目だった。

9

そして江藤は、その裂け目を生じさせているのは、結局天皇の存在であり、「共和制プラス・ワン」の「プラス・ワン」にほかならないと暴いてしまったのである。

したがって、「象徴天皇制」なるものは、放置して置けば当然限りなく共和制に近づく契機を内包しているということになる。しかも、それでいながら、憲法典を改正でもしない限り、どうしても共和制になり切ることもできないような構造にもなっている。いうまでもなく、いつまでたってもあの〝プラス・ワン〟がついてまわり、しかも「世襲」されることになっているためである。(「国、亡し給うことなかれ」、『天皇とその時代』)

江藤にとっては、天皇とは、良くも悪くも「プラス・ワン」の存在だった。もし真の尊皇家や天皇主義者だったら「プラス・ワン」などという言い方はしないと思われるが、今は措いておく。江藤にとっては、一九四六年憲法が保持されるかぎり、それ自体が「限りなく共和制に近づく契機を内包している」ということの方がはるかに重要だった。共和制への移行の意思は、アメリカの対日占領政策が「夢の検閲」によって憲法の中に溶かしこまれ、そのまま「凍結させられたままになっている」ものである。しかも「占領政策は、単に凍結させられているのみならず、何らかのきっかけさえ与えられれば、四十三年を経過した現在でも、そののちになってからでさえも、いつでも作動して当時の占領者の意思を実現できるような仕掛けになっている。そして、この仕掛けは、この間に日米関係にどのような変動があっても、憲法典に変化がない限り基本的に不変なのである」。

当たり前だが、もし対日占領政策が、最初から君主制保持だったなら、このような分裂や矛盾は生じようがなかった。戦前の帝国憲法保持でよかったからだ。だが、占領による検閲が、共和制への移行の可能性を新憲法の中に忍び込ませてしまったのである。先に述べたように、「八・一五革命」説の宮沢俊義の「転向」は、正確にこの過程をなぞっている。江藤が推理したように、宮沢が帝国憲法保持から、「八・一五革命」説へと百八十度「転向」していったのは、「おそらくGHQの法務課長アルフレッド・オプラーに〝協力〟を求められたはずで、そのことを示唆するオプラーの証言もあ」るという（『日米戦争は終わっていない』）。だが、ほかならぬその検閲による「八・一五革命」説によって、天皇が内部にも外部にも位置させることのできない「プラス・ワン」になってしまったのである。この意味においてのみ、「八・一五革命」説は真に革命的であった。

天皇が「プラス・ワン」であり続ける以上、常に共和制に転じる可能性が胚胎される。しかも憲法自体がそれを温存しているのだ。確かに江藤は、それに対する不安や怯えを抱いていた。『天皇とその時代』という書物は、ほとんど全編その怖れで満たされていると言っても過言ではない。そして、怖れていること自体が可能性を認めているということである。

その怯えは、江藤の許に、福澤諭吉の「帝室論」、「尊王論」を招き寄せる。江藤は、この二つの論文が、いずれも一八八一年十月に国会開設の詔書が発布された後、第一回帝国議会の前に書かれていることに注目する。すなわち、これらは、民主的な議会の開設の怯えや不安から書かれたのだ、と（大原康男との対談「昭和史を貫くお心」、『天皇とその時代』）。

福澤は、「帝室論」で、「人民一般に参政の権を附与し、多数を以て公明正大の政を行ふ」と言えば聞こえはいいが、お互いを攻撃し傷つけあい、「其間の軋轢《あつれき》は甚だ苦々しきこと」となるに違いなく、それに対する報復も絶えなくなるだろう。「或は人の隠事を摘発し、或は其私の醜行を公布し、賄賂依托《いたく》は尋常の事にして、甚しきは腕力を以て争闘し、礫《こいし》を投じ瓦を毀《こぼ》つ等の暴動なきを期す可からず。西洋諸国大抵皆然り、我国も遂に然ることならん」。

要するに、福澤は、民主的な代表政体（君主なき共和政体）など、ろくなものではないと言っているのだ。そこは、人間の邪悪さが全開となった極めて殺伐とした醜い世界である。そして福澤は、「帝室」とは、常に「政治社外」にあり、「いやらしくも醜い党派の闘争に超然としている」ことで、こうした邪悪さを抑制するもの、「争闘のつねなき近代政治社会の「緩和力」とな」るべきものであると言っているのだ、と。「尊王論」における「尊厳神聖」たる皇帝という主張も、その延長にあろう。

福澤が、共和制－民主主義へのおびえ、嫌悪から、「超然」としたポジションで政体全体を覆ってしまう「ふた」として天皇を考えていたことは見やすいだろう（「人の上に人を作らず、人の下に人を作らず」は、天皇という「ふた」によって可能になるということだろう)。この福澤における「ふた」としての天皇が、江藤における、内部にも外部にも位置させることのできない「プラス・ワン」と同じものであることは言うまでもない。ラカン的に言えば、空虚な「もの」としての「対象a」である。江藤は、憲法第二条の「皇位は、世襲のものであって」の「「のもの」とはヘンな表現で、「皇位は、世襲であって」のほうがいいと思います」と言っているが(「遺された欺瞞」)、この「もの」は、空虚な「もの」としての対象aを指さずして指していると考えれば、かえって合点がいく(江藤は、ほぼ同様に、「「もの」というのは、茫然とした「もののけ」の「もの」」だと言っている(「昭和史を貫くお心」))。

第一条で「共和制プラス・ワン」の「プラス・ワン」が、「国民の総意に基く」とされながら、続く第二条で、それと真っ向から反する「世襲」によって裏付け直されようとしたときに、その超論理性が「もの(のけ)」として表れたということだろう。まさに「超然」とした空虚な「もの」であり、共和制−民主主義の臨界そのものである。

そして、それは同時に天皇の臨界でもあろう。天皇が「プラス・ワン」であり「ふた」であるということは、あくまでそれが共和制−民主主義に対する防波堤であり、最後の砦としてのフィクションだとほとんど言ってしまっているからだ。このとき、江藤は、天皇はまさに「天皇ごっこ」(見沢知簾)だと言っているわけだ(アマゾンのレビューでも指摘されていたが、見沢の『天皇ごっこ』は、江藤の「「ごっこ」の世界」からインスパイアされたのではないか。見沢は江藤をリスペクトしていたと言われる）。

述べてきたように、江藤は、「戦後」が、そしてその担保となっている「八・一五革命」説が、「ごっこ」でしかないことを、占領期の「夢の検閲」にアクセスし、その過程を解きほぐしていくことで暴いてきた。そして、一九四六年憲法の第一条と第二条の分裂と自己矛盾――それは対日占領政策の分裂の表れであった――という「現実」に直面した。「戦後民主主義」や「象徴天皇制」といった言葉は、その分裂と矛盾を糊塗する「トリック」にすぎず、そこでは天皇は「ごっこ」にすぎなかった。「ごっこ」と言っても、それは神でないにもかかわらず、神である「かのように」（森鷗外）という意味においてではない。江藤にとっては、天皇が神ではないことなど自明だった。「天皇の人間宣言は少しもショックではなかった。私は戦争中ですら天皇が人間であることを知っており、納戸の隅の抽斗から出て来た昔の宮中宴会の招待状が、「皇帝及ビ皇后両陛下ハ……」という文面ではじまることも知っていた。「皇帝」というならナポレオンもシーザーも「皇帝」である。そして彼らは神ではなかった。私は宣戦の詔勅が「大日本帝国皇帝」によって下布されなかったことをひそかに残念がりさえしていたからである」（「戦後と私」）。そうした存在レベルではなく、政治体制としての共和制－民主主義の忌避が、「プラス・ワン」という「ごっこ＝フィクション」を論理的なレベルで要請するのである。

そして、この共和制－民主主義への嫌悪や恐れは、江藤自身のものでもあった。「戦後（民主主義）」を終わらせようとしていた江藤は、共和制－民主主義への恐れという形で「戦後」の終わりを見たのだ（一時期、勝海舟に向かったのも、勝がナポレオン三世治下の第二帝政フランスを模倣しようとした小栗上野介に対抗したからではないか。江藤は、小栗に共和制への接近を見たのだろう〈「転換期の指導者像」一九六八年、ほか〉）。「プラス・ワン」は、実際には「空っぽ」であり、だからこそ「ごっこ」にすぎないことを見てしまったのである。

〔…〕民主主義的秩序においては、主権は〈人民〉にある。だが〈人民〉とは、権力の被支配者以外の何者であろうか。ここにあるのは、自然言語は同時に最も高度な究極のメタ言語である、というのと同じパラドックスである。〈人民〉は直接に自分たちを統治することはできないので、〈権力〉の場所はつねに空っぽの場所でなければならない。その場所を占領する人は誰でも、一種の代理人として、真の－不可能な統治者の代理として、一時的にその場所を占領できるにすぎない。サン＝ジュストの言うように、「誰しも罪なくして支配することはできない」。（ジジェク前掲書）

共和制－民主主義のもとでは「プラス・ワン」は「不可能」であり、だからこそ「代理人」でしかなく、にもかかわらずその場所を「占領」しているので「罪」なのだ。その「罪」は、先に見た敗戦による国民の「罪悪感」が転嫁されたものでもあろう。なぜなら、敗戦＝民主化によって、本来その場所は論理的には「空っぽ」となっているはずだからだ。その「空っぽ」の場所に

「罪」は流し込まれた。原爆による敗戦の「罪」は、民主化の、共和制－民主主義における「代理人」の「罪」へと転じた。ピカと天皇制による「罪」の「無限抱擁」。「プラス・ワン」は、日本人の「罪」を一身に背負う存在となった（だからこそ、民主主義のもとでも暗黙に存在が許されているのだろうか）。

したがって、江藤は、日露戦争以降、革命を輸出しようとする「支那革命外交」、「アメリカ革命外交」、「ソ連の赤色革命外交」に次々と包囲され、国民に日本人であることをやめ、人民や市民となるよう迫ってきたとき、国民の間に「日本人であることから逃れたいという願望がいっせいに噴き上げはじめる」なか、唯一「日本人というアイデンティティを絶対放擲できない最後の日本人が天皇」だったと言うのである（井尻千男との対談「昭和天皇とその時代」、『天皇とその時代』）。日本人の「アイデンティティ」は、あの「罪悪感」と不可分なのだ。「プラス・ワン」とは、「論理的につきつめると、ただ一人を除いてみな、日本人でなくなることができた」ということと同義である。「無責任の体系」（丸山眞男）とは、この意味においてではないか。「プラス・ワン」以外は、共和制－民主主義「革命」によって、「無責任」に「日本人でなくなることができ」るということである。逆に言えば、「天皇制」という、コミンテルン－日本共産党が作り占領軍が横領した言葉は、「日本マイナス天皇がなおかつ日本であり得る、という仮定の上に立った言葉」であり、「日本人であることから脱出したい願望が生んだ」革命外交用語なのだ。だから江藤は、「天皇制」を認めなかった（正確に言えば、江藤は、天皇と国民が一体となった「社稷」主義者だろう）。

確かに、江藤は「反革命」だった。だが、共和制－民主主義への恐れを、「論理的につきつめ」た挙句、「プラス・ワン」にまで行き着いてしまった江藤ほど、天皇を論理的に追い込んでしまった者もまたいない。これは、ほとんど革命の可能性を胚胎している反革命だといえないか。

10

「たしかに民主主義は」とジジェクは言う。「ありとあらゆる種類の大衆操作・腐敗・デマゴギーの蔓延などを生むが、そうした歪みが生まれる可能性を取り除くやいなや、民主主義そのものも無くなってしまう。われわれはそれを不純で、歪んだ、腐敗した形でしか認識することができないという〈ヘーゲル的宇宙〉の典型的な例といえよう。それらの歪みを取り除いて、〈宇宙〉をその純粋無垢な形で捉えようとすると、正反対の結果になってしまう。いわゆる「真の民主主義」とは非民主主義の別名である」（ジジェク前掲書）。

民主主義は、腐敗や不純さ、歪みと不可分である。民主主義が浸透するということは、社会の通俗化と偶然性、不確実性の蔓延と切り離せない。大衆操作やデマゴギー、フェイクニュースも絶えなくなろう。現在行われているような、いわゆる「組織化された民主主義」とは、あらかじめ候補者を選別し、偶然やデマに動揺する浮動した声と「真の利害」に基づいた意見とを峻別することで、むしろ「真の民主主義」という「〈現実界〉の介入を排除するための方法なのである」。

述べてきたように、江藤は、自らが終わらせようとした「戦後」の果てに、共和制－民主主義の「革命」を見てしまい、それに対する恐れを抱き続けた。通俗化や腐敗と一体になった民主主義は、やがて弥縫策たる「組織化された民主主義」を食い破り、ついには一九四六年憲法の第一条と第二条との間のあの破れ目から「現実界」の介入を許してしまうだろう。

その江藤の怯えは、例えば「文藝賞」の選考委員（一九六六～九五年）として「新人賞という前線でウイルスの侵入を防ぐ抗体の如く、サブカルチャーとかろうじて文学であるものを腑分けし、前者の侵入を必死で防衛している」姿と別のものではない（大塚英志「江藤淳と少女フェミニズム的戦後」）。「だがそこで江藤が実際に行ない得たのは、サブカルチャーと文学の厳密な腑分けではなく、せいぜいが許せるサブカルチャーと許せないサブカルチャーの線引きであると言わざるを得ない。しかもその境界線は毎年のようにじわりじわりと後退している」。まるで江藤は、通俗化とサブカルチャーに侵食されている文学において、「許せる」候補者＝作家と「許せない」候補者＝作家とをあらかじめ「選別」し、文壇内部において何とか「組織化された民主主義」を保持しようとしていたかのようだ。

あるいは、それは「フォニイ論争」（一九七三～七四年）において、「内に燃えさかる真の火を持たぬまま文を書き詩を作る人間は、……つねにフォニイであろう。」（H・W・ヴァン・ルーン）を引きながら、「空っぽでみせかけだけで、インチキでもっともらしい」「フォニイ＝贋物」の作品を、斬っては捨てていった姿とも重なっていよう（「〝フォニイ〟考」）。江藤は、腐敗した民主主義の表現としての「フォニイ」を、ほとんど恐れるほどに嫌っていた。

しかも、問題の「フォニイ」というタームを江藤が使ったことで、論争のきっかけとなった座談会「文学・73年を顧みる」（他の出席者は平野謙、中村光夫、秋山駿）で、江藤は天皇に関するくだりで「フォニイ」（この時の表記は「フォニー」）と言っているのだ。加賀乙彦の『帰らざる夏』について、「知っているところをわざと伏せて書いているようなところがいやだな。いくら幼年学校の生徒だって天皇を文字通りの神と考えていたはずがない。それがタテマエだということぐらい、あれだけの秀才が知らなかったはずはない。少なくとも一片の疑いも持たなかったとは信じられない。そういうところを捨象して書いているところに、根本的なウソがあると思う」、「天皇は神なりと信じこんでいたとするほうが、通りはいいですけれどもね。だがそれをフォニーという。このウソは文章に必ず反映している」と述べているのである。

先ほども述べたように、江藤にとっては「天皇」は「ごっこ＝フィクション」が前提だった。しかし、加賀のレベルは、「天皇を文字通りの神と考えていた」という、森鷗外の「かのように」などから見てもはるかに後退した、近代以前の水準であり、時代的にあり得ないような「根本的なウソ」にしか思われなかったのだ。

江藤は、フィクションをフォニイと言ったのではない。フィクションが「内に燃えさかる真の火」から書かれていないために、あからさまな「ウソ」に堕しているものを「フォニイ」と批判したのだ。そもそも真に迫っていなければ、わざわざフィクションと断るに及ばない。だが、あからさまなウソ＝フォニイは、端的に「腐敗」なのだ。

したがって、小谷野敦が言うように、「「フォニイ論争」は、いわば形を変えた「純文学論争」であり「私小説論争」であった」（『現代文学論争』）と捉えるべきだろう。前章の平野謙論で論じたように、純文学論争における平野謙にとって、「純文学」の理念とはプロレタリア文学であった。だが、平野曰く「ヌエ的」な大衆社会の勃興などによって、それは通俗的に「変質」してしまったというのである（純文学変質説）。「いかなる文学が「社会」のヘゲモニーを奪うのか。平野は、中村光夫とともに、昭和文学の核心に「文学の社会化」の問題を見出した。その「社会」とは、大衆社会の「実相」を映し出す大衆文学ではなく、コミュニズムという「虚相」を描こうとするプロレタリア文学＝純文学がヘゲモニーを奪う「社会」を意味していた。断じて社会派推理小説が示す「社会」性ではなかった」（本書第I部第二章九七頁）。

にもかかわらず、純文学論争において、平野と中村は対立してしまう。そして、江藤がこの両者と方向性を共有していたことは、ここまで論じてきたことをふまえれば明らかだろう。だが、「八・一五革命」説を無批判に受容しているように見える平野ら「近代文学」派の「第二の青春＝人民戦線」志向を、江藤は受け入れることができなかった（「青春の荒廃について」）。どうして平野らは、「荒廃」した「青春」と戯れ続けてばかりいて、「成熟」しようとしないのか。だが、江藤の平野批判は、正しかったがゆえに間違っていたと言わねばならない。平野にしても、「青春＝人民戦線」が不可能なフィクションであることは分かっていた。だが、先に述べた「純文学」の「変質」に対する抵抗線として、平野はフィクションとしての「青春＝人民戦線」を必要としたのだ。江藤の「成熟」は平野の「青春」を批判したが、両者は同じ趨勢に対して批判的であったのではなかったか。江藤に見えなかったのは、とうに「青春」が「喪失」されていたなら、すでに「成熟」も不可能になっていたことだ。『成熟と喪失』とは、何より「成熟」の「喪失」のことなのだ（だから最後に「治者」が要請される）。その後のこの国の文化が、完全に「成熟」を「喪失」し、幼児化、動物化していくことは、今日からして明らかだろう。だが江藤は、「青春」を批判した先に、先の「組織化された民主主義」ならぬ「組織化された」「青春」とでも言おうか、不可能な「成熟」を見ていたのだ。

したがって、「文壇の私闘を排す」を書いて、平野に対して批判的に純文学論争へと介入することになる。江藤は「フォニイ」に、平野の言う「ヌエ的」なものを感受していたにもかかわらず。

一昨晩は夢の中でゴジラにあった。正確にいえば、夢の中で私は平野謙氏とゴジラが来るかこないかについて議論していた。私はゴジラが来ないという。平野氏はもう台所に来ているではないか、といって、ブルブルふるえながら征伐に出かけていった。ややあって台所をのぞいてみると、平野氏の姿はなく、ちいさなゴジラが血まみれになってしとめられていた。私は今更のように平野氏の読みの深さに感嘆したが、それにしても平野氏はどこへ行ってしまったのか。まさか別のゴジラに食われてしまったのではあるまい、ひょっとすると、このかわいいゴジラは平野謙氏その人ではあるまいか、などと考えているうちに、私は心配になって息苦しくなってきた。

夢からさめたのはその次の瞬間であった。

私が推理小説を読んだりゴジラの夢をみたりするのは、しかしながら、私のささやかなストイシズムのためである。(「スリラー時代」)

通俗化とそれによる腐敗は、ヌエのように怪物のように、すべてを飲みこもうともうすぐそこまで忍び寄っている。前章で見たように、平野謙は、大衆的で通俗的な社会派推理小説の到来、流行に怯えていた。そして「ブルブルふるえながら征伐に出かけていった」。この純文学論争前夜の文章には、江藤がこの平野の怯えに感応するかのように、「今更のように平野氏の読みの深さに感嘆した」ことが記されている。もしこのとき、江藤が夢から目覚め、平野と一緒にゴジラを征伐に出かけていったなら、平野の志向＝思考していた人民戦線は可能になったのかもしれない。その可能性を感じさせるほど、ここには後々の江藤を襲うフォニイ論争や、共和制－民主主義への怯えが、すでに先取りされていると言ってよいだろう。江藤が見ているのは、かつて福澤諭吉の見た、相互が憎しみあい報復しあうような醜悪な世界の、タガが外れた光景だった。「時代の圧迫のようなものがわれわれの上にのしかかっていて、うっかりこの巨大な殺意に自分の波長を合わせたらなにがおこるかわからない。最近しきりにおこる衝動的な殺人のごときは、自分の殺意を世界の殺意と同調させるという誘惑に抗し切れなくなった連中がひきおこしたものではないか。われわれを拘束するルールというものはすでにどこにもないから、そうなったら私もなにをやりだすか知れたものではないのである」。

前回の平野も見ていた、王殺し後のアナーキー（そして、「王殺し＝ゴジラ」は、まさに「シン・ゴジラ」のごとく憲法という「檻」の中に現在「凍結」されている）。江藤もまた、王殺しが「現実界」として、あの第一条と第二条の裂け目から到来することを恐れていた。夢に見てしまったゴジラの到来は、その形象だろう。江藤は、実際はそれを経ずに、王殺しが起こったことにしてしまった、「八・一五革命」説や戦後民主主義などという虚構よりも、はるかに「現実界」に肉薄してしまったために本気で恐れたのである。それは、狂おしいまでに「戦後」の終わりを望んでいたのと表裏をなしていた。ほとんど死に向かうように、享楽的に。

11

江藤にとって天皇とは、逆説的だが、ほとんどこの王殺し＝現実界と同義なのだ。それは、死に接しているがゆえに、享楽の対象ともなり得るのである。江藤にとって、戦前の天皇は、立憲君主制における皇帝でしかない。江藤が「通時的」天皇と呼んだのは、この天皇＝皇帝であろう。そうではなく、江藤にとって問題なのは、常に「戦後」の「共時的」な天皇だった。「少し話を戻しますと、僕は通時的天皇制というものは、敗戦、占領等々によって、そうとう変更を受けたかもしれないけれども、実はそんなものは上ッ面であって、共時的天皇制というものが厳として存在するということを、身をもって示してこられたのがいまの天皇で、御不例をきっかけにして、その共時性を皆がいっせいに認めだしたという感じがする」（中上健次との対談「今、言葉は生きているか」）。

江藤の天皇は、王殺しによって共和制－民主主義が現実界として一瞬「共時的」に露呈してしまう事態と同義であり、背中合わせだった。「御不例をきっかけにして、その共時性を皆がいっせいに認めだした」とはこのことだろう。それは「死」に漸近することで共時的に「いっせいに」訪れたのだ。だからこそ、昭和天皇の死の際、マスコミが宣伝する「戦後民主主義」や「象徴天皇制」によって訪れた見かけの「自粛」の不自由に反して、「日本人は、本当に久し振りに自由になっていた」と江藤は言ったのである（「国、亡し給うことなかれ」）。社稷主義者として、社稷が現れた一瞬だったということだろう。

昭和天皇の死を目前にして、中上健次は、柄谷行人から離反し、江藤淳に接近していった。このことは、普通、中上の左翼から保守への「転向」や「振れ幅」として語られる。だが、このように見てくれれば、そう一面的にも捉えられないだろう。中上は、江藤との対談で、有名な「江藤淳隠し」という言葉を口走っている。「文壇内部において、この十年、二十年の〝江藤淳隠し〟という事態がありますね。皆、本心では江藤淳というのは大事だと思っているのに、なんでこういうことが起こったのか」（前掲対談）。その真偽は別にして、注目すべきは、中上が「江藤淳隠し」とは、結局「天皇隠し」だったと言っていることだ（「それを隠したかったんですよ。天皇を隠したかったんですよ」）。そして、このとき中上が言っている天皇も、先の江藤の天皇を受けて、あくまで「共時的」天皇なのである。すなわち、「プラス・ワン」であり、共和制－民主主義という現実界＝革命とともに現出する天皇である。中上もまた、この「共時的」天皇を「隠し」、不問に付し続けた「戦後（民主主義）」に対する不信といらだちを抱いていた作家であることは言うまでもないだろう。

ちなみに中上は、もう一人「隠されてきた」作家として三島由紀夫の名を挙げている。「まあ、それだから三島を隠蔽してきた。これは単純に知能が足らないから隠蔽していたんですけど……」（パリ、高等師範学校〈エコール・ノルマル・シュペリウール〉における講演、「三島由紀夫をめぐって」一九八五年一一月一三日）。そして、その「三島隠し」も結局天皇の問題だった、と。「彼の天皇制、天皇に対する思いだとか、あるいは彼の天皇制っていうのは、僕はそれをまともに、ストレートに、単純に真に受けちゃいかんと思うんです」。すなわち、あくまで「彼が論じ続けた天皇っていうのは、文化の統帥者、統帥者の天皇」であり、いわゆる戦後民主主義と親和的な天皇制（大衆天皇制）を嫌っていた。この「文化の統帥者」としての天皇は、言論の自由を全的に受容し保証するプラス・ワン＝統帥者であろう。これもまた、天皇を共時的に捉える視点がなければあり得ない発想であった。各代の天皇が、天照大神と「オリジナルとコピーの関係にはない」ところのものであり、「文化の全体性＝無差別包括性」を保障するものだとする、いわゆる「文化概念としての天皇」論は、明らかに「通時的」天皇とは異なる存在といえる。そして、それを阻んでいるのが、ほかならぬ憲法なのだ。だからこそ、三島は、「憲法に体をぶつけて死ぬ奴はゐないのか」という檄文を、市ヶ谷駐屯所で撒いたのではなかったか。

天皇を、通時的にではなく共時的に捉える視線によって、はじめて天皇がフェティッシュであることが浮き彫りになる。最初期の批評から、日本近代における散文の不在——散文には「奴隷の思想」、「廃墟の影」、「神話」が蔓延っている——を論じてきた江藤は、すでにその頃から天皇をフェティッシュと捉えていた。

〔…〕そして、この二つの機軸〔「散文の論理」と「詩の論理」——引用者注〕は、おそらく「天皇」というフェティッシュ、「詩」的な観念のなかにあいまいに統合され、詩的論理は政治的機軸に激突して散文的論理に飛躍する機会をほとんど持ちえない。

（「近代散文の形成と挫折——明治初期の散文作品について——」）

ここには、後年江藤が直面することになる、憲法の裂け目から流入してくるかもしれぬ共和制—民主主義という現実界が、早くも顔をのぞかせている。江藤の言う「政治的機軸に激突して散文的論理に飛躍する機会」とは、いうなれば、共和制—民主主義が到来し、人民が相互に、いわば換喩的なシニフィアンの連鎖を形成してしまう状況を指していよう。そしてフェティッシュとは、まさにそのシニフィアンの連鎖＝散文の論理を固定する「中断符」として立ち上がるものなのだ。「このようなことから、記号表現〔シニフィアン——引用者注〕の連鎖の固定した中断符に、本能が《倒錯的》に固着し、ここで隠蔽記憶が移動せず、崇拝対象《フェティッシュ》に対する幻惑的な心像が立像のようになってしまうことが起こるのです」（ジャック・ラカン「無意識における文字の審級、あるいはフロイト以後の理性」、『エクリII』）。

江藤は、天皇というフェティッシュが、この国の散文的論理を「中断」し、また阻んできたことに気づいていた。帝国憲法も帝国議会も、天皇の詔勅によって発布され開設されてきた以上、それらは散文を擬制しつつ、その発達をあらかじめ阻害してきたのである。

〔…〕そしてそれ以後、日本の文学は、伊藤博文らの手で創り出された「帝国憲法」の堅固な壁の中で、その壁に激突することなく、「人生」か「芸術」かという不毛な悪循環をくり返すことになる。これはあるいは詩的作品を量産するためには好適の条件であったかも知れない。しかし散文を発達させるためにはきわめて不適当な条件であった。そして多くの作家は、現に自らを束縛している「帝国憲法」の巨大な力をそれと意識することなく、一度は破壊されかけていた、古い、形骸化した詩的マナリズムの発想の中に陥没していったのである。

（「近代散文の形成と挫折」）

江藤は、坪内逍遙『小説神髄』が確立した「文学の自律性」概念を、「機能的には政治的無関心《ポリティカル・アパシー》に権威をあたえ」たにすぎないと一蹴した（同前）。そして、その後の内田不知庵の「政治小説」排撃論（「龍溪居士に質す」）になると、「この頃までに、戯作＝小説の文壇文学が詩文＝小説（政治小説）の散文の系譜に対抗しうるだけの勢力に成長していたことを示している」、と。こうした主張が、第一章で見た、中村光夫「ふたたび政治小説を」と、ほぼ同時期になされた同様の趣旨のものであることは明らかだろう。江藤もまた、「文学の自律性」など唾棄していた。それは端的に、散文の回避にすぎない。そして、散文の論理へと「飛躍する機会」を得るためには、自らを束縛している「「帝国憲法」の巨大な力」を意識し、その「堅固な壁」に「激突」することを避けては通れないのだ。

江藤が、「自らを束縛している」一九四六年憲法の「堅固な壁」に「激突」していったのは、まずもって逍遙以来の「文学の自律性＝政治的無関心《ポリティカル・アパシー》」への抵抗にほかならず、散文の論理へと「飛躍する機会」を獲得しようとする試み以外の何ものでもなかった。江藤にとって、「戦後」を終わらせることは、「戦後」に散文の論理を導入することだった。「私はこれが私にとっての文学だからやっているのです」。

ジジェクは言う。「したがって、現実《イン・リアリティ》には「例外」や「歪み」しかないにもかかわらず、「民主主義」という普遍的な概念は「必要不可欠な虚構」であり、象徴的事実であって、それがなければ、効果的な民主主義は、たとえそれがどんな形であろうとも、みずからを再生産することはできない」(ジジェク前掲書)。

真の民主主義など現実にはどこにもない。それは、現象としては、必ずや歪みや腐敗をともなう。だが、現実界が介入し、一瞬にして社会という構築物を崩壊させてしまう、純粋な共和制−民主主義という、この「虚構=虚相」が存在しなければ、民主主義は自らを「再生産することはでき」ず死に至る。その意味で「必要不可欠な虚構」なのだ。だからこそ、ジジェクは、その虚構は「「現実」に包含されている」と言うのである。「模写といへることハ実相を仮りて虚相を写し出すといふことなり」(二葉亭四迷「小説総論」)。第一、二章で論じてきたように、二葉亭−中村光夫−平野謙なら、文学は、この「必要不可欠な虚構=虚相」を描けというだろう。

翻って、江藤は、この「必要不可欠な虚構」を「隠し」続けている「戦後」の「現実」を、それこそが「虚構」だとして退けてきた。その「戦後」の「現実」は、占領軍の「夢の検閲」によって、革命ではないものを「八・一五革命」だと思いこまされ、民主主義ではないものを戦後民主主義と信じこまされてきたという意味で「虚構」にすぎない。それは、共和制−民主主義という「必要不可欠な虚構」という真実抜きの、それから一目盛りずらされた「虚構=ごっこ」であり、つまりは「フォニイ=贋物」なのだ。

繰り返すが、現実の民主主義には歪みや腐敗しかない。だから「「真の民主主義」とは非民主主義の別名」なのだ。だが、「真の民主主義」という「必要不可欠な虚構」がなければ、そこには歪みや腐敗しかなくなるうえに、しかもそれを歪みや腐敗とも認識できなくなるだろう。それが、検閲によって「閉された言語空間」であり、「鏡張りの部屋」であり、つまりは「戦後」であった。

果たして、江藤は転向したのか。だが、このように見てくれれば、江藤は「転向」したからこそ、「戦後」というあらかじめ逃れがたく「転向」させられた空間＝部屋の中で、そこで見させられている「夢」の「検閲」を遡った挙句、天皇に行き着いてしまったように思える。それは、散文を中断させ、その一点で押しとどめている「プラス・ワン」である。その一点が決壊したとき、はじめてこの国に、散文が誕生する――。そのような夢を、果たして江藤は見なかっただろうか。真の散文、そして真の民主主義。

第四章　批評家とは誰か　蓮實重彥と中村光夫

小林秀雄ではなく、中村光夫である。

蓮實重彥はそのように言い続けてきた批評家だ。蓮實と中村はともにフランス文学、とりわけフローベールの研究者であり、互いに交流のある先輩後輩の間柄でもある。そうしたバイアスのかかった評価と見なされてきたためか、このことはあまり重視されてこなかった。そして、いまなお小林秀雄は近代批評の祖として神話化され続けている存在であり、一方中村光夫がふりかえられることは少ない。

だが、もし小林ではなく中村が読み続けられる批評家として存在していたら、現在の文学の光景はずいぶん違ったものになっていたのではないか。文芸批評は小林をこそ支持してきたし、小林より中村なのだという蓮實の発言の重大さを取り逃がしてきた。本章は、そのことを、遅ればせながら明らかにしようとする試みである。

1 「悲劇」――転向イデオロギーの完成

その小林ではなく中村だという蓮實の主張は、吉本隆明との対談「批評にとって作品とは何か」において激烈に表れた。まさに対談相手の吉本が、小林を祖とする批評のパラダイムに属する典型的な批評家だったからだ。吉本は言う。

〔…〕つまり日本語の批評を確定していった最大の人は、明治以降さまざまな批評があるわけですが、ぼくは小林秀雄に帰せられると思うんです。小林秀雄の批評の概念というのは、簡単に言うと、「作品をだしにして自分を語る」こと、「自分は、バルザックが『人間喜劇』を書いたように、天才たちの悲劇を書きたいんだ」というふうなことになると思います。つまりいずれにしても、作品を作者に還元し、作者を自己に還元することだと思うんです。結局、日本語の批評の概念は、そこから始っているんです。(「批評にとって作品とは何か」)

対する蓮實は、「小林秀雄はすでに中村光夫氏の批判によって超えられているというふうに考えているわけです。具体性という点で、中村光夫氏のほうが遥かに重要な批評家じゃないか」と反論し、さらにこう続けている。

〔…〕小林秀雄の、天才の自意識の物語は、その不自由という現実を快く忘れさせてくれる、解放の錯覚を煽りたててくれるわけですね。そしてそこで共有される錯覚が、文学を必然的に欲望しない者たちを文学に引きつける。中村光夫氏は、この抽象的な現実回避にもっとも執拗に抗った批評家だとわたくしは思います。凡庸なはずの人間が、ふと聡明になった気になるのは文学の頽廃だということを中村光夫氏は繰り返し説いたわけです。〔…〕つまり、中村氏は、文学から凡庸さを追放し、そのことで聡明さと戯れることの抽象性を最初に指摘した批評家だと思います。まあ、そういうことをされると、誰もあまり嬉しくないわけですが、しかし、そこを通過しない限り、現代という歴史的一時期の文学はいつまでたっても視界に浮上せず、才能ある特権者の劇という、普遍的かつ抽象的な物語が再生産されるだけではないでしょうか。その意味で人は小林秀雄的な批評のパラダイムなどと言いますが、それはほとんど有効性を持っていないと思うんです。

これに対し吉本は、「中村光夫の批評ほどつまらないものはない」と応ずる。小林より中村の方が「遥かに重要な批評家」だとする蓮實の言葉は、この『悲劇の解読』の批評家にとって、己の批評を根抵から否定するに等しい。したがって、それは絶対に受け入れられないものだった。

吉本はこう反論する。中村光夫という批評家は、文学に対する「過剰な思い入れを、とにかく拒否した」、だが中村がそうできたのは、「近代以降のヨーロッパの文化や文学は、女性で言えばたいへんな美人」であるからだ、と。「美人というのは、無意識のうちに、黙っていても男が構ってくれるものだと思っている」、「しかし、不美人は、黙っていたら男は構ってくれない」、かといって「不美人であることはどうすることもできないし、不美人が美について自意識を抱くことは、どうしようもないこと」だ、「そのどうしようもない必然というのを、夏目漱石や小林秀雄はもっている。しかし中村光夫はもっていない。不美人であるということすら勘定していない」というのである。現在なら完全に「PC的」にアウトのいかにも吉本的なたとえだが(むろん「女は俺の成熟する場所だった」と言う小林も同様)、それゆえに中村を語ることで、かえって吉本の本質が浮き彫りになっている。

これに対する蓮實の応答は、そうした吉本の本質を突くものだったと言えよう。

今のお話を聞いてて、一つの事実——これは吉本さんのお仕事全体にかかわる事実だと思うんですが——ある一つの事実の断定に関して、禁じられたり、欠けたりしているものを起点として自分の姿勢を正当化するという一つの方法が出てきていると思います。つまり、自分は美人ではないということですね。そこで自意識を考えざるを得ない、それは正当化され得るはずだ、ということですね。それは、ある種のロマン主義じゃないでしょうか。

つまりこういうことだろう。失恋、挫折、貧困……、吉本の言説は、基本的に「自分は美人ではない」という疎外感から自らを異端とし、さらに異端であるからこそ「正当化され得るはずだ」という「ロマン主義」に基づいている。いわゆる挫折した「呪われた詩人」が「普遍的知識人」になり得るという、ロマン主義的な疎外論である。歴史的に見れば、それは一九五六年のスターリン批判以降、社会主義的知識人の正統性の権威が失墜し、その知的正統性が疑われるようになって猛威をふるうようになったロジックでありスタンスだ。まさに「吉本隆明の時代」である（絓秀実『吉本隆明の時代』）。その意味で、この吉本的なロマン主義は、六八年以降、いやソ連崩壊以降においても、ポテンツを下げながらもいまなお持続しているといってよい。蓮實の吉本批判が、依然として必要であるゆえんである。

吉本のロマン主義は、正統＝社会主義的知識人からの疎外を温床とするゆえに、その疎外の究極形態たる転向の問題において、吉本らしさは極まる。吉本は『転向論』で、宮本顕治や蔵原惟人、小林多喜二といった「非転向」コミュニストを批判し、転向者である中野重治の『村の家』を高く評価することで、それまでの非転向者と転向者の序列を逆転させた。非転向者は、単に「大衆の動向＝封建制の優性遺伝的な因子」から「孤立」しているにすぎない。一方『村の家』の主人公「勉次」は、大衆や封建制＝天皇制（吉本は「封建制」と「天皇制」をほぼ同義で使用している）を体現する父を通してそれらを熟知しており、父との葛藤、対立を強いられながらも屈服しなかった、真の非転向者ではないか――。

こうして『村の家』は、大衆や天皇制から疎外された者の「悲劇」を描いた作品として評価されるわけである。このとき、一般的な転向小説は非転向小説と読み替えられ、非転向者は何ら悲劇性を有していない、論ずるに値しない者たちへと転落した（この吉本の「ロジック」のもとでは、佐野学と鍋山貞親の転向ですら、天皇制に屈服したぶん、若干「悲劇」性を帯びており、宮本や蔵原、多喜二らに比べればまだマシとなる）。結果、吉本のいう「悲劇」は、宮本や多喜二になれなかった数多の転向者たちを慰撫、解放し、強力な転向（をめぐる）イデオロギーとして機能することになる。

そして、これとまったく同型なのが、小林秀雄の人民戦線問題ではなかったか。かつて平野謙は、小林の『私小説論』に人民戦線提唱のメッセージを読み取り、小林が主導した雑誌『文學界』にその実践を見た（『文学・昭和十年前後』）。一九三〇年代フランスに発する人民戦線戦術は、ファシズムに対して、共産主義者と、そこまでは振り切れない社会民主主義者（リベラリズム）とが提携、連帯をはかる戦術である。

もともと、ソ連共産党＝コミンテルンは、社会民主主義もファシズムも同じだとして、その双方に反対していた。この視点にたてば、リベラルとの連帯など不名誉な後退戦にほかならず、転向に等しいとさえいえる。平野謙は、小林『私小説論』における高名な一節「社会化した私」に人民戦線提唱を見たが、まさにマルクス主義者が社民まで下りてきて、「社会（民主）化した私」＝「社民化した私」になることで、初めて人民戦線は可能になる。小林が「社会化した私」というレトリックを駆使できたのは、すでに続々とマルクス主義者たちが転向し、「社民化した私」が広がる、いわゆる「文芸復興期」に突入していたからだ。

このとき小林は、壊滅状態にあるマルクス主義者やプロレタリア文学者に、助け船を出してやろうというつもりだったのではないか。『文學界』に中野重治を誘い入れようと手を差し伸べたように。だが、それは政治的な連帯という以上に、感情(同情)的なものではなかったか。「「悲劇というものは」、と吉本との対談の中で蓮實は言っている。「文学だけではなくて、社会のなかにある一つの湿った空気のようなものを流し込んでいって、本来ならば、歩調を合わせるべきではない人たちまでをも連帯させてしまう」。おそらく、小林の人民戦線提唱を念頭に置いた発言だろう。*

一時期蓮實が、宮本顕治に関心を示していたことも、この文脈から理解できよう。小林―吉本パラダイムとは、端的に宮本顕治殺しによって可能となったものだからである。

宮本の『「敗北」の文学』は、小林『様々なる意匠』をおさえて、雑誌『改造』の懸賞論文(一九二九年)の第一席となった。だが、その後、マルクス主義が退潮する中、小林がヘゲモニーを握っていくことになる。そのヘゲモニーのもとで、「私小説論=人民戦線」の提唱も可能となったのである。そして吉本隆明が、宮本の非転向を貶め、中野重治の転向をもちあげることで、宮本殺しに駄目を押す形となり、「転向」パラダイムが完成する。小林や吉本を文芸批評の「父」と見なすことは、この「転向」パラダイムへの従属にほかならない。

蓮實は、自ら編集に携わった雑誌『ルプレザンタシオン』(一九九一年〜一九九三年)で、一貫して宮本顕治のインタビューを試みようとしていた。それは第一号からの夢だったが、とうとう実現しなかった。宮本に対する興味について、蓮實はこう述べている。「それはまったく単純です。文芸批評家としての宮本顕治のある時期の論文の方が小林秀雄の論文より面白かったというだけのことです」、「私は、少なくともあそこで語られていることが、人々によってもう少し咀嚼されていれば、今日の小林秀雄ひとり勝ちはなかったであろうという立場です」（上野昂志、絓秀実との鼎談「「一九六八年」とは何だった／何であるのか？——一九六八年の脅迫」）。

小林の「ひとり勝ち」は、「天才」の「悲劇」の勝利である。その結果、「漱石と、小林秀雄と、そのあと中上と大江。これだけいれば大体済んでしまうかのように事態は進展してい」くことになる。蓮實が『夏目漱石論』を書いたのも、あくまで「もう漱石なんかいらない」という問題提

＊　さらにいえば、このとき蓮實の脳裏に、京大人民戦線だった父・重康のことが横切っていたかもしれない。京都大学教授で美術史家である蓮實重康は、フランスやスペインの人民戦線をいち早く輸入した中井正一が創刊した『美・批評』（『世界文化』の前身）や『土曜日』にも関わり、京大人民戦線の一人として活動した。中井正一とその人民戦線の政治的、理論的問題については、長濱一眞『近代のはずみ、ひずみ　深田康算と中井正一』を参照。蓮實が父・重康の人民戦線をどのように見ていたかは不明だが（人民戦線そのものについては否定的な発言が多い）、小林－吉本的な「悲劇」が、見てきたように転向や人民戦線といった主題を必然的に招き寄せてしまうとしたら、それに真っ向から批判的だった蓮實は、意識的であったか否かを問わず、理論的には「父殺し」を敢行していたといえよう。むろん同時に、それまで圧倒的にヘゲモニーを握ってきた、文芸批評の先達たる小林－吉本に対する「父殺し」でもある。

起であり、「漱石なんかについて必死に語るのはやめよう」という「ある種のディコンストラクションとして」にすぎない。そこにあるのは、芥川龍之介に対する宮本顕治同様、漱石を否定する蓮實の「野蛮な情熱」（『「敗北」の文学』）であり、これもまたいまだに持続する、漱石を小説の代表とするパラダイムに対する切断要請なのだ。

知られるように、宮本顕治は、自らが文芸批評家でありながら、次々と文化人、文学者を追放し、「党」を形成し、先鋭化させていった。政治にとって反動的な装置でしかない文学を、宮本は、きれいさっぱり党から排除しようとしたのだ。蓮實は言う。「だから宮本顕治は清々しいし、気持ちがいい。その気持ちのよさが、日本人、あるいは人間の芸術に対して抱く、ごく標準的な感情を超えているでしょう（笑）。非常に興味がありますね」（高橋源一郎との対談「作家と批評」）。

この宮本の清々しさが、「湿った空気」を切断する。むろんこの宮本の「清々しさ」は、スターリニズムだ、粛清だ、と言われて評判が悪く、省みられることはほとんどない。ならば、と蓮實は、躊躇なくスターリニズムをも肯定しようとするだろう。

　僕の関心は、フランス第二帝政期との関係で一九三〇年の問題に重なりあっているんですが、三五年代、たとえばソ連が、いわゆるスターリニズムによって、個人的な芸術とか前衛作家たちを一掃しますね。これはある意味で正しいのです。〔…〕

今、スターリニズムは非常に評判が悪い。まあそれは当然だし、僕だって絶対に粛清する側にはつかないという気はあるんですけど、しかし一九三五年の段階で、あれはやはり時代の要請だったわけです。単にソ連共産党の問題とか、そういうものでは全然ない。

〔…〕だからその不可視のスターリン主義を今どうするかということなのだけれども。そのとき、小林秀雄は山中貞雄かそれとも伊藤大輔かという二者択一が問題となるわけです（笑）。小林秀雄は過渡期に当たっていて、表現においては伊藤大輔を気取りながら、内容、つまり取り上げるべき対象とそこに投げかけられる記号の姿としては山中貞雄をやっているということです。そして不幸なことは、その過渡期的な姿勢の曖昧さが近代日本の批評をつくったなどというふうに言われてしまっていることなのです。

今さらスターリニズムがけしからんと、吉本さんみたいなことを言ってもはじまらないわけで、実は至るところに、アメリカにも、アメリカ映画でさえも、形式と抑制と凡庸化としてのスターリニズムはあったと考えるのです。

（金井美恵子によるインタビュー「蓮實重彥論のために」）

「凡庸化としてのスターリニズム」。蓮實の「凡庸」は、スターリン主義とも結びつく、極めて政治的な概念なのである。

2 「凡庸」――表象＝代行の露呈

ここで蓮實の「凡庸」とはいかなるものだったか、もう一度ふりかえっておこう。

〔…〕凡庸さとは、いわゆる今日の大衆社会といったマス化現象そのものとは直接の関係を持ってはいません。〔…〕いわゆる近代国家が成立した十九世紀以後に生きる者たちが、必然的にかかえこんでしまった状況なのです。原理として血統だの家柄だのが個人を保証せず、義務教育の普及と議会制民主主義の確立とにより、権利として誰もが何かになれるという社会が形成されてからというもの、才能の有無にかかわらず、文学なり芸術なりを夢想する個体が生産されることになったわけなのです。つまり、自分の問題として凡庸さというのは誰もがかかえこんでいるわけです。〔…〕つまり凡庸さとは、何よりもまず、相対的な差異の場であると考えることができましょう。この人の方があの人よりもしかるべき点で冴えている。あるいはしかるべき点で才能を持っている。そういう相対的な差異を人に示すことで、それに対する姿勢や距離のとり方を教えてくれる場だといえましょう。

（『凡庸さについてお話させていただきます』）

「凡庸さ」は、近代国家が「必然的にかかえこんでしまった状況」であり、したがって近代文学もその中に内包されている。いや、それどころか、文学の、とりわけ小林－吉本によって代表されてきた文芸批評の伝統は、「凡庸さ」を助長、補強してはこなかったか。

たとえば、小林秀雄もそれでありました。この人は圧倒的に誰よりもこちらの方が秀れているというかたちで、いわば天才を扱った人であります。今日の吉本隆明氏も、やはりこの系譜の中に位置づけられる人であるように思います。〔…〕たしかに、批評とは、そうした判断力の鋭さの歴史でありました。そしてその歴史は、距離の意識と方向感覚とによって人を安心させるという適度に起伏にとんだ光景の凡庸さを補強してしまう。つまりそれはきわめて安全な言葉なのです。私はそうした安全さの構造そのものに目を向けてみたい。

小林や吉本が批判されなければならないのは、彼らの言葉が、批評的《クリティカル》でもなんでもなく、「安全な言葉」だからだ。それは、天才の「悲劇」を言説化することで、「適度に起伏にとんだ光景の凡庸さを補強してしまう」。彼らの言葉によって、「安全さの構造そのもの」が覆されることは決してない。小林－吉本の「悲劇」は、「凡庸さ」の対立概念ではないのだ。むしろ「悲劇」は「凡庸さ」を補強するのである。そのことによって、人々に「凡庸さ」を忘却させるものなのだ。

蓮實が強調するのは、「凡庸さ」がある時期に「発明」された、歴史的な概念だということだ。それが、蓮實のこだわるフランス第二帝政期であり、己の書物よりも「フローベールの親友」「ボードレールの知人」として知られるマクシム・デュ・カンの時代だ。蓮實は、その歴史性は、いまなおわれわれにとって同時代のものだと言う。

「第二」帝政期とは、むろん大ナポレオンの時代を「第一」とするものだ。一七八九年の大革命後、ナポレオンの没落、王政復古、立憲王政を経て、一八四八年の二月革命によって、フランスは初めて近代的な意味における共和制を樹立する。その初代大統領ルイ・ナポレオンは、だがすぐさま一八五一年のクーデターによって帝政に移行、五二年一二月に自ら皇帝に君臨する。ナポレオンの甥で「小ナポレオン」と呼ばれたこの男自身が、大ナポレオンの二番煎じであり「凡庸さ」を体現する存在だったのだ。

ルイ・ナポレオンは、フランス史上初めて直接投票によって選ばれた大統領であるにもかかわらず、フランスにおいてさえ重要なのは、あくまで大革命と大ナポレオンである。だが、この「凡庸」で曖昧なあやふやさこそ、現在のわれわれもまた共有しているものなのだ。

フランス大革命とは、例えばヴィクトル・ユゴーに象徴される「「知」の民主化」の時代だった。そこでは、特権的な「知」の所有者が、啓蒙思想家としてふるまい「知」を満遍なく民主化していく。いまだ「代弁的な予言者」が機能する一七世紀の「古典主義的なディスクール」の中にあるわけだ。「フランス大革命は、こうした特権者の物語を消滅せしめるどころか、むしろ効果的に再編成した」。そして「ヴィクトル・ユゴーを初めとするロマン主義的な英雄たちは、そうして制度化された物語を完成するに必要な、最後の、いささか滑稽ともいえる役者だった」のである(『凡

庸な芸術家の肖像　マクシム・デュ・カン論』)。

それに対して、ルイ・ナポレオンがナポレオン三世として皇帝におさまった第二帝政期は、この「「知」の民主化」が行き渡って以降の時期であり、そこではマクシム・デュ・カンをはじめとする、代弁的予言者性を喪失した「凡庸な芸術家」らが立ち騒ぐことになる。彼らの間では「ロマン主義的な英雄たちの代弁的予言者の役割が、薄められたかたちで羨望され嫉妬され」、「模倣と反復のディスクール」を形成することになる。もはや彼らは、才能ではなく模倣の欲望によって「芸術家」となる「素人集団」にすぎない。「だから、あらゆる芸術家は、定義からして凡庸な連中なのだ」。

では、なぜマクシム・デュ・カンは論じられなければならないのか。蓮實が言うには、それは、マクシムがルイ・ナポレオン同様忘却されていること自体に、ある言説の歴史性が見出されるからだ。「凡庸さの共有のみが文学を支えているという意味でマクシムと同じ文学的な環境に生きていながら、ただ彼が凡庸だったというだけの理由で誰もマクシムについては語ろうとしない事実のうちにまさしく歴史が露呈しているが故に、『凡庸な芸術家の肖像』が語られる必要があると考えているのだ。文学史の理不尽な忘却を埋めるのではなく、その忘却の正当性を理由もなく確信することでなりたっている文学史の概念を、改めて文学史的な言説の対象とするために、マクシムが招喚されることになったのである。だからマクシムの物語は、私自身ではない私の物語、あなた自身ではないあなたの物語として語られねばならないだろう」。

「凡庸な芸術家」とは、と蓮實は言う。「自分が何かを代弁しつつ予言しうる例外的な非凡さだと確信する存在なのだとひとまず定義しておこう」。そして、誰もが無数のマクシムであるゆえに、「マクシムなどという固有名詞を必要としなくなっている」のだ、と。だから、個別マクシム・デュ・カンが問題ではないし、彼の存在が忘れられる文学史が問題なのでもない。一七世紀的な古典主義的なディスクールにおいて許されていた代弁的予言者などとうに失効しているにもかかわらず、誰もが己は代弁し予言する特権に恵まれ、それどころか、まるでそれが義務であるかのように「無意識」に「勘違い」してしまう事態。そしてそれは、述べてきたように、「凡庸さ」を忘却し、つい天才の「悲劇」を代弁してしまう文学そのものの事態でもあろう。「文学と文学ならざるものとは異質のいとなみだという正当な理由もない確信、しかもその文学的な環境にあって、自分は他人と同じようには読まず、かつまた同じように書きもしないとする確信、この二重の確信が希薄に共有された領域が存在しなければ、文学は自分を支えることなどできないはずだ」。

そもそも、かつてのような代弁的予言者が十全に機能しているなら、彼らの「代弁＝代行」ぶりが顕在化することもない。それが機能失調したからこそ、代弁者の虚構性が、すなわち彼らが真の代弁的予言者ではなく、何者かの模倣的代行者でしかないという、極めて曖昧であやふやな存在であることが、にわかに暴露されるのである。したがって、「凡庸さ」への着目は、言説の「表象＝代行」性へのそれと不可分なのだ。そして、蓮實が、ことのほか言葉や言説の「表象＝代行」性に敏感な批評家であることは、改めて指摘するまでもないだろう。

蓮實は、言葉が「表象＝代行」作用を露呈させるその歴史性を、フランス第二帝政期に見出した。そして、日本近代文学をも、それと地続きのものとして捉え直そうとした。小林―吉本の「悲劇」パラダイムは、そのことに無自覚であるために、いまだ第二帝政期にあるにもかかわらず、その課題を十分に生きてはいない。「悲劇」を退場させ、代わって「凡庸」を導入しようとする蓮實は、いかに小林や吉本が「凡庸な芸術家」であり、無数のマクシムにすぎないかを示そうとした。『凡庸な芸術家の肖像』という書物は、その中に日本近代文学の総体を梱包してしまおうという目論見でもあったのである。

その目論見の核心は、何より言説の「表象＝代行」性に注目することにあった。それによって、文学＝言葉というものが、議会制（代表制）民主主義なる政治と同じく、「表象＝代行」システムによって駆動していることが明らかにされる。文学の政治性は、マルクス主義の導入以降、長らく「政治と文学」という二項対立において捉えられてきた。だが、このとき従来とは違った形で文学の政治性が問われたのである。

いうまでもなく、代弁しつつ予言するという善意の義務は、選ばれたものにのみ許された特権である。それはたとえば、『現代の歌』の出版にさきだつ数年前にフランスが体験したいわゆる一八四八年の「二月革命」の翌朝に実施された憲法制定議会の議員選挙が、かりに七月王政下の法定人口のほぼ四十倍に相当する九百万人を数える有権者によって戦われたにしても、その資格が二十一歳以上の男子に限られ、しかも居住地に半年以上生活した証明が必要であったということからも説明されるとおり、特権者の選出の儀式すらが、義務というよりは特権の発露によって支えられていたこととあまりに似ている。そしてその結果として議会に登場したのが、代弁しつつ予言する善意の特権者たちであった事実は誰もが知っているとおりだ。〔…〕しかもマクシムは、誰に頼まれたわけでもないのに、代弁しつつ予言する行為を実践し、それを義務の行使だと確信する。この無意識の勘違い。この勘違いを無邪気に正当化することで今日まで生き延びてきた階級を、人は一般にブルジョワジーと呼んでいる。

一言で言えば、第二帝政期とは、選挙＝民主主義の顔をしたブルジョアジー＝特権者による独裁であり、マクシムらの言説がその制度化に貢献したのだ、と。ブルジョアジーは、代表＝代行の「特権」を「義務」と「勘違い」することで、いつのまにかヘゲモニーを握り、その結果「汎地球的な規模でごくありきたりな日常をも操作して」おり、したがって独裁を行っているも同然なのだ。蓮實は、このブルジョアジーの「勘違い」を「無意識」と言っているが、もちろんそれは「無意識」的な統治なのである。ブルジョアジーは、彼らに有利なように、限定（的でしかない）選挙を、あたかも民衆全体による決定であるかのように擬制することで、選挙＝民主主義＝政治という等式を成立させた。そのツールの一つが文学というメディアだったのであり、それは坪内逍遙に始まる日本近代文学においても事情は同様だった。

有権者にふさわしい「市民」が、いまだ「国民的」に醸成されていないことを逍遥が危惧していることは見やすい。〔…〕帝国憲法にあっては、国会の議決は天皇の大権の下位にあった。しかし、国会を「普遍性」であるように差し向ける努力が、ここに始まったのである。国会を最上位の「普遍性」とする社会（それは、市民社会として表象されよう）は、そこにある全ての人民が「市民」化した時に、はじめて成立するものではない。ごくごく部分的に「市民」が擬制され、それに相即して国会が開設されれば、それは成立する。

（絓秀実「ハムレット／ドン・キホーテ／レーニン――近代初頭における詩・小説・演劇」）

むろん、ここで言われているのは民主主義のことだ。そして文学とは、ブルジョア（市民）独裁でしかない政治を、あたかも「普遍性」であるかのように擬制する装置である。小林や吉本は、そこに、「悲劇」による適度な起伏をもたらすことで「凡庸」を忘却させる。政治から遠くにあるように見える文学が、その実、議会と相補的な統治の技術であるという認識から人々を遠ざけてきたのである。小林や吉本の批評は、この擬制でしかない「普遍性」を脅かすことのない、極めて安全な言葉として機能し続けた。蓮實は、そうした文学の安全装置を破壊すべく、小林―吉本が殺した宮本顕治＝スターリニズムを呼び戻そうとしたのだし、小林―吉本の上に敷かれた文芸批評を殺すために、中村光夫を導入しようとしたのだ。

見てきたように、蓮實は、フランス第二帝政期に注目することで、「凡庸さ」を形成する言説の

「表象＝代行」作用を焦点化した。それはまた、極めて政治的な意味をもつ行為だったはずだ。なぜなら、それは、世界的にマルクス主義や共産主義の影響力が低下していき、また国内的にも前衛党が文学（文化）を切り離していく渦中で、マルクス主義とは別種の政治を文学にもたらすことだったからである。それは実に、この国に蔓延ってきた、転向イデオロギーとしての小林―吉本パラダイムを一掃してしまおうとする野蛮な行為だった。この野蛮さにこそ、批評家蓮實重彥の神髄がある。なるほど蓮實の名前は広く知られていよう。だが、蓮實の、この野蛮なまでの政治性は、いったいどこまで理解されてきただろうか。

その核心が、小林秀雄ではなく中村光夫だという視点なのである。蓮實は、絓秀実との対談「中村光夫の「転向」」で、非転向と転向とをひっくり返した吉本の『転向論』を、完全にディコンストラクトしてしまった。これについては第Ⅰ部第一章で論じたので詳しくは触れないが、一言だけ述べれば、この対談で、蓮實と絓は、転向や政治の意味を一変させている。転向を、見やすい倫理的な問題ではなく、文学という形式や制度の問題、ひいては言語の問題として捉えようとしたのだ。そのとき、文学（の政治性）を、すでに徹頭徹尾言語の問題として思考した中村光夫という存在が、にわかに参照先として浮上してきたのである。それは、ソ連崩壊後において必然的に要請されるパラダイムシフトであり、つまり現在のことなのだ。

〔…〕中村光夫は、左翼だのマルクス主義だのとは別の意味で、文学の社会性、政治性を確信しており、それは最後まで一貫していたと言うべきなのかもしれません。彼の言う文学の社会性、政治性は、西欧のレアリスム文学に見られる確固たるブルジョア的な資質として姿を見せるもので、少なくとも、日本のプロレタリア文学はそれに負け続けてしまったという階級的な意識は最後まであったと思う。〔…〕事実、プロレタリア文学が、あらゆる国でブルジョア文学に負け続けるしかなかったというのは、残酷なまでに歴史的な真実なのです。日本の場合はブルジョア文学が存在し得なかったので、「私小説」に負けてしまった。(「中村光夫の「転向」」)

ここで言われる「ブルジョア文学」とは、先に述べた「凡庸な芸術家」による文学にほかならない。それは、言語の「表象＝代行」作用を自明視する、いわゆる広義の「リアリズム」のことだ。その、言葉の「表象＝代行」作用によって私＝「私」という等式を成立させてきた以上、日本の私小説も「ブルジョア文学＝リアリズム」に含まれる。

中村光夫が、終生日本の私小説を敵と見なした批評家だったことは知られていよう。だが、それは西洋文学、とりわけ専門のフランス文学を基準としていたからではない。そうではなく、むしろ西洋近代がその科学精神を発揮して確立したリアリズムを標的にしてきたのであり、それが日本では、私小説として最も顕著に表れたわけだ。まずもって、中村が、『「近代」への疑惑』の批評家であることを忘れてはならない。蓮實は、その視点を受け継ぎつつ、さらにそれをフランス第二共和制における言語の「表象＝代行」作用の露呈へとフォーカスしていった。むろん、両者を結んだのは、フローベール研究であっただろう。

『ボヴァリー夫人』の翻訳に取り組んでいる最中だった中村はある時、蓮實が「ぜひ目を通していただきたいとお願いした」『ボヴァリー夫人』のいわゆるポミエ＝ルルー版*に接して、蓮實曰く「あれほど無防備に高揚感を表明された中村氏の赤らんだ笑顔を、めったに目にしたことがなかった」ほどだったという（「「栄光の絶頂」という修辞が誇張ではない批評家が存在していた時代について」）。中村は、なぜそれほどまでに「高揚」したのか。なぜ小林ではなく中村なのかに関わる核心的な言葉なので、長くなるが引用しよう。

> 〔…〕この書物によって、フローベールの処女長編がいわゆる写実主義小説にふさわしい言葉で書かれているのではないという確信に導かれたからにほかならない。〔…〕
>
> ここ〔中村が「『ボヴァリー夫人』の翻訳」とともに「訳者後記」におさめた一文「母胎からの離脱」——引用者注〕には、『ボヴァリー夫人』を書くことでフローベールが「ロマン主義」から「写実主義」への移行を実現したという、中村氏自身も依拠していたはずの発展の図式を否定せざるをえない覚悟のようなものが語られている。そのことは、言葉がその表象機能とは異なる言語そのものとしてテクストに露呈され始めているという、ある意味ではフーコー的ともいえる「言葉と物」の関係が初めて意識されたことを意味している。〔…〕『ボヴァリー夫人』の

決定稿が、「写実的、具体的描写」の否定の上に成立しているということでの論点は、文学的な言説の反＝表象的な側面をきわだたせているものだといえる。

しばしば見落とされがちなのは、この批評家にとっての文学があくまで言語の問題だということだ。『二葉亭四迷伝』の「文学抛棄」の章で「文章は小説にあらず」という二葉亭の「信念」を擁護し、尾崎紅葉や幸田露伴の作品が「文章」の魅力でしかなく、それは「小説」とはおよそ異なるものだと論じていた中村氏は、「ポミエ＝ルルー版」に接することで、坪内逍遙の『小説神髄』の「現実写生を旨《むね》とする写実主義」の限界をまざまざと感知されたはずである。〔…〕六十歳に達した中村氏が、いわば「卒業」するために『ボヴァリー夫人』を日本語へと移しかえながら、ミシェル・フーコーなら「言語の露呈」と呼ぶものから「作者の死」の問題にまで触れてしまっていることに、われわれは感動以上の深い動揺を隠すことができない。中村光夫は、日本の文学にあって、「作者の死」にも通じかねない「散文」による「散文性の否定」という視点から小説を論じたただ一人の批評家だからである。

＊　蓮實の説明によれば、これは「コレージュ・ド・フランスの教授のジャレ・ポミエとルーアン市立図書館の司書のガブリエル・ルルーとがルーアン図書館に残された自筆原稿をもとに序文と註を担当した『「ボヴァリー夫人」新釈版、未刊行草稿を附記』（1949）」のことで、第二次大戦以降のフローベールの草稿研究における先駆的な業績の一つである（「「栄光の絶頂」という修辞が誇張ではない批評家が存在していた時代について」）。

文学はあくまで「言語の問題だ」と考える中村は、言文一致運動を通して言語の問題に突き当たった二葉亭の評伝へと向かった。二葉亭は、坪内逍遙の弟子であるとともに最大の批判者でもあり（小林と中村の関係を想起させる）、逍遙『小説神髄』が、同時期に開花しつつあった政治小説の可能性の芽を抹殺したところから近代文学を開始させたことを発見した（「ふたたび政治小説を」）。それは、端的に近代国家の議会制民主主義において「表象＝代行」されず、その「外」へと放擲された人間への視線と不可分だったはずだ。そして蓮實が言うように、もし中村がフーコーに「触れてしまって」いたとしたら、まさにこの地点においてであろう。フーコーは、蓮實のインタビューに答えて言う。

〔…〕わたしは、年をとるにしたがって、エクリテュールには興味を失ってゆく。文学というフォルムのもとに制度化されたエクリテュールに興味をおぼえなくなってしまいました。それに反して、制度としての文学をそれたところにあるもの、つまり無名のディスクールとでも申しましょうか、拒絶され抑圧された日常的なパロール、時間によって引き裂かれ制度によって拒絶された、つまりは永年「狂人」たちが精神病院の暗がりで口にし続けていたような、階級としてのプロレタリアートが存在して以来労働者たちが絶えず声高く要求していたような、文学という制度の境界線を遂にまたぐことのなかったもの、同時につまりブルジョワ的なるエクリテュールの制度へと入ろうとしなかったはかなくもあり執拗でもある言語が、いまのわたしの興味の中心になっているのです。(『批評 あるいは仮死の祭典』)

文学嫌悪、文学放棄、文学批判、文学否定……、何と呼んでも構わない。二葉亭、中村、フーコー、蓮實がこの地点で交差する。いや、文芸批評とはもともと文学批判としてしかあり得なかったはずなのだ。だがそのことは、今や「凡庸さ」とともに完全に忘れ去られている。なるほど、文芸批評家の蓮實重彥と中村光夫はフローベール研究において交わった。だが、あくまでそれは、こうした文学の「否定」においてであった。かつて蓮實が、江藤淳に「蓮實さんはその、文学は好きなんですか」と問われ、「これは大問題ですね。(笑) おそらく、いくつか事態を反転していきますとね、自分しか文学が好きな人間はいないという反転になりうる瞬間はあると思います」と蛇行して答えねばならなかったのも、そうした理由によるだろう(江藤淳との対談集『オールドファッション 普通の会話』)。

3　文学と共和制

蓮實と中村にとってフローベールが重要なのは、そこでは「文学的な言説の反＝表象的な側面」が露わになっており、すなわち散文が散文を「否定」してしまっているからだ。フローベールが「なんにも書かれていない本」を夢想したのも(『凡庸な芸術家の肖像』)、その反＝表象への渇望からだろう。そこでは、言葉が意味を表象しないので、記号がむきだしのまま露呈することになる。蓮實の言う「魂の唯物論的な擁護」とは、この露呈された記号の「擁護」にほかならない。

むろん、そうした記号の露呈は、決して喜ばしきものとのみは言えない。

〔…〕「記号」の露呈といっても、それは送り返されるべきレフェラン（記号の対象）を背後に背負っているわけで、ことばで書くかぎり意味のないことばというのはない。〔…〕露呈した記号が記号間の関係の消滅の上に成り立っているとしたら、文学はそこで死んだとしか言えない。また、関係のなかにのみあるとするなら、今後はことばが死滅したことになる。文学の死滅とことばの死滅の間にある危うい均衡に身を置こうとしたのが、フローベールのような人たちですね。それを欲望というか、すくなくとも敏感さによってそこへ引きつけられたということでしょう。それは危険な綱渡りです。普通、人はそういう危険なところへ行かなくても、十分にことばを語れるし、ほとんどの人はそうしているのだけれども、そこまで行ってしまった人がいるということです。（渡邊守章との対談『エナジー対話20　フランス』）

露呈した記号《シニフィアン》は、意味《シニフィエ》を「表象＝代行」していないゆえに、記号《シニフィアン》が無限に関係し連鎖していく事態と、それが結局は意味《シニフィエ》に到達しないことによって記号間の関係＝連鎖自体が無効化し消滅してしまう事態との間で、「危険な綱渡り」を行うほかはない。

それを極限まで徹底した場合、そこには人も記号も、宙づりのまま、「なにものによっても「代表」されないし、またなにものをも「代表」しない」（絓秀実によるインタビューのタイトル。『魂の唯物論的な擁護のために』所収）空間が口を開くことになる。そこでは、人も記号も、匿名のまま、生（意味）でも死（無意味）でもない、「仮死の祭典」を演じるほかはない。だが、その「仮死の祭典」こそ「批評」と呼ばれるにふさわしい。蓮實はそう考えていただろう。そして、その「仮死の祭典」の渦中において、「危険な綱渡り」を持続し得る主体こそ「批評家」と呼ばれるべき存在なのだ、と。

だが、「仮死の祭典」に貢献するのは容易ではない。繰り返せば、蓮實は、そのことをフランス第二帝政期における共和制とその挫折を通して考えようとした。「悲劇」に逃げて「凡庸さ」を徹底できないということは、政治的には共和制を回避していることを意味する。蓮實は、「日本の戦後民主主義が幻想化していったのは、共和国の発想がなかったからだ」と言っている（『エナジー対話20　フランス』）。「「民主主義」に対して「共和制」があるということを、日本人は幾分か忘れてきたのじゃないか」と。

民主主義は、政治体制にかかわりなく存在する。ルイ・ナポレオンは、民意によって選ばれ、常に己を支える国民を気にしていたという意味で、極めて民主主義的な大統領だった。だが、国家元首を大統領として戴いていること自体が、共和国の理想に反している。蓮實が、「共和国にとって大統領という存在は、実は矛盾ではないか」と述べているとおりだ。もし真に共和制によってすべての者が全き平等となり、「凡庸＝匿名」化が徹底したならば、彼らを代表する大統領なる存在などあり得ない。大統領とは、すでに神でも王でもない、「凡庸」な者の一員であるにもかかわらず、いまだ民衆を「表象＝代行」し得るかのように振る舞わねばならない、極めて矛盾に満ちた「悲劇」的な存在なのだ。大統領とは、シニフィアンの無限の連鎖に耐えられない民衆がしがみついてしまう、とりあえずのシニフィエなのである。ルイ・ナポレオンが選ばれたのは、誰もが記憶している神話的な名前《シニフィアン》だったからにすぎない（現在の世襲議員の氾濫が、事態の矮小化された反復であることは言うまでもない）。ルイ・ナポレオンの共和制が、確固たる基盤を求めてすぐさま帝政へと移行せざるを得なかったゆえんである。大統領制とは、常に危機にあり、いつでも機能不全に陥り得るものなのだ。

〔…〕みんなは、天皇制の危機については言うけれども、大統領制の危機については言わないわけでしょう。これは全部、表象の問題だと思うんです。表象空間は表象によっては成り立ち得ない。大統領空間というのは、大統領を成立させているところの民主主義だけでは絶対に成立し得ないもので、そこに底があり、ぬける天がある。

（金井美恵子との対談「反動装置としての文学」）

日本人が共和制を思考してこなかったのは、天皇制があるからだ。後者においては、表象空間が「表象によっては成り立ち得ない」ために、不可避的に大統領を要請してしまうという「表象＝代行」システムの根本的な矛盾が、決して視界に浮上しない。天皇という存在が、あらかじめその矛盾を、すなわち表象空間には「底があり、ぬける天がある」という事態を塞ぎ、そのうえで覆ってしまうからだ。人々は、安んじてその下で微細な優劣を競い、滑稽な「悲劇」を演じ合うことで、互いに「凡庸」にすぎないという事実から要請されるはずの平等の追求を、心地よく忘れることができる。かつて、中村光夫は、三島由紀夫が英雄待望論を展開すると、「君、それは贅沢だよ」と言ってたしなめた（『対談　人間と文学』）。その言葉を借りれば、そこはまあ、何と「贅沢」な場所だろうか。

だが、文学が言語によって成り立っており、言語が表象＝代行のシステムである以上、それは共和制－大統領の問題と同型なのである。したがって、共和制を思考し得ないならば、文学を思考していないも同然なのだ。* 実際、批評家蓮實重彥は、小林－吉本パラダイムの下では、文学は思考されてこなかったに等しいと言い続けてきたのである。小林秀雄より中村光夫だという蓮實の言葉が、真に受けとめられてはじめて、「生れたばかりのもの」（フローベール）として、「文学の出現」（フーコー）を見ることが出来るだろう。

---

* すでに筆者ブログでも指摘したことだが（『間奏』二〇一六年四月二一日記事）、『オペラ・オペラシオネル』（一九九四年）以来、実に二二年ぶりに発表された蓮實の小説『伯爵夫人』（『新潮』二〇一六年四月号）も、こ

の文脈にある。

「平民主義者」と言われ、「とりたてて挑発的なところのない」(「凡庸」な!)人物とされる「伯爵夫人」は、作中次のように評される存在なのだ。「いくら帝大出とはいえ、どこの馬の骨ともつかぬあんなぼんくらによもぎさんを嫁がせるなんざあ、子爵だった君の爺さんの家系を孫の代で完膚無きまでに平民化させてしまうというコンミュニズムめいた魂胆があってのこととしか考えられん」。

また、型破りの「エロ小説」でもある本作の「エロ」が、かつて対談本『オールドファッション』で、蓮實が江藤淳ともに異口同音のように指摘した、中村光夫の「存在そのものがエロっていう感じ」とも響きあっていよう。まさに、開戦前夜の「帝国」を舞台に、エロの「平民化」を目論んだ作品であり、本稿で述べてきた思考の延長線上における、一つの実践と言えるのではないだろうか。

第五章　PC全盛時代の三島由紀夫　その反文学、反革命

1

三、われわれは戦後の革命思想が、すべて弱者の集団原理によつて動いてきたことを洞察した。いかに暴力的表現をとらうとも、それは集団と組織の原理を離れえぬ弱者の思想である。不安、懐疑、嫌悪、憎悪、嫉妬を撒《ま》きちらし、これを恫喝《どうかつ》の材料に使ひ、これら弱者の最低の情念を共通項として、一定の政治目的へ振り向けた集団運動である。空虚にして観念的な甘い理想の美名を掲げる一方、もつとも低い弱者の情念を基礎として結びつき、以て過半数《マジヨリテイ》を獲得し、各小集団小社会を「民主的に」支配し、以て少数者《マイノリテイ》を圧迫し、社会の各分野へ浸透して来たのがかれらの遣口《やりくち》である。（三島由紀夫「反革命宣言」）

ここには、「現在」がほぼすべて書き込まれてある。三島は、現在とは「〈強さ〉がいじめられている時代」だと言った（古林尚との対談「三島由紀夫　最後の言葉」）。ゆえに、ニーチェ同様、「強い者を、弱い者たちの攻撃から守らねばならない」と考えていた。三島の「反革命」は、ここから

始まる。

注意すべきは、右で三島は、いわゆるマイノリティ＝被抑圧者を「少数者《マイノリティ》」と呼んでいるのではないということだ。「弱者」は今や「過半数《マジョリティ》」を「獲得し」ている。むしろ、彼らの「民主的」な「支配」によって「圧迫」されている者らを、三島はここで「少数者《マイノリティ》」と呼んでいるのである。「不安、懐疑、嫌悪、憎悪、嫉妬を撒きちら」すことで「過半数《マジョリティ》を獲得し」、「「民主的に」支配」する「弱者」。この支配は、現在「ＰＣ＝政治的公正さ」と呼ばれ蔓延している。

〔…〕このようにして、政治的公正さが蔓延する風景が構造化される。西洋から遠く離れた世界に生きる人々ほど、（たとえばアメリカ先住民や黒人のように）本質主義者、レイシスト、アイデンティティ主義者というレッテルを貼られることなく、自分たち固有の民族的《エスニック》アイデンティティを強く主張できるのだ。悪名高い白人男性異性愛者に近づくほど、そうした主張は問題含みのものとなる。アジア人ならまだ大丈夫。イタリア人やアイルランド人はぎりぎりなんとかなるだろう。ドイツ人や北欧の人々ならば、そんな主張をしただけで問題となる……。しかしながら、〈白人男性〉という特定のアイデンティティを主張することを（他者を抑圧する典型例として）禁じることによって——この禁止自体は〈白人男性〉の罪を認めるものではあるが——やはり彼らを中心的な場に置くことになってしまう。

（スラヴォイ・ジジェク『絶望する勇気　グローバル資本主義・原理主義・ポピュリズム』）

こうした「弱者」による「民主的」な「支配」は、結局「強者」を「中心的な場に置くこと」自体を変えることはない。したがって、強者／弱者、抑圧／被抑圧という構造自体を変革することはない。かつて、『道徳の系譜』のニーチェや、「トーテムとタブー」のフロイトが指摘した、「弱者」のルサンチマン（嫉妬）が「強者」に「やましい良心」を抱かせることで「支配」するという、保守的な思想の典型である（田中美津なら「わかってもらおうと思うは乞食の心」〈『いのちの女たちへ　とりみだしウーマン・リブ論』〉と言うだろう）。もちろん、周縁的で抑圧されたマイノリティのアイデンティティを主張することは、「白人男性異性愛者」のアイデンティティを主張することと同じではない。にもかかわらず、ジジェクも言うように、「両者の同一性を見逃すべきではない」のだ。現在支配的なのは、両者の差異よりも同一性の方だからである。PCが蔓延する現在の「風景」とは、マイノリティの顔をしたマジョリティが跋扈する世界にほかならない。ドゥルーズが言ったように、マイノリティ／マジョリティは数の問題ではないのだ。

2

弱者と強者、マイノリティとマジョリティ、を反転させ、三島を「反革命」へと向かわせたものは何か。それは、ヴェトナム反戦であり、チェコ事件であり、中国文化大革命であり、学生運動であり、すなわち一九六八年革命という歴史性であった。

なぜ、そのとき、「弱者」は「強者」に、「マイノリティ」は「マジョリティ」へと転じたのか。三島はそこに、「ハンガリー動乱」（一九五六年）などとは決定的に異質なものとして「世界史」に現れた「ヴィエトナム戦争」の影響を見ている。

日本の世論は、ハンガリー動乱の時とは違つて、忽《たちま》ち判官びいきをもつて全新聞の紙面をおほうた。このやうな新聞の感傷主義には、一に与《あづか》つてヴィエトナム戦争が働いてゐたと思はれる。弱者に味方するといふ精神的姿勢が、いつたん固定したからには、その弱者を虐待する強者がどんな国であらうと、われわれは安全な立場からそれに噛みつくといふ足場を確保したのである。世界史はいまや、当事者と見物人の両側に分れたことが、あたかもボクシングのリングと観客席のやうにはつきりしてきた。（「自由と権力の状況」）

「弱者に味方するといふ精神的姿勢」が、「当事者」ではなく「見物人＝観客席」を覆っていくありさまは、現在の「#me too」まで地続きであろう。三島は、その変わり目を「ヴィエトナム反戦運動」から「チェコ事件」あたりに見ていた。そこでは「われわれは、あまりにも力を持たないといふ固定観念から、力を行使される立場の論理だけが絶対無上のものと信ずることに慣らされ」ていたという。いつのまにか、「力の立場からする想像力も論理の展開力も失」われたのだ、と。

三島は、ヴェトナム反戦においてもチェコ事件においても、この「弱者の論理」がすでに支配的になっていることに気づいていた。それは、「冷戦と平和共存の論理」によって、東側の出来事であろうと西側のそれであろうと、「等しなみの力の一元的論理」として働き、反体制や反権力に「甘つたれな風潮」をもたらしたのだ、と。

そこにはまたもう一つ、全世界的な反体制主義、反権力主義の甘つたれな風潮が与つてゐた。前にも言つたやうに、われわれにけぢめを失はせ、弁別を失はせたものが、冷戦と平和共存の論理（すなはち等しなみの力の一元的論理）であるならば、われわれにチェコの自由と、われわれの自由とを混同させ、チェコの反体制とわれわれの反体制とを混同させたものもまた冷戦と平和共存の論理である。反体制および反権力の思想は、このやうな自由の観念、けぢめのない自由の観念と結びついてゐると言ふことができる。〔…〕ソヴィエトの強大な権力も、アメリカの強大な権力も、その力といふ観点では同じであるから、これに反抗する反体制、反権力の抱懐する自由の観念も、東西のけぢめや弁別を離れて、そのやうな抽象的な、観念的な、実現不可能な自由に向つて進んで行くの他はない。その極にあるものが、たとへアナーキズムであつてもよいといふ夢は、この自由の主張者たちの論理的必然である。（同前）

ここで三島の言う「冷戦と平和共存の論理」については、若干の注意書きが必要である。本来、「ヴィエトナム戦争」と「チェコ事件」とは同一のロジックで捉えられるものではない。ヴェトナム戦争においては、アメリカがヴェトナムの自由・民主化＝民族自決に対して、帝国主義的な侵略を行った。したがってヴェトナム「反戦」はヴェトナム解放民族戦線を背後で支えるソ連＝平和勢力を支持するというロジックに、すなわちソ連の「平和共存」の論理に基づいていた。だが、一方チェコ事件においては、明らかにソ連は平和勢力ではなく、チェコを侵攻する帝国主義勢力として現れていたのである。

にもかかわらず、両者を同一視させていったのが、三島の言う「冷戦と平和共存の論理」であった。それは、アメリカであろうとソ連であろうと、大国が異民族や少数民族を統治する「等しなみの力の一元的論理」として見出されていったのだ。ソ連の「平和共存」とは、「冷戦」下の東と西とがお互いに鏡像として「等しなみ」に「共存」していく論理として働いたのである（生産力理論とは資本主義の鏡像以外の何物でもないだろう）。いわばそれは、東側の革命／反革命のロジックをも西側に転移させ、それらを「共存」させていったのである。

異民族統治の経験のある大国では、少数民族の帰趨《きすう》が革命的要素になることが認識されてゐると同時に、またその国自体が革命的な原理に成り立つ国である場合は、一転して反革命の危険を内在させた分子として見られるのである。反革命とは、人種上は少数民族の原理であり、人間性の上では閑却されがちな人間性の真実の救出の問題である。なぜなら、多数決原理による民主主義はいつも社会に少数の発言を許されない政治的疎外分子を残し、この疎外分子が民主社会においては、ある場合にはアウトローとなり、ある場合には政治的少数発見の漂泊者として満足し、ある一定の政治状況については革命分子になることはよく知られてゐる。（「反革命宣言補註」）

少数民族を支配する大国が革命を標榜している場合、少数民族の側は「反革命」の烙印を押される。問題は、この革命／反革命の東側のロジックと、西側の民主主義＝多数決原理とが相互に転移しあい、癒着していったことだ。反革命が、「少数民族の原理」でありながら、同時にある種の「真実」を体現するとして「人間性の真実の救出の問題」になっていったのはそのためだ。そこには、西側の民主主義の論理——少数派は疎外分子となりつつ包摂される——が働いている。社会において最も疎外された少数の分子こそが、「ある一定の政治状況」において正当性を獲得し、「真実」を体現する「革命分子」となり得るのだ。いわゆる、疎外革命論である。「冷戦と平和共存の論理」によって、革命／反革命が、多数派《マジョリティ》／少数派《マイノリティ》という相対的な問題（民主主義的な多数決）と化したのだ。左翼の疎外革命論は、すでに西側の民主主義の論理を密輸入しているのである。むろん、東側の革命の正当性を担保する「党」が弱体化しつつあったからである。

　三島は、日本で起こっているのも、このような「社会的疎外が一つの正当性を獲得しようとする過程の進行である」と述べる。かつてはプロレタリアートが社会的疎外の代表であったが、いまや貧困は解決され、「労働者は革命や政治闘争よりも、経済闘争のほうがより有効であるやうな時代に生きてゐる。〔…〕／そこで、社会的に疎外された人間は、経済的に疎外されるのではなく、心理的思想的に疎外された人間として現はれた。それが学生である」と（同前）。

三島は学生運動を批判しながらも、同時にある種のシンパシーを何度も述べている。だが、「徐々にこの少数勢力は、多数者の正当性にむかつて当然の経過をたどるやうになつた。そこでは次第次第に逆現象が成立し、一般学生が疎外されて全学連（「全共闘」の誤りか――引用者注）が一つの正当性を獲得するやうになつた」（同前）。

ここに、マジョリティとマイノリティの「逆現象」＝反転が生ずる。だが、疎外されていた側が、今度は別なる疎外に転じていくというのは、三島が言うように、「無限の責任遡及《そきふ》によつて、つひには責任の所在を融解させてしまふ「無責任の体系」」（同前）そのものではないか。これが、「冷戦と平和共存の論理」の世界的な浸透によってもたらされた「全世界的な反体制主義、反権力主義の甘つたれな風潮」であり、「けぢめのない自由の観念」の横溢である（「自由と権力の状況」）。現在のＰＣや「#me too」の蔓延はその帰結であろう。

われわれは疎外を固執し、少数者集団の権利を固執するものである。それのみが、革命勢力に対して反革命の立場に立ち得るし、彼らの多数を頼んだ集団行動の論理的矛盾に対して、最も強い、尖鋭な敵手たり得るからである。（「反革命宣言補註」）

三島は、この疎外革命論の矛盾を左翼や学生の単なる自己矛盾に帰さずに、あくまでロジックとして追究した。彼らを矛盾に陥らせている世界情勢とそれに内在するロジックを抽出し、先取りすることとで、そのロジックの息の根を止めようとした。

「疎外を固執し」つつ、それが決して「過半数《マジョリティ》」に反転せぬこと、それと同時に「少数者集団の権利を固執する」こと、これが怠りなく「見張られねばならぬ」。言い換えれば、革命に転じることのない反革命に永久に立ち続けること。三島はそれを、「前衛としての反革命」と呼んだ。

〔…〕われわれ反革命の立場は、現在の時点における民衆の支持や理解をあてにすることはできない。われわれは先見し、予告し、先取りし、そして、民衆の非難、怨嗟《えんさ》、罵倒《ばとう》をすら浴びながら、彼らの未来を守るほかはないのである。(同前)

反革命は、「世論の支持によつて動くのではない」。あくまで「少数者の原理」と「先見」によって動くのである。三島の「反革命」は、最後の最後まで世間の無理解を前提としていた。三島にとっては、問題は有効性＝多数の支持ではなく、問題のありかをロジックとしていかに体を張ってさし示すか、であった。

3

三島の「反革命」を考えるうえで、「疎外」と表裏の関係にある「自由」の問題は避けて通れない。人は疎外されれば、自然にそこから逃れたいと欲求し、その最も見やすい表現が「自由」だからである。「冷戦と平和共存の論理」によって、全世界的に広がった「反体制＝反権力」主義は、必然的に「けぢめのない自由の観念」をも広げていったように三島には見えた。「反革命」は「革命」へと反転した。そして、先に引いたように、そのような「東西のけぢめや弁別を離れて」広がっていく「抽象的な、観念的な、実現不可能な自由」は、「その極にあるものが、たとへアナーキズムであつてもよいといふ夢」に帰結する。それが、「この自由の主張者たちの論理的必然」なのである。疎外革命論の行き着く先は、究極の「自由」としてのアナーキズムである。三島は、反革命を革命へと反転させ続ける疎外革命論を脱却するうえで、この自由＝アナーキズムの誘惑を断ち切る必要があった。

そもそも、「自由」から見れば、あらゆる政治体制は悪でなければならない。夏目漱石ではないが、甲と乙の二者は同一のspaceを占有することはできないので、双方がそれぞれ自由を主張しようとすれば、甲が乙を排除するか乙が甲を排除するか、しかない。したがって、甲と乙とをいかに共存させるかというあらゆる政治体制は、甲と乙の自由を全的に、あるいは部分的に抑圧することから逃れられない。「人間性の見地に立つた時、あらゆる政治体制は悪でなければならないことは、なにもアナーキズムの主張を俟《ま》つまでもない」(「自由と権力の状況」)のだ。無際限な自由と解放は、政治体制の完全な破壊と解体を目指すほかないのである。

自由や解放という人間性の肯定的な側面が、必ずや暴力的な破壊や解体という人間性の否定的な側面へと反転してしまうこと。三島は、フランス革命期における、マルキ・ド・サドの洞察を通して、このことを痛感していた。

〔…〕人間性について最も深い探究をフランス革命の時代に成し遂げたのは、ヴォルテールよりもマルキ・ド・サドであつた。サドは人間性の否定的な側面をよく知つてゐたから、ちやうどインドのヒンズー教徒たちが破壊神を崇拝するやうに、破壊の神々の心を宥《なだ》めたのであつた。革命衝動が、何ら破壊すべき対象の価値を考慮しない無差別の破壊に酔ふ一時期を持つことは、人間性の当然の帰結であるといふことをサドはよく洞察してゐた。ここに言論の自由ないし表現の自由と、あらゆる形の政治秩序との矛盾がひそんでゐる。(同前)

三島の「反革命」は、フランス革命とサドの問題を踏まえて出てくることが重要である。ここで三島は、ほとんどラカンの「サドと共にあるカント」(「カントとサド」)というテーマに漸近していると言ってよい。カントの『実践理性批判』は、「もし…ならば…せよ」といった仮言命法を排除し、ただ「汝はなしうる、なさざるをえなければならない」と命ずる定言命法を提示した。そして唯一の定言命法とは、「汝の意志の格率が、常に同時に、普遍的立法の原理として妥当するように行為せよ」というものだ。

ここでは何が起こっているのか。それは、人間の行為が、対象に結びついた受動的、感情的、偶然的、経験的(カントはこれらを「病理的《パトローギッシュ》」と呼んだ)なものに左右されて発するのではなく、理性の「内なる道徳律」から発する自律的なもののみに厳格に限定されたということだ。これに従えば「道徳的」だとされるような背後に控える「大文字の善」は、カント的に言えば「物自体」として接近不可能な次元にあり、またラカン的に言えば、斜線が引かれてある。自分自身を律するものを自身の中に見出し、自らの理性でもって、自らに対して普遍的な立法行為を行わねばならないのだ。いわば「義務」である。

だが、「大文字の善」に頼らず、「自らの理性でのみ行為せよ」というこのカントの定言命法もまた、新たな一つの命法=命令ではないのか。ここに、何ものにも隷属せずという「自由」の極北にあるはずの行為が、メビウスの輪のようにいつのまにか「命令」への隷属へと反転してしまうという逆説が生じる。無際限に「自由であれ」というカントの倫理学は、いつしか自由を「享楽せよ」という自由への「命令=義務」の遂行と化す。

この自由を「享楽せよ」という「命令=義務」を、極限まで放蕩し尽くそうとしたリベルタンが、マルキ・ド・サドであった。無際限に「自由であれ」というカントの理性は、サドの享楽=放蕩へと行き着くのだ。いわゆる、カントの「真実」としてのサド、サドと共にあるカントである。

サドの放蕩が、むしろ理性を極限まで推し進めた帰結だということが重要だろう。澁澤龍彥は「サド侯爵――その生涯の最後の恋」に言う。

〔…〕サドにおいて、社会が発見した罪なるものは、おそらく、「仮借ない論理」という名の罪だったのである。すべてを明からさまに言うことは、いつの時代においても罪だったのである。十八世紀は理性の時代と呼ばれるが、誰がサドのように、その論理を極限まで、止まるところなく徹底的に推し進めたろうか。

〔…〕

「すべてを明からさまに言う」という単純なことが、いかに体制にとって恐怖すべきことであったかは、サドの数々の受難の歴史を振り返ってみれば一目瞭然であろう。すなわち、王の体制下では、サドは風俗壊乱罪の犯人であった。革命政権のもとでは、彼は穏健主義者であった。そして執政政治および第一帝政下では、彼は精神病院に閉じこめられるべき狂人であった。〔…〕

理性を突破する理性は狂気と見なされる。「理性の時代」に有罪宣告を受けた理性の人、――それが文学者としてのサドである。

三島が、猥雑文書として摘発された澁澤龍彥訳のサド『悪徳の栄え』を称賛し、いわゆる「サド裁判」（一九六一年～一九六九年）にもコミットしたことは有名である。他にも遠藤周作や白井健三郎らが特別弁護人、埴谷雄高、大岡昇平、吉本隆明、奥野健男、大江健三郎らが証人に立った。以来、（澁澤による）サドは三島の関心事であった。そして、澁澤の『サド侯爵の生涯』に大いにインスパイアされ、戯曲『サド侯爵夫人』（一九六五年）を書くことになる。

澁澤龍彦氏の『サド侯爵の生涯』を面白く読んで、私がもつとも作家的興味をそそられたのは、サド侯爵夫人があれほど貞節を貫き、獄中の良人《をつと》に終始一貫尽してゐながら、なぜサドが、老年に及んではじめて自由の身になると、とたんに別れてしまふのか、といふ謎であつた。この芝居はこの謎から出発し、その謎の論理的解明を試みたものである。そこには人間性のもつとも不可解、且つ、もつとも真実なものが宿つてゐる筈であり、私はすべてをその視点に置いて、そこからサドを眺めてみたかつた。（「跋〈『サド侯爵夫人』〉」）

この「視点」は、サド自身よりもサド夫人のうちに「ドラマになるべき芽をみとめ」、そのうち「ふと「こりや、サド自身を出さない、といふ行き方があるんぢやないか」」という「思ひつき」へと三島を導く（「「サド侯爵夫人」について」）。一度もサドが登場しない、しかしそのことでかえってサドと夫人の別れの「謎の論理的解明を試み」（「跋〈『サド侯爵夫人』〉」）ること。三島のサドへの関心を探るには、この「謎」の「論理的解明」に迫る必要がある。その先に、三島の「反革命」

の核心も見えてくるはずだ。

いったい、三島が見たサドの「もつとも真実なもの」とはいかなるものだったのか。『サド侯爵夫人』で問題になるのは、やはりサドが自由の身になった途端、夫人が手のひらを返したようにサドのもとを去っていく「第三幕」であろう。

第三幕は、第二幕の一三年後、フランス革命勃発後九か月に舞台が設定されている。革命が成就し、「罪人といふ罪人、狂人といふ狂人が、日の目を見るのも今日明日《けふあす》のうち」に迫り、獄中のサドもいよいよ自由の身になろうとしている前夜、夫人のもとにサドが獄中で執筆した『ジュスティーヌ』という物語が届く。それは、姉のジュリエットと妹のジュスティーヌの遍歴の物語だったが、「でも世のつねの物語とちがつて、美徳を守らうとする妹はあらゆる不幸に遭ひ、悪徳を推し進める姉はあらゆる幸運を得て富み栄え、しかも神の怒りは姉には下らず、みじめな最期を遂げるのは妹のジュスティーヌのはう」という奇妙なものだった。これを読んだことが、サド侯爵夫人に百八十度の態度変更を迫ることとなる。夫人は「この淑徳のために不運を重ねる女の話を、あの人は私のために書いたのではないか」と推察する。そして「ジュスティーヌは私です」と言い放つのだ。

サド侯爵夫人は、自分の心を汚されたことや、そのような物語を書くサドの「心の罪」に対して憤りや悲しみを覚えたのではない。なるほど、夫人は「私の永い辛苦、脱獄の手助け、赦免の運動、牢番への賄賂《まひなひ》、上役への愁訴、何もかも意味のない徒《あだ》し事《ごと》だつたのでございます」と悲嘆するだろう。だが、この「徒《あだ》し事《ごと》」は、自分がサドに施してきた事々への「裏切り」ではないか、といった私的な怨念の次元をはるかに超えている。

夫人は、「アルフォンス（＝サド――引用者注）はそのとき、私の見てゐたアルフォンスとは別の世界へ行つてゐた」と言う。「別の世界」とは、牢獄の中で「心の罪だけに身を委《ゆだ》ねて物語を書きつづけ」たという表面的なことではない。そうではなく、「牢屋の中で考へに考へ、書きに書いて、アルフォンスは私を、一つの物語のなかへ閉ぢ込めてしまつた。牢の外側にゐる私たちのはうが、のこらず牢に入れられてしまつた」ということ全体をそれは指しているのだ。この一文の中で、「私を」が、なし崩しに「私たち」へと変化していることを見逃すことはできない。夫人の言っていることは、決して「私」的な次元の問題ではないのだ。夫人はこの物語を読むことで、サドが獄中で行ったことの意味を一挙に悟ったのである。

すなわち、「バスティユの牢が外側の力で破られたのに引きかへて、あの人は内側から鑢《やすり》一つ使はずに牢を破つてゐた」、「牢はあの人のふくれ上る力でみぢんになつた」と。サドは牢の外で革命が起こる前に、己の文学において革命を実現していた、実際の革命はサドの文学の後から遅れてやってきたのだ、と。フランス革命とは、サドの文学の「ふくれ上」がった姿にほかならない。フランス革命は、サドの思想に補填されなければ真の革命にはならなかったといえる。三島が、澁澤の『サド侯爵の生涯』にインスパイアされたとしたら、このサドと革命の「一体化」こそが、そのまま夫人を離別させたという箇所だろう。

サドにとって、この神の言葉にあたるものは、フランス革命の呼び声であった。恐怖の神が、彼に向って「出で来たれ！」と叫んだ。しかし、すでに彼は牢獄という怖ろしい孤絶的な状況のなかで、絶対的自由の肯定、すなわち、彼自身の恐怖時代を実現していたのである。歴史上の恐怖時代は、サドの恐怖時代よりほんの少し遅れてやってきた。〔…〕サドにとって革命とは、せいぜい自分の文学の検証のための鏡のようなものにすぎなかったにちがいない。社会的な事件に全く無関心であった彼が、最も見事に革命と一体化した文学を築き上げたのは、一に「自由の塔」のおかげであったろう。

〔…〕

自由になった囚人の第一歩とともに、旧世界との最後の関係が断ち切られた。すなわち、サン・トオル修道院に身を寄せていたサド夫人は、彼が出所した翌日訪ねて行くと、意外にも、夫にふたたび会うことを冷たく拒絶したのである。彼女は離別の意志を明らかにした。

（『サド侯爵の生涯』）

サドが牢の中にいた時、夫人は「アルフォンスは私です」とサドに同化していた。サドと共にあると思っていた。だが、美徳の妹を破滅させ悪徳の姉を栄えさせる、物語『ジュスティーヌ』を読んだ瞬間、サドの悪徳の栄えが「ふくれ上」がり、自由の追求だったものが、ひとたびそれが支配的になるや、一転して「そうでない」ものの排除、抹殺という恐怖政治に向かうという光景をありありと見てしまったのである。そうなれば、今度「牢」に入れられるのは、今「牢の外側にいる」「私」、いや「私たち」の方だ。三島は、夫人が手のひらを返したようにサドから離れていったその「謎」について、このように「論理的解明」を行ったのである。

それは、革命後に支配的になるだろう「悪の掟」の「世界」であり、それこそがサドが創り上げた「世界」にほかならなかった。

〔…〕点々とした悪業よりも悪の掟を、行ひよりも法則を、快楽の一夜よりも未来永劫《えいごふ》につづく長い夜を、鞭の奴隷よりも鞭の王国を、この世に打ち建てようといたしました。ものを傷つけることにだけ心を奪はれるあの人が、ものを創つてしまつたのでございます。何かわからぬものがあの人の中に生れ、悪の中でももつとも澄みやかな、悪の水晶を創り出してしまひました。そして、お母様、私たちが住んでゐるこの世界は、サド侯爵が創つた世界なのでございます。（『サド侯爵夫人』）

この「悪業よりも悪の掟を、行いよりも法則を」のようなセリフの背後に、先ほどのカントの「命令＝義務」としての「定言命法」が控えている。三島がサドを通して見たのは、フランス革命後にサドの「悪」が「掟＝法則」として覆い尽くしていく「世界」である。それは、カントの「自由」が普遍的な「命令＝義務」として覆い尽くすのと同じだ。

あらゆる束縛から自由たれという「アナーキズム」は、享楽せよという自由への「全体主義」と同根である。「全体主義」に反抗するのが「アナーキズム」なのではない。「アナーキズム」自体が「全体主義」なのだ。先に見たように、三島は「冷戦と平和共存の論理」によって、全世界的に広がった「反体制」「反権力」の「甘ったれな風潮」には飽き飽きしていた。それは結局、アナーキズムの自由を突き詰めて考えたこともない「弱者の論理」の蔓延でしかない。かといって、むろんそれらを抑圧するソ連やアメリカの強大な権力の側につくことはできない。もはやソ連もアメリカも同じになってしまったのが、「冷戦と平和共存」ということなのだ。

三島が、ヴェトナム反戦、チェコ事件、学生運動といった「六八年革命」を目の前に危惧していたのは、この「全体主義としてのアナーキズム」であった。三島が「反革命」を掲げたのは、アメリカやソ連、はたまた日共という強大な権力の抑圧からの自由や解放を求める「革命」が、人間性の自由、解放を求める以上、破壊や解体を享楽するサド的な悪をも同時に解放することになり、それが「掟＝法則」として世界を覆い尽くす「アナーキズム＝全体主義」へと行き着いてしまうからにほかならない。

だからこそ三島は、サドそのものではなく、サド＝革命と歩みをともにしながら、すんでのところで離反するサド侯爵夫人に「ドラマになるべき芽をみとめ」、サドが不在の世界を描いたのである。『サド侯爵夫人』とは、三島が「六八年」前夜において、サド＝革命が堰を切って襲ってくる前に、そのロジックを先取りして封印するために書いた「反革命宣言」の序章なのだ。

あの人の心にならついてまゐりませう。あの人の肉にならついてまゐりませう。私はさうやつて、どこまでもついて行きました。それなのに突然あの人の手が鉄になつて、私を薙《な》ぎ倒した。もうあの人には心がありません。あのやうなものを書く心は、人の心ではありません。もつと別なもの。心を捨てた人が、人のこの世をそつくり鉄格子のなかへ閉ぢ込めてしまつた。

牢獄にいる者が、自由や解放を望むならそこには「心」もあろう。だが、牢獄の外に出た者が、なお自由・解放を貫徹するならば、「心を捨てた」者がその手を「鉄」にして、暴力的な破壊衝動とともに世界を「薙《な》ぎ倒し」ていくに違いない。そのときロジックは反転して、今度は世界の方がそっくり「鉄格子のなかへ閉ぢ込め」られてしまうのである。この自由の牢、アナーキズム＝全体主義。

4

だが本当の問題は、アナーキズム＝全体主義は決して貫徹されることがないということだ。アナーキズムがあらゆる政治体制の否定であり破壊である以上、国家という政治体制は絶対にそれを許さないからだ。「フリー・セックスの行手に、もし快楽殺人が許されるならば、この瞬間に国家体制は破壊されるであらう。と同時に、このやうな政治における快楽殺人は、アナーキズムの誘惑と常に踵《きびす》を接してゐる。政治上のアナーキズムとは、エロティシズム上のルストモルト〔＝快楽殺人――引用者注〕と相接近した観念であつて、地上に実現されずサドのやうに牢獄の中における幻想裡でしか実現されぬ理想的観念なのである」（「自由と権力の状況」）。

三島が、チェコ事件や学生運動に見たのは、アナーキズムとは決して「地上に実現され」ないものだということだ。「アナーキズムといふ言葉は、言つてしまつては身も蓋《ふた》もない言葉であるといふ意味では、あたかもルストモルトと同じである。それを言つてしまつては恐ろしいことが人間の世界に起るから、従つてそれを「人間性の解放」といふ美名で呼ぶのである」。そして、「「人間性の解放」といふ美名」で呼ばれた瞬間、それは貫徹されずに「人間性」を秩序とともに「保護」することができる、より強大な存在を必要とする。アナーキズムは、国家の「保護」に依存しているのである。

われわれは、女子供と学生の時代に生きてゐる。何故なら、それは経済的被保護者であると同時に、正にそれによつて、人間性の真の危険といふものに直面することから免れてゐるからである。従つて青年の破壊衝動は、さまざまな政治体制が政治的に利用しようと試みたものであつたが、つひに代議制民主主義の政治形態が、その青年の破壊衝動の救出に失敗すると同時に、世界的な疾病は、一党独裁の共産国の内部にまで及んでいつた。秩序の観点、体制の観点、権力の観点から、このやうな破壊衝動の抑圧に任ずる側は、いつも保護者の立場に立ちながら処罰者であり、保護者兼加虐者の損な役割を負ふことになつた。チェコに対するソヴィエトはまさにこのやうなものの典型であらう。そして、過保護の国家ほど加虐性も強力なのである。といふのは、秩序の側に立つて人間性を保護しようとする側こそは、その加虐的刑罰権も一層強化しなければ、その保護は保てないと信ずるからである。(同前)

チェコに対するソヴィエト、学生に対する日共(代々木)。先に述べたように、三島は「六八年」をこうした「革命／反革命」、「権力／疎外、解放」という関係性で捉えていた。そして、この両者の関係に、「破壊衝動」とそれに対する「保護者兼加虐者」を見ていた。つまりヒューマニズムである。三島がたびたび口にする「女子供と学生の時代」とは、そうしたヒューマニズムが支配的な時代ということである。チェコや学生の主張にしても、「人間の顔をした社会主義」の標榜であれ、『経哲草稿』など初期マルクスへの依拠であれ、「ヒューマニズム」であった。

三島は、チェコや学生のみならず、それらを抑圧しにかかるソヴィエトや共産党にも、「保護者」のごとき「ヒューマニズム」を見ていた。そして、ソヴィエトや日共が、チェコや学生に「加虐的刑罰権」を「一層強化」しようとするのを「過保護」だと言った。

「革命／反革命」が、いつしかこのような「保護／被保護」の関係として包摂されること。三島は、この現象を「世界的な疾病」と見なした。これまた、「冷戦と平和共存の論理」によってである。権力からの解放が、原理的に「アナーキズム＝全体主義」を免れないとしたら、その全体主義を「加虐」的に「保護」するには、これまた「全体主義」をもってするほかない。三島が最も危惧した「一党独裁」である。三島の「反革命」とは、この「一党独裁」に帰結するほかない、「六八年」の「革命／反革命」のさらに「外」に立つことにほかならない。それが、『反革命宣言』に言われる「疎外を固執し、少数者集団の権利を固執する」ところの「前衛としての反革命」なのである。

三島に我慢ならなかったのは、国家や政治体制が、「保護＝加虐」を適当なレベルで止めてくれるはずだという、何の保証もない「甘い」期待を抱くことだった。「一方われわれが一切加虐性を発揮しない「甘い政府」を期待する時には、その政府から一切われわれに対する保護を期待してはならない」（「自由と権力の状況」）のだ。政治体制においては、あくまで「保護」と「加虐」は表裏一体なのであって、どちらかだけを「良いとこ取り」することは許されないのである。

トオマス・マン『魔の山』の人文主義者の「ゼテムブリーニ」は、近代国家は「個人の呪《のろ》わしい奴隷状態」などではない、民主主義は「国家至上主義に個人主義的修正を加えること」ができると主張する。それに対して「ナフタ」は、あくまで国家の本質は「恐怖《テロール》」にあると反論する。この論争について、三島は、「トオマス・マンが、ナフタを嫌悪しながら惹《ひ》かれ、ゼテムブリーニを愛しながら軽蔑してゐる」のは「明白だ」と言い、チェコ事件について次のように述べる。「チェコ事件は、あたかも、ナフタの国からのがれようとしたゼテムブリーニが、再びナフタの国へ連れ戻されるといふ怖ろしい寓話であつた」(「自由と権力の状況」)。

問題は、逃れようとした「ナフタの国」よりも、連れ戻された「ナフタの国」の方が比較にならないほど強大になっていることだ。逃れようとする論理に「アナーキズム＝全体主義」が内包されている以上、連れ戻される論理も「全体主義＝一党独裁」でもって対抗せざるを得ないからである。先に見たように、人間性の見地に立てば、あらゆる国家＝政治体制の存在自体は悪でしかない。したがって、国家＝政治体制から見れば、人間性の抑圧や加虐は当然なのだ。われわれは、ゼテムブリーニのように「甘い」政府や国家を期待するが、国家や政治体制は適度なところで都合よく抑圧や加虐をゆるめてはくれない。

むろん、ここで三島は、ナフタの国＝ソ連(独裁、社会主義)、ゼテムブリーニ＝チェコ(自由、民主主義)、と見ているが、それはスタティックな対立ではすまない。述べてきたように、ナフタの国は、そこから逃れようとするゼテムブリーニを必ずや連れ戻し、より強大な「保護＝加虐」を加えていく存在へと変容していかざるを得ないからだ。それが国家や政治体制の本質なのである。裏を返せば、それは同時に、その内部における個人の自由の本質でもある。つまり、そのまま小説の運命でもあるのだ。

5

三島が、ソルジェニーツィンの事件に見ていたのも、ナフタの国とゼテムブリーニの問題であり、「小説の運命」であった。知られるように、ソルジェニーツィンは、一九七〇年にノーベル賞を受賞しながら、反体制知識人としてソ連国内での著作の発表を禁止され、七四年には市民権を剥奪され国外追放となった。「ぼくがソルジェニーツィンの事件について興味を持ったのは、小説の運命ということだったんです」(古林尚との対談「三島由紀夫　最後の言葉」。以下、三島の発言については同じ)。三島がソルジェニーツィンについて語っていることは、三島の文学や小説についての考え方のコアに触れていると思われる。以下、三島の発言を追っていこう。

三島は、ソ連という国家と、文学や小説との関係を、二種類の「自由」の問題として捉えている。一九世紀に発達した「小説」の基礎となる「自由」とは、「フランス革命の基本的人権につながってゆくような」「ネガティブな自由」であり、「人間性でこれだけのことは主張できるというギリギリの線の自由」である。

一方、ソ連の国家体制内の「自由」とはいかなるものか。かつては、明確に支配階級があり権力が世襲されていたが、革命が起こり、今では人民が自由に政権を選び、「理想的には労働者独裁という形で共産主義国家を作っている」、つまり国家や政治体制の成り立ち自体が、すでに「ポジティヴな自由によってできあがったもの」であり、「公的な自由の体現そのもの」である、と。

では、ソ連における小説とは何か。

ソビエト国家の成り立ちがそうだとすると、そういう国家の中における小説とは何か。ネガティブな、あるいはニュートラルな自由を主張することが、果たして知識人の良心なんだろうか。たとえばソビエトの暗黒面を敵側の自由諸国に伝える行為があったりすると、日本の文化人などは、すぐそれを良心がある、勇気があると誉《ほ》めそやす。でも、ぼくは、いったいそれが知識人の良心なんだろうか、と疑問に思うのです。その知識人はソビエト体制を認め、認めないまでもその国家の中で暮らしているのでしょう。当然、ニュートラルな、あるいはネガティブな批判は国家に吸収されるべきもの、ポジティブな自由の中に発展的に解消すべきものですよ。ソビエトの論理とは、こういうことじゃないですか。

何と三島は、ソ連の公的でポジティブな自由を「肯定」しているのである。これには、聴き手の古林尚も「いや、三島さんからこんな話を聞くとは予想もしていませんでした」と驚くほかはない。三島は、自由主義国家の人間は、ソ連の内部において、私的でネガティブな自由を行使し、内側から体制批判をしている知識人を「おれ達の味方がいる」、「あれこそ知識人の典型だ、良心的だ、と大騒ぎをする」。だが三島は、彼を「時代遅れのニュートラルな批判者」と揶揄し、さらにこのように述べる。

〔…〕良心的な作家という概念がすでに、まあ、ある意味じゃ階級的ですよね。つまり自由諸国の側の既成概念そのものにすぎないんです。そういう偏見にとらわれた連中が、ソルジェニーツィンを誉めたたえたり、ノーベル賞をやったりするんですから、誉めれば誉めるほど、自由の本家本元は怒りますよ。ソビエト政府が腹を立てるのは当然です。

この三島は、ほぼ共産主義者ではないか。このような主張を、死の直前の「最後の言葉」として発言しているのである。三島は、ソルジェニーツィンの「ネガティブな自由」をまるで認めていない。それは、国家の「保護＝加虐」の枠内においてのみ可能なものにすぎない。それを「良心的」と言うのは、「良心」がすでに「自由諸国の側の既成概念」だからだ。それは、無階級社会を目指す共産主義国においては「階級的」なものにすぎない。

三島は、何も手放しで共産主義国ソ連を肯定しているわけではない。ソルジェニーツィンのような「ネガティブな自由」は、最初はマイノリティとして「良心的」と見なされていても、必ずや正当性を獲得しマジョリティへと転じていくはずだ（ソルジェニーツィンの「正義者面」を批判した内村剛介のような存在も想起される〈『内村剛介ロングインタビュー』〉）。論じてきたように三島は、その反転こそを問題化し乗り越えようとしてきた作家なのである。いわば、ソルジェニーツィンは、監獄（ソ連）の中で自由を求めていた革命前夜のサドである。サド侯爵夫人は、それは監獄の中だから意味があった、獄から出てくれれば、サドの自由は反転するだろうと恐れ、サドが自由になるや否や離れていったのだった。革命とは、反転するサドなのだ。悪や享楽がなければ、サドは三島にとって何でもない。そこまで行って、初めて革命の何たるかを思考できる。そのことを明瞭にするために、サドから離反する夫人の視点から描くことで、サド＝革命の本質を浮き彫りにしようと考えたのだ。そして、三島の「反革命」はここからしか、離反するサド侯爵夫人からしか発動し得ないものなのである。三島からすれば、ソルジェニーツィンとは、監獄から出て来ないサドでしかない。つまり、ついにサド未満の「良心的」な作家でしかなかった。

では、三島は、共産主義国における小説は、どのようなものと考えているのか。

ぼくは理想的に言えば、共産主義国家においては小説は無くなるべきものだ、と思うんです。そういう私的な作業ではなく、叙事詩とか劇などのような集団的な制作、あるいはページェント、またはモニュメンタルな彫刻や建築、それで十分じゃないですか。それは二度目のゴシック時代なんですよ。

三島が、一九世紀のブルジョア的叙事詩（ヘーゲル）たる小説とは、所詮（小）ブルジョア的な個人主義のネガティブな自由の産物であり、今後におけるその可能性をまったく信じていなかったことがよく分かる。むろん、それは共産主義国家のみの問題ではない。というか、三島が言いたいのは、本当は資本主義国における問題なのだ。

古林　資本主義が高度に発展して金融独占という段階に入ると、社会主義との区別が外見上つけにくくなりますね。金融独占資本主義の経済の仕組みは、その頂点の部分を社会主義権力にすげ代えるだけで、あとの形態はそのままで社会主義経済に移行できます。ちょっと乱暴な理論ですが、そうだとすると三島さんがいまソビエトについて言われたことは、つまりはアメリカや日本の小説についての危惧、ということになりませんかね。

三島　ぼくもそう思うんです。小説というやつは、どっちみちダメになるんだと思います。資本主義国ではネガティブな自由、ニュートラルな自由を国是というか、よって立つ理念としていますよね。

三島にすれば、資本主義国家とは、ソルジェニーツィンやゼテムブリーニのネガティブな自由を国是とし、それが蔓延している国家である。作家は作家の、魚屋は魚屋の、それぞれのネガティブな自由が、ニュートラルに均質に与えられている。「セックスまでがそうです。フリー・セックスと言うけれど、つまりは皆に同じ一杯のお茶しか与えられないということですよ」。

小説とは一杯の自由なお茶である。それで満足するか否かといった問題ではない。三島は、それは「自由」ではないと言っているのだ。サドのくだりで見たように、本気で自由を追求すれば自由の弾圧に終わるほかないからである。自由を追求するアナーキズムは、それ自体全体主義なのだ（これを回避するために三島が創出したのが「文化概念としての天皇」である。「現下の言論の自由が惹起している無秩序を、むしろ天皇の本質として逆規定しようとしているのです」（「文化防衛論」）。だが、この問題は本書第Ⅱ部第七章の「疎外された天皇――三島由紀夫と新右翼」に譲る）。

三島は、自由にとって政治は悪でしかなく、政治にとって自由は悪でしかないと考えていた。議会制民主主義は、そのような政治という必要悪との妥協の産物であり、相対的な技術でしかない。それは、最初から政治に何ら理想はないというネガティブなところから出発しているのだ。したがって、ネガティブで相対的な自由を国是とする資本主義国と親和的な技術だろう。そこでは、適度な国家の「保護＝加虐」を受けながら、それぞれが一杯のお茶を味わう「自由」が許されているのである。

繰り返せば、三島は共産主義を肯定、礼賛しているわけではない。見てきたように、三島は常に「革命／反革命」、「共産主義／資本主義（民主主義）」という関係性において思考するのだ。そして、ポジティブな自由＝プロレタリア独裁を夢見て成立した共産主義国家が、チェコ事件のようなところまで行き着いて、国家や自由、そして革命の本質が初めて見えてくるのではあるまいか。それを、資本主義国家のように、曖昧にネガティヴな自由と戯れ、たかだか一杯のお茶の自由を、さも共産主義国家よりも「自由」が謳歌されているかのように、「言論の自由だ」「小説の自由だ」と言っていても始まらないだろう。だからこそ三島は、最後に、このような資本主義国家における文学の自由を乗りこえようとしたのである。

　文学による自由、言葉による自由といふものの究極の形態を、すでに私は肉体の演ずる逆説の中に見てゐたのだつた。

　……それにしても、私の逸したのは集団の悲劇であり、あるひは集団の一員としての悲劇だつた。私がもし、集団への同一化を成就してゐたならば、悲劇への参加ははるかに容易な筈であつたが、言葉ははじめから私を集団から遠ざけるやうに遠ざけるやうにと働らいたのである。しかも集団に融け込むだけの肉体的な能力に欠け、そのおかげでいつも集団から拒否されるやうに感じてゐた私の、自分を何とか正当化しようといふ欲求が、言葉の習慣を積ませたのであるから、そのやうな言葉が集団の意味するものを、たえず忌避しようとしたのは当然である。〔…〕

　力の行使、その疲労、その汗、その涙、その血が、神輿《みこし》担《かつ》ぎの等しく仰ぐ、動揺常なき神聖な青空を私の目に見せ、「私は皆と同じだ」といふ栄光の源をなすことに気づいたとき、すでに私は、言葉があのやうに私を押し込めてゐた個性の閾《しきゐ》を踏み越えて、集団の意味に目ざめる日の来ることを、はるかに予見してゐたのかもしれない。

〔…〕集団こそは、言葉といふ媒体を終局的に拒否するところの、いふにいはれぬ「同苦」の概念にちがひなかつた。

なぜなら「同苦」こそ、言語表現の最後の敵である筈だからである。

〔…〕私がここで戦士共同体を意味してゐることは云ふまでもあるまい。（『太陽と鉄』）

三島が最後に文学の自由という「個性の閾《しきゐ》を踏み越えて」、「言語表現の最後の敵」である「同苦＝集団の悲劇」を求めて「楯の会」という「戦士共同体」の結成に向かったのは、ほとんど三島による共産主義革命であり、「二度目のゴシック」としての集団制作の実践ではなかったか。それが三島の、あまりに反文学的な「反革命」だった。

果たしてそれは、どれぐらいの有効性があっただろうか。少なくとも、三島の後に、小説や文学というネガティブな自由のお茶を飲むことは「反動」でしかなくなった――。ロジックを突き詰めた三島の思考と実践は、このことを一つの真実として残したのではないか。チェコの「二千語宣言」が告げるように、「真実は勝利しない。真実は、すべてが消滅した後に残るものなのである」。

II

ラーゲリ・ユートピア・保守革命

第一章　前線としてのラーゲリ　スパイにされた男、内村剛介

1

なぜラーゲリなのか。それは、ラーゲリこそが、共産主義圏のアポリアであり、したがってユートピアの理念がその外部とせめぎあう前線だったからだ。

ラーゲリが主戦場だったからこそ、その存在を暴露、告発したソルジェニーツィンの『収容所群島』は、その後のソ連崩壊を決定づける文書となり得た。このとき、それまで、人類のユートピアと目されてきたソ連に、本当にラーゲリなるものが存在することが告発され、その実態が暴かれたのだ。

国家へのわずかな反抗が、その者を国家の敵（ソ連において、それは即ち人類の敵だ）とし、暴力的に収容される。ソルジェニーツィンの場合は、友人宛の手紙でスターリンの悪口を書いたために密告され、ラーゲリに送られた。このような存在を含む世界が、本当に自由で平等なユートピアなのか。ソルジェニーツィンの登場は、ソ連への信頼を決定的に失わせることとなった。

日本の文学界、思想界のソ連に対する幻想も、概ねこのソルジェニーツィン・ショックをもっ

て終りを告げたと言ってよい。例として、鮎川信夫の発言を見ておこう。

「収容所群島」というもの自体が、いままでの文学とはかけ離れているんです。ということは、そういう形でしか真実は書けないと思ったから、そうなっちゃったんですね。いままでの一九世紀から続いていた、たとえば小説、文学の伝統というものの中からはとうてい書けないというものが、スターリニズムにまともに直面した場合に出てきちゃったと思うんですよ。文学というものが何かもっと違うものになっちゃったという気がするのです。

（吉本隆明との対談『対談　文学の戦後』）

だが、これはよく考えると奇妙なことではないか。なぜなら、それに先駆けてソ連のラーゲリを「生き証人」として告発してきた日本の文学者がいたからだ。内村剛介である。そもそも、ソルジェニーツィンという作家の登場を、モスクワの街頭でいち早くキャッチし、日本に向けて予告したのは、ほかならぬ内村だった（「モスクワ街頭の思想　第三信」、『日本読書新聞』一九六三年一月一日号）。ソルジェニーツィン・ショックがあったのなら、内村ショックがあってもよかったはずだ。それを受けとめた稀有な例である松田道雄は、次のように言っている。

〔…〕私の場合は内村さんに会ったということがいちばん大きなことであって、内村さんに会うまでは私はまったく観念としてしかロシアを知らなかったけれども、内村さんと行き会って、どういうファクトがロシアにあったか、そのファクトを日本人がいかに受け取ったかということを、『生き急ぐ』のなかでヴィヴィッドに書いていられるんだけれども、僕はあの本が出る何年か前にあのことを内村さんに聞いて、ロシアというのは肌で触れればこうなんだということを教えられたわけなんですね。それが私にはスターリニズムというものを考え直していく、非常に大きなきっかけだったろうと思うんです。〔…〕だからソルジェニツィンを読んでいても、これは内村さんが書いているじゃないかという感じがした。いま多くの人がソルジェニツィンを読んで、非常にショックだと言うけれども、内村さんの『生き急ぐ』をなぜ今まで評価しなかったかといいたい。見のがされた『生き急ぐ』をとりあげて、スターリンにたいして日本人とロシア人とがどうちがって反応したか、どう共通して反応したかをいってほしいと思いますよ。学者もどうかしているし、作家もどうかしていると思うんですね。

（内村剛介との対談「私のロシア」）

一九四三年、二三歳で新京の関東軍総司令部参謀部への勤務を命ぜられ、満州国崩壊に立ち会い、新京から通化へ退却するさなかに敗戦を迎えた内村は、その後の一年間、ソ連のラーゲリに収容された。いわゆるシベリア抑留者の一人である。帰国は一九五六年一二月二六日、舞鶴に着いた引き揚げ船興安丸は、実にソ連からの帰国船最終便だった。

最近、ようやく戦後史の中でシベリア抑留を問い直す試みが、TV番組や出版、映画などを通していくつも見られるようになった。もちろん、それはそれで有意義だが、シベリア抑留問題を「戦後史」という「敗戦」に規定された一国史的な枠組で語ることは、かえってこの問題を捉え損なうことにもなりかねない。そもそも、そうしたシベリア抑留の問い直しの空気自体が、グローバルな歴史の画期をなす一九八九／九一年の冷戦崩壊、ソ連崩壊によってもたらされたものだ。

それは、自らが一一年間いたラーゲリという場所を、時間と空間の両面において全的に捉えようとしていた、いや捉えざるを得なかった内村の位置から後退してはいまいか。代表作『生き急ぐ』にはこうある。

〔…〕一九五三年にスターリンが〝昇天〟した。だがその、若い一日本人はスターリンがみずからその手でこしらえた獄になお三年ほど滞留し、スターリンの亡霊と対話しつづける。一九五六年、ポーランドの民衆、ハンガリーの民衆が蜂起する。スターリンの亡霊は多忙をきわめ、ついにかれを日本へ返す。

『生き急ぐ』は、フィクションの体裁をとっているので、主人公は「かれ＝タドコロタイチ」となっているが、経歴からいってほぼ内村当人と見なしてよいだろう。内村は、自らの帰国が、徐々にスターリニズムが弱体化していく過程と表裏の関係にあるという認識を抱いていた。つまり、スターリン死去の三年後に起こった、ポーランドのボズナン騒乱やハンガリー事件、そしてその後のスターリン批判である。シベリア抑留問題を、スターリン批判やハンガリー事件との関連において捉えたという点において、これは稀有な視点だろう。

内村は、他の抑留者と違って、まったく帰国(ダモイ)を望んでいなかった。内村の言葉が、数多のシベリア抑留者と異なり、過度にノスタルジックになることも、認識がドメスティックになることもないのはそのためだ。

内村は、自身のことを、「要するにわれわれという存在は国際情勢の関数なんだから、それが余程大きく動き出して日ソ関係が変化してこない限り、われわれのことは問題にならないでしょう」(『内村剛介ロングインタビュー　生き急ぎ、感じせく――私の二十世紀』、以下『ロングインタビュー』)と突き放して見ていたが、そのために故郷を思い帰国を心待ちにしていた同房の日本人捕虜たちとたびたび衝突を起こしている。

自らを「国際情勢の関数」と見なすこと。

内村は、自らをラーゲリに捕えていたソ連に幻想を持っていなかったのはもちろんだが、かといって日本にも幻想を抱かなかった。だから、日本をよく「ジャパン」と呼んだ。ラーゲリに収容される中で、内村は、自らをソ連と日本の「間」にいる、どちらにも、いや何物にも回収されない唯一者の存在と考えるようになっていく。その意味で、ソ連と自分は「我」と「汝」、あくまで同等の存在だった。したがって、ソ連から、「ロシア共和国刑法第五十八条第六項及び第四項*」

により「二十五年刑」を言い渡されたとき、内村が考えたのは、「ソ連が死ぬか、俺が死ぬか」ということだった。

つまり、二十五年の刑が理不尽であるということより、ソ連という国があるということと、自分があるということとは同等だということです。ソ連ありとは、我ありと同じである。だったらお前だけが生き残って俺が二十五年でくたばるなんてことがあってたまるか。二十五年のうちにお前が先にくたばるか、俺が死ぬか、そういう問題じゃないかと。

(『ロングインタビュー』)

むろん「大ソ連に対して内村個人が立ち向かう発想法自体がもう全くドン・キホーテ的にマン

＊　刑法第五十八条　第4項「資本主義制度に交替すべき共産主義制度にたいして平等権を認めずして、その転覆に努めている国際ブルジョアジーにたいする援助の提供、またはソビエト社会主義共和国連邦にたいする敵対活動を実行するに当たってこれらブルジョアジーの影響下に立ち、ないしは直接彼らによって組織された社会的グループおよび団体に所属することは〔…〕」。第6項「スパイ行為、すなわちその内容上とくに保護を要する国家機密たる情報を、外国、反革命団体、または個人に交付し、盗取し、もしくは交付の目的で収集する行為は〔…〕」(『ロングインタビュー』注6より。初出は、内村剛介編『ドキュメント現代史4・スターリン時代』〈平凡社、一九七三年〉)。

ガチック」なのは、内村にもよく分かっていた。だが、あくまで極寒の収容所における「二十五年刑」とは、一九四七年の刑法改正によって廃止された「死刑」の代わりなのだ。そうである以上、そもそも自分は本来死せる存在であり、生き残っていること自体が「国際情勢の関数」上の偶然にすぎないではないか。ましてや、現在の自分にとってのソ連とは、つまりは目の前の看守でしかない。「ソ連が死ぬか、俺が死ぬか」と考えていた内村にとって、生きるとは、すなわち目の前の看守がいなくなることであり、ひいてはその背後に控えるソ連が死ぬことであった。

だから、内村は密かに決意していた。「アイツだけは帰すんじゃなかったと彼らに臍を噬ませるような、そういう人間になってやろう」、「だから、「よし、俺が奴らの止めを刺してやる」というつもりで僕は帰ったわけで、実際それが『生き急ぐ』を書いたときの気持ちでもあります」。『生き急ぐ』とは、このソ連と刺し違えようとした男の決意の書である。

2

「あなたは逮捕されました」――。『生き急ぐ』の本編は、そのように始まる。

ソ連の侵攻後、満州の新京から平壌まで下ってきていた関東軍司令部付軍属の内村は、ソ連軍進駐にともなって誕生した北朝鮮・金日成の新政権の手によって、かつて日本軍が造った監獄に叩き込まれ、その後ソ連軍の延吉捕虜収容所に移される。一九四五年の一二月末、内村は無事釈放されるが、ここでその後の運命を決定する出来事が起こる。母校、ハルビン〔哈爾濱〕学院の先輩でもあった梶浦智吉が、釈放後に発疹チフスの高熱で震えだしたのだ。見捨てることも、病人を抱えていくことも出来なかった内村は、ロシア人軍医のいる収容所に逆戻りすることを決意する。

このときの状況は、梶浦の側からも次のように記されている。

十二月三十一日、私と内藤〔内村のこと――引用者注〕を含む軍籍外の二十数名が突然釈放命令を受けた。少量の食糧を与えられて、おっぽり出されたのである。道路は雪が積もっていて歩き難かった。平壌への道は遠い。衛門から約二百メートルでた私は歩けなくなった。内藤と相談して収容所へ引き返すことにした。これが内藤にかかわりのある、私の二回目の大失態であった。

二日後に私は発疹チフスで入院したので、このときは発病寸前の状態だった。頭がぼおっとしていて何も考える力がなく、ただただ内藤に甘えて取りすがったのである。しかし、このように友人の人生の一大転機に臨んだときこそ、渾身の気力をふるってことに当たるのが、ひとかどの人間というものであろう。内藤は「病気の先輩を残してオレひとりで帰れるか!」という心境だったろう。なぜ彼を叱咤して、「平壌の奥さんの許へ帰れ」と突き放せなかったのか?! ダメな私は機を失した。人生の一大痛恨事である。

（梶浦智吉『スターリンとの日々――「犯罪社会主義」葬送譜』――）

再び捕えられた内村は、ウォロシーロフのラーゲリに送られ、何度か尋問を受けたあとある日突然「あなたは逮捕されました」と言われる。『生き急ぐ』はここから始まっている。だが、見てきたように、それまですでに平壌署、平壌監獄、スメルシュ拘置所、平壌捕虜収容所、延吉捕虜収容所と転々とわたり歩いてきているのだ。「それはまだ「逮捕」ではなかった」のか。「ではなぜ逮捕状を執行しない？」。いったい罪状は何だ？ 自分を逮捕したのはスターリンなのか？ そもそも法はあるのか？

『生き急ぐ』の世界がしばしばカフカ的と評されるのも、まるで『審判』のようなこの「逮捕」と「審問」の不合理性ゆえだ。内村は、スターリン主義を、カフカ的ともいえる現代的な不合理性として感受、経験し得た。『生き急ぐ』を、「あなたは逮捕されました」から始めたことは、そのことをよく示している。

『生き急ぐ』には、「スターリン獄の日本人」という副題が付されている。内村は、ラーゲリを明確に「スターリン獄」と呼んだ。「シベリア」「抑留」という曖昧な言い方を徹底して嫌ったのだ。この点においても、他のシベリア収容所に関する言説と一線を画している。

内村は「あとがき」に記している。「こんどの戦争でソ連に捕らえられた日本人は六〇万とも言われ八〇万とも言われた。〔…〕著者は〝戦犯〟として一般の捕虜から隔離され、囚人の中の〝エリート〟として、ソビエトの獄に禁錮された。このような禁錮エリートの日本人はおそらく五〇〇名にも満たなかったろう」。

したがって、内村の記述には、強制労働の様子がまったく見られないかわりに、目の前の審問官や看守を通して、ソ連＝スターリンの不合理性に直面し、それと対峙を強いられた様子が書きこまれることになった。

『生き急ぐ』は、「審問」「抑圧」「破綻」という三章から成り、スターリンの死をもって閉じられている。明らかにスターリン主義との対決を軸に、敵の「破綻＝死」までの過程が「三幕物」に仕立てられているのだ。

内村が、スターリン主義の何と対決してきたのかは、各章の副題に明らかだ。「審問」の章には、「歴史はわれわれの行く手に、前方にあるんだ」、「破綻」の章には、「正義は負ける」。これらの副題は、この「スターリン獄の日本人」が、何よりも「歴史」と「正義」との対決を強いられたことを示している。展開される取調官の長広舌は、例えばこうだ。

「〔…〕歴史はソ連邦のものだということを。ソ連邦のやることは正しく、歴史の法則にのっとっているということを。つまり、ソ連邦は歴史の寵児だということを。〔…〕」

「〔…〕君の罪は、――もし君に罪があるとすれば、いや、君には必ず罪があるが――歴史に対するものだ。つまり、社会主義がこれから受けるかも知れぬ打撃をちゃんと知っているくせに、社会主義の祖国に伝えようとしないということ、それが君の罪になる。〔…〕」

「〔…〕暴力は悪だともいう。このへんになるとインテリのバカにつける薬はなくなる。いまの外交官、将軍の話でもう明白じゃないか。暴力は階級の力なんだ。階級がなくならぬうちは暴力は残っている。暴力はどの階級がそれを使うかによって善にもなり悪にもなる。われわれが使えばそれは善だ。われわれのしかける戦争は人間解放戦にきまっている。そうならざるをえないから、正義の戦争だ。したがって善だ。われわれに歯むかう戦争は悪――」

言うまでもなく、これは、マルクス主義＝史的唯物論の「歴史的必然」の「ロジック」である。取調官は、正義や歴史が単に内村の側ではなく、国家としてのソ連の側にあると言っているのではない。世界は、資本主義から社会主義・共産主義へと発展するのが「歴史的必然」であり、ソ連はその必然にしたがって、いち早く革命を成就させたと言っているのだ。彼が言っているのは、正義や歴史は一つだ、それ以外には存在しない、それに従うのが「正しさ」というものだ、ということに尽きている（「そしてここではわたしの論理だけがつねにロジカルなのだ」）。そこには、ソ連の一国主義はない。

それは、「反ソ活動」や中国人の青年のくだりで、より鮮明となる。

「〔…〕次の質問！　お前の反ソ活動は具体的に何に現われているか？」

「反ソ活動？　交戦国の国民が自国のために戦うのは当然でしょう。この場合相手がソ連だから反ソ活動も当然です。わたしは日本の兵隊として……」

「テッガクはやめろ！　ここはアカデミーじゃあない。反ソ活動とわしが言うのは、兵隊として対ソ戦に参加したとかいったことを指してるのじゃあない。そいつぁあたりまえのことだ。お前たちが捕虜になり武装解除されたことでそいつにはけりがついている。ところがお前だけはまだ武装解除に応じていない。反ソ活動をお前は隠している。お前は今もって反ソ活動中だ。」

内村が、いまだ第二次世界大戦のロジックに従っているのに対して、取調官の言葉は共産主義対反共のロジックによっている。一九一七年のロシア革命から一九八九／九一年のベルリンの壁崩壊、ソ連崩壊に至る二〇世紀の世界は、明らかに後者のロジックに即していた。そこから見れば、いかに日本の犠牲が大きかったとしても、第二次世界大戦の一時期は、一つの支流のごときサブストーリーにすぎない。それを明かすように、戦後、冷戦期の日本は「反共」の側に回収された。「反ソ活動」とは、第二次世界大戦をのみ込み、それを超えてグローバルに存在しているものなのだ。内村が、ラーゲリで思い知ったのはこのことである。

さらに、あるとき内村は、中国人青年と引きあわされ、お互いに知り合いのはずだと追及される。内村は、その青年を媒介として、自分もまた「敗戦国の〝歴史家用の歴史〟」ではなく、前方にある「〝未来の歴史〟」に「かみあわ」されていると感じる。

……なぜ林青年はわたしを知っていなければならぬのか？　なぜ林青年はこれほどまで真剣に追求されるのか？　蒋介石は形式の上では連合国としてまだソ連と外交関係を保っているはずではないか。保っているとすれば、国共合作中の八路軍が、事実上合作に反して、林青年を捕えるというのはどうしたことなのか。しかもその捕えた林を中共がみずから裁くのではなくて、ソ連軍へ渡してしまっている。これはいったいどういうことなのか？

……そうだ！　わたしの罪はいわば日本という敗戦国の〝歴史家用の歴史〟にかかわっているだけのことだ。しかし、林青年の罪は〝未来の歴史〟に、つまり、来るべき国共関係に、従って、来るべき中ソ関係にかかわっている。わたしの罪が死にものだとすれば、林の罪はまさに生きものなのだ。その死にものを生きものにかみあわすのは何のためか？　かみあわすためにわたしにあらかじめわざわざスープを呑ました。これはそれほど重大なことにちがいない……

当初、内村の罪は、敗戦国のそれ、すなわち「死にもの」だった。通常の手続きをふんだならば、敗戦国として受諾したポツダム宣言の第九項にしたがって「各自ノ家庭ニ復帰シ平和的且生産的ノ生活ヲ営ムノ機会ヲ得」るはずだったのだ。だが、ソ連・スターリンは、ポツダム宣言に違反、関東軍将兵のシベリア抑留に踏み切る。

全ての抑留者の行く末を決定づけたこの選択については、アメリカ側がルーズベルトからトルーマンへの政権移行にともなって、アメリカの対ソ政策を大幅に転換したことなどが動因になったともいわれる。だが、ソ連の対日政策に大きな権限をもっていたコワレンコ（共産党中央委員会国際部副部長）が、アメリカの動きとは無関係に「シベリア抑留は既定の方針であった」と述べているところからも、シベリア抑留は「事前の計画に従って実施に移されたと見るのが、いちばん妥当」（白井久也『検証　シベリア抑留』）なのだとしたらどうか。

ソ連・スターリンからすれば、あくまで十月革命後、ソロベツキー諸島に設置した最初の収容所政策――「未来の歴史＝史的唯物論」に対する罪をもつ反革命分子を収容する――の継続、延長にすぎなかった。内村は、歴史のロジックのなかで要請されるスパイとなっていた。

3

「ミステル・タドコロ！　君は履歴をいつわっている。〔…〕お前はスパイ学校を卒業しているんだ！　なぜお前はロシヤ語を専攻した？　ロシヤ語がいったいなぜ日本で必要なんだ？　ロシヤ史の勉強をしたかったたって？　ふざけるんじゃないよ。ロシヤ語を研究した！　何のために、どこで？　わかり切った話ではないか？　ハルビンに日本軍の諜報センターがあったということは誰知らぬ者もない事実だ。お前はそのハルビンでロシヤ語を専攻している。学徒動員で軍隊へ行ったってお前はぬけぬけと言ったな。〔…〕お前は兵隊の階級もいつわっている！　日本では大学を出ても兵隊から始めるきまりなんだって？　嘘を言え！　お前さんみたいな有能な専門家を兵隊で使うほど日本の軍部はとんまじゃないよ！」（『生き急ぐ』）

ハルビンにあった「日本軍の諜報センター」とは、内村の母校、ハルビン（哈爾濱）学院を指している。内村は、一九三五年、一五歳で満鉄育成学校に入学したが、この先満鉄社員になることを憂えて大連二中（大連第二中学校）に転学する。その後、一九四〇年に満州国立大学哈爾濱学院に第二一期生として入学した。ロシア語を学ぶためではなく、ほとんど徴兵検査の回避が動機だったという。

ソ連はこのハルビン学院をスパイ学校と見なしていたわけである。ソ連当局は、ハルビン学院について、こう記述している。

当時の日本で重視されたのは戦略的調査である。一九三〇年代の日本にはソ連の調査を行わないような国家的調査機関は一つもなかった。その中でも主要な機関は外務省、参謀本部、企画院、満鉄調査部、東亜研究所であった。外務省はソ連の対外政策の検討、参謀本部と企画院はソ連の軍事、経済力の調査、満鉄調査部は主として極東とシベリアの情報収集と分析を担当していた。外務省とその他政府機関のためのソ連問題専門家の教育と養成の主要なセンターは、日本内地では東京、大阪両外国語学校のロシア語科、外地ではハルビン学院であった。このほか専門家の養成は外務省と陸軍省でも行われていた。これらのセンターの中で最も重要な役割を振り当てられたのはハルビン学院である。同学院は創立以来ロシア問題専門家養成の、一九一七年以後はソ連問題専門家養成の最高学府であった。ハルビン学院卒業生は政府機関だけに、主として陸軍省と満鉄に配属された。一九四一年、ハルビン学院は半ば軍の統制下に置かれ、学生たちは速成教育を受け、卒業後は自動的に軍関係に配属された。一九四五年の日本無条件降伏後、ハルビン学院は閉鎖され、教授たちと学生の一部は日本に帰還した。

（M・I・クルビャンコ「日本におけるソ連研究」、内村剛介『わが身を吹き抜けたロシア革命』〈以後『わが身』〉より）

内村は、これらを「ソ連の権力によるハルビン学院つぶしという歴史」（『わが身』）という。ここには事実を曲げる記述がなされているからだ。例えば、「卒業生は政府機関だけに、主として陸軍省と満鉄に配属された」とあるが、大多数は民間の会社に就職していた。さらに「無条件降伏後、ハルビン学院は閉鎖され、教授たちと学生の一部は日本に帰還した」には事実の隠ぺいがある。敗戦後、教師や卒業生は徹底的に追及を受け、実に生存した卒業生の四人に一人が逮捕、シベリア送りとなった。「一部」が帰国できたのは、幸運にもそれを免れたからだった。

陸海軍の学校を除き、これだけの犠牲をソ連に捧げた学校は他にない。「日本敗戦後のハルビン学院の卒業生の定位置はシベリアのラーゲリであるということがあらかじめ占領計画書にうたわれていたことを疑うわけにはいかない」（『わが身』）。内村は自らを、「ハルビン学院の系譜に立つ収容所群島人」と呼んだ。

一九二〇年に設立されたハルビン学院（当時はその前身である「日露協会学校」。一九三三年に「ハルビン学院」と名称変更）が、はじめからロシア革命との関連で生まれたことは事実である。第一次大戦中にロシア革命が起こり、日本はボリシェヴィキが東方に展開し脅かされることを恐れ、シベリア出兵を目論む。チェコスロバキア軍の捕虜救済という名目で、何とか国際的な支持を取り付けたシベリア出兵だったが、本当の意図は、むろん革命の東漸防止だった（原暉之『シベリア出兵　革命と干渉　1917—1922』）。日本にとって、シベリアは、革命を堰き止める前線となる重要な土地であり、その前提があってこそ学院の誕生もあった。

キーマンとなったのは、井田孝平である。井田は、シベリアの現地調査のために政府から派遣された川上俊彦の使節団（表面上は満鉄派遣の民間使節団）に随行したおり、「露語を解する人材を養成するの急務」を訴え出た。革命ロシアを実見し、日露関係の前途に思いを馳せていた満鉄きっての語学の俊秀、井田の進言に、川上は検討を約する。「この会話が発端となり、井田の奔走と後藤〔新平——引用者注〕が副会頭をつとめる日露協会の後援があって、構想は三年後〔一九二〇年——引用者注〕、井田を初代校長とする日露協会学校哈爾賓学院の開校に結実するのである」（同前）。

こうした設立の事情からは、ソ連の見立て通り、学院を革命ロシアと対峙する拠点（まさにスパイ！）と位置付けることができるように見える。だが、学院の性格は実際にははるかに複雑だった。

内村によれば、そもそもハルビン学院の前身である日露協会学校を創設した後藤新平は、ロシア革命の何たるかを理解しなかったという（『ロングインタビュー』）。帝国主義は分かったが、それに対抗する「革命」というものが分からなかった。内村は、それは後藤の問題というより、明治維新以降の日本の問題だったと考える。

幕末の攘夷運動から反転、ヨーロッパに追随、追いつけ追い越せの「脱亜入欧」路線に舵を切っていく。だが、西洋列強に西からアジアが侵食されていき、ついに中国までもが阿片戦争でイギリスに降伏していくのを見たとき、この世界帝国主義時代に生き残るには、自らも帝国主義的にアジアに分け入っていくほかないと決断する。

アジアに対して帝国主義的だった明治期日本への内村のこうした評価は、したがって両義的である。「入欧」の論理で朝鮮を併合し、その朝鮮を守るためとして今度は満州の確保に向かうこの「脱亜」とは、言葉ばかりの「脱亜入欧」であり、「恥も外聞もない」「蛮行の極み」だとしながら、では、生き残るために「日本に何か他の選択肢があったか」と内村は問う。例えば福澤諭吉なども決して「平和主義者」などではなく、「脱亜入欧」主義者であり帝国主義者であったと見なすべきであり、それを見ないようにするのは「インチキ」だ。だが、一方で、帝国主義、植民地主義の日本を、それだけですべて悪と見なす「満州史観」の論者らと激しく論争を闘わせることにもなった。*

いずれにしても、当たり前のように帝国主義者だった後藤新平は、次のように考えていた。社会主義革命が起こってもロシアは今まで通りロシアだろう。そして、アメリカは、カリフォルニアなどで起こった排日運動とその帰結たる一九二四年の排日移民法案によって、日本人に対する門戸を閉じてしまった。以来、行き場を失った日本人は、満州へ出ていかざるを得なくなる。そうすると、今度はその向こうのロシアと衝突してしまうが、排日的なアメリカに対するためにも、何としてもロシアと宥和の関係を保っていかねばならない、と。

実際、満州を日露で分割する密約すらあったという証言もある。「一九一〇年といえば、七月に日露協約が調印されアメリカに対抗して満州を日露で分割する秘密協定が締結されている。そして一九〇七年四月に開業した日本最大の国策会社満鉄も一九一〇年になると満州で順調に事業を展開しはじめていた。そして一〇年の八月には韓国併合が強行され、人々の眼はいきおい朝鮮半島や満州へと向けられはじめていた」（小林英夫『「日本株式会社」を創った男――宮崎正義の生涯――』）。

これが、歴史的事実としてどこまで実証可能かはわからないが、内村がいうように、「日露戦争後の後藤新平の行動を逐ってみますと、いかにもありそうな話に思えてくる」のは確かだろう（『ロングインタビュー』）。実際、後藤は、ハルビン学院の第九期生に向けて、次のように訓示している。

「日露両国ノ関係ハ最近益〻親善ヲ加ヘ経済上ニ於テモ亦接近ノ度ヲ増シテ来マシタコトハ御同慶ノ至リニ堪ヘマセン〔…〕諸君ガ本校ニ入学セラルルニ当テ先ヅ覚悟スベキハ本校ハ我対外発展上

最モ必要ナル機関デアッテ且ツ日露支三国ノ関係ヲ結ビ付クル連鎖デアルト云フコトデアリマス」(『わが身』)。

だが、その頃当のソ連では、一九二七年にトロツキーが党から除名、スターリンの覇権が確立されつつあり、体制はさらに変質し、国境も閉ざされる。ロシアとの宥和提携を思い描く後藤のビジョンは、すでにまったくリアリティを欠いていた。内村はいう。

〔…〕哈爾濱学院生は行くところがない。初めから向かうところがないわけです。そういう存在として生み落とされたんだから、学院生たちがストライキで騒ぐのも当たり前です。何故われわれは生きているのかという実存の不条理です。われわれは何故哈爾濱学院という学校にいて学ばなきゃいけないかということなんですね。(『ロングインタビュー』)

そして、ハルビン学院設立のグランドデザインが挫折し、ロシアへの道が閉ざされたとき、この「時代閉塞の現状」に対する異議申し立てそのものが、ハルビン学院の精神になっていくのである。内村は、それを一言でいえば、社会民主主義的な「リベラリズム」、すなわち「リベラル左派」的なものだったと述べている。

---

* 例えば、石堂清倫、澤地久枝らとの座談会「日本人にとって満州とは何か」(『文芸春秋』一九八三年九月号)

その精神は、学院のグランドデザインに打撃を与えるものとして、一方にボルシェヴィズムの台頭、他方に日本右翼の突出を見出していた。実際、一期生二期生には、玄洋社や中野正剛らの紹介状を通じて入学してきた者らもおり、一つの系譜として学院に影響力を及ぼしていた。したがって、曖昧なリベラルではなく、そういう存在に異議申し立てをしていくうえで、積極的かつ不可避的にリベラル左派というスタンスを明確にしていったというのである。「右翼は駄目、ファナチックな左翼も嫌だとすると」「リベラル左派以外に残るものがあるのか」、というわけだ（『ロングインタビュー』）。

もちろん、内村自身、ハルビン学院のリベラリズムが、あくまで満州国を牛耳っていた関東軍（参謀部第四課）の支配下だからこそ可能になったものだということを自覚している。すなわち、軍司令部の掌中にある以上、チンピラ軍人は口出しが出来ず、加えて軍自体は外を見ているから、かえって内側は見えなかったのだ、と。

4

設立のきっかけを作り、初代校長となった井田孝平の存在もまた、ハルビン学院の性質を複雑にしていた。井田は、東京外国語学校時代、二葉亭四迷の愛弟子だった。二葉亭は、ロシア語に関して、井田を最も高く買っていた。二葉亭が一九〇二年に東京外語を辞職することになったのも、自分が推した井田がロシアへの留学生として受け入れられなかったことがきっかけだった。

そもそも若き二葉亭が、学生としていわゆる「旧外語」（二葉亭が教鞭をとった東京外国語学校と区別するためにこう呼ばれた。一八八五年に東京商業学校に合併）の露語科を受けたのは、「ロシアの南下を防ぐために、まづ語学を修めて外交官あるひはそれに準ずる仕事をしようといふ目的」だったことはよく知られている（中村光夫『二葉亭四迷伝』）。そして、二葉亭自身がいうように、一八八一年に入学したのち、ツルゲーネフ、チェルヌイシェーフスキー、ヘルツェンなどのロシア文学に触れているうちに、帝国主義から社会主義に転じていくことになる。

する中に〔露語科で勉強しているうちに――引用者注〕、知らず識らず文学の影響を受けて来た。尤もそれには無論下地があつたので、いはば、子供の時からある一種の芸術上の趣味が、露文学に依つて油をさゝれて自然に発展して来たので、それと一方、志士肌の齎した慷慨熱――この二つの傾向が、当初のうちはどちらに傾くともなく、殆ど平行して進んでゐた。が、漸く帝国主義の熱が醒めて、文学熱のみ独り熾んになつて来た。

併し、これは少しく説明を要する。

私のは、普通の文学者的に文学を愛好したといふんぢやない。寧ろロシアの文学者が取扱ふ問題、即ち社会現象――これに対しては、東洋豪傑流の肌ではまるで頭に無かつたことなんだが――を文学上から観察し、解剖し、予見したりするのが非常に趣味のあることゝなつたのである。で、面白いといふことは唯だ趣味の話に止まるが、その趣味が思想となつて来たのが即ち社会主義《ソシアリズム》である。（二葉亭四迷「予が半生の懺悔」）

日本の文学者は政治問題や社会現象から、自らの人生問題を切り離してしまうが、ロシアの文学者にとってそれらすべてを含んで人生問題である、だからこそツルゲーネフの作品が、奴隷解放に力を持ち得たのだ、と。二葉亭は、ロシアの文学者に最も近い思想家に、何と吉田松陰を挙げた。中村光夫もいうように、二葉亭にとって「ロシア文学の感化は、彼の維新の志士肌をそのまま裏返して近代社会における反抗児、すなわち社会主義者にした」のだ（中村前掲書）。

このような二葉亭の社会主義は、時代的にも社会主義というよりロシア人のナロードニキ精神に近いとみるべきだろう。

ロシアの青年たちは、「農村の人民＝ナロード」の中へ入っていって、革命の必要を説き社会主義を宣伝して広めていくべきであり、そうすれば、人民は一揆によって立ちあがるに違いない。ロシアの農民には、国家に反逆したプガチョフとステンカ・ラージンの伝統があり、本能的に反国家的（アナーキー）だ。人民は、何をなすべきかを知っている。学生は、大学や国家機構に汚染されきらぬうちに、人民の中へ向かうべきだ――。こうして一八七三年、「人民の中へ」の運動が沸き起こり、運動を担った革命家を「ナロードニキ」と呼んだ。

それは、まだ党を形成して、政治的な社会主義革命を敢行していこうとするものではなかった。

むしろ、彼らは政治的であることや政治革命を嫌った。政治とは、権力と取引するような行為であり、ついには貧窮のプロレタリアをそのまま残存させているようなヨーロッパのごとき議会制を敷くことだと認識されたのである。

彼らが目指したのは、そうではなく、農民による社会主義を社会革命として行うことだった。これは、まさに二葉亭のいう「維新の志士肌」の反抗心に近い。二葉亭が「社会主義を抱かせるに関係のあった露国の作家」として挙げているツルゲーネフ、チェルヌイシェーフスキーといった名前を見ても、二葉亭が語ったように、「社会主義といったところで、当時は大真面目であったのだが、今考へると、頗る幼稚なものだった」と言うのが適当だろう（二葉亭前掲書）。

いずれにしても、こうした二葉亭が培った精神は、愛弟子の井田孝平に継承され、そのままハルビン学院の「建学の精神」に反映されていくことになる。

〔…〕哈爾濱学院の創立には「建学の理想」があった。初代校長の井田孝平は二葉亭四迷の愛弟子で、二葉亭から学んだ「ロシア人のナロードニキ精神」を日本で生かし、隣国ソヴエットと日本との関係を民衆レベルの親善運動で正常化し、両国は敵対するのではなく共存しなければならない。そのための「ロシア語教育」を「ハルピン井田教室」の目的としたのであった。（増山太助『戦後期 左翼人士群像』）

だが、はじめからロシア語の習得は諸刃の剣だった。

だが当時は、ロシア語を学んだ者は容赦なく軍の諜報活動に動員される時代であったから、井田の教育姿勢は軍部や右翼団体からニラまれ、念願の専門学校への昇格が認められたときに井田は校長の職を追われ、初志の貫徹をはばまれた。その後、私学で出発した哈爾濱学院は満州国立大学に格上げされたが、ロシア語の教育方針に井田の精神が生かされ、敗戦時にソ連軍が進攻して大混乱におちいったときも、学院の学生や卒業生がソ連兵と在留日本人との間に入って両者の意思疎通を図る通訳活動に献身した。また、ソ連に抑留される兵士たちに随行し、いわゆる抑留者四人に一人が学院の出身者であったとも伝えられている。

井田は一九二三年校長の職を追われる。彼のいだく「建学の理想」が「軍部や右翼団体からニラまれ」ていたうえに、すでに述べたように、初めからロシアへの出口を失い閉塞状況にあった学院生がストライキを起こしたのである。上からも下からも（右からも左からも）突き上げられた井田は、このとき創設当初からのハルビン学院の矛盾を一身に引き受けることになったのだ。

敗戦時に「ソ連兵と在留日本人との間に入って両者の意思疎通を図る通訳活動に献身した」一人である内村剛介にも二葉亭－井田の精神は脈々と受け継がれていた。「抑留者四人に一人が学院の出身者」という、その精神の帰結も含めて。内村に言わせれば、日本とロシアの宥和に貢献できる人材を育成するために設立された日露協会学校－ハルビン学院は、そのビジョンの段階で「初めに終りありき」だった(『わが身』)。

ちなみに、設立当初の目的が、現地の環境において矛盾を来していった面では、一九〇一年、中国大陸に創設された上海の東亜同文書院についても同様なことがいえる。同文書院も「中国に関する専門家を養成する」ことを目的としていたが、学生たちは中国の実態を知り、民族主義の高まりをその目で見て、中国の民衆にシンパシーを覚えていった(増山前掲書)。

増山太助は、同文書院大学出身の共産主義者たちに、「内地の闘争にはみられない「インターナショナル」の真髄を思い知らされる感動に打たれた」という。同文書院大学出身で彼らの指導者であった中里竜夫は、「「私たちは、日本人共産主義者である」から「日本帝国主義の侵略戦争に反対してたたかうことは、人類にたいする責任であった」と述べ、「私たちがその責任をはたしていくためには、中国人民を指導する中国共産党と連帯し、ともにたたかうことが必要であった」」と、その心情を吐露している。

当時大陸で学んだソ連や中国の専門家養成学校の学生たちは、実際にロシア人、中国人と交通することによっても、それぞれの民衆への思いを宿していった。したがって、内村についても単純に「反共」であると見なすことはできない。ましてやラーゲリ体験によって、その反発や怨念からそうなったと見ることはまったく間違っている。内村は、『ロングインタビュー』の中でも、自分はコミュニズムを毛嫌いしていないし、「反共」でもないと何度も明言している。それを否定することは、そのままハルビン学院出身である自分を、二葉亭－井田という自らの系譜を否定することになるのだ。

共産党に関していえば、そもそも内村にはぬぐいがたい原風景があった。内村が幼い頃、生まれ育った栃木県那須郡境村の秀才に村をあげて金を出して、東京の学校へやったところ、共産党に入った。村の人間は、「とんでもない野郎だ。みんなで金出して勉強させてやったのに何だ」と怒ったが、唯一母親は、「私はあの子を信じる。あの子はそんな変なことをする子じゃ絶対にない。お前も皆の口車に乗って変なことを喋り歩くんじゃない」と叱ったというのである。

内村は、母親が知識として共産党を知っていたはずはない、それは知恵のようなものだったろうと述べている。以来、内村にとって、共産党は悪でも毛嫌いされる対象でもない。むしろ、何も知らずにそのように決めつける、イメージの「反共」こそが悪ではないかという認識がはぐくまれることになった。

5

すでに二葉亭からしてそうであったように、ロシア語を学ぶのとロシア文学を知るのとは、まったく異質な経験であった。ロシア語能力の養成は、革命を理解しない後藤新平の精神の継承であり、その意味で、ハルビン学院はまぎれもなく、「スパイ学校」の側面を持っていた。革命ぬきの言語による交通＝宥和は、反革命的なスパイ行為にしか映らない。だが、ハルビン学院に脈々と受け継がれてきた、あのナロードニキ精神は、ロシア語を単に「言語」として習得することから得られるものではなかった。それは、「社会主義」的なロシア文学の洗礼を浴びるところからしか、生まれないものだったのだ。

学生当時の内村は、「ブンガクなんてのはどうせ女々しいやつのやることだと思ってい」た。「後年こんなにとりこになるとは夢にも思っていませんでしたね」と（前掲対談「私のロシア」）。

その内村を「ブンガク」へとのめり込ませたものは何か。それは、内村にとって、スターリン（とそのラーゲリ）によって「抑圧されたものの回帰」（フロイト）として現れた。内村にとって困難だったのは、ナロードニキ精神に連なろうにも、すでに当の「ナロード」自体がスターリンによって抑圧されてしまっていたことだ。自らも放り込まれていたラーゲリこそは、そのナロードが抑圧された場所だったのだ。

内村は、『失語と断念』でこう書いている。

スターリンの戦いはまずロシヤ・ナロードを震え上らせることで始まる。一九三七年は大粛清のピーク、すなわち自国民を震え上らせるための戦いのピークである。ナロードを相手に戦う戦いのピークである。食うか食われるか、生きるか死ぬかだ。何が、誰が、くわれるというのか。何がって、それはもはや一義的にコムニズムなんかでありはしない。「ロシヤ」

がヒットラーに食うか食われるかなのである。ヒットラーとスターリンは互いによくも揃ってお似合いの相手をみて容赦会釈のないことを確信していた。こうなってはまず内を固めねばならず、そのためにはロシヤ固有のいつもの伝でロシヤ・ナロードを震え上らせるほかはない。

ナロードのためにロシヤのためにまずナロードをたたき、殺すことで始めるほかにロシヤを救う道はない。

スターリンによって抑圧されラーゲリに収容された人々を、いかに「ナロード」として再発見し解放していくか。二葉亭を反復するようにハルビン学院で「文学」に目覚めていった内村が、本格的に文学に向かった動機を一言でいえばそのようになるだろう。そして、そのきっかけになったのは、反革命詩人として禁書扱いとなったロシアの詩人エセーニンだった。内村は、ラーゲリを出てすぐ、パンと交換に『エセーニン詩集』を手に入れ、のちのち翻訳して出版してもいる(『世界の詩53　エセーニン詩集』〈彌生書房、一九六八年〉)。内村にとってエセーニンが大きかったのは、その詩が、ラーゲリで抑圧された人々をつなぐものとしてあったからだ。いや、そこではもはや、エセーニンは固有名をこえた存在となっていた。『ロング・インタビュー』にはこうある。

或る囚人が詩を作るとします。「誰の詩だ?」と訊くと、彼らは必ず「エセーニン!」と答えるんですよ。何でもエセーニンが付くんです。囚人の中には例のヤクザ（ブラトノイ）がいますけれども、彼らはまさにエセーニンの直系をもって任じています。ブラトノイというのはもともと反権力ですから、兵隊に行かないし、仕事もしない。そして、ソビエト権力を認めないと公言しています。一種のアナーキズムですが、そういう連中は圧倒的にエセーニンを語り、自分の作った詩らしきものを「エセーニン作」といって触れ回るわけですよ。

すなわち、エセーニンの詩とは、エセーニン本人作の詩のみならず「詠み人知らず」の詩をも含むものとしてあった。それは囚人が群島化したラーゲリを移動することで全国に散らばり浸透していったのだ。

一九一七年の二月革命後に、エス・エル（ロシア社会革命党）の戦闘団に参加し、革命後に放浪生活となり、やがて酒場をわたり歩きながら、素朴な民衆の心情を詩にうたったエセーニン。それはときにコミュニズム批判の詩であったため、ソ連においては反革命詩人として禁書となった。彼の詩は密かに口ずさまれ、伝えられ、「放浪詩人」の名にふさわしく、いつのまにか「詠み人知らず」の詩までも含んだ「エセーニン」の束となり、渾然一体となって民俗学的に拡大、浸透していったのだ。

例えば、『生き急ぐ』のラスト近くに出てくる、新しい囚人とともに運ばれてきた、「詠み人知らず」の「新しい歌」などがそうだ。彼は、ウラルのスヴェルドロフスク中継獄で元レニングラード大学の学生から「釜だしのほやほやの新しい歌を仕入れて来た」という。

　バランダの水は何の水って？
　清潔もこの上なくて蒸留水
水はそれありがたい水
　ナロードの歓喜の涙の溜め水よ
　　バランダ　バランダ
　バランダは獄の珍味
　……………（下略）

ひげさまの申していわく
『バランダはコンムニズム
　これのむ民は豊かである』って
『好きなだけ働け、欲しいだけとれ』って
　バランダ　バランダ
　バランダは獄の珍味
　……………（下略）

「ひげさま」はスターリン、「バランダ」は中味のないスープのことである。バランダは、「ナロード」の「涙の溜め水」で、もともとナロードのものなのだから、「ひげ」が「欲しいだけとれ」ということ自体、ナロードから簒奪していることに対する皮肉になっている。そうしたありようも含めて、スターリンを揶揄しているわけである。

だが、ここでより注目すべきは、この歌の「ナロード」について、続けて内村が次のように言っていることだ。

〔…〕ナロードはここではナロードニキのナロード（農民）ではない。ロシヤの農本主義とコムニズムがここで向かい合っているのではない。

ここのナロードはつまり庶民、常民ということだ。この歌のたいへん陽気なリズムがすでに農村のものではない。農民も都市の住民も、インテリもこの歌の中のナロードだ。つまりこのナロードは現代ソビエト・ロシヤのデモスなのだ。

もはや、ナロードは、先ほどのナロードニキ運動のナロードではない。すでにナロードは、「農民も都市の住民も、インテリも」含んだものとなっている。まさに柳田國男のいう「常民」である。そして、彼らをナロードとしてつなげたのが、逆説的にもスターリンのラーゲリであり、そこで歌われた「エセーニン」の詩だったのだ。いわば、ここでいうナロードとは、ベネディクト・

アンダーソンのいう「想像の共同体」のラーゲリ版である。

アンダーソンは、「国民＝ネーション」を、本質的で実体的なものというより、想像的な構築物と見なした。それは、出版資本主義の発達にともない、小説や新聞というメディアの伸張によって形成されていったというのである。

ラーゲリのナロードもまた、文学というメディアによって形成された。実際、このナロードを、ソルジェニーツィン（やラーゲリで死亡した詩人、オシップ・マンデリシュタームの夫人ナデジダら）は、「ナーツィヤ＝ネーション」と呼んだ。「ナーツィヤ」とは、いわゆる「ラーゲリ・ネーション」であり、ロシアに現れた新しいネーションだった。

そもそも、東南アジアの研究者であったベネディクト・アンダーソンを、ネーションやナショナリズムの原理的な考察に導いたのは、共産主義やマルクス主義に対する幻滅だった。

さて、『想像の共同体』は〔…〕、実は執筆したのにはもう一つ理由があります。

一九七九年から翌年にかけて、もともと国際的なナショナリズム運動にコミットしていた三つの共産主義国、中国、ベトナム、カンボジアが、ベトナム・カンボジアの国境地帯で交戦状態に入りました。

この三国のうちどの国も、みずからが標榜しているはずのマルクス主義の概念を用いて戦争を正当化することはありませんでした。そしてわたしは東南アジア研究者として、なぜそんなことが起こりえたのかを考えざるを得ない状況に追い込まれたのです。これらの政府が、かくも恥知らずでいられる理由を。かれらはマルクス主義を掲げていたはずなのに、その国際的団結の概念を、口先で語ろうとすらせず、ヨーロッパの国々と同じやり方で戦争をはじめたのです。なぜこんなことになったのか、わたしは考えざるを得なかったのです。

（『ベネディクト・アンダーソン　グローバリゼーションを語る』）

ドイツ（一九五三年）、ハンガリー（一九五六年）、チェコスロバキア（一九六八年）、アフガニスタン（一九八〇年）と相次いだソ連の軍事介入については、なおまだ「社会主義の防衛」という大義名分で解釈できる余地はあった。「一九四五年以来、東欧におけるマルクス主義体制間の武力紛争が、赤軍の圧倒的存在によってどれほど予防されてきたことか、東欧の駐屯地からの赤軍の撤退を要求するさまざまのグループはとくと考えなければいけない」とアンダーソンは考える（『想像の共同体　ナショナリズムの起源と流行』）。あくまで、ソ連は「二一世紀の国際主義的《インターナショナリスト》秩序の先駆者であるだけでなく、一九世紀の国民国家成立以前のプレ・ナショナルな王朝国家の遺産相続者でもあ」ったのであり、ナショナルなものとはまったく無縁のはずだった。

だが、中華人民共和国やベトナム社会主義共和国など、「第二次世界大戦以降に成功したすべての革命が、みずからを国民的〈ナショナル〉用語で規定」するようになる。アンダーソンを失望させた中国、ベトナム、カンボジア間の戦争はその必然的帰結だった。逆にいえば、一九七九年にアジアで顕在化した事態は、これまでマルクス主義が、ナショナリズムを厄介払いしてきたツケではないか、とアンダーソンは考えたのである。

だがしかし、ソ連自体に、すでにネーションが兆していたとしたらどうか。そして、それがほかならぬラーゲリで醸成されていたとしたら。ほかならぬ共産主義の前線であり、インターナショナリズムとナショナリズムの戦線であったラーゲリで。

ソルジェニーツィンの文学は、ソ連におけるラーゲリの存在を暴露し、以降ラーゲリ問題は、ソ連国家の歴史的罪悪であり、ソ連は悪名高き収容所国家の烙印を押された。だが、ラーゲリ問題を、ナショナリズムの論理によって、すなわちソ連という「国家」の罪として言挙げすること自体、インターナショナリズム（共産主義）に対するナショナリズムの勝利をすでに前提としている。囚人たちは、ともに「エセーニン」を歌い、また歌い継いでいくことで、「農民も都市の住民も、インテリもこの歌の中のナロード」として、身分や階級をこえてじわりじわりとつながっていった。*ナショナリズムの勝利は、ラーゲリにおいて、またその文学によって着々と進行し準備されていたのだ。内村のラーゲリを読むことは、その過程を見きわめることであり、一国的な被害—加害を超えて、ラーゲリをインターナショナリズムとナショナリズムの戦線において捉え直すことにほかならない。

「ソ連が死ぬか、俺が死ぬか」。ソルジェニーツィンに先駆けて、内村剛介は文学によってソ連を崩壊に追い込もうとした。「政治と文学」というなら、まさに内村は「政治と文学」を体現した存在であった。ソ連崩壊後の世界を、二〇年ほど見届けたのち、二〇〇九年一月三〇日、内村は亡くなった。実際にソ連が崩壊した後の世界を、いったい内村はどのように見ていたのだろうか。それは勝利だったのだろうか、それとも敗北だったのだろうか。

＊　あるとき、内村は、カルポフの『エセーニン――文献リファレンス』をめくりながらあることに気づく。エセーニンの没年の翌年、一九二六年には、おびただしいエセーニン讃歌が文芸市場にあふれていたが、二七年以降エセーニンに関連する文章が加速度的に減っていくのだ。そして一九五五年のエセーニン六〇周年記念を境に、復活を遂げていくのである。そして、内村は結論する。「エセーニン論の隆替がスターリニズムの盛衰と相補関係においてうらはらになっていることは、今見た数字の明らかに示すところである」（『流亡と自存』）。

このエセーニンへの回帰は、またスターリンの死去、スターリン批判後に復活した「裏切られた革命」のトロツキーを想起させよう。レーニンによるロシア革命が、その後のスターリンによって「裏切られた」とするトロツキーの歴史観は、「裏切り史観」と呼ばれ、スターリン批判以降のマルクス主義の拠り所となり、その後のニューレフトを規定するものとなっていった。まさにトロツキーは、「スターリニズムの盛衰と相補関係においてうらはらになってい」たといえよう。そうした世界的な文脈をふまえてだろう、内村も、エセーニンへの回帰を「トロツキーなしのトロツキズムへの回帰」と呼んでいる。ちなみに、内村には、トロツキーの『文学と革命』の翻訳もある（『トロツキー選集』第11巻―I・II、現代思潮社、一九六五年）。

第二章　鮎川信夫のユートピア

ソルジェニーツィン・内村剛介・石原吉郎

「ある死者はひとりで死者になってしまった」
（岸田将幸『〈孤絶―角〉』）

ついこの間まで「孤独死」と呼ばれていた現実はさらに加速し、もはや既成の言葉では追いきれないほどだ。「無縁死」「無縁社会」「行旅死亡人」……。そもそも、人間は、ひとりで生まれ、ひとりで死ぬものだ――？　われわれは、この当たり前の事実に、今はじめて本当に直面しているのかもしれない。

そうした現実を先取りするかのように、というべきか、鮎川信夫は、いつもひとり、「椅子」に座っていた。

「わたしが憩ふ場所といへば／ただ一脚の椅子があるだけ」（「椅子」）
「あなたが倒れる場所といへば／ただ一脚の椅子があるだけ」（「囲繞地」）
「雨は／乾いた椅子の上の／一個の石を濡らす」（「雨をまつ椅子」）

いや、よく見ると、「わたし」と「あなた」は、それぞれ孤独に「一脚の椅子」に座っていながら、それでいて両者の間には、「ひとつひとつ」という、共同性ともいえないような脆弱な共同性が、かろうじて存在しているようにも見える。

おびただしい灯の窓が、高く夜空をのぼってゆく。
そのひとつひとつが瞬いて、
あなたの内にも、あなたの外にも灯がともり、
死と生の予感におののく魂のように、
そのひとつひとつが瞬いて、
そのひとつひとつが消えかかる、
橋上の人よ。

(「橋上の人」)

われわれは、「ひとつ／ひとつ」でありながら、なお「ひとつひとつ」たり得るか。あるいは、「ひとり」と「ひとり」が、「ひとりひとり」としてつながることができる「橋」はあるか。鮎川信夫の抱えていた思想的課題を一言でいえば、おそらくそのようになるだろう。

例えば、菅谷規矩雄は、鮎川信夫を、「現代詩」ならぬ「現代史を書くことのできた、さいごの

詩人」と呼び、次のように言っている。

わたし（たち）が、いまなお、鮎川信夫を夢想することができるとすれば（もちろん、それは、恣意を意志にかえるならば、たれにでも可能なはずだが）、それは、リベラル・デモクラットからレピュブリカンにいたる、その道すじに〈国家〉という全体が解消されることであり、そのとき、人びとは、民衆でも労働者でも、呼ばれる名はなんであろうと、ひとりひとりの都市生活者でありえて、そして、それこそが恣意であるゆえにさいごのナチュラル、ひとりの男とひとりの女がペアになって、子を生む――このユートピアが、なによりも、鮎川信夫にとっては原罪のようなものの、ありかだった。

（菅谷規矩雄「世界への、さいごの合図――現代史としての鮎川信夫」）

われわれが、「ひとり／ひとり」でありながら「ひとりひとり」たり得るか、ということは、菅谷の言葉で言えば、「〈国家〉という全体が解消され」てもなお、人々が「ひとりひとりの都市生活者でありえ」るか、ということにほかならない。そして、「ひとり／ひとり」は、あらゆる装飾を剝ぎ取り裸になってもなお残る、「子を生む」という「さいごのナチュラル」としての欲望によって「ひとりひとり」として結びつくだろう。そうなってはじめて、われわれは「ポケットのマッチひとつにだって／ちぎれたボタンの穴にだって／いつも個人的なわけがあるのだ」（「橋上の人」）と個性を謳歌することができるだろう。これこそが、「リベラル・デモクラット」鮎川の「夢想」する「ユートピア」の姿だったはずである。

だが、結論を急がないようにしよう。「どんなユートピアも信じないというのが、私の生き方」（「私のユートピア」）と主張して憚らなかったのが、鮎川信夫だったはずだからだ。

軍隊を煉獄として経験した鮎川は、その外に広がる「大きな帝国と「大東亜共栄圏」というユートピア」が、音を立てて崩壊するのを目の当たりにして以来、「ユートピアを信じる心を、とっくになくしてしまっ」たという。

だが、ここで言われる「ユートピア」を、言葉通りに大日本帝国や大東亜共栄圏に限定はできない。この「私のユートピア」というエッセイが書かれたのが、戦後かなり時間が経過した一九七二年であったことを考えれば、この「ユートピア」は、そう名指されていないとしても、むしろソ連の「コミュニズム」を念頭に置いたものだと考えるべきだろう。実際、先の菅谷規矩雄もいうように、「この詩人にとって、現代史の中心的な主題は、コミュニズムは克服されうるか、いや、いかにしてコミュニズムを克服するか——というところにあった」はずである。

そして、この鮎川の「主題」に最終的な解答を与えるように映ったのが、「私のユートピア」の翌年に公刊されたソルジェニーツィンの『収容所群島』だったことは論をまたない。スターリン体制下の収容所の存在とその実態を暴き立てたこの書物を、日本で最も衝撃をもって受けとめたのが鮎川信夫だったとさえいえるかもしれない。スターリンの収容所から帰還した内村剛介の証言によれば、当時、日本の知識人で『収容所群島』を「徹底的に端から端まで読んだのは、たぶん鮎川くらいのものでしょう。ほかにいないと思いますよ」ということだ。

〔…〕あの『群島』が出て未だそれほど間もないときだったけれども、彼は「もう全巻読みました」と言うんで、へえ、僕はまだ拾い読みしかしてないと言ったら、「内村さんは経験者だからそれで十分でしょうけど、僕は分からんから全部読んだ」と。あれほど忙しい男が、あの六冊の長尺物を短時間に読みあげるとはどういうことか。この男の読書力・読書法はどうなってるんだろうと驚嘆しました。

(『内村剛介ロングインタビュー　生き急ぎ、感じせく——私の二十世紀』)

さらに、鮎川自身の証言*を付け加えてもよい。この『収容所群島』の衝撃は、鮎川に「Solzhenitsyn」なる詩を書かせ、またソルジェニーツィンについて数多くのエッセイを書かせた。

鮎川が、内村剛介と対談「現状況における知性の役割」を行ったのは、一九六七年のことだ。だが、悪くいえば、これは対談というより、収容所でスターリニズムとの格闘を余儀なくされた内村の〝御説〟を、鮎川が一方的に〝拝聴〟しているような印象を受ける。少なくとも、明らかに主導権は内村にあった。

鮎川は、この年に出た内村の著書『生き急ぐ』が提出している問題に対して、誰ひとりまともに応える（補償という意味も含む）ことはできないだろうと言い、「そうなると、ものを論ずることが実に馬鹿らしくなってくる」と嘆息している。鮎川は、圧倒的な経験と、それに基づく生きた洞察を持つ内村を目の前にして、強烈な劣等感を抱いたのだろう、それに比べて、自分などは「戦後ほんとうに書きたくて書いたというようなものはなかったですよ、正直なことをいうと。ま、文学仲間がいたからつきあいで、しぶしぶやってきただけみたいなところがある」とまで告白している。戦死者を代弁する「遺言執行人」として出発した鮎川にとって、内村は、己が代行したはずの死者が、代行などできない者として戻ってきた存在に見え、だからこそ畏怖の対象になったのではないか。

ソ連から「二十五年刑」を受けたとき、「ソ連が死ぬか、俺が死ぬか」だと考えたという内村が、ソルジェニーツィンと同様な衝撃を鮎川に与えたことは想像に難くない。おそらく、ラーゲリ経験者として徹底的にスターリニズムを告発した内村は、ほとんど日本のソルジェニーツィンのよ

＊　鮎川は、吉本隆明との『対談　文学の戦後』において、以下のように発言している。「「収容所群島」についていえば、あんまりいまの文学者は読んでないよ。〔…〕とにかくだれも読んでない。だから、ある意味においていうと、みんなのんきに小説書いていられると思う。また、批評家もわりあいのんきなことを書いていられるという気がするのです。ぼくは、あれだけ騒がれたのにだれも読んでないということに、ちょっと驚いている。」

うに鮎川には見えただろう。彼らは、たったひとりで「巨大なものの力」に立ち向かったことで、ほとんど全世界の「予言者」のように鮎川には映ったのだ。

〔…〕巨大なものの力が　個人の信念より永続するという証拠はない／一つの〝否！〟は　明日には無数の〝否！〟になるだろう〔…〕あなたは見たままを語り　予言者として／全世界に警告を発したのである／ぼくたちはけっして忘れないだろう／魂に刻み目をつけたこの年を！

（「Solzhenitsyn」）

だが、ことはそう単純ではなかった。ついにスターリニズムを葬り去ったソルジェニーツィンが「魂に刻み目をつけたこの年」（一九七三年）は、同時に鮎川が「地平線」を喪失する年となった。「ぼくは行かない／何処にも／／地上には／ぼくを破滅させるものがなくなった／／行くところもなければ帰るところもない／戦争もなければ故郷もない／いのちを機械に売りとばして／男の世界は終った」（「地平線が消えた」、初出『早稲田文学』一九七三年九月号）。

「地平線が消えた」のは、スターリニズムが崩壊し、「世界は誰のものか」分からなくなってしまったからだ。菅谷規矩雄が、鮎川を「現代史を書くことのできた、さいごの詩人」と言ったのも、その意味においてであった。「あの頃はよかった／なんでも知ってるスターリンがいて／なんでも単純だったから／風の方向に／とまどいすることもなかったから」（「世界は誰のものか」）。

スターリニズム崩壊によって、「大日本帝国」に続いて「ぼくを破滅させるものがなくなった」。だが、それは同時に、この世界から「地平線が消えた」ということであり、* もはや鮎川は、「風の方向」も分からずに「とまど」っているほかはない。どちらに向かって進んだらよいのか（歴史はどちらに向かうのか）、生きる「方向」を喪失した鮎川は、自らを「ゾンビーたち」（「愛なき者の走法」）と自虐し、ついには「Who I Am」とつぶやくに至るだろう。「地平線が消えた」ということは、そのまま「男の世界は終った」ということなのだ。

「私のユートピア」に立ち戻ろう。確かに鮎川は、「どんなユートピアも信じない」と明言したが、「そうかといって」と付け加えている。「そうかといって、現に存在する現実のたしかさを信ずる、というのでもなかった。それどころか、たしかな現実など一つもない、と思いつづけてきた」。一貫して鮎川は、「空想家にも現実主義者にもなりえなかった」。彼には、「太陽も海も信ずるに足りない」（「死んだ男」）のだ。

そんななか、鮎川は、もうひとりの「シベリア帰り」、石原吉郎と対談する（「生の体験と詩の体験と」）。内村＝ソルジェニーツィンの衝撃によって、「地平線が消えた」同じ一九七三年のことだ。石原は、同じく収容所体験をもちながら（石原は大部屋、内村は独房という違いがある）、内村

＊　ちなみに「大日本帝国」崩壊後には、鮎川の詩から「地平線」ならぬ「水平線」が消えている（「消えゆく水平線」、「水平線について」ほか）

やソルジェニーツィンとは対照的に、ソ連やスターリニズムに対して告発を「断念」するという姿勢を貫いた。このことが、周囲に石原と内村とが、あたかも対立関係にあるように見せていたことは否定できない。石原は、鮎川との対談においても、「告発を断念しないとね、ものがはっきり見えないんですよ。告発の姿勢がある間は、どうしても片寄るわけなんです」と重ねて述べている。だが、このとき鮎川は、石原の「断念」の意味を捉え損なってしまう。この捉え損ねが、その後、鮎川の中で重大なものに発展していったことは、石原の死後、「あのとき／きみのいう断念の意味を／うかつにも／ぼくはとりちがえていた」（「詩がきみを」）という詩を、「石原吉郎の霊に」捧げていることからも明らかだろう。

振り返れば、石原にとってこの「断念」は、ロシヤへの訣別に通じ、それによって『禮節』（一九七四年）、『北條』（一九七五年）、『足利』（一九七七年）と詩集を出すにしたがって、その詩は徐々に言葉少なになっていく。そしてついに、「おれが詩を」ではなく「詩がおれを書きすてる日が／かならずある」（「詩が」）という自らの「詩＝言葉」の終りへ、すなわち死へと進んだのだ。鮎川は、石原の「断念」が、そこまで一直線に続いていく強度をはらんでいることに気付かずに、後々まで後悔することになる。やがて、石原と内村に対する認識を修正した鮎川は、両者の違いをこう述べている。

〔…〕しかし、両者の決定的な違いということになれば、ロシヤへの愛着の深度の相違ということになるのではないか。石原にとって、ロシヤはいずれ訣別すべき対象だったと思える。〔…〕それゆえ、内村が熱心に説くアンナ・アフマートワ、オシップ・マンデリシュタム、ワルラム・シャラーモフ等に関心を示したことはなかった。石原にしてみれば、もう一度収容所に逆戻りするようなことはまっぴらだったのかもしれない。〔…〕ロシヤに対する愛憎の深さからして、たった二百字足らずでロシヤへの訣別の辞を書いた〔「ロシヤの頬」のこと――引用者注〕石原とは、〔内村は――引用者注〕とてもくらべものにならない。

（鮎川信夫「内村剛介の石原吉郎論」）

一九八〇年に書かれたこのエッセイでは、特に後半、「内村は石原の作品をていねいに読んではいない」と内村を批判し、すでに完全に石原の側に立ったものになっている。一九六七年の内村との対談から、『収容所群島』ショックあたりまでは、かなり内村＝ソルジェニーツィンに傾倒していた鮎川だったが、石原との対談を経てその死後に至ると、ぐっと石原に近くなっていくのだ（石原は、最後期『荒地』の同人でもあった）。

おそらく、鮎川には、告発し続けることによって、かえって豊饒なロシヤに囚われてしまっているように見える内村より、端から告発を断念し、きっぱりとロシヤと訣別をはかり、『北條』、『足利』へ向かった貧相な石原の方が、はるかに「ひとり＝単独者」に見えたのだ。この「内村剛介の石原吉郎論」は、タイトルも示すとおり、内村の著書『失語と断念　石原吉郎論』についての文章でありながら、「ついに単独であること、その夢はかなえられたのである」という石原に対する言葉で結ばれている。

だが、この「夢」は、いかなるユートピアも信じなかった鮎川にとっての「夢《ユートピア》」でもあったのではないか。おそらく鮎川には、石原の「断念」と「訣別」を経た「ひとり＝単独者」が、「ひとり／ひとり」でありながら、同時に「ひとりひとり」となる可能性を秘めたものに見えたのである。

〔…〕何故さっきいった共同性に対する意識を発展させないかというと、その場合どんな意味でも必ず告発をふくむんですよ。ところが告発は縦の系列をゆさぶるでしょう、下から上へ向かっていく。それをやると何が失われるかというと、別の生活的にはより切実な共同性を失うんですよ。下の社会の共同性の次元で、隣りの人間が口をきいてくれなくなるんです。〔…〕つまり国家とか、法とかに対する意識を発展させると今度は低い大衆の共同性のレベルでのコミュニケーションが逆に失われてしまうんですよ。（吉本隆明との対談「石原吉郎の死」）

この鮎川の言葉が、菅谷規矩雄が言っていた「〈国家〉という全体が解消され」ても、なお「ひとりひとりの都市生活者でありえ」るか、と響き合っていることは言うまでもないだろう。だが、これは、あくまで鮎川が見た（かった）石原の姿であり、ここには石原に対する根本的な誤解があったように思えてならない。

鮎川は、例えば「生活的には」「下の社会の共同性」（傍点引用者）といった物言いに明らかなように、そもそも、「ひとりひとり」はあらかじめあるものだと見ているふしがある。そして、一見、石原は、そう言っているようにも見える。

〔…〕孤独とは、けっして単独な状態ではない。孤独は、のがれがたく連帯のなかにはらまれている。そして、このような孤独にあえて立ち返る勇気をもたぬかぎり、いかなる連帯も出発しないのである。（石原吉郎「ある〈共生〉の経験から」）

だが、やはり石原の「連帯」は、決してあらかじめあり得るものではない。ひとつの食器を分配するときに、二人の抑留者を支配する「人間に対する〔…〕不信感」、「しかもこの不信感こそが、人間を共存させる強い紐帯であることを、私たちはじつに長い期間を経てまなびとったのである」（同前）。

あれだけコミュニズムに虐げられながら、石原は、なお「日本がもしコンミュニストの国になったら（それは当然ありうることだ）」とノートに書きつけることができた（「一九六〇年八月七日のノート」）。一方、鮎川は、そんな石原を傍らに置くと、ずいぶん「現実主義者」だったことだろう。石原の「連帯」に、鮎川のいう「下の社会の共同性」や「低い大衆の共同性のレベルでのコミュニケーション」が入る余地はなかった。*

もし私がユートピアンであったら、きっと「軍隊のない世界」といったものを夢想したことであろう。残念ながら私は、ユートピアンに対してだけ現実主義者であったから、私の夢想は、せいぜい軍隊の質的変化を空想する程度に止まっただけであった。（「私のユートピア」）

「リベラル・デモクラット」（菅谷）であった鮎川の「夢想」は、ユートピアなしで「ひとり／ひとり」はそのまま「ひとりひとり」たり得るはずだとする、「軍隊」ならぬこの国の「質的変化を空想する程度に止まっただけであった」といえる。だが、これはユートピア以上に「夢想」的であり「空想」的ではなかったか。あるいは、こう言いかえてもよい。鮎川がいるのは、「不信感」が「紐帯」を阻むものとしてしかあり得ない、「市民社会」の（終わりかけ？の）夢の中なのだ。鮎川と石原の間に、「ひとり／ひとり」と「ひとりひとり」の分岐点はある。いまだわれわれは、「不信感」によって生まれる「強い紐帯」を知るに至る、気の遠くなるような「じつに長い期間」の途上にあるのかもしれない。

* この論点については、拙稿「媒介と責任――石原吉郎のコミュニズム」（『収容所文学論』所収）にて詳細に論じた。

第三章　反原発と毛沢東主義

1

震災と原発事故の後の状況を、「第二の敗戦」「第二の戦後」と捉える声は多い。田原総一朗もその一人だ。天皇の「お言葉」、米軍進駐、そして「復興」「がんばろう日本！」の呼び声が呼び覚ますそうした光景は、またしても我々を、あくまで「日本」の「国民」へと引き戻そうとするかのようだ。だが、田原のいう意味は、もう少しこみ入っている。

進歩派が問題だと思うのは、先日久野収さんと話をしていて聞いたのですが、戦後民主主義は戦争反対から始まるけれども、戦争に反対した人とは一体いたのか、というんです。保守はもちろん、革新の中にもいないですね。共産党はそうだったといいますが、最後は壊滅状態になって宮本さん以下十何人は監獄に入っていたわけです。それはいわば敵の捕虜ですから、そのことの恥かしさと戦術の誤まりはきちんとしないといけない。もし宮本さんが戦争反対を主張し続けたというなら、反対しなかった国民にきちんと自己批判させるべきだし、それを、逆に八月一五日を境に〝国民は被害者〟だと、そして悪いのは権力だと簡単にいってしまっている。しかし昭和一六年一二月八日を、国民は皆反対したわけではないですよね。

（野坂昭如との対談「想像力としての原発」、『反原発事典I』）

これは、ドキュメント・ノベル『原子力戦争』の著者として呼ばれた、反原発をテーマとした対談での発言である。戦後になって急に「戦争反対」や「民主主義」を訴える「戦後民主主義」と、進歩派を名乗りつつ核兵器や原発に反対しない者たちの欺瞞をパラレルに指摘しているのだ。したがって、田原のいう「第二の敗戦」は、こう解釈すべきだろう。すなわち、原爆を落とされてはじめて「戦争反対」を主張するのは、原発が事故を起こしてはじめて「反原発」を訴えるのと同じではないか——。

何も、現在（二〇一二年）起こっている反原発運動を批判したいのではない。だが、今回の運動が、何か今まで忘れほうけていた原発を、突然思い出したようにわき起こっているという印象は否めない。欺瞞を繰り返さないためには、そのことを率直に認めておく必要はあるし、そのことを通じてしか、ほとぼりが冷めても忘れ去られてしまうことのない運動の持続を模索することはできないだろう。

ここで思い出されるのは、共著『文学者の戦争責任』における、吉本隆明と武井昭夫のスタンスの違いである。武井は、その時のモチーフをこう語っている。

〔…〕わたしの場合は一口で言いますと、戦後約一〇年を経て、戦後民主革命の挫折・後退が始まった時期、改めて戦争責任追求の不徹底が痛感された。その不徹底・不十分は、民主勢力・革命勢力の内側、つまり内部にもあって、それがわれわれの運動の弱点にもなっている。剔抉《てっけつ》・解明によって、われわれの運動主体を内側から強いものにしたい、というのがわたしのモチーフでした。

〔…〕

この問題意識はわたしの内部で戦後の運動の実践を通して創られた。戦前の転向のドラマが戦後の文学運動のなかにも弱さとしてあるんだ、と痛感したわけです。だからわたしのモチーフは、誰それの戦争中の責任を追及しようというのではなく、問題を解明したいというところにあった。

〔…〕吉本さんは、こういうものは破壊してしまわないといけないという立場に立つ批判であって、そこに違いがあったように思うのです。

（「この国の「戦後責任」とは――文学者の戦争責任論を振り返って」）

転向者ではない無垢な立場から、次々に戦争責任者を糾弾していった吉本に対して、共産党の五〇年分裂、続いて起こった新日本文学会内国際派解体と、たて続けに運動の挫折を味わった武井にとって、『文学者の戦争責任』の作業は、まったく異質な意味をもっていた。武井は、このとき転向を、自らの運動の挫折を通して、自分の問題として捉えようとしている。

『文学者の戦争責任』が影響力をもった背景には、国内的には一九五五年の六全協（日本共産党第六回全国協議会）による共産党の権威と求心力低下、グローバルには一九五六年のフルシチョフによるスターリン批判があった。その後吉本が、反日共、反スターリン主義の知識人としてヘゲモニーを握っていく兆しは、この『文学者の戦争責任』の時点ですでに胚胎していた。

それだけに、吉本に対するスタンスの違いを、武井がすでに一九五七年に、すなわち『文学者の戦争責任』を出してすぐの時点で表明していたことは、大きな意味をもってくるだろう（「運動内部者の微視的感想」）。

おそらく、このとき武井は、反日共反スタの勝利が、あくまで共産党やスターリン主義の権威を前提としているものにすぎず、勝利はそのまま敗北のはじまりであることを察知していたのだ。吉本とともに束の間の勝利を手にしながら、すぐさまそこから身を引きはがすようにスタンスの違いを突きつけたのはそのためである。そして、武井にそのように振舞わせたのが、まさに武井の論のタイトルにもある「運動内部者」の視点だった。

武井にとって「戦争反対」ということ自体や、そう訴える資格の有無は、確かに重要だったが、もっと重要なことがあった。資格のない者を糾弾することで、運動そのものを破壊してしまうのではなく、逆に批判を曖昧にやり過ごすことで運動を脆弱なものにしてしまうのでもなく、それを強固に、またぶ厚く展開していくにはどうしたらいいのか。こうして、「運動内部者」としての戦争責任の追及は、運動を持続・展開していこうとする自らにはねかえってこざるを得ない。

〔…〕そもそも反戦・平和の要求は、労働者だけの要求ではなくて、労働者階級を中心とした人民諸階層、いや、さらにブルジョワジーの一部も含めた要求たりうるのですから、その運動はこれを統合してなされる論理を構築していかなければいけない。反戦・平和・反核の運動と階級闘争とは密接な深い関わりはあるけれど、前者を後者が代行したり、両者を混同したりすれば、双方を傷つけることになる。革命や階級闘争の論理は、世界人民の反戦の意思と行動を全体として反帝国主義的な力と結びつけて発展させていくことに有効に働くべきなのですね。（武井昭夫「これからの反戦平和運動の在り方を探る」）

反戦平和の運動は、革命や階級闘争を核にしながらも、普段、労働者階級や党の運動に縁のない、いや対立さえしているかもしれない諸階層をも飲み込んで、うねるように広がり得る可能性をもっている。戦争責任追及を通して武井が見出したのは、そのような反戦平和運動の原則「と」可能性ではなかったか。常に原則を手放さず、かつ運動の持続と拡大を模索し思考するのが「運動内部者」というものだろう。そして、このスタンスだけが、冒頭の田原総一朗の進歩派批判に対して明確に応答し得る態度であり、現在を「第二の敗戦」という、いつか見た光景の繰り返しとして回収されることを拒む態度となるはずなのだ。

2

外山恒一『青いムーブメント　まったく新しい80年代史』によれば、一九八〇年代後半に活況を呈していた反原発運動が、急速に尻すぼみになっていった理由は、昭和天皇の死を目前にした「自粛ムード」にあったという。なぜか、左翼の間でも、「天皇が死んだら、大変なことになる。白色テロ（右翼テロ）の嵐が吹き荒れて、我々左翼は皆殺しにされる。危機に乗じてクーデタが起き、ファシストの独裁政権がうちたてられる」という「Xデー・ハルマゲドン」的な破局の到来が広く信じられていたというのだ。

新しい運動の発端は、何といっても広瀬隆の『危険な話　チェルノブイリと日本の運命』（一九八七年）だった。当時、高校三年生だった自身の記憶に照らしても、この『危険な話』が、当時の若者に「口コミでジワジワ」熱っぽく広がっていったという実感がある。ソ連崩壊を決定づけたその前年のチェルノブイリ原発事故とこの『危険な話』、それに一九九九年に世界が滅亡するというノストラダムスの大予言の三点セットが形成する強力な終末論的な磁場に、当時の若者は皆、多かれ少なかれ包摂されていたといっても過言ではないだろう。

その広瀬の講演をきっかけに、「「原発を何としても止めなければ」の一心で暴走した」大分県の主婦、小原良子や、「青年小原派」を自認しそれを継承した「札幌ほっけの会」の宮沢直人らの「ニューウェーブ＝新しい反原発運動」は、「一万人集会」とうたわれた一九八八年四月の東京集会に結局二万人を集めたというのだから、八〇年代後半を文字通り席巻したといっていいだろう（ＲＣサクセションの反原発アルバム『カバーズ』が、所属する東芝ＥＭＩの親会社・東芝と電力会社の関係から急遽発売中止になったのも、そのムーブメントに火をつけたという）。

外山は、この新しい反原発運動を、それ以前の運動と次のように区別する。

わかりやすく云えばチェルノブイリ以前の、あるいは広瀬隆ブーム以前の日本の反原発運動は、産廃処理場やゴルフ場やダムや空港の建設に反対する運動と同質の、地域開発のやり方の是非をめぐる住民運動だったのである。

つまり極めてローカルな問題で、反対運動の主体も、風評被害や、排水などによる生態系の変化を心配する現地の農民や漁民であり、社会党・共産党も他の開発反対運動を支援するのと同じようにそれを支援していたにすぎなかった。もともと「科学の進歩」を無条件に肯定するところのあるマルクス主義をかかげる社会党・共産党は、原発そのものには反対ではなかったのである。

しかし、チェルノブイリで明らかになったことは、いったん大事故が起これば、あらゆる場所が「現地」となり得るということであった。原発のある遠い田舎の農民・漁民だけではなく、世界中すべての人が原発問題の当事者であるということを教えたのが、チェルノブイリの事故だった。広瀬隆の地道な活動が、多くの人をこの単純な事実に気づかせたのである。

確かに、チェルノブイリや広瀬隆によって、それまでの反原発運動の規模と領域は飛躍的に広がった。だが、それは運動のモチーフそのものが、終末論的な恐怖や不安に基づくものだったからだということは否めないだろう。だからこそ、昭和天皇のXデーという終末論と、それに向けた国民規模の自粛によって急速に収束していったのではなかったか。

だから、外山の記述には逆の側面もある。新しい反原発運動は、グローバルな終末論によって飛躍的に広がった（そして急速に衰退した）半面、地道にローカルに展開してきたそれまでの運動との切断を強いられたのだ。そもそも、一九八八年四月の「原発とめよう一万人行動」の集会責任者は、一九七〇年代の運動初期から市民科学者として反原発運動の中心的存在だった高木仁三郎だった。彼らは、あえて「ローカル」に住民運動を展開し、同時にマルクス主義諸党派とも無関係なわけではなかった。この点については後述する。

いずれにしても、広瀬隆インパクトによって沸き起こった新しい反原発運動は、それまでかろうじて基盤にあったローカル性からも、マルクス主義（諸党派）からも完全に脱却した。外山がいうように、確かにそれによって「有象無象」を運動にとりこむことが可能になったが、一方で何か大きなものを喪失したようにも思える。

だが、この後見ていくように、こうした過程と展開は、反原発運動の歴史につきまとうものだった。

3

おそらく述べてきたような認識は、いうところのニューウェーブ＝「青いムーブメント」の起点に、吉本隆明『「反核」異論』が置かれたことに規定されている。旧左翼から新左翼、無党派市民運動まで、「日本に現存するほぼすべての左翼が大同団結し」た一九八二年の反核運動を、吉本は徹底的に批判し、以降左翼運動の実践の場から撤退する。むろん、このとき吉本自身は、反核運動を、ポーランドの「連帯」を隠蔽するよう仕組まれたものだとして批判することこそが、真の左翼性を発揮することだと考えていた。戦後、繰り返し日共やスターリン主義から己を差別化することで、真の左翼性＝革命的知識人の座を担保してきた吉本のスタンスは、ここでも貫徹されたのだ。外山は、吉本の『「反核」異論』を次のように肯定する。

しかし、戦後まもない時期の転向論で、日本共産党の「非転向」神話を粉砕した吉本隆明が圧倒的に正しかったように、このとき反核運動の欺瞞性を攻撃した吉本隆明の言動もやはり偉大な思想家の名に恥じなかった。
吉本隆明が云ったのは、簡単に云えば以下のようなことだ。「反核」などという、誰も表立っては反対できないような、「わかりやすい正義」をふりかざすようになったら、もはや左翼もおしまいだ。

外山は共産党や新左翼諸党派はともかく、「あのラジカルな全共闘直系の無党派市民運動までもが」、吉本の批判を理解できずに反核運動になだれこんでいったことに「頽廃」を見ている。だが、もし『「反核」異論』の吉本を肯定するならば、新しい反原発運動は否定されねば筋が通らないはずだ。吉本は、宮内豊や黒古一夫をこう批判していた。

「核」兵器や「核」戦争の問題は、どんな巨大な破壊力と放射能汚染をともなおうと〈政治の延長あるいはヴァリエーションとして〉の「戦争」の問題であり、その巨大な生産費と生産量の問題は、〈経済社会〉の生産機構の問題である。これにたいして〈恐怖〉の心情や〈宗教〉的な終末観をじかに対置させることも、〈地球〉の〈破壊〉という、神経症的な予測やイメージを対置させることもまったく見当外れなのだ。

（吉本隆明「「反核」運動の思想批判」、『「反核」異論』）

先に見たように、原爆ならぬ原発を「〈経済社会〉の生産機構の問題」ではなく、「〈恐怖〉の心情や〈宗教〉的な終末観」、あるいは「〈地球〉の〈破壊〉という、神経症的な予測やイメージ」として捉えたのが、まさしく広瀬隆の『危険な話』であり、またそれに触発された新しい反原発運動にほかならなかった。したがって、吉本のスタンスをとるならば、反核運動のみならず、反原発運動自体が否定されねばならないだろう。吉本が菅孝行や山本啓を批判した箇所を見ておこう。

菅孝行や山本啓らの前には、いくつかの道があったはずである。ひとつは、どんなきつく孤立にであっても、あくまで「社会主義」の理想化の主題を放棄せず、「社会主義」諸国の反社会主義的な行為（その国内版である内ゲバ殺人）を公然と批判し、理念的にも実際的にもこれを超えてゆく道を模索し、開示してゆく道である。もうひとつは「社会主義」の理想化の課題を断念し、ヒューマニズムと社会政策の課題に転化することである。「反核」、「反原発」、「差別問題」、「身障者問題」はいずれもこの過程にほかならない。もうひとつは「社会主義」という課題自体を、ほとんど絶望的な不毛な課題とみなし、歴史の無意識である資本制社会の現状のなかで、営々たる日常的な営為とちいさなたたかいにたちかえることである。

（「「反核」運動の思想批判　番外」、『「反核」異論』）

吉本は、客観的にはどうあれ、主観的には第一の道、すなわち現実の堕落した社会主義国家とは異なり、「「社会主義」の理想化の主題を放棄せず」の道を選択した。その吉本のスタンスからすると、「反核」や「反原発」というのは第二の道、すなわち「「社会主義」の理想化の課題を断念し、ヒューマニズムと社会政策の課題に転化」した道にほかならない。

すでに現実の社会主義国家が核も原発も保有している以上、この事実を不問に付した反核や反原発など、社会主義の理想を放棄したヒューマニズムにすぎないという指摘は、確かにある意味で正論である。核保有のみならず、ポーランド「連帯」をも弾圧するソ連は、スターリン批判に同調し自由化を求めたハンガリーを、逆に弾圧しにかかったあの時のソ連（ハンガリー事件）と重なって見えたのだろうし、前者を批判できない反核運動は、後者に対して曖昧にしか対応できなかった当時の進歩的知識人の姿をフラッシュバックさせたのだろう。反スタの吉本にとって、反核運動とは、スターリン批判が、いまだ不徹底にしか成し遂げられていないことが露呈した事件だった。反核に加わる知識人を「ソフトスターリニスト」と罵倒したのもそのためだ。

だが、原点に戻って率直に問おう。では、反核や反原発は、吉本の追及する「「社会主義」の理想化の課題」ではないのか。反核や反原発ではない社会主義などあるのか。

吉本は、「大衆・市民・労働者の直接の同意なしに動かせるような軍隊や軍備があることは、それだけでも決して社会主義にはゆきつかない」という（「「反核」運動の思想批判」）。ならば、「大衆・市民・労働者の直接の同意なしに動かせるような」核兵器や原発があることはいったいどうなるのか。それとも、ソ連の核や原発さえ問題にすれば、吉本は反核や反原発に回ったのだろうか。いや、それらは「ヒューマニズム」にすぎないのだから、そもそも吉本の課題ではないのか……。『文学者の戦争責任』のときと同じく、ここでも吉本は、誰それが反核や反原発を言う資格があるかと問うことに目を奪われ、自身の原則を棚上げにし、結局はブレているように見える。そして、一方武井昭夫は、やはりここでもまず原則を立てるのだ。

〔…〕根本的にはそして窮極的には核兵器を否定する立場をとっていました。核兵器の全廃を展望していたのです。それは国家というものに対する考えと同じです。根本的には国家を否定・廃絶するための過渡の社会主義国家という考え方ね。〔…〕そのことを忘れると、核兵器によって平和が守られるという逆立ちの思考となる。その思考は帝国主義のものです。

（「これからの反戦平和運動の在り方を探る」）

吉本は、反核や反原発は社会主義の理想を断念したヒューマニズムだといった。だが、あくまで原則にたてば、それらをヒューマニズムだと見なしてしまうことこそがヒューマニズムではないのか。

先に引いたように、吉本は、核の問題を、クラウゼヴィッツを踏まえて、別の手段による「政治の延長」としての戦争の問題と捉えてはいる。にもかかわらず、なぜか原発の「核」をそれとは峻別し、それは核エネルギーの利用開発の問題なのだと主張するのだ（その科学的な認識の問題点については、高澤秀次「吉本隆明と「文学者の原発責任」八〇年代から3・11以降へ」を参照）。

吉本は、反核も反原発も区別せず、ともにヒューマニズムだと言っていたではないかという見えやすい矛盾は、ここでは問わない。だが、それを措いても、アインシュタインの『平和書簡』からして、原子力がはじめから「体制」の問題として登場してきたのは自明なことではないか。核兵器が「政治の延長」ならば、原発もそのまたさらに「延長」なのだ。

戦争は政治の延長、というが、核による抑止のあるところでは政治が戦争の延長になる。引きのばされた戦争の中で、ひきのばされた核兵器としての原発が秩序をひきのばすための武器となる。人類が滅亡することを考えれば、どんなことをしてでもこの秩序をうちやぶらねばならないこと、「原発政治」をうちたおさねばならないことは今や明らかなことである。

（津村喬、西尾漠「原子力推進と情報ファシズム」）

ちなみに、本論冒頭の対談（「想像力としての原発」）が掲載された『反原発事典』を中心的に編集したのが、右記論文を共同で執筆した津村喬と西尾漠である。彼らはこの観点、すなわち原発＝戦争（体制）の観点から田原総一朗の『原子力戦争』を高く評価し、対談を組織したのだろう（『反原発事典』についてはまた後に触れる）。

吉本に限らず、原爆と原発を区別する思考は、いうまでもなく国連総会におけるアイゼンハワーの「原子力の平和利用」演説（一九五三年）以来の、典型的な冷戦イデオロギーである。核拡散によって、今度は自国が核攻撃の対象になりかねないことに脅えたアイゼンハワーは、あわてて原爆（戦争）から原発（平和利用）へと、世界の体制のかじを切った（だが、その後のカーターの「核モラトリアム政策」〈一九七七年〉は、原子力には軍事も平和もないことを暴露した）。「平和利用」における「平和」とは、はじめから「戦争＝冷戦」の裏面にすぎないのであり、まさしく「政治の延長」なのだ（「平和利用」が原爆開発に携わった科学技術者の失業対策でもあったことは、それが戦争体制の「延長」であることを明かしている)。

そして、原爆と原発の区別が、平和という戦争を編み出した冷戦の副産物である以上、その冷戦が崩壊したということは、両者を区別する思考自体が破産したことを意味している(むしろ保守においては、原子力の所有と開発は「一等国」の条件なので、両者を区別しない思考はありふれている)。したがって、現在、反原発を考えることは、反核と区別することができないとすらいえる。そこで、反核のひとつの「起源」として、一九五〇年代後半の原水爆禁止運動まで遡ってみておこう。それによって、「政治の延長」線をできるだけ手元に手繰り寄せることもできるはずだ。

4

一九五四年三月一日、アメリカによる太平洋ビキニ環礁での水爆実験によって、焼津港から出漁した第五福竜丸が被ばく、無線長の久保山愛吉氏の容態は、連日新聞やラジオで報道され、その死亡は国民的規模での運動を巻き起こした。署名の数は、最終的に三三一〇万八〇五六人(一九五五年時点)。歴史上、後にも先にもない規模の署名運動となった。

運動の背景には、まだ戦争の恐怖が生々しく(朝鮮戦争がすでにはじまっている)、加えてレッドパージによる民主主義の危機も拡大していたことがあったのはよく知られている。

だが、吉川勇一によれば、もう一つ看過できないのは、共産党の「六全協」の問題だったという（吉川勇一「原水爆禁止運動からベ兵連へ」）。共産党の五〇年分裂後、「国際派」を排除した「主流派＝所感派」は、この間行ってきた火炎瓶闘争、山村工作隊といった極左冒険主義は間違っていたと総括し自己批判、この六全協をもって穏健な路線に転換し党内統一をはかっていくことになる。これは党員に大きな衝撃を与えた。自分たちの青春はなんだったのか、ノイローゼになる者や自殺者、党を辞める者が相次いだ。とりわけ、幹部クラスはショックを受け、完全に指導力を失った。六全協以後はどうしていいか分からなくなり、それまで果たしてきた中央とのパイプ役も機能失調、方針や指令も下部まで伝わらなくなっていった。こうした状況下で起こったのが、原水爆禁止運動だった。

地域や職場の一般党員は、上から何も方針が来ないので、好きなようにやるほかありません。あるいは、何をやってもいいことになってしまう。そのときに原水爆禁止運動が出てくるのです。一般党員の活動家は人びとと一緒になって、自分の頭で考えて進めていくことになります。だから運動は生き生きとして、次から次へと波及、展開していきます。自民党を支持する人も、社会党を支持する人も、総評に属する人も右翼の人も、「原水爆だけはよくない」という一点で一緒になることができたのです。（「原水爆禁止運動からベ兵連へ」）

原水爆禁止運動が、党派を超えた国民的な広がりを持った背景には、このような共産党の権威失墜があった。吉川は、原水禁運動の中心人物の一人だったという早川康弌《みちかず》の例を挙げている。早川は、戦争中はロケット研究をしながら、非合法組織「日本反帝同盟」(「反帝国主義民族独立支持同盟日本支部」)で活動していた数学者である。NHKラジオの数学講座で、「無限と級数」を解説していたとき、「このように状況が変わっても、それに気づかず、解はつねに一つしかないと思い込み、しがみついていることを「スターリニズム」と言う」とぶちまけ、聴いていた吉川は「えらい話をNHKでしたものだ」と思ったという。早川が、フルシチョフ以前から公然とスターリン批判を行っていたというエピソードである。

吉川は、スターリン批判を「六全協と同じです」と言いきっているが、時期がほぼ重なったこともあり、確かにこの二つの出来事は、共産党の権威失墜が国内外で巨大なウェーブを巻き起こしているように感じられたことだろう。これらが、先に触れた吉本・武井の戦争責任論を可能にしたと同時に、この原水禁運動の拡大と展開にとっても極めて大きかったのだ。

吉川は、原水禁運動は、「一九六〇年くらいまでとそれ以降とで分けて考えたほうがよい」と言う。実際、このように拡大・展開していった原水禁運動は、やがて泥沼の分裂・闘争へとなだれ込んでいく。

最も衝撃を与えたのは、一九六一年夏の「原水協」(原水爆禁止日本協議会。一九五五年八月の第一回原水爆禁止世界大会の翌月結成)による第七回原水爆禁止世界大会だった。このとき、アメリカの核実験再開を警戒し、「今後、最初に核実験を行った政府は、平和の敵と見なす」と宣言、だがその直後に実験を再開したのは何とソ連だった（しかも、大会には、ソ連代表も参加していた）。

これを受けて、原水協内部は揺れに揺れた。あくまでソ連支持の共産党と、ソ連非難の社会党＝総評の間で対立が激化。このとき、例えば、当時の共産党中央委員会議長・野坂参三は、アメリカの核実験とソ連のそれを区別し、前者は「侵略者をはげまし、世界戦争に火をつける危険をもっている」のに対して、後者は「第三次世界大戦のぼっ発をくいとめ、地球上のいく億の人びとを核戦争の危険から救うためのもの」なのだから、原水禁運動はこれを支持すべきと主張した（「ソ連の核実験再開と日本人民　野坂議長と一問一答」）。先に見た、吉本隆明の『「反核」異論』の主要な論点は、このときすでに出ているといってよい。よりひどいものになると、ソ連の核実験で生ずる灰は、「死の灰」ではなく、浄化されたもので有害ではないといった馬鹿げた議論まであったという。この年に早川康弌は共産党を脱退、運動体からも引退する。吉川自身も、この原水協内部の政治闘争に嫌気がさし、党批判の末に一九六五年に除名された。同年、原水協はついに分裂、社会党内江田（三郎）派になだれ込んでいた、共産党脱党派の構造改革左派を中心に、「原水禁」（原水爆禁止日本国民会議）を結成、以後、今日まで分裂が続いている。

やはり原水協大会直後のソ連による核実験に衝撃を受けたという武井昭夫は、次のように述懐している。

〔…〕あとで思い至ったのですが、もうこの時ソ連は核軍拡競争のワナの方にハマッていたのでしょうね。アメリカにおくれをとってはならない、という思いの方が、原水禁大会の決議にそむくことなんぞより、ずっと強かったのでしょう。言い換えれば、つまりソ連は大衆の運動というものを軽く見てたのです。原水禁運動などというものを馬鹿にしてたのでしょうね。

（「これからの反戦平和運動の在り方を探る」）

これは情緒的な回想ではない。武井は、このとき、ソ連＝前衛党の大衆からの乖離が決定的になったことを感受しているのだ。以下に吉川が言う、原水禁運動内部の「筋幅論争」は、この武井の言葉を裏づけるものだった。

平和運動はそれだけで独立したものではなく、政治問題と直接に関係があるのだから「筋」を通すべきだという政治主義化路線と、平和運動は国民大衆運動であり、一定の「幅」をもっていなければならないという大衆化路線との間の論争です。この論争の根底には、政党の社会主義闘争と、反戦平和の大衆運動との間の基本的な分裂、対立があったと思っています。

後者の「幅＝国民大衆運動」が、そのまま六〇年安保闘争やベトナム反戦運動という市民運動の流れへとつながっていくことは言うまでもない。「筋」を脱却した「幅」を主役とした「市民運動」という言葉が出てくるのが、六〇年安保闘争からだった（このときも吉本隆明は、『擬制の終焉』で「筋＝前衛党」の終焉を宣言した）。それ以前の原水禁運動は、まだ「市民」ではなく「国民運動」と呼ばれていた。

だが、先に述べたように、原水禁運動が六全協やスターリン批判によって拡大したとしたら、それは当初から「筋」より「幅」に振れていたというべきである。そもそも「筋」と「幅」の分裂という発想自体、スターリン批判以降のものだろう。それでも、「筋」と「幅」が共存できていたのは、「筋＝ソ連」そのものが、スターリン批判以降、「平和共存」路線を掲げてきたからだった。反核という「平和共存」的なイシューが、「筋＝前衛党」を超えて「幅＝大衆」に訴えかけ、後者をも巻き込む運動へと拡大、発展していったのだ。

5

一九五九年、訪米したフルシチョフは「平和共存」路線を提唱した。これは、スターリン批判後、再発見されたグラムシの構造改革路線（イタリア共産党・トリアッティの基本路線）の導入に等しかった。例えば、その後米英ソ間で部分的核実験停止条約の合意に至ったことは、その平和共存路線の一つの成果とされた。

そして、こうしたソ連の平和共存路線を「修正主義」として痛烈に批判したのが中国共産党（以下「中共」）だった。いわゆる「中ソ論争」である。

原水禁運動の過程で露呈した「筋」と「幅」の分裂は、続く安保闘争、ベトナム反戦運動に至ると、「幅」の方へと完全にヘゲモニーが移行していった。それは、この中ソ論争の過程で、「筋」の基盤が完全に掘り崩されてしまったからにほかならない。先に触れた第七回原水禁世界大会後のソ連による核実験とともに、この中ソ論争は、ソ連を支持するのか、はたまた中共につくのかで国内の左派を右往左往させ、「筋」の内部における矛盾・対立を激化させていくことになる。結果、そのような泥沼の政治闘争を忌避し、それらとは無縁であろうとする無党派市民を志向する「幅」が層を厚くしていくことに貢献した。共産党の「六全協」によって拡大、展開していった原水禁運動は、この中ソ論争によって決定的に分裂、変容を迫られることとなった。

中ソ論争における核をめぐる有名な発言に、いわゆる「張り子の虎」論がある。毛沢東・中共は、核兵器は「張り子の虎」であり、それを保有する帝国主義、自由陣営も「張り子の虎」だといった。それに対し、フルシチョフ・ソ連は、帝国主義陣営は「張り子の虎でもキバを持っている」と反論した。同じく構造改革＝平和共存路線を敷くトリアッティのイタリアもこれに同意した。フルシチョフのいう「キバ」とは、むろん原爆のことである。そして、中共のごとく、これに武力で対立しようとするのは狂気の沙汰だ、そうした「教条主義」では、諸国の人民を共産党陣営にひきつけることはできないと言った。

それに対する中共の反論は次のようなものだった。核兵器や帝国主義、すべての反動派を「張り子の虎」に準えたのは、真に力のあるものは、あくまで人民であり、歴史を決するのも兵器ではなく人民でなければならないという意味だ、それはかつてレーニンが、帝国主義を「泥足の巨人」にたとえたのと同じではないか——。こうして、ソ連は中共を「教条主義」と、中共はソ連を「修正主義」と、互いに批判の応酬を繰り返していくこととなったのである。

新島淳良によれば、当初中共は、帝国主義が原水爆をもつ以上、その墓掘り人たる人民も持たなければならないと考えてはいたが、それは「社会主義国がすべて持たねばならぬということではない」、「人民の立場に立つソ連が持っておれば、それでよい、という政治的国際的分業の考えに立っていた」という（新島淳良『現代中国の革命認識』）。

中国が原水爆保有を決意するのは、ソ連が反帝闘争の先頭に立つという責務を果たさないように見えたとき、すなわちこの中ソ論争の時であった。ソ連が人民の立場に立とうとしないならば、人民は別に核兵器を持たねばならない、というのが中共の論理だった。

中共が核実験に踏み切ったのは、一九六四年一〇月のことである。これは、先に触れた、米、英、ソを皮切りに世界の大多数国が調印した部分的核実験停止条約の成立を受けてのアクションだった。ソ連が平和共存の一つの成果と見なしたこの条約は、中共にとっては、ソ連の反帝闘争放棄と米ソ協調にしか見えなかったのだ。

そもそも、「東風が西風を圧する」という、毛沢東がおそらくは『紅楼夢』などから引用し有名になった中国の諺の全文は、「東風が西風を圧倒しなければ、西風が東風を圧倒するだろう」というものだった。すると、「西風」を「張り子の虎」と見なす毛沢東のスタンスは、ある意味でソ連よりも、その「張り子の虎」に「キバ」があることを認めていたということではないか。

現に、新島が毛沢東・中共の発言をふまえていうように、「中国は核兵器がいったん使われたら、世界の半分の人間が殺される場合を考えるほどに、その破壊力の大きさを認識してい」た。ただ、「人類は絶滅する」などとは考えなかっただけだ。「絶滅する」と考えるのは、もはやリアルな政治感覚を喪失した終末論であり、人民の抵抗をゼロとみることに等しい。

「アメリカの原爆が、地球をぶちこわしてしまったとしても、太陽系にとっては一大事だが、宇宙全体にとってみれば物の数ではない」という悪名高き毛沢東の発言もそうした文脈で捉えるべきだろう。このとき毛沢東は、核による全体の滅亡という終末論に徹底的に抗うことで、「宇宙全体」の余地に人民の抵抗の「場所＝戦線」を見出そうとしたのだ。

スラヴォイ・ジジェクも注目したように、戦争に対して人民は「まず反対し、次いで恐れない」が毛沢東のスタンスだった（『ロベスピエール／毛沢東　革命とテロル』）。「まず反対」。明らかにこれは、ソ連フルシチョフが言うような、単なる好戦的な「教条主義」ではあり得ない。

平和共存路線とは、核兵器出現後においては、戦争がたとえ局地戦であっても、それは世界大戦に通じ、全人類の破滅をもたらしかねないという観点から、戦争は回避されねばならないという主張である。

毛沢東にとって、それはあまりにも全体論的、終末論的であり、人民の抵抗や戦線の余地をも流し去ってしまうものであった。毛沢東＝中共が、フルシチョフが批判した後もなお、スターリンをあえて肯定してみせた理由もここにあった。スターリンという「芯」を抜き去ってしまうことは、ロベスピエール＝ジジェク流にいえば、革命ぬきの革命（修正主義！）、アルコール抜きのビールにすぎないのだ。

こうして、中ソ論争を核の視点から見ることは、修正主義か教条主義かを超えて、空間論的な視座を開く。すなわち、核に包摂された「全体」か、その「外」か、という視点である。ソ連は核の脅威が「全体」に及ぶと見なし、「全体」の平和共存を模索していったのに対し、中共は核の脅威は「全体」を包摂し得ないとして、人民の抵抗の場所を求め「外」へと向かった。こうして毛沢東主義は、先進国革命主義の「外」たる第三世界論へと道を開いていった。

中ソ論争以降の毛沢東主義とその実践たる文化大革命によって、「外＝第三世界」に人民による抵抗の場所が見出されていった。核＝体制の「外」に出るためには、米ソによる平和共存という冷戦構造の「外」、すなわち第三世界を志向するほかはない。そうした意味において、毛沢東主義＝第三世界論の登場は歴史的必然だった。

この「反核」の文脈における毛沢東主義＝第三世界論の登場は、原水禁運動にも従来とは異なる視座をもたらさずにおかなかった。先の論で吉川勇一はいう。

しかし、もちろん十分ではなかった点もあります。たとえば、「世界のなかで唯一核兵器による被害を受けた国日本」という発想です。いまでもそう考えている人をときどき見かけます。原爆被害者は、広島、長崎だけをとってみても、そのなかに膨大な朝鮮人、韓国人、中国人が含まれます。捕虜収容所にいたアメリカ兵も被爆しています。何よりも数が多かったのは核実験が行なわれたマーシャル群島、ビキニ島付近住民たちの被害です。しかし、そうした問題の広がりは、一九五五年の第一回原水爆禁止世界大会では意識されませんでした。ほとんどの人が、自分たちが唯一世界のなかで核兵器の被害を受けた国民だと思うだけで、それ以外の人びとが脳裏に入ってこなかったのです。

もう一つ、核兵器だけではなく原子力問題全体をどう考えるかという問題は第一回大会では提示されていません。平和利用を含めて原子力というエネルギーが本質的にもっている危険性に対する認識はまだ形成されていませんでした。

一九六〇年代後半にならないと、マーシャル群島の人びとの話や、原子力全体の理解までは射程に入ってきません。

朝鮮人、韓国人、中国人、捕虜となったアメリカ兵、マーシャル群島やビキニ島住民といった「マイノリティー=他者」が視野に入ってくることで、運動は、自らの主体を（唯一の）被害者として設定し、そこから訴えるというあり方自体を脱却したものになっていかざるを得ない。毛沢東主義=第三世界論の導入とは、こうした「マイノリティー=他者」の発見であり、これによって原水禁運動は質的な変化を遂げていった。

石油ショックを契機に到来した原発建設ブーム以降は、さらなる「もう一つ」の問題、すなわち原子力の平和利用の問題が浮上してきた。全国各地で原発建設反対の住民運動が沸き起こり、政府や電力会社から独立した情報の必要から、科学者や研究者のコミットも求められた。先の過程をたどって「原水協」から分裂した「原水禁」は、そうした要請を受けて反原発の資料室であり情報センターである、原子力資料情報室を創設（一九七五年）、ほとんど一人でそこを切り盛りしていたのが、すでに触れた、今や反原発のシンボル的存在たる市民科学者の高木仁三郎だった（高木仁三郎『市民科学者として生きる』）。

もともと原子力研究者だった高木は、都立大教員時代に毛沢東主義＝第三世界論の国内的実践として知られる三里塚闘争（成田空港建設反対闘争）に深くコミット、その住民闘争の渦中で「頭の中だけでなく、体の芯から反原発となった」。同じく科学同人誌『ぷろじぇ』の創刊メンバーだった梅林宏道や山口幸夫らも、高木とともに三里塚を通じて反原発運動へとなだれ込んでいった（山口幸夫「三里塚と脱原発運動」）。まさに彼らは、原水禁運動から毛沢東主義＝第三世界論の導入を経て反原発運動へという流れをたどった科学者だった。

また、高木が、当時明らかになりつつあったプルトニウムの毒性を問題にするために組織した「プルトニウム研究会」に、先に触れた『反原発事典』を後に編んでいく西尾獏がいた。もちろん、西尾とともに『反原発事典』の編集に携わった津村喬は、『革命的な、あまりに革命的な』ほか、絓秀実による一連の「一九六八年論」でフューチャーされ再発見された、「六八年」を代表する毛沢東主義者である。『反原発事典』には、高木や梅林のほか、花崎皋平、武藤一羊、いいだももといった、いわゆる「共労党」（共産主義労働者党）――その多くが平和共存路線の構造改革派から、のちに毛沢東主義＝第三世界論へと転身していったという――に属していた（あるいは近傍にあった）知識人が、執筆者として多く名を連ねている（そもそも、先の吉川勇一もこの「共労党」にいた）。このことも、反原発のムーブメントが、いかに中ソ論争を契機とした、平和共存から毛沢東主義＝第三世界論へという流れの「延長」線上に形成されたかを示していよう。

言いかえれば、それはどんなにローカルな住民運動にしか見えなくても、その「芯」に「党」を保持していたということだ。三里塚や反原発の住民運動について、武藤一羊はいう。

僕の説は逆に、いやでも党はあって、党と名乗らなくても住民運動なら住民運動もそれ自身の党を持っていると思う。

昔、安藤仁兵衛氏なんかが「前衛党の神話は崩壊した。労働組合の中に機能としての党がある」という主張をした。しかし僕は、機能としての党ではなく、本質としての党だと思う。つまり、「普遍的解放」のタームで考える主体ということです。たとえば目前に原発反対という闘いがあるとすると、それは必ず普遍的解放あるいは普遍的正義を手がかりとして運動化しているのだと思う。自分一人が困るというのであれば、引越すとか個人的に解決する方法がないわけではない。しかし、そうしないで闘うという時には、自分たちが正しいと言わな

きゃ闘えない。〔…〕

だから〝党〟というものを、まず広い意味でつかまえるべきじゃないかとぼくは思うのです。既成の党からはあまりに遠い話だから同じ言葉でいうと混乱するかもしれないけれども。「普遍性」への指向を持っている要素は組織の形をとっていなくとも、本質的に党の要素を持っているとぼくは思う。だからこの意味での党から自由になるわけにはいかないと思うんです。（松岡信夫との対談「人民が立ちあがることの意味」、『反原発事典Ⅱ』）

相互に「他者」である生産者と消費者、現地住民と都市住民とが、「普遍性」への志向＝「党」によってつながったのが、毛沢東主義＝第三世界論による労農同盟をモデルとした三里塚闘争をはじめとする住民運動だった。そこでは、「魚」ですら「他者＝マイノリティー」として見出されるだろう。

高木（仁三郎）〔…〕僕が柏崎や女川へ行って感じるのは、その現地の人が「自分の海が、あるいは魚が汚染されて困る」というのと、東京の消費者が「消費者として買う魚が汚染されるから反対だ」というのと、反対の次元が違うんですね。

前田（俊彦）全然違うのよ。そのことで象徴的だと思うのは、水俣の漁師が、水銀で汚染された魚に対して「魚がかわいそうだ」と言うんだな。それから有珠《うす》の漁師が環境権裁判で証

言する時、「私は魚に頼まれて来ました」と言おうと、しかしそう言うと裁判所は「アホウ」と言うじゃろうなと（笑）。〔…〕

津村（喬）住民運動でも地域エゴのように言われてきたわけですが、生活を守る、あるいは安全性を守るということだけだと、補償金もらって済んでしまうということに、場合によってはなってしまう。「魚に頼まれてきた」ということであれば、買収のされようがないですね（笑）。

（前田俊彦、橋爪健郎、高木仁三郎、津村喬による座談会「運動に新しい風を　風車・反原発・三里塚」、『反原発事典II』）

普遍性への志向たる「党＝大義」を忌避せずに見失わない運動だけが、魚の解放を思う漁師にかぎらず、差別的な原発労働に従事する使い捨ての下請労働者や、天下国家の一大事ではなく、日々の暮らしや子育ての視点から反原発を表明する女性など、その他抑圧されたさまざまな「他者＝マイノリティー」とつながる可能性をもっている。逆にいえば、被害者という主体や終末論的な恐怖と不安から発する反原発運動は、それがどんなに規模を拡大させたとしても、肥大化した地域エゴを脱することができないだろう。

ならば、それは、運動の挫折としての「第一の」戦後を反復することにしかならないのではないか。「第二の戦後」「第二の敗戦」といった言葉に意味があるとしたら、「第一の」それを乗り越え、それを繰り返さないようにする運動の意志と思考においてでしかない。

第四章　自然災害の狡知

「災害ユートピア」をめぐって

大災害についても原発事故についても、全体を認識し対応できる者など誰もいない。だから、そうした全体を見渡せないリスクを抱えた世界と、無縁な者も誰もいない。われわれは神ではなく、卑小な人間にすぎないのだから。

だが、本当にそうか。われわれの社会や技術を、われわれ自身がその全体を把握しきれないために統御できないことは、本当に自明なのだろうか。「リスク」や「コスト」、あるいは「想定外」といった言葉で示される謙遜や知性こそが罠ではないのか。誤解を恐れずにいえば、われわれはむしろ、神であるべきではないのか。

1

レベッカ・ソルニット『災害ユートピア　なぜそのとき特別な共同体が立ち上がるのか』が話題だ。だが、その核心はあまり論じられてはいない。

大災害に見舞われると、人は互いに利己的になるのか、利他的になるのか。ソルニットはこう問うたうえで、後者だと断じる。

地震、爆撃、大嵐などの直後には緊迫した状況の中で誰もが利他的になり、自身や身内のみならず隣人や見も知らぬ人々に対してさえ、まず思いやりを示す。大惨事に直面すると、人間は利己的になり、パニックに陥り、退行現象が起きて野蛮になるという一般的なイメージがあるが、それは真実とは程遠い。二次大戦の爆撃から、洪水、竜巻、地震、大嵐にいたるまで、惨事が起きたときの世界中の人々の行動についての何十年もの綿密な社会学的調査の結果が、これを裏づけている。けれども、この事実が知られていないために、災害直後にはしばしば「他の人々は野蛮になるだろうから、自分はそれに対する防衛策を講じているにすぎない」と信じる人々による最悪の行動が見られるのだ。一九〇六年の大地震により破壊されたサンフランシスコから、二〇〇五年の水浸しになったニューオリンズまで、相手は犯罪者で、自分は風前の灯だった秩序を守っただけだと信じる、またはそう主張する人々により、罪なき人々が殺されてきた。やはり、何を信じるかが重要だ。(『災害ユートピア』)

人は災害時に利己的で野蛮な狼にならないわけではない。だが、それはそう信じている一部の人間がパニックを起こすからにすぎない。えてして社会の上層部を形成するエリートに見られる傾向なので、「エリートパニック」と呼ばれる。一方、市民社会の圧倒的マジョリティは、互いに協力し合い利他的に行動するというのだ。

『災害ユートピア』は、一九〇六年のサンフランシスコ地震から、ハリファックスの大爆発事故（一九一七年）、メキシコシティの大地震（一九八五年）、そして九・一一同時多発テロ（二〇〇一年）やハリケーン・カトリーナ（二〇〇五年）に至るまで、前世紀から今世紀にわたる数多の巨大災害をレポートしながら、いかにそのとき人々がお互いに助け合ってきたか、具体的に例証を重ねる。諸外国から賞賛されもした、今回の東日本大震災における日本人の秩序的な行動なども、その例証に新たな一頁を加えるものとなるのかもしれない。

だが、「エリートパニック」は、本当に一部のエリートによる例外として片付けられる問題なのだろうか。例えば、スラヴォイ・ジジェクは、ソルニット同様ハリケーン・カトリーナ後のニューオリンズに着目し、あのとき黒人が「略奪とレイプを働くものと決めつけられた」問題には、単なるパニックという以上のものがはらまれていたと、概ね次のように述べている。

ラカンがいうように、患者の妻が実際に他の男たちと関係をもっていたとしても、患者の嫉妬は症状として対処されるべきである。また、実際にユダヤ人がドイツ人を搾取していたとしても、ナチスの反ユダヤ主義は虚偽である。同じく、ニューオリンズの暴力やレイプにまつわる報道が仮にすべて事実だとしても、広まった噂は病的で人種差別的なものだ。噂における「ユダヤ人」や「黒人」にはすでにリビドーが備給されており、それらは真実とは違う次元で流通していたからだ。

「ほらみろ、黒人は本来こういった者なのだ。薄っぺらな文明の覆いを剝がしてしまえば、暴力的な野蛮人なのだ」と言うことで人々が浸ることのできる満足感が原動力であった。言い換えるならば、我々が扱っているのは真実に見せかけた嘘というわけだ。私が話すことが証拠に基づく真実であったとしても、そう言わせる動機によって虚偽のものとなるのである。

(『人権と国家――世界の本質をめぐる考察』)

一部のエリートがパニックを起こしただけで、実際には略奪やレイプはなかったのだと強調するソルニットに対して、ジジェクは逆に、では実際にそれらがなかったにもかかわらず、パニックが起こったのはなぜなのかと問う。そして、そこには、災害時だからこそ露わになったアメリカ社会の本質があるというのだ。

〔…〕ニューオーリンズは、アメリカ国内で、富裕層とゲットー化された黒人との内在的〈壁〉による分離が最も進んだ都市の一つである。〈壁〉の向こう側は我々が恐怖、不安そして密かな欲望を投影するスクリーンとして機能する空白の区域だ。そうした別世界に属する相手に対して、我々の妄想は膨らんでいく。〈略奪とレイプを働くものと決めつけられた主体〉は、〈壁〉の向こう側にいる。〔…〕何にも増して、カトリーナ後の噂や偽の報道こそが、アメリカ社会の深い階層格差を証明している。

災害時に人々が利己的になるか利他的になるかという問いは、どちらを「信じるか」ではすまない。「利己的」の方には階級格差が、ひいては階級闘争につながる要素が潜んでいるからだ。利己的か利他的かは、単純な二項対立ではないのである。

にもかかわらず、ソルニットは、それがあたかも、どちらのスタンスをとるか（信じるか）という思想的な対立であるかのように、「利己的」対「利他的」を、「社会ダーウィニズム」対「相互扶助的アナーキズム」に、あるいは「ホッブズ、マルサス」対「クロポトキン」という図式にスライドさせる。だが、見てきたように、前者を一部のエリートの問題として片付けてしまうかぎり、そこでは最初から階級問題が止揚されているも同然で、そのうえでの思想的対立など何ほどのものでもないだろう。それは、エリート（階級）と対立しているようでいて、その実むしろエリートを温存することに加担する思考なのだ。*

2

ソルニットをそのリストに数え上げ、「新しいアナキズムの系譜学」を試みる高祖岩三郎は、その「新しいアナキズム」の核心に「地理学」を見出している。東シベリアや北満州を歩いて調査したクロポトキンや、ヨーロッパ各地や南北アメリカを踏破し、クロポトキンとも交流のあったパリ・コミューンの闘士エリゼ・ルクリュらは、地理学的探査とアナキスト的実践との交差点に立っていたというのだ。

〔…〕ルクリュにおいてそしてクロポトキンにおいて形成された「地理学」と「アナキズム」の交差点は、この二人が歩いた行程、それが造った場所的／人間的連関によって準備されたものであった。彼らの「歩くこと」は、「自然界には国境はない」というアナキスト的自然観によって駆動され、かつその信念を実体化する「下からのグローバリゼーション」の方法化であった。

〔…〕

具体的には、それは移動（歩くこと）の実践を通して、地球全土で起こっている新しい運動と出合い、学び、コミュニケートし、共に歌い叫び、それらの間の団結のネットワークを組織し、同時にそれを記述していくという作業である。（『新しいアナキズムの系譜学』）

地理学的な探査とは、「歩くこと」を通して、人類にとって「共通なるもの」としての「大地＝

＊　この問題は、クロポトキン的なアナーキスト、例えば権藤成卿や橘孝三郎、石川三四郎らが、国家官僚（エリート）に対抗しながらも、結局は天皇（超エリート）とその下でのネーション（社稷）を理想化するナショナリストに帰結していく問題として捉えられることが多いが、本稿では別の角度から論じる。

地球」を発見していく作業である。そして、その地理学の所産である「共通なるもの」の上に「相互扶助」の精神は芽生える。反原発運動と反戦運動から出発したソルニットは、その著書『Wanderlust：A History of Walking』に、反戦活動家で「歩く」思想家としても知られたソローの影響が見られる一文「歩くことの歴史は、万人の歴史である」を書きつけた。問題の『災害ユートピア』でも、クロポトキンのシベリア探索とその地理学の成果に惜しみない賛辞を与えている。

だが、こうした「アナキスト地理学」の視座には、クロポトキンの「地理学」自体の歴史性や政治性への視点が欠けてはいないか。

クロポトキンが会員として加入していたロシア地理学協会は、一八四五年にサンクト・ペテルブルグに設立され、ロンドン、ウィーンと並ぶ王立地理学協会の一つだった。彼らは、遠い辺境に至るまでロシア全土の地理や民俗の調査にあたった。だが、実際の調査は、主に辺境に追放になっているインテリの流刑囚によって進められ、中央政府はその成果を簒奪し、民衆の弾圧と支配のために役立てた。

さらに遡れば、もともとロシアが広大な国土を獲得していったのは、一六世紀のリューリック王朝からロマノフ王朝期に行なわれたエンクロージャー（土地囲い込み政策）の結果である。この新たな権力に対抗した民衆の中から「コザック」が生まれる。彼らは、逃亡の果てに山野を開拓し定住すると、やがて階級化していった。その後コザックのリーダーは皇帝権力と癒着、自分たちが開拓した土地や富を権力に献上した。そこからまた、新たに逃亡するコザックが誕生、さらに奥地へと向かっていく。こうして、一つの円環構造のようなシステムが出来上がっていった。コザックが逃亡、定住、また逃亡を繰り返していった、その逃亡範囲がそのまま「ロシア」となっていったのだ。

すると、一九世紀に勃興するロシアの地理学や辺境を「歩くこと」は、一六世紀のエンクロージャー＝原始的蓄積から地続きだといえる。それは、権力とそれと不可分な民衆とが織り成す、円環的システムの一部を成すものとしてあった。

空間に隈なく張り巡らされた権力装置を分析したフーコーのような思想家が、「地理学は私が取り組んでいるもののまさしく中心に位置する」（「地理学に関するミシェル・フーコーへの質問」）と語ったのも、したがって当然だった。フーコーは、「地理学」の調査とその活用のシステムに権力による「規律」すら見出す。

〔…〕中世の終わりから十八世紀にかけて起こったこれらの大きな流れの中では、人々が世界を駆け巡りながら情報を収集していました。人々は、生のままの状態で情報を収集していたのではありません。文字どおり、彼らは、自分たちにとっては多少とも明快な図式、多少とも意識的に作り上げられた図式に沿って、調査を行なっていたのです。〔…〕

このように、直接に産み出されたいくつもの交差によって、調査と検証は競合し、その結果、自然学と人間学が、同じようにしてその概念、方法、結果を交差させたのです。私は、地理学の中には、首尾一貫して調査や尺度や検証を活用する規律の一つのよい例が見出せると思います。

フーコーは、また、「本当に地理学的な概念などというものは一つしか、つまり群島archipelという概念ぐらいしかありません」と言っている。むろん、この「群島」は、ソルジェニーツィンの収容所群島を念頭に置いたものだ。

クロポトキンらロシア地理学協会が、流刑囚を使って行っていた「歩くこと」による辺境の探査が、その後、スターリン体制下の「収容所群島」の形成に貢献し、再び囚人たちの新たな管理——たえまなく「移動＝たらい回し」させることで淘汰させる——へと真っすぐつながっていくことは言うまでもない。「歩くこと」による「移動」自体が権力によってもたらされた「規律」であり、「刑罰」なのだ。彼らは、「歩かされて」きたのである。

3

何も災害時にたちあがる相互扶助的な連帯そのものを否定しているのではない。現にそれはあるのだから。

問題は、新しいアナキストらが、それをそのままアナキズムの現実性《リアリズム》と考えているように見えることだ。ソルニットは、また次のようにも言う。

ここでは、人々は政治的イデオロギーに署名する必要もなければ、コミューンに移住する必要も、山の中のゲリラ部隊に加わる必要もない。ただある日、目覚めると、まったく様子の異なる社会にいて、おそらくは自らも行動や、出会う人や、感じ方において、その変容の一部になっている。そして、何かが確実に変わる。(『災害ユートピア』)

新しいアナキズムが権力をオミットしていることは見てきたとおりだが、まさにこれこそ、現在支配的になりつつある「権力を取らずに世界を変える」(ジョン・ホロウェイ)という発想である。いや、『災害ユートピア』のアナキズムにおいては、「世界を変える」必要すらない。「ある日、目覚めると」世界は変わっているのだから。『災害ユートピア』に対して最もよくある批判は、そのユートピアは、所詮一時的なものにすぎないのではないかというものだろう。だが、それについては、ソルニット自身が「一時的」なものだと言っている以上、本質的な批判にはなり得ない(「だが、災害はわたしたちを、人間性も社会も一変した一時的なユートピアに投げ込む」、「〝地獄の中のパラダイス〟は即興的に作られる」)。

むしろ、こう問うべきではないか。ソルニットは、「一時的」でしかないものに、なぜそれほどまでに希望を見出しているのだろうか。

災害はわたしたちに別の社会を垣間見させてくれるかもしれない。だが、問題は災害の前や過ぎ去ったあとに、それを利用できるかどうか、そういった欲求と可能性を平常時に認識し、実現できるかどうかだ。ただし、これは将来、平常時があればの話である。わたしたちは今、災害がますますパワフルになり、しかも今までよりはるかに頻繁に起きる時代に突入しようとしている。(『災害ユートピア』)

これは、現在を根源的に事故や災害に見舞われた世紀と見なす、ポール・ヴィリリオの認識に近い。今後は事故や災害が「パワフル」かつ「頻繁」に起こり、「平常時」が見いだせないほどになるだろう。それらは、いまや「毎日」起こ(り得)るものだと考えるべきであり、したがって、そうした「毎日の災害」に応じた社会を形成していく必要がある。そうすることが、災害への最大の予防策になるというのだ。

ニューオリンズや他の同じような町にあるこういった不正や傷を治すには、毎日の災害を正していくしかない。その作業により得られる意義や愛の豊かさは、毎日の災害がわたしたちに与える褒美なのだ。〔…〕だがそれは、利他主義や相互扶助や団結により、そして恐怖ではなく愛や希望により動機づけされた組織や個人の行動により、毎日、緩和される。それは、いわば影の内閣のようなものだ。(同前)

ソルニットが「災害ユートピア」と呼ぶものが、本当は一回きりの災害時に起きる一時的なものではないことはもはや明らかだろう。それは「毎日の災害」によって恐怖や欠乏に満ちた現行のシステムを、「毎日、緩和」していき、やがて現行の「内閣＝代表制民主主義」とは異なるシステムを作り出す「影の内閣」である。度重なる災害は、だが人間にその都度利他的な相互扶助という「褒美」を与え、やがてそうした「影の内閣」は、決して「影」ではなくドミナント（支配的）なものに成長していくだろう、それが「災害ユートピア」だ——。

それにしても、何が人間に褒美を与え、相互扶助をドミナントにしていくのか。おそらく、ここには、カントのいう「自然」の狡知が、いや「自然災害の狡知」とでも呼ぶべきものが働いている。*

ソルニットが、災害時に利己的になる人々を括弧にくくることができた理由を、この観点から見ることもできよう。すなわち、「利他」が「利己」を凌駕するのは、そこにカントのいう「非社交的社交性」が働くからだ。こうした「非社交的社交性」による「自然」の狡知が、「災害ユートピア」のアナキズムの担保（＝自然災害の狡知）となっているのである。

---

* 最近では、柄谷行人の『世界史の構造』にも同様な視点が見られる。柄谷は、災害ならぬ二度の世界大戦を通して、国際連盟から国際連合が形成されていった過程に、カントの「永遠平和」の理念が、「自然」の狡知として実現していくさまを見出している。

4

だが、コレージュ・ド・フランス講義『生政治の誕生』のフーコーが喝破したように、カントの「自然」の狡知とは、すでにひとつの「統治」ではないのか。

フーコーは、カントの『永遠平和のために』において、永遠平和を保証してくれるものは、人間の意志や人間同士の相互理解、また人間が行う政治的、社交的な結託ではなく、結局は「自然なのだ」と述べている。では、「自然」はどのようにして永遠平和を保証するのか。

〔…〕自然は、全くすばらしいことをした。というのも、たとえば自然は、太陽によって焼き尽くされていたり氷河によって凍らされていたりするありえない国々のなかに、動物たちだけではなく人々をも生かすことができたからだ。そのような場所であるにもかかわらずそこに生きている人々がいるということ、これは、人間が生きることのできないような場所など世界には全くないということを証明している。〔…〕自然は、全世界、世界の全表面が、生産と交換の活動としての経済活動に委ねられることを望んだのだ。

（『ミシェル・フーコー講義集成〈8〉　生政治の誕生（コレージュ・ド・フランス講義1978-79）』）

したがって、こういうことになる。「永遠平和の保証とはつまり、商業の地球規模の拡大なのだ」。

この、全世界に人々を住みつかせ、全世界を生産と交換の活動の場へと拡大していくという事態が、先に見た「アナキスト地理学」と重なることは見やすいだろう。歩くこと、生きることをもたらす「自然」。

さらにフーコーは、カントの「自然」とは、「重農主義者にとって市場をうまく調整することを保証していたのが自然であったのと全く同様」だと述べる。要するに、アダム・スミスだ、と。

〔…〕というのも、実際、重農主義者やアダム・スミスなどによって語られる自由とは、個々人に認められる法的自由であるよりもはるかに、自然発生的であること、つまり経済プロセスに内的で本質的なメカニズムのことであるからです。そして、経済学者というよりもはるかに法学者であったカントにおいてさえもやはり、永遠平和は法権利によってではなく自然によって保証されるのだということを確認しました。

もちろん、カントの「非社交的社交性」による「自然」の狡知と、アダム・スミス的な「自由主義＝神の見えざる手」の同時代性や類似性については、従来から指摘されてきた。* カントが「非社交的社交性」と呼ぶものについて、アダム・スミスは『国富論』で「セルフ・インタレスト」という「非社交性」を、そしてそのネガとして『道徳感情論』で「シンパシー」という「社交性」を、とそれぞれ論じ分けたといえるだろう。

だが、繰り返せば、フーコーの指摘が重要なのは、カントとアダム・スミスの「自然＝自由主義」を、あくまでひとつの統治だと見なした点にある。カントが、人間に対して、あなたは世界の全体性を認識することはできないのだと宣告したとしたら、アダム・スミスは、誰ひとり経済的プロセスの全体性を見渡せる者はいないと語った。両者は、世界に全体性の不可視をもたらした。すると、両者は、人間に自由どころか不自由をもたらしたのか。いや、ここでは、全体を見通せる特権的な視線があり得ないことこそが、個々の「自由」――各々の利害関心を合理的に追求することの「自由」――を、逆説的に保証するのだ。「見えざる手」をもつ「神」とは、あくまで神（全体性）の不在という逆説的な「神」であり、その「神」のもとで、利害関心を追求する自由を謳歌する者こそが、一八世紀以降現れたという「ホモ・エコノミクス」（経済人）と呼ばれる者たちにほかならない。

ホモ・エコノミクスは、自由な存在なのか統治された存在なのか。これが愚問であることは自明だろう。彼らは、まさに自由な状態のまま統治されている。自由に利害関心を追求し、経済生活を営むことこそが「自然」の求めるところであり、彼らは「見えざる手」に導かれてそうある。だから、彼らはそうした「自由」が「自然」のごとくある「現実を受容する者である」。また、現実受容者であるからこそ、「すぐれて統治しやすい者」でもあるのだ。これこそが、「自然＝自由主義」における統治である。

自然（災害）の狡知が「見えざる手」のごとく働くだろう――。これは、普遍的な理念ではなく、あくまで世界に全体性の不可視を導入した「自然＝自由主義」のイデオロギーなのだ。フーコーがいうように、この呪縛が近代世界全体を覆ったのである。

〔…〕経済的主権者の不在ないし不可能性というこの問題こそ、結局、ヨーロッパ全体を通じて、そして近代世界全体を通じた統治実践、経済問題、社会主義、計画化、厚生経済学によって提起されることになるものです。十九世紀および二十世紀のヨーロッパにおける自由主義思想と新自由主義思想のあらゆる回帰、あらゆる反復は、依然として、経済的主権者の存在の不可能性の問題を提起するためのある種のやり方なのです。（『生政治の誕生』）

この「自然＝自由主義」の回帰や反復の呪縛を逃れようと、不在だった全体性を導入し、計画化をはかろうとしたのが社会主義だった。だが社会主義圏崩壊以降は、再び「自然＝自由主義」が回帰し反復する。「ユートピアの夢は」「共産主義者や普遍主義者の夢想」ではなく、「もっと実

＊「そしてこの非社交的社交性の働きが不幸でも害悪でもなくて、逆に向上と繁栄の根源をなすというのは、マンデヴィルに発してアダム・スミスにいたる「私人の悪徳は公共の利益」という予定調和的な自由主義の原理にほかならず、カントのいう「自然の意図」はスミスの「見えざる手の導き」と置きかえてもさしつかえあるまい」（生松敬三『社会思想の歴史』）。

行可能な、ささやかなバージョンに進化したと信じている」という、ソルニットの「災害ユートピア」は、このソ連崩壊以降の呪縛から逃れるための「ユートピア」構想である。

だが、見てきたように、「実行可能」で「ささやかな」自然（災害）の狡知という発想こそが、典型的な「自然＝自由主義」的なイデオロギーなのだ。今後現れるイデオロギーは、ますます「自然」や「自由」の顔をして、すなわち「イデオロギーは終焉した。これはイデオロギーではない」という顔をして現れてくるだろう。

現在、左右を問わず、自明視されていることがある。それは、ソ連＝社会主義は、計画による全体性の統治などという馬鹿げた夢を抱いていた（だからこそ崩壊した）という認識である。だが、自由主義だ、自生的秩序（ハイエク）だ、アナキズムだ、といえば、何か統治を免れていると考えるのは、これまた滑稽である。社会主義が全体性や計画による統治なら、後者もまた全体性の不可視、反計画という形式の統治なのだ。それらは、「統治ではない」という顔をしているぶん、巧妙で始末におえない統治である。おそらく、今後は、このことを出発点として認識するところからしか、何も始まらないだろう。

第五章　木登りする安吾　「文学のふるさと」再考

1

坂口安吾のいう「文学のふるさと」は、ひょっとしたら芥川龍之介の死の書斎にあったのではないか。

安吾には、芥川が最期に致死量の睡眠薬をのみ、以前にはガス管をくわえて死に損なったこともある書斎で、『言葉』や『青い馬』といった同人誌を徹夜で編集していた一時期がある。同人に芥川の甥である葛巻義敏がいたからなのだが、安吾はこの芥川の書斎の何ともいえない暗さに、自身の文学的出発期である青春の暗さを重ね合わせていた。

私はこの部屋へ通ふのが、暗くて、実に、いやだつた。私は「死の家」とよんでゐたが、あゝ又、あの陰鬱な部屋に坐るのか、と思ふ。歩く足まで重くなるのだ。私は呪つた。芥川龍之介を憎んだ。然し、私は知つてゐたのだ。暗いのは、もとより、あるじの自殺のせゐではないのだ、と。ジュウタンの色のせゐでもなければ、葛巻のせゐでもなかつた。要するに、芥川家が暗いわけではなかつたのだ。私の年齢が暗かつた。私の青春が暗かつたのだ。（「暗い青春」）

おそらく、自身の文学の出発期＝ふるさとの、この暗さを思うたびに、安吾は反射的に芥川の「死の家」を思い出していた。そもそも、「安吾」というペンネームは、新潟中学時代の教師から「自己に暗い」から「暗吾」と名乗れと言われたことによるという。すると「安吾」という名前自体が、すでにこの「暗さ」を媒介として、芥川の「死の家」へと続いているといってもよい。安吾の「ふるさと」の「暗さ」は幼少期のイメージで語られることが多いものの、あくまで「文学のふるさと」を考えるならば、この青春期における芥川（の死）への感情は無視できない。

いうまでもなく、安吾の「文学のふるさと」は、柄谷行人の批評（「現実について――「日本文化私観」論」）によって決定的にその射程を広げた。いわく、それは、われわれを突き放す「現実」の他者性のことだ、と。だが、その後この言葉は、やや普遍化されすぎたように思われる。そこには、普遍化を許さない歴史性の残余が、すなわち芥川の死を見つめる安吾の生々しい視線があったはずなのだ。

2

それまで安吾が芥川の芸術を愛することはほとんどなかったが、遺稿を読んで以降、安吾は芥川の芸術に対する考えを一変させることになる。「彼の小説の大部分には依然愛情のもてない私も、この一巻に収められたいくつかの文章のみは凡らく地上の文章の最も高度のいくつかであらうと信じてゐます」(「女占師の前にて」)。

いったい、芥川の何がそれほどまでに安吾の胸を打ったのだろうか。

私は昨今芥川龍之介の自殺は日本に於て(世界に於てでも同じことです)稀れな悲劇的な内容をもつた自殺だと思ふやうになつてゐます。彼の文学はその博識にたよりがちなものでしたが、博識は元来教室からも得られますし、十年も読書に耽ければ一通りは身につくものです。然し教養はさういふわけに行きません。まづ自らの祖国と血と伝統に立脚した誠実無類な生活と内省がなくて教養は育たぬものです。半分ぐらゐは天分も必要でせう。芥川は晩年に至つてはじめて自らの教養の欠如に気付いたのだと思はれます。〔…〕彼の生活に血と誠実は欠けてゐても、彼の敗北の中にのみは知性の極致のものをかり立てた血もあり誠実さもありました。立ち直ることができずに彼は死んでしまつたのですが、そのときは死ぬよりほかに仕方がなかつた時でしたでせう。(同前)

苦闘した長篇小説『吹雪物語』でも延々と展開されるくだりだが、ここで安吾は、一般的には大正教養主義の代表的作家と語られる芥川に「教養の欠如」を見出している。安吾が述べているのは、単に芥川の「教養」が、日本の「伝統」とは何の関係もない輸入物にすぎなかったというようなありふれた事実ではない。芥川は、自身が拠って立つ「教養主義」自体の「教養の欠如に気付いた」と言っているのだ。

芥川の死を「敗北の文学」と否定した宮本顕治以来、一般的に芥川的な大正教養主義は、マルクス主義に「敗北」したことになっている。プロレタリアの「野蛮な情熱」に対するひ弱なブルジョア芸術の「敗北」といってもよい。

だがその種の「敗北」なら、宮本に指摘されるまでもなく、すでに芥川の自意識——例えば、老芸術家「玄鶴」の「山房」の外には、早くも「リイプクネヒト」を読む新しい青年が登場しているという、とってつけたような「玄鶴山房」(一九二七年)の作品世界のような——の想定の範囲内にあったといえる。だが芥川の不安は、自意識では処理できないような、それこそ「ぼんやり」としたものではなかったか。そして、安吾が芥川に「ふるさと」を見たのは、その「ぼんやり」としたものを自分も見てしまったからにほかならない。

3

「女占師の前にて」は奇妙なテクストだ。話は、牧野信一の家で手相を見る占師と出くわした経験から書き起こされる。牧野は、「さういふことは嫌ひなんだ」と手相を見せることを拒否し、一方安吾は平気でその前に立つ――。こう書くと、一見普通のエッセイのようだが、その冒頭には、「これは素朴な童話のつもりで読んでいただいても乃至は趣向の足りない落語のつもりで読んでいただいてもかまひません」という断り書きがわざわざ付されている。また、実際に牧野家で出会った占師は、そもそも男なのだ。

ここで安吾が展開しようとしているのは、したがって「女占師」というなかばフィクショナルな存在を創りだし（一応、ある映画がヒントにはなっている）、さらにフィクショナルに芥川と自身とをその「前に」立たせるという、まさに「童話」とも「落語」ともつかないような話なのである（童話や落語が、「文学のふるさと」の内容とも親縁性が高いことはいうまでもない）。

牧野が占いを忌避したのは、それに左右される弱さをかかえていたからだ、と安吾は言う。完全に信じるのでないにせよ、人が占いの言葉に穏やかでいられないのは、それが背後に神（超越）の存在を感じさせるからだ。

一方、そんな占師の言葉など迷信にすぎないと受け流すのが、近代の「理知」というものだろう。だが、話はそう簡単ではない。「私は理知人のもつ静かさの中にむしろ彼等の狂者の部分を感じ易い癖があります。いはば静かさの内蔵する均斉の意志の重さを苦痛に感じ、その裏にある不均斉の危なさにいくらか冷や冷やするのです」。

神の言葉の存在を信じていない「理知人」は、そのかわりに己の理知を支える根拠＝背景を何ももたないために、いつも「均斉」と「不均斉」の危ういバランスを強いられている。安吾は、自分にも芥川にも、この「理知人」の「均斉」と「不均斉」による葛藤を認めていた。だからこそ、二人の前に「女占師」なる存在を登場させ、その葛藤の劇を繰り広げようとしたのだ。テクストは最後に、「書き忘れましたが」といって、ある活動写真に芥川が「臆面もなく小僧のやうに木登りをしてみせる」姿で映っているというエピソードを付け加えている。安吾はその映像を実際に目にしたことはないのだが、もし見たとしたら、きっと不快を覚えたに違いないと言う。

芥川は不均斉を露出する逆方法によつて、先手をとりながら危なさを消す術の方を採用してゐたのでしたが、日本人の生得論理と連絡のないニヒリズムの暴力の前では、映画の中で行ふ種類の木遁《もくとん》の術の手並でも、却々もつて彼等のひねくれた眼力を誤魔化し、安定感を与へてやることはできません。さらに今日の時世が、そのやうなそれ自体としても決して愉快ではない眼力を一層深めさせてもゐるのでした。

画面の中では、芥川が子供のようにはしゃぎながら木登りをしている。時にはおどけて「木遁《もくとん》の術」などといって忍者の真似をしてみせているかもしれない。そうでもしなければ、たちまち「日本人の生得論理と連絡のないニヒリズムの暴力の前」に屈服し、確固たる足場をもたない自らの精神を、とても「均斉」に保ち得ないことをよく知っていたからだ。安吾が芥川の木登りに不快を覚えるのは、この「ニヒリズムの暴力の前」に、ともに立たされているからにほかならない。

もはや「均斉」を保ち得ない芥川は、致命傷にならぬようにあえて「不均斉」を露出させおどけて木登りしてみせる。おそらくその姿が、安吾には自らの保身を暴かれ見せつけられているようで「不快」でたまらなかったのだ。そして、この「不快」こそ安吾と芥川が共有していた「ぼんやり」としたものであり、また「ふるさと」ではなかったか。

4

先に見たように、安吾にとって芥川は、マルクス主義に敗北した大正教養主義の知識人ではなかった。いや、そもそも教養主義は、本当にマルクス主義に「敗北」したのだろうか。あるいは、こう言いかえてもよい。マルクス主義は、本質的に教養主義を否定し得るのか。

『日本型「教養」の運命　歴史社会学的考察』の筒井清忠によれば、「教養主義」は、勤勉・克己によって人格を完成に導いていくという「修養（主義）」に包摂されていたとし、およそ次のようにその過程を説明している。

明治末期には、それまで可能だった「立身出世」が、国家体制の整備の進行により徐々に頭打ちとなり、青年層は閉塞的でアノミーな状況に陥っていた。さらに、日清・日露戦の勝利も手伝って、青年層の関心は、ある程度目標が達成された「天下国家」から「個人」の問題へと急速にシフトし、社会全体が弛緩していくこととなる。こうした青年層の「堕落」を矯正し、人格の向上や完成に向けて規律《ディシプリン》・訓練を施すために、清沢満之・綱島梁川・西田天香らによって「修養」が導入されたのである。

「教養」とは、あくまで「修養」の一つの手段だったが、特に東京帝大講師ケーベルの門下にあった、阿部次郎、西田幾多郎、和辻哲郎らの言説が影響力をもち始めると、エリート文化としての「教養主義」が、「修養」の中から自立していくこととなった。いわゆる「大正教養主義」である。だがその後、大正後期から昭和初頭になると、「教養」は急速に軽視されていく。もちろん、これにはマルクス主義の台頭も大きい。だが、先の筒井清忠や、『教養主義の没落　変わりゆくエリート学生文化』の竹内洋も言うように、教養主義とマルクス主義は対抗関係にあったという以上に、むしろ相補的関係にあった。なぜなら、両者とも「修養」という規律《ディシプリン》・訓練における別バージョンにすぎなかったからだ。したがって、教養主義からマルクス主義への移行は、主観的には「切断」だったかもしれないが、「精神史」的にはむしろ連続性の強いバージョン・アップ的な現象だった。精神形成史的にみても、教養主義がマルクス主義に到達する経路として存在していたケースの方が圧倒的に多かったという。あくまでマルクス主義は、イギリス古典経済学、ドイツ古典哲学、フランス社会主義を批判的に総合したものとしてとらえられ、西欧古典崇拝の傾向をもっていた教養主義の延長としてまったく無理なく導入されていったのである（その後、ついにマルクス主義も規律《ディシプリン》・訓練の装置たり得なくなったというのが、いわゆる「一九六八年」の問題であろう）。筒井の前掲書には、その典型的な「精神」が具体例として引かれている。

高等学校に入ってから、君は西田幾多郎氏の哲学に、拠るべき住家を見出したと信じて非常に喜んだ。寮の喧噪をさけては外を歩き回り、夜も更けてから寮に帰って朝まで西田氏の哲学に読み更ける日が続いた。君の努力はすばらしいものだった。苦惨のうちにも西田氏の著書は残る隈なく読破し『自覚に於ける直観と反省』なども幾度となく読んだ。が結局之等の君の精進のすぐ裏にはNil Admirari（何ごとにも感動しない——引用者、筒井注）が釘づけにされてゐた。生きた生活原理は哲学から生れるものでない事を知り、思惟のみでこねあげた世界は現実とはすっかりかけはなれてゐる事を知った。かくて謹厳な思索家、哲学の学徒としての君の上に大きな分裂が来た。一時は遂に自ら死なうと思った事もあった。しかし、君は最後まで人間に愛着を感じ、人間性に希望を失はなかった。真摯なる苦悶の極、君は遂に光を得て転換をなしとげた。ホイットマンからうけたあの大きな寛容さと、真実と、愛とを以て、新しい道を歩き出した。光。新しい道。それは何であったか。それはマルキシズムとそれによる生活態度の革命である。

（『脚下の泉——長野昌千代遺稿集』、引用は高橋佐門『旧制高等学校の教育と学生』から）

長々と引いたのはほかでもない、ここに見られる精神と安吾の見た芥川の精神とが、一見似ているようでいて、その実全く異なることを見ておきたかったためである。右にある精神は、教養や思想を身につけることで現実や実生活から遊離するという、いわゆる知識人の「故郷喪失」の典型であろう。だが、「教養」「ニヒリズム」「死」というキーワードを共有しながらも、安吾の見た芥川の精神は、似て非なるものだった。

そもそも、教養＝修養という規律《ディシプリン》・訓練はなぜ要請されたのか。いうまでもなく、神や父といった超越的な「後見人」（カント）や、王による「君主権《ソヴリンティ》」（フーコー）の失効以降、西洋近代の啓蒙的理性は、そうした大文字の他者に従属する状態から自立し、自らで自らを律して主体を形成していく必要があったからである。そのように、「未成年状態」から脱しようとするカントの「啓蒙」を継承する新カント派の哲学が、教養主義のベースになっていったのも、したがって当然であった。すなわち、あくまで神の死というニヒリズムが、教養＝規律《ディシプリン》・訓練を要請するのであって、その逆ではない。キリスト教自体にニヒリズムを見たニーチェに倣っていえば、教養主義が没落したから人はニヒリズムに陥るのではなく、教養主義そのものがすでにニヒリズムなのだ。先に見た旧制高校の学生の精神と、安吾の見た芥川の精神の差異は、まさにこの前者と後者の差異にほかならない。

神の言葉たる神託を背景＝根拠としている（かのような）「女占師」。その予言の言葉を、だが近代の「理知人」はにわかに信じられない。神の言葉を根拠にもたない「理知人」は、そんな依るべなきニヒリズムを、教養主義やマルクス主義の言葉で埋め合わせようとするだろう。

だが、そうしたディシプリン装置自体の根拠を疑ってしまった者は、いったいどうしたらいいのか。すなわち、教養主義自体の「教養の欠如」を見てしまった芥川は、そして、安吾は。「女占師」の前に立つということは、いわば己のニヒリズムを突きつけられることだ。それでも安吾が芥川とともに「女占師」の前に立とうとしたのは、日本人が実際に神も王も殺したことがなかったからだ。その経験がないならば、ニヒリズムを「生得論理」としてもつこともあり得ない。「日本人の生得論理と連絡のないニヒリズムの暴力」とは、そういう意味だ。われわれは、本当はニヒリズムなど知らない。それでもニヒリズム——たとえそれが小文字のニヒリズムにすぎないとしても——を知ろうとするなら、「女占師」の前にでも立ってみる必要があろう。安吾には、そこまでしてもニヒリズムを知る必要があった。なぜなら、その場所がどんなに「暗く」、無根拠で「ぼんやり」としていても、ここよりほかに「文学のふるさと」などあるはずもなく、したがって、結局ここからしか文学は始まらないからだ。

5

この「ニヒリズムの暴力」の嵐に吹きっさらしになった、何もない「魔の退屈」の支配する場所を、だが「ふるさと」という言葉で呼んでしまった瞬間、そこにはニヒリズムの果てまで堕ちきれずに、「ふるさと」を、「家」を、「書斎」を振り返る安吾の姿が現れる。無底の底まで「堕落」していくことに耐えられなかった安吾が、ふと上を見上げると、そこには木登りをする芥川が見える。安吾は、歯ぎしりしながらその姿を見上げる。安吾は、本当は芥川に続いて木登りがしたくてしたくて仕方がなかったのではないか。

「堕落せよ」とアジテートする安吾は、だが人間は「堕ちぬくためには弱すぎる」こともよく分かっていた（「堕落論」）。安吾は芥川に「ふるさと」を見たが、その一方で、例えば太宰治と同じく、「キリスト」という権威を引き合いに出して自己主張するような「不良少年」にすぎなかったことも見通していた。

「不良少年とキリスト」には、太宰が檀一雄とともに共産党の細胞で活動し、「一団中で最もマジメな党員だった」ことも触れられている。ここでいう「キリスト」が、文字通りのキリスト（教）のみならず「共産党」をも含意していることは明らかだ（その場合「不良少年＝転向者ユダ」となろう）。我が身が危なくなると、バックに控える大物（大文字）の絶対的真理や権威を持ち出す「不良少年」。だが安吾は、芥川や太宰よりさらにスケールの大きい「不良少年」がいるという。

ドストエフスキーとなると、不良少年でも、ガキ大将の腕ッ節があった。奴ぐらいの腕ッ節になると、キリストだの何だのヒキアイに出さぬ。自分がキリストになる。キリストをこしらえやがる。（「不良少年とキリスト」）

ドストエフスキーは、「もし神がなければ全ては許される」し、そのときは「自分が神だ」という。だが、ラカン／ジジェクも批判したように、もし神がいなければ、むしろ「そのときはもはや何も許されない」のではあるまいか（スラヴォイ・ジジェク『ラカンはこう読め！』）。

例えば、子供に有無を言わさないような絶対的権威たる父親に対しては、まだ反抗の余地が残されよう。だが、そうした権威の没落は、子供に自由をもたらすどころか、むしろより陰湿で抑圧的な禁止を招きかねない。「それをしようとしまいとお前の自由だ。でも、お父さんがお前をどんなに心配しているか、よく知っているだろう……」。今や子供にとって、親に心配をかけることほど罪深いことはなく、心配をかけるぐらいなら殺してしまいかねないだろう。親の絶対的権威が失墜すれば、子供はまがいものの「選択の自由」を与えられるばかりで、実際にはむしろ自由を奪われることになる。

したがって、ドストエフスキーのニヒリズム（「もし神がなければ……」）は、実は最も強力な「神」の呼び戻しに帰結する。その意味で、安吾がドストエフスキーを「不良少年」と呼んだのは正しい。そしてこの洞察は、現在のドストエフスキーブームが、いったい何を背後に忍ばせているかも照らし出しているだろう。そこでは、端的に「大きな物語」の復権が目ざされているのだ（実際、亀山郁夫＋佐藤優『ロシア　闇と魂の国家』にはそう明言されている）。

安吾は、「親があっても、子が育つ」、「親がなきゃ、子供は、もっと、立派に育つよ」といった（「不良少年とキリスト」）。だが、その言葉は、親の権威が失墜しきったポストモダンの今日、こう書きかえられねばならないだろう。「親がなければ、もはや子供は何も許されない」。このような今日の閉塞感は、だが、我々があらゆる超越的な権威を拒絶し、堕ち続けていく過程においては、避けられない一つの試練なのかもしれない。

第六章　江藤淳と新右翼

フォルカー・ヴァイス『ドイツの新右翼』の訳者である長谷川晴生は、巻末の「解説」において、ドイツの新右翼の理論的支柱たるアルミン・モーラーと江藤淳との類似を指摘している。モーラーは、ドイツの戦争犯罪という「過去の克服」は旧連合国がドイツ国民を奴隷として飼い馴らすための「鼻輪」であると非難し、一方の江藤は、占領期におけるＧＨＱの情報教育政策に過去の戦争に罪悪感を覚えさせるような「洗脳」があった（いわゆる「ウォー・ギルト・プログラム」）と指摘した（『閉された言語空間』）、これらが「極めて似通った思考」だというのである。両者はともに冷戦終結後の右派の再活況のなかで世に出された点でも共通している。

長谷川の指摘は、江藤の一見ドメスティックで孤立した思考が、「右からの六八年＝新右翼」が継承する「保守革命」的なものとして世界史的な文脈にあったことを示していよう。「戦後日本と保守革命」については、その副題を持つ千坂恭二「蓮田善明・三島由紀夫と現在の系譜」（『思想としてのファシズム』）が、蓮田―三島という「師弟」をまさにモーラーの掲げる「保守革命」の日本版に当たる「系譜」として論じている。また日本の「新右翼」というと、牛嶋徳太朗＝「日本学生会議（ジャスコ）」や鈴木邦男＝「一水会」などが、「六八年」に源流を持ち、新左翼に影響を受けつつもアンチテーゼを打ち出していった存在として、また反共親米一色で当局の手先でしかなかった既存の右翼団体からも切断をはかっていった勢力として挙げられよう。それらの勢力とは別に保守団体のネットワーク「日本会議」も、近年注目されてきている。だが、その蓮田－三島の「保守革命」と「新右翼」諸勢力とのつながり具合については、思想的に今ひとつ見えにくいところがあった。こうした状況に対して「右からの六八年」という文脈に江藤を媒介項として置いてみることで、確かにクリアになるところは少なくない。

ドイツの保守は伝統的にヨーロッパを「夕べの国」と呼んできた。「夕べの国」とは、もともとはカトリック教会と神聖ローマ帝国からなる西ヨーロッパを指していたが、この概念はその都度多様な意味と雑多な目的のために利用されてきた。「「夕べの国」の側には理性の世界、科学の世界、自覚した個人の世界が、逆の側には情動の世界、宗教の世界、無定形な大衆の世界が置かれる。あるいは、前者には文化と守るべきものが、後者には野蛮と脅威があるとされる」（『ドイツの新右翼』）。

「夕べ」と言われるのは、それが日の「昇る」「東方」に対して日の「没する」「西方」を含意しているからだ。すなわち「夕べの国」には、西洋の没落や近代の故郷喪失といった西洋近代にとって不可避のテーマが内包されている。ハイデガーも、ヘルダーリンの「帰郷＝故郷喪失」にそのような「夕べ」を見た。「むしろヘルダーリンは、その本質を、西洋の運命への帰属性にもとづいて、見ているのである。しかしながら、その西洋もまた、日の昇る東方と区別された、日の没すている西方として、地域的に考えられているのではなく、またたんにヨーロッパとしてだけ考えられているのでもなく、むしろ、根源への近さにもとづいて、世界の歴史に即しつつ思索されているのである」(『「ヒューマニズム」について』)。

「夕べの国」概念の変遷については『ドイツの新右翼』に委ねたいが、それは戦間期には、反リベラリズム、反マルクス主義、反「東方」をあわせ含む、いわば「反革命勢力のインターナショナル」(リヒャルト・ファーバー)となり、さらに第二次大戦後の冷戦期に入ると、アメリカまでもが「夕べの国」に含まれるようになっていく。モーラーはこのとき、ドイツは共産主義に飲み込まれる前にアメリカニズム=リベラリズムに破壊されてしまうだろうと言った。冷戦期とは、米ソの「平和共存」の中でソビエト社会主義がリベラリズムの一変種になり果てていく過程だった。したがってモーラーは、ソビエト・マルクス主義とアメリカ・リベラリズムの双方をともに超克(近代の超克!)していくことを主張した。こうして「夕べの国」は「アフター・リベラリズム」(ウォーラーステイン)に向けた「反革命勢力のインターナショナル」の「旗」となっていく。

その後の「六八年」革命とは、端的にリベラルイデオロギーへの反発であった。社会主義がリベラリズムでしかない以上、「左」の理論的支柱であったマルクス主義への信頼が低下し、したがって「六八年」はある程度「右からの」ものであり「保守革命」をはらまざるを得なかったといえる。その意味で「六八年」革命とは、「反革命勢力のインターナショナル」にほかならなかった。問題は第一次大戦後(リベラリズム以降)、地続きなのだ。

日本においては「六八年」のリベラルイデオロギーへの反発は、「戦後民主主義批判」という形をとった。「戦後」にもたらされた「民主主義」とは、アメリカニズム＝リベラリズムによる占領＝統治にすぎないとして、主に「検閲」の問題を通して「戦後」の欺瞞性を告発し続けた江藤の思考とは、まさに「戦後民主主義批判」であり明らかにこの「右からの六八年＝保守革命」の文脈にあった。江藤のあからさまな「反米」も、「天皇」へのフェティシズム的な回帰も、こうした文脈で見なければその思想的意味を捉え損なうだろう。

例えば江藤は、第一次大戦後、日本は「支那革命外交」、「アメリカ革命外交」（ウィルソン主義）、「ソ連の赤色革命外交」という「三つの革命外交に包囲されるにいたった」と述べている（井尻千男との対談「昭和天皇とその時代」）。これら革命の輸入を受け入れよと扉を叩かれ、それに応じて「日本人であることから逃れたいという願望がいっせいに噴き上げはじめる」なか、「ただ一人を除いてみな、日本人でなくなることができた」、その一人が天皇であり、それは「日本人というアイデンティティを絶対放擲できない最後の日本人が天皇だから」である、と。すなわち江藤にとって天皇とは、「夕べの国」にも似た、リベラリズムの包囲に抗する最後の「反革命勢力」なのだ。ドイツの新右翼がヨーロッパの「アイデンティティ運動」だったように、江藤の天皇は、日本人の「アイデンティティ運動」の最後の砦であり、リベラリズムという世俗化の波《フォニイ》にさらされるなか、ただ一人屹立する純粋性＝本来性なのだ（例えばここで、「世俗化の波」を「サブカルチャー」や「母の崩壊」、「純粋性」を「純文学」や「少女」と言い換えれば、大塚英志が見た江藤淳の像となろう〈『サブカルチャー文学論』、『江藤淳と少女フェミニズム的戦後』ほか〉）。

「昭和」の終わりから「平成」にまたがって連載された『昭和の文人』にしても、中野重治の天皇への「回帰」を論じた部分ばかりが議論されてきたが、平野謙、中野重治、堀辰雄と書き継がれたその全体が示しているのは、「昭和」の日本人がリベラリズムの波に飲み込まれ、いかに「日本人」からの「転向」を余儀なくされていったか、ということだろう。

天皇をリベラリズムに抗う純粋性の根源（これまた「夕べの国」同様、融通無碍な概念である）と捉えていた江藤は、当然にも「開かれた皇室」論には否定的だった。その帰結として、必ずや日本に共和制をもたらすと考えていたからである。

大原　〔…〕歯止めを失った〝開かれた皇室〟とは何か。〔…〕これは共産党のようなあからさまな反天皇論よりも一般の人たちの耳に馴染みやすい囁きですから、時間をかけてじわじわと毒が回ってくるたいへん問題の多いキャンペーンではないでしょうか。

〔…〕

江藤　〔…〕開かれた皇室、国際化の先頭に立つ皇室云々というのは、共和制に近づけたいという議論でしょう。

（大原康男との対談「昭和史を貫くお心」）

江藤と大原は、明らかに「開かれた皇室」論を、大衆社会の到来に合わせて共産党講座派から市民社会論＝構造改革論へと転回した、松下圭一の「大衆天皇制論」の一般向け「キャンペーン」と見ている。「開かれた皇室」論は、日本の共和制化に向けた革命への「キャンペーン」として、「陣地戦」(グラムシ)的に「じわじわと毒が回ってくる」に違いない——。江藤は、コミンテルンによる「天皇制」なる概念を退け、ゆえにそれと曖昧に癒着した「戦後民主主義」の欺瞞性を告発し、ついには戦後日本は民主国ではなく君主国であると主張することで、反革命的にリベラリズムの「毒」におびえ対抗しようとした。それは「などてすめろぎは人間《ひと》となりたまいし」(「英霊の聲」)と言って戦後を「鼻をつまみながら通りすぎた」(「私の中の二十五年」)三島の保守革命に連なるとともに、戦後の「ヤルタ体制」や占領憲法による「ポツダム体制＝日本支配」からの脱却を目指した「新右翼」へと接続する思考だったといえよう。江藤を単なる天皇崇拝者と見ることは、「右からの六八年」に規定された世界史的な現在を見失うほかはない。

一九六九年発表の「ヒットラーのうしろ姿」は、新宿・紀伊國屋ホールに三島の『わが友ヒットラー』の公演を観に出かけた時のエッセイだが、こうした文脈で読み直せば極めて示唆に富む。外国人相手に英語で当時の学生運動について講釈していた三島は、別れ際江藤に「ときにこのごろ大江君はどうしてる?」と聞き、かつてお互いに「ファシスト」と「褒め」あった大江健三郎(とりわけ六〇年代前半の大江作品は保守革命的だろう)を気にしながら車に乗り込む。江藤はその三島の「うしろ姿」を、舞台で見た「ヒットラーのうしろ姿」——終幕で、レームの突撃隊に対して「あいつらの兵隊ごつこも」「あいつらの夢みてゐた革命もおしまひだ」と言い放つヒットラーの姿を重ね見るのだ。そして江藤はこう結ぶ。「まさしくひとつの時代が終ろうとしているのである。作者にとっては、青春の同義語だった〝戦後〟という時代とその〝夢〟が」。

明らかに江藤は、作中粛清されながらもヒットラーを「わが友」と呼ぶレームではなく、「戦後」の「革命ごっこ」を真に終わらせようとするヒットラー＝三島の方に惹かれている。それは戦後天皇制も戦後民主主義も「ごっこの世界」にすぎぬと退けた江藤自身とも重なってこよう。千坂恭二は、「三島の「文化防衛」の軍隊構想は、自衛隊＝ドイツ国防軍に対する、ナチス親衛隊のそれに近」く、それはいわば「「文化概念としての天皇」の親衛隊」だと言ったが（「蓮田善明・三島由紀夫と現在の系譜」）、江藤はすでに「六八年」革命のさなかに、「革命ごっこ」に対する「反革命勢力のインターナショナル＝保守革命」の先行者として、三島とヒットラーの「うしろ姿」を重ねて見ていたといえよう。

「戦後（民主主義）」という「革命ごっこ」は、保守革命もファシズムも単なる悪として思考から排除した。中上健次が言った「江藤淳隠し」、「三島隠し」があったとすれば、その結果である。だが、それではいつまでたっても江藤や三島が「天皇」と言った意図はつかめないままだろう。

日本のリベラルは、「明治」の自由民権運動からして、憲法や議会を制定するという天皇の詔を受けて発動した天皇主義だった。現在のリベラルに蔓延する天皇主義はその当然の帰結であり、それは「戦後」も「革命」が起こらなかった証である。「戦後」を真に終わらせるには、江藤や三島の言う「天皇」と現在のリベラルの天皇とが、まったく別物であることを見極めるところから始めるほかないだろう。

第七章　疎外された天皇　三島由紀夫と新右翼

1

三島由紀夫が、理論的にも実践的にも、いわゆる「新右翼」の代表的なイデオローグであることは論を俟たない。だが、それはいかなる意味においてなのか。

「新右翼」と呼ばれる一潮流の登場は、一九六六年一一月一四日、前年の授業料値上げ反対闘争から始まった早大闘争を契機に誕生した学生右翼組織、日本学生同盟（日学同）に端を発している。*

彼らはまず、自身らがその中にある戦後体制を「ヤルタ・ポツダム（YP）体制」と規定した。米ソによる戦後体制の分割支配、すなわち「冷戦」体制を「ヤルタ体制」といい、その日本版である「占領＝戦後憲法」に基づく「反天皇、反民族、反国家的」な戦後の状況を「ポツダム体制」

＊　「新右翼」の「起源」については諸説ある。本稿は、以降、「新右翼」の歴史的な記述については、堀幸雄『増補　戦後の右翼勢力』に拠った。また、梶尾文武『否定の文体　三島由紀夫と昭和批評』、安田浩一『「右翼」の戦後史』なども参照した。

と呼んだうえで、その双方からの脱却を主張したのである。したがって、闘争目標としては、「憲法改正」や「自主防衛」、「民族自決」などを掲げ、運動の基点を「民族」に置き、自ら「民族派」と称した。

「民族主義」を掲げての既成右翼への抵抗は、第三世界の「被抑圧民族」との連帯への志向をも内包していた。『ドイツの新右翼』の訳者「解説」にて、長谷川晴生は、新左翼への反発も含めた影響、米ソによる戦後体制の否定、民族主義による既成保守への抵抗といった「新右翼」の要素には、「同時代のドイツの新右翼とのあいだに驚くべき一致が存在している」と述べる。両者は、「おそらく互いに没交渉であるにもかかわらず、似たような戦後の政治状況から似たような経緯で発生した双子であると言うこともできよう」と。現在の日本の新右翼も、ドイツの新右翼同様、国際的連帯を志向し、例えばフランス国民戦線との交渉も見られる。左からの六八年革命が「世界革命」としてあったとしたら、それに対するアンチテーゼである「右からの六八年」も世界的な文脈にあったということだろう。

「新右翼」のもう一つの軸となったのは、日学同よりやや早く一九六六年五月一日に発足した「生長の家学生会全国総連合（生学連）」である。その名のとおり、もともとは大本教信者である谷口雅春を総裁とする宗教団体「生長の家」の指導下にある団体で、学生協議会を組織して徐々に自治会を掌握していく「学協運動」なる方式で組織拡大を図った。一九六九年五月に「全国学協」が結成され（委員長は鈴木邦男、副委員長は井脇ノブ子）、基本方針として「日本文化防衛、反ヤルタ、反ポツダム、反革命」を掲げた。見られるとおり、先ほどの日学同とほぼ重なる方針である。にもかかわらず、日学同と全国学協は衝突し、やがて分裂していくことになる。

これには、生学連側が、宗教活動とは別に、政治活動は日学同と場を共有して行うという従来の姿勢から一転して、先の全国学協結成へと舵を切っていったことがきっかけになった。長崎大学をはじめとする各大学で衝突が起こったが、何よりも、拠って立つ基礎の違いが大きかった。日学同は、先に述べたように、「民族主義」から出発しているのに対し、全国学協は、万世一系の天皇を中核とする「皇国史観」に基づいていた（生長の家の影響下にあるので当然だが）。おそらく、それもあってだろう、三島は新右翼内部のセクト対立が激化するなかで、後者の側の支持に回ったのである。むろん、キーワードは「天皇」であった。

だが、果たして三島の「天皇」と生長の家の「天皇」は同じものなのだろうか。梶尾文武は「私見では、「民族派」たる新右翼が「天皇」へと基軸を移し、尊皇美学を現実的行動の基盤とする契機をもたらしたのが、三島の代表的論文「文化防衛論」であったという。初期新右翼の運動においては、日学同がヘゲモニーを握っていたこともあって「民族主義」的な色合いが強く、尊皇論的な要素は薄弱だった。もともと新右翼は、日本変革の基軸に「天皇」を必要としていなかったといえる。にもかかわらず、それが「天皇」へと基軸を移すことになったのが、「文化防衛論」の三島の影響だったというのである。だが、重要なのは、梶尾も言うように、「そこで三島は、反革命の戦略論として民族主義に重心を置くことを明確に斥け、民族的差異を論うことが日本においては「非分離を分離へと導かうとする」左翼的な政治戦略の枠組にしか収まりえない」と考えていたことだ。すなわち、三島は、ただ単に新右翼の民族主義に天皇を付け加えたのではなく、民族主義を「明確に斥け」たうえで「天皇」を掲げたのである。もはや「民族」は、「左翼的な政治戦略の枠組」の中にあったからだ。本章では、このあたりのロジックをできるだけ明確にしていく。現在が、基本的にこの延長上にあるからである。

2

三島は、自らの提起する「天皇」が「既成右翼と違うところだと思うのは、天皇をあらゆる社会構造から抜き取ってしまうんです。抽象化しちゃう考えです」と明言している（福田恒存との対談「文武両道と死の哲学」）。いまだに三島と言うと、「右翼」だ「尊王」だとなるが、三島を考える最低限の前提として、三島の「天皇」が実際の天皇とは何の関係もない、抽象的な「概念」であることぐらいは踏まえておくべきだろう。もしそうでないなら、わざわざ三島は、生長の家――全国学協とは別組織の「楯の会」を結成する必要もなかったのである。

では、三島の「天皇」は、いかなる意味において「左翼的な政治戦略の枠組」の「外」へと出たのか。

〔…〕彼ら〔左翼――引用者注〕は、日本で一つでも疎外集団を見つけると、それに襲ひかかつて、それを革命に利用しようとするほか考へない。(「反革命宣言補註」)

これは、今やマイノリティ運動にはおなじみの光景だろう。このように三島は、「左翼的な政治戦略の枠組」の核心を、いわゆる「疎外革命論」に見ていた。

ソ連・マルクス主義、スターリン主義、日本共産党の反ヒューマニズム的な一党独裁に対して、新左翼は初期マルクス(『経済学・哲学草稿』)の疎外論＝ヒューマニズムをもって対決をはかった。三島は、そうした反ヒューマニズムから疎外論＝ヒューマニズムへの転換期を、ハンガリー動乱からヴェトナム戦争あたりに見ていた。ヴェトナム戦争後、「日本の世論」は「弱者に味方する」という「判官びいき」＝「弱者の論理」に覆われたと三島は言う(「自由と権力の状況」)。この「弱者に味方するといふ精神的姿勢が、いつたん固定したからには、その弱者を虐待する強者がどんな国であらうと、われわれは安全な立場からそれに噛みつくといふ足場を確保したのである」と。「疎外」された「弱者」にこそ「人間性の真実」があるというのが「疎外革命論」である。三島は、だがそれが、不可避的にある矛盾に逢着することを看取していた。

彼らは最初、疎外をもつて出発したが、利用された疎外は小集団における多数者となり、小集団におけるマジョリティを次々とつなげて連帯させることによつて、社会におけるマジョリティを確保し、そのマジョリティは容易に暴力と行動に転換して現体制の転覆と破壊に到達するといふのは、革命のプランである。（「反革命宣言補註」）

三島が、新左翼の学生に見たのも、この「疎外革命論」のパラドックスであった。「私は学生運動が学内闘争として始まつたその経過を是認するのにやぶさかではない。しかしながら、徐々にこの少数勢力は、多数者の正当性にむかつて当然の経過をたどるやうになつた。そこでは次第次第に逆現象が成立し、一般学生が疎外されて全学連が一つの正当性を獲得するやうになつた」（同前、「全学連」は「全共闘」の誤りか）。

ここに、三島が、新左翼のアンチテーゼとして登場した新右翼へと介入していく契機が現れたのである。三島にとって、「左翼的な政治戦略の枠組」の息の根を止める戦略は、以下のようなものであった。

われわれは疎外を固執し、少数者集団の権利を固執するものである。それのみが、革命勢力に対して反革命の立場に立ち得るし、彼らの多数を頼んだ集団行動の論理的矛盾に対して、最も強い、尖鋭な敵手たり得るからである。（同前）

このように、三島もまた新左翼の「疎外革命論」を共有していた。三島は新左翼を批判していたが、それとともに何度もシンパシーを口にしている。三島が模索していたのは、「疎外革命論」を共有しながらも、「左翼的な政治戦略の枠組」のようには「少数者」が「多数者」へと転じないロジックであった。

新左翼が既成左翼からの「疎外」を糧にラジカルなアクティヴィズムへと転じていったとしたら、新右翼もまた既成右翼から「疎外」されていた。新左翼が、スターリン批判以降、既成左翼を支えてきた史的唯物論や、革命の主体たる労働者からの「疎外」を余儀なくされていたとしたら、新右翼もまた、右翼の「本来性」たる農本主義から「疎外」され、また非本来的な「ヤルタ・ポツダム体制」と戦後の占領体制への「疎外」の中に、否応なく居合わせていた。

両者はともに、「疎外」という「故郷喪失」(ハイデガー)の感情を共有していたといえる。その感情が、ナチズムのごときニヒリズムの革命へとつながっていったことは言うまでもない。いわゆる「保守革命」(フーゴー・フォン・ホフマンスタール)である。三島が、まさに一九六八年に戯曲『わが友ヒットラー』を書かねばならなかったゆえんである。

そこで「ヒットラー」は、「わが友」と慕うレームを最後に粛清し、「左を斬り、返す刀で右を斬った」後、「やつらの子供っぽい革命」も「どんな革命ごっこ」も「おしまひだ」と叫ぶ。三島は、今後革命があり得るとしたら、まずは左右の既存勢力のごとき「子供っぽい革命」や「革命ごっこ」を斬って捨てるところからだ、と考えていた。先に見た、ドイツの新右翼と日本のそれとの同時代的な一致を、最も敏感に感じ取っていたのは三島だったのではないか。それまでヒトラーやナチズムは、単なる「悪」として思考から排除されていた。
もちろん、三島はヒットラーに、「政治は中道を行かなければなりません」というセリフを最後に吐かせることを忘れない。国家総動員的な全体主義の確立には、左も右も斬ったうえで、「一時的に中道政治を装つて、国民を安心させて、一気にベルト・コンベアーに載せてしまふ」ほかないからだ（「『わが友ヒットラー』覚書」）。「故郷喪失」の感情に基づく「保守革命」が進行していくと、「故郷＝本来性」の「全体」を占有しようとする「全体主義」へと行き着くという問題である。これは、「故郷」からの「疎外」によって駆動する「疎外革命論」は、必ずや「疎外」された「少数者」が「多数者」に転じ、ひいては「全体」を「本来性」として独占することを目指してしまうという、あの「疎外革命論」のパラドックスそのものではないか。むろん、いまだなお「故郷＝本来性」にあると信じている「子供つぽい革命」や「革命ごつこ」に後戻りすることはできない、かといってこのまま「故郷喪失」の感情に基づいて「疎外革命論＝保守革命」を累進させていけば、不可避的に「全体主義」へと逢着してしまう。このパラドックスの歴史性に居合わせた者として、三島は「ヒットラー」を舞台に立たせた。観客席を背に後ろ向きに。一九六八年の三島は、「ヒットラー」の後を追うように、やはり断崖ギリギリにたたされていた。

〔…〕それで思いだすんですが、ぼくは全共闘との対話のとき、「きみらが天皇陛下バンザイと叫んだら、ぼくは安田講堂にいっしょにたてこもったぜ」と言ったんです。彼らが叫ばないことは知っていました。しかし、そのとき彼らと非常に近いところにぼくはいたんです。ぼくは、彼らの言う直接民主主義という理念と、ぼくの説く錦旗革命の理念とは、まさに非常に近くに来ているということを感じたんです。

〔…〕つまり、ぼくが天皇陛下バンザイをやめるか、向こうが天皇陛下バンザイを叫ぶか、どっちかギリギリの時点にいま来ているんですよ。(古林尚との対談「三島由紀夫　最後の言葉」)

三島は、この「全体主義」に行き着いてしまうギリギリのところで、わが「ヒットラー」をかわし、その「疎外革命論＝保守革命」を脱臼させせつつ収束させてしまう抽象的な「(文化)概念」として、「天皇」を創出しようとしたのである。最も「疎外」された者として、「少数者」の「疎外」をその極北で体現する存在として。それは、「あらゆる社会構造から抜き取」られた、実在はしない抽象的な「概念」だ。ゆえに、フェティッシュとして欲望を喚起させるのみである。三島が全共闘に提起した「天皇陛下バンザイ」とは、存在しないものの創出に向けた共闘の提起であった。三島の「天皇」とは、絶対的な「疎外」の別名であり、それがないと「全体」を成すことのできない、しかし絶対に「全体」を完成させることはない、「－1《マイナス》」という否定項なのだ。

福田恆存は三島に、「ずいぶんあなたは天皇につらい役割を負わすんだね」と言い、三島も「僕は天皇には苛酷な要求するね」と応じた(前掲対談「文武両道と死の哲学」)。確かに実在(ザイン)としての役割を求めるのでなく、いつも「疎外」の限界において「全体」を否定的に支えよ、ただし実在ではなくあくまでロジックの上でフェティッシュたれ、というのは、従来の天皇からは大きく逸脱した、ずいぶん「苛酷な要求」（ゾルレン）には違いない（三島は、この「苛酷な要求」の歴史的な表れを二・二六事件の青年将校らに見て、これを「忠義」と呼んだ）。

このように、三島の「天皇」は、「全体」の否定性としてあり、「疎外革命論＝保守革命」を累進していくほかない六八年以降の現状に対して、常にすでに「－1《マイナス》」を否定的につきつけるものである。

三島　僕はどうしても天皇というのを、現状肯定のシンボルにするのはいやなんですよ。
林　そういうものにはなりませんよ。
三島　林さんのおっしゃるようになると、結局天皇というのは現状肯定のシンボルになる。

（林房雄との対談『対話・日本人論』）

柄谷行人が明確にしたように、「天皇が三島にとって現状否定のシンボルとなるのは、それが転倒されたかたちでの市民社会の揚棄をめざすからであり、林にとって現状肯定のシンボルとなるのは、それが「民主主義」の保守的機能を果すからである」（柄谷行人「新しい哲学」）。林房雄のような民主主義を保守するための現状肯定のシンボルとしての「天皇」というのは、現在のリベラルの間でおなじみのものだろう。もちろん、彼らは、まさか保守の林を継承しているとは夢にも思っていないのだ。対して、三島の「天皇」は、人間が類的存在という「故郷＝本来性」から「疎外」され、その結果起こった「国家」と「市民社会」の分裂を揚棄するために創出された、抽象的な「(文化)概念」なのだ。

3

もちろん、左翼知識人の側にも、「疎外革命論＝保守革命」のパラドックスをのり越えようとする理論がなかったわけではない。市民社会派マルクス主義の大衆天皇制論（松下圭一）や、疎外革命論批判＝社会構成論（廣松渉）は、国家からの市民社会の「疎外」を、前者は陣地戦的、漸進的に、後者は錯視を除去することで一挙に、それぞれ解消可能であるかに見なした。これらがまた、前者は現在の「リベラル天皇制」へ、後者は「新しい社会運動」へと理論的にまっすぐにつながっていることも見やすいだろう。

だが、それらは、大衆社会の到来によって、ある程度市民社会が成熟した（かに見えた）状況のもとで（のみ）リアリティを持つ理論ではなかったか。前者は言うまでもないだろうが、後者が拠って立つ「人間は社会的諸関係の総体である」（「フォイエルバッハテーゼ」）にしても、「社会的諸関係」＝ネットワークが実感できるほどには、市民社会の充実が背後で支えていなければならない。だが、資本が市民社会を見放し、そこから撤退、離脱することで、「市民社会」の縮小や崩壊を招いている(社会は存在しない!)というのが、六八年以降の問題だったはずである。そこでは、もはや「社会的諸関係」は、「総体」どころかズタズタに切り裂かれてある。

ポスト六八年においてリアルなマルクスは、市民社会論や社会構成論的なマルクスではなく、疎外論的なマルクスの方であろう。なかでも、商品の物神性論は今もってアクチュアルである。商品と商品の関係が相互にフラットであり、それらがフラットな「社会的諸関係」の反映であるならば、そこに「物神性《フェティシズム》」が発生することはない。本当はそうしたフラットな諸関係から「疎外」されているにもかかわらず、あたかも「見かけ」はフラットな関係だからこそ、そこに「物神性」が宿るのだ。マルクスによる商品の物神性論の「肝」は、一見フラットに見える商品相互の関係に、フラットではない人間相互の社会的諸関係が、つまりは支配と隷属の関係が、転倒されて隠されているということにある。商品の物神性とは、支配と隷属という垂直な人間相互の関係が、水平な商品相互の関係へと横倒しに置換されたものなのだ。

すなわち、資本主義による商品の物神性に覆われた近代市民社会とは、前近代的で封建的な支配と隷属の関係が抑圧された擬制にすぎず、前者における自由や平等は、後者を隠蔽したイデオロギーである。近代になって封建制から市民社会になったといっても、資本主義的な市民社会自体が、常にすでにそれが「半」分隠されているという意味で「半」封建的なのだ。

言い換えれば、資本主義における商品の物神性が存在する以上、支配と隷属からくる「疎外」がなくなることはない。疎外は、「自由と平等」の市民《ブルジョア》社会のイデオロギーで抑圧され、塗りつぶされて解消されたかに見えるだけだ。

だが、疎外が決して解消されないことは、ほかならぬ「天皇」の存在が示している。「天皇」とは、民衆の疎外が集積された「もの《フェティッシュ》」だからだ。現在は、市民社会という擬制が弱体化し、その破れ目から「疎外（論）」が露わになっているので、それに即応して、にわかに「天皇（制）」が顕在化し主題化されているのである。「天皇」は疎外が解消されない証であり、「天皇制」とは半封建の残存ではなく、資本主義－市民社会そのものが（半）封建的でしかないことを隠しきれていない「尻尾」である。それは、商品の物神性が、あるいは同じことだが、支配と隷属の関係からくる「疎外」がスライドした「もの《フェティッシュ》」であり、資本主義が進行しても自然に解消されたりはしない。

新左翼と新右翼が「疎外革命論＝保守革命」を共有した「歴史性」とは、一九五六年のスターリン批判以降、マルクス主義や史的唯物論への信頼が低下し、米ソが同じリベラリズム陣営へと「平和共存」し世界を分割支配した「歴史性」である。日本では、それは「戦後」と呼ばれる。

そこは、それまでの革命によっては乗りこえられなかった資本制が、再び三たび息を吹き返した「疎外」の無限地獄である。それに対する抵抗を、新左翼は「戦後民主主義批判」として、新右翼は「ヤルタ・ポツダム体制」や「戦後＝占領」憲法からの脱却として主張した。だが、より根源的な資本主義における商品の物神性からくる「疎外」を乗りこえる思考を、ついに両者とも提示できなかった。

「疎外」地獄を共有していた三島は、述べてきたように、「疎外」の解消不可能性として「存在《ザイン》」する「天皇」を、「疎外」地獄に終止符を打つべくその「概念」を過激に読み替え、苛酷な役割を背負わせた「文化概念《ゾルレン》としての天皇」として新たに創出したのである。それは、「疎外」の無限地獄という現状を「否定」するために、「疎外」を乗りこえられないこと自体（＝「－1《マイナス》」）を「天皇」と呼んでしまおうという、何ともトリッキーでレトリカルな戦略だった。三島の「天皇」とは、疎外ののり越え不可能性の可能性にほかならない。それを新左翼の喉元に突きつけたのである。

〔…〕やつらは天皇、天皇といえばのむわけないです。のむわけないから、やつらから天皇制打倒というのを、もっと引出したいですよ。これを引出せば国民は「えっ、そこまでやる気か」ということになるんです。

天皇制打倒という国民はあまり日本にはいないと思う。そうするとやつらについて行かなくなる。（林房雄との対談「現代における右翼と左翼――リモコン左翼に誠なし」）

それは、のんでも地獄、拒んでも地獄の提起だった。これに対する新左翼側からの理論的な応答は、「反独裁の独裁」としての「プロレタリア独裁」を提示した、絓秀実「戦後－天皇制－民主主義をめぐる闘争――八・一五革命vs.一九六八年革命」（『増補 革命的な、あまりに革命的な「1968年の革命」史論』への付論）まで待たねばならない。

第八章　文学の毒　平野謙と瀬戸内晴美

1

瀬戸内晴美の「花芯」（一九五七年）に対する平野謙の文芸時評は、一部に「「花芯」事件」と言わしめるほど、文壇にも作家本人にも多大な影響を与えた。瀬戸内自身「やっぱり、平野さんに酷評されたことがいちばんこたえましたね」（インタビュー「もう、書けなくてもいい　文学と人生を振り返って」聞き手＝秋山駿）と明言しており、その後五年にわたって文芸誌からほされたことも有名である。また平野の評を受けて、「花芯」をポルノ扱いする匿名批評があったり、「子宮作家」などという呼称が流通したりもした。実際の時評は次のようなものだ。

私はこのことを石原慎太郎ひとりの問題としていっているのではない。程度の差こそあれ、こういう感覚の鈍磨は、一様に今日の作家をとらえつつあるようだ。たとえば瀬戸内晴美の『花芯』（新潮）などもそうである。平凡な人妻が完全な娼婦にまで変容してゆく過程を描いたこの作品には、必要以上に「子宮」という言葉がつかわれている。私は以前この作者の短編集を読んで、ゆきづまりの恋愛を書いた私小説ふうな作品にも好意をいだいたし、没落する中小企業の経営者と女事務員との恋愛を書いた作品も印象にのこった。この人はその文学的実力において、原田康子や有吉佐和子に劣らぬ、と思っていた。しかし、三十娘の生理を描いた近作には、明らかにマス・コミのセンセーショナリズムに対する追随が読みとれた。これがこの作家の弱さだ。そのような弱さが『花芯』においても「子宮」という言葉の乱用となってあらわれている。麻薬の毒はすでにこの新人にまわりかけている。

（平野謙「文藝時評Ⅰ　昭和三十二年十月」）

だが、なぜそれほどまでに、この時評は影響を与えたのだろうか。まず思い浮かぶのは、次のような当時の平野の立ち位置やスタンスだろう。

平野謙も文壇批評家の例にもれず、その文芸時評においてはたとえ取りあげた作品でも、手ばなしで絶賛・激賞することはほとんどなく、最後には「しかし」という接続詞を用いて、律儀にも作品の欠点や弱点をいちいち指摘することを忘れていない。総体的にいえば、文学史に残るような作品はむろん褒めているが、容赦のない直言や苦言にみちた辛口時評の典型といっても過言ではない。さながら教祖が高みから信者に向かって説教を垂れるような趣きがある。あるいは、教え子の選手には猛練習を押しつける厳しい鬼コーチのような感もある。まだ文芸時評に権威や影響力があった時代の典型的な文芸時評家なのである。
（吉岡栄一『文芸時評　現状と本当は恐いその歴史』）

平野が江藤淳とともに、戦後の代表的な文芸時評家であったことは、論を俟たない。平野は、敗戦直後の一九四六年一月から六八年一二月まで長期にわたり文芸時評を担当し、うち五五年九月開始の『毎日新聞』紙上の文芸時評は、一三年間毎月定期的に行われた。また、平野が、新人作家の力量を見分ける「鋭い名伯楽」（吉岡栄一）であり、なかでも大江健三郎、開高健、倉橋由美子を発掘し世に紹介したことは、大きな功績として語り継がれていよう。

だが、平野が長期にわたって文芸時評を担当し続けたことや、大江や開高、倉橋を発掘したことが、瀬戸内評の影響を大きくしたわけではない。平野の「花芯」評が出た五七年一〇月は、まだ平野が『毎日新聞』で定期的に時評を書き始めて二年後に過ぎず、大江や開高の発掘については「花芯」評と同じ五七年のことだ。それらは、ほぼ同時期の出来事なのである。

もちろん、森鷗外主宰の『めざまし草』（一八九六年創刊）における「三人冗語」を「起源」とする文芸時評は、その当初から日清戦争後のナショナリズム＝言文一致を支える「制度」としてあった。ベネディクト・アンダーソンが言ったように、新聞と文学という出版資本主義こそがナショナリズムを形成したのである。日本の文芸時評が日刊紙（全国紙）に掲載されたのも、それゆえだ。『毎日新聞』の平野時評の影響力も、そうした「制度」的な側面から捉えられよう。絓秀実は、プリントキャピタリズム－ナショナリズムの「制度」を担う文芸時評を、したがって「天皇制」のごとき「国民的象徴」と見なしたが（絓秀実『文芸時評というモード　最後の／最初の闘い』）、文芸時評を「担当」することは、こうした「制度」を「担」うことにほかならない。平野はそのことに自覚的だったからこそ、先の引用にあるように、「制度」の番人よろしく「手ばなしで絶賛・激賞することはほとんどな」いスタンスをとったのである。また、正宗白鳥が、「平野謙という批評家はなかなかイバっているそうだね」と洩らしたのを編集者伝えに聞きつけると、「しかし、私はあえて断言してもいいかと思うが、十年以上の担当期間中、意識的な汚職（！）などということは一度もなかったつもりである」（『文芸時評（下）』あとがき）と即座に反論した。己が「国民的象徴」のような「制度」の担い手として、いかに純粋かつフェアであるかをアピールせざるを得なかったのだろう。

2

ここで、平野が文芸時評を開始した戦後すぐの状況を、平野に即して概観しておこう。敗戦後のアメリカによる日本の占領統治は、非軍事化（戦争放棄）にして民主化（解放）を目標としていた。ここに、民主的革命とは非軍事化＝平和を意味するかのような戦後民主主義というイデオロギーが、新憲法とともに導入された。徳田球一ら共産党幹部が、占領軍を解放軍として歓迎したゆえんである。だが、これが革命でも何でもない虚構にすぎなかったことは、一九四七年の二・一ゼネスト禁圧から五〇年六月の朝鮮戦争勃発の過程で、完全に暴露されることになる。

平野は、敗戦後すぐの一九四六年一月に、荒正人や本多秋五、埴谷雄高らとともに雑誌『近代文学』を出発させた。彼らはすべて戦前のマルクス主義運動の影響を受けたものの、平野と荒は、にもかかわらずというべきか、だからこそというべきか、戦争中を「暗い谷間」(荒)としてやり過ごした宮本顕治、中野重治ら旧プロレタリア文学者に対する批判を開始し、両者の間に「政治と文学」論争が惹起した。ここには、その後論争へと発展していく戦争責任や主体性の問題とともに、後に論じる「組織と人間」(伊藤整)の問題などが、すでに出揃っていたといえる。

これらの論争は、占領統治であるとともに解放=民主主義革命であるという、矛盾にみちた曖昧さの産物だった。果たしてこの民主化、非軍事化は本当に革命なのか、何をもって革命的というのかが、この時期、常に矛盾と振れ幅のなかで問われていたのである。そこでは、日本の戦後民主主義革命の内実が問われていたのであり、ひいてはそれは民主主義文学総体の問題であった。その戦後の民主主義革命の解放感は、次のような「マス・コミュニケーション」の発達によってさらに加速していった。

〔…〕文学の世界では《人間》や《展望》のような雑誌が廃刊され、それにかわって、《小説新潮》(昭和二十二年九月創刊)とか《小説公園》(昭和二十五年三月創刊)とか《別冊文藝春秋》とか《オール読物》などという中間小説の専門誌が想像もつかぬ部数に到達して、新聞・週刊誌・映画・ラジオ・テレビなどのマス・メディアの発達と中間小説的風潮とは切っても切れぬ関係をとりむすぶようになってくる。「マス・コミュニケーション」という言葉が改めて人々の注目をひきはじめた。（平野謙『昭和文学史』）

平野の瀬戸内評にも見られた「マス・コミュニケーション」の問題である。「昭和」初年代のプロレタリア文学運動（政治の優位性）、一〇年代の戦争下の文化統制、そしてこの戦後のマス・コミュニケーションは、文壇や文芸ジャーナリズム全体を、「逃亡奴隷」（伊藤整）の自由さえ許さないように巨大なメカニズム＝組織の中へと組み込んでいった。そのような状況を、伊藤整は、次のように「組織と人間」として問題化したわけだ。

自由主義の文士もコンミュニズム系の文士も、ジャーナリズムの組織の中に、歯車の一つとしてはめ込まれているのであって、革命思想、革命行為そのものですら、このジャーナリズムの中では商品価値、宣伝価値としてしか存在しないのである。そして我々文士は、それから、どうにか多少は身をかわすことが出来るけれども、それにしてもその限度は狭いものであって、そこから全く離れては生活することが出来ないのである。そして文学の本質であると考えられている批評を、我々は商業ジャーナリズムそれ自体に向けることが、ほとんど出来ないのである。それは革命党員が、党の組織の生命について、批判を向けることができないのと同様である。（伊藤整「組織と人間」）

「組織の中」の「歯車の一つ」という一語からも明らかだが、伊藤の「組織と人間」論は、横光利一「機械」（一九三〇年）に見られる、人間の自己疎外や相対主義的人間観の発展として現れた。「大正」期という人間性の自立が信じられた時代に個性を確立し得た志賀直哉や広津和郎は、したがって人間を実体ではなくその機能において捉えようとする横光の文学に否定的だった。伊藤の「組織と人間」論は、いわば横光の裏返しとしてあった。

平野は、敗戦後一〇年間を概観した一文において、「戦後文学の一結論」は、この伊藤の「組織と人間」論に集約されると述べている（平野謙「戦後文学の一結論」）。それほどまでに、伊藤の問題提起に同調していたわけだ。むろん、先の引用に読まれるように、伊藤の主張は、きわめて非政治的で問題を一般化しすぎているきらいがある。だが、平野は、戦後の一〇年間とは、まさに問題が非政治的に、左右も曖昧なまま現れざるを得なかった一時期であると考えていた。

伊藤の「組織と人間」論は、「昭和」初年代のプロレタリア文学運動（政治の優位性）、一〇年代の戦争下の文化統制、そして戦後のマス・コミュニケーションの発達といった一連の出来事を貫くパースペクティヴを備えていた。一見、これは左右ない交ぜの非政治的な問題設定であり、問題のむやみな一般化、普遍化に見える。だが、戦争下の文化統制が、いわゆるマルクス主義講座派から出てきた生産力理論、すなわちソ連五カ年計画をモデルとする総力戦体制＝統制経済に基づいており、また戦後のマス・コミュニケーションの発達もその延長線上の民主化＝民主主義革命の一環であったならば（この民主化を占領軍が横領し占領統治のイデオロギーとした）、問題は戦前のプロレタリア文学運動から地続きなのである（いったい「戦前／戦後」という切断は本当にあったのか）。「組織と人間」論が、左右ない交ぜで非政治的な代物に見えるとしたら、それこそが共産党の権威失墜によって、「何をもって革命的というか」が矛盾と振れ幅をもって揺らいでいた証左にほかならない。そして、平野は、「何をもって革命的というか」に翻弄され続けた批評家だったからこそ、その一要因である一九三〇年代の転向の問題に終始こだわってきたのである。

3

だが、伊藤整「組織と人間」論は横光利一「機械」の発展であると同時に、両者には無視できない違いもあった。それは、「伊藤整のそれが横光利一の直接の発展として提出されたものではなく、私小説によって代表せられた文壇全体のバックボーンの喪失という危機意識に促されたものだ、という事実である」（平野謙「文学理念の喪失」）。戦後一〇年間の「一結論」が「組織と人間」論として浮き彫りとなった背景には、自然主義以来、文壇全体のモラル・バックボーンとして堅牢に存在してきた私小説の伝統が、この時期、喪失、衰滅されてしまったことによるというのだ。

では、共産党の権威失墜＝何をもって革命的というかという問題と、私小説というモラル・バックボーンの喪失は、どのように関わっているのだろうか。これを見るには、平野にとって「純文学」とは、「プロレタリア文学」を意味していたということを考えあわせる必要がある。その真意について、詳細は拙稿（本書第Ⅰ部第二章参照）に譲るとして、なかでも「プロレタリア文学と共産党との関係は私小説と純文学との関係にほぼひとしい」という平野の説（『文学・昭和十年前後』）が重要となる。

なんといっても小林多喜二の生涯を絶対視したい私どもの世代は、またかつての私小説を絶対視したい視点からのがれがたいのである。いまでも私には小林多喜二の『党生活者』と嘉村磯多の『途上』とは、ほぼ同質のものとして残像している。というより、党に殉じた小林多喜二の生涯と純文学に殉じた嘉村磯多の生涯とをほぼ等価で結びたい気持がつよいのである。

この場合における党なり純文学なりの概念は、その純粋性においてひとつのシンボルを形成していた。

だが、この「純粋性」の「シンボル」としての共産党と純文学は、徐々に「変質」「崩壊」していくことになる。「一時期における共産党とプロレタリア文学との関係と純文学と私小説との関係は、ともに世俗的なものをきびしく排除することによって、よく純粋性のシンボルとなり得たのである。その純粋性のシンボルが崩壊し、あるいは変質する過程が、とりもなおさず非合法政党から合法政党へと「社会化」する過程でもあった。それは単なる崩壊過程あるいは変質過程でもなければ、また単純な社会化過程でもない。いわばその複合体たるところに今日の状況の困難がある」。平野が、一九六〇年代前半に至って、純文学「変質」説や純文学の「更生」を主張し、伊藤整や大岡昇平と純文学論争をたたかわねばならなかったのも、共産党の権威失墜と並行して純文学が「変質過程」「崩壊過程」に入り、純文学を支えてきた私小説というモラル・バックボーン＝純粋性のシンボルが喪失されたからにほかならない。付け加えれば、一九五六年のスターリン批判によって、共産主義の中心たるソ連がまさに「崩壊過程」に入ったことも決定的に作用した。

共産党と純文学が、「自然生長的」には通俗化、大衆化、不純化を免れない資本主義下の文化に、歯止めをかけて抵抗する「純粋性のシンボル」たり得るには、両者の理念を「目的意識的」に体現するプロレタリア文学と私小説という実践が必要だと平野は考えていた。だからこそ、それらは「何をもって革命的というか」を志向し続けるうえで不可欠なファクターでありモラル・バックボーンだったのである。だが、それらは戦後、なし崩しに崩壊過程に入り、スターリン批判以降、決定的に喪失の危機に陥った。

4

ここで、一九五七年一〇月、すなわち五六年のスターリン批判直後であり、また六〇年代に入って純文学論争に突入していく前夜の平野が、瀬戸内の「花芯」を文芸時評で「酷評」した時点に戻ろう。もう一度、平野の時評を読み直してみてほしい。石原慎太郎「完全な遊戯」とともに、主人公の人妻が「完全な娼婦」に変容＝変質していく過程を描いたこの作品を、なぜ平野が「マス・コミのセンセーショナリズムに毒された感覚の鈍磨以外のなにものでもない」とか「マス・コミのセンセーショナリズムへの追随」、あるいは「麻薬の毒はすでにこの新人にまわりかけている」という言葉で痛烈に批判せねばならなかったのかが、いまや明瞭に見えてくるだろう。この時の平野には、瀬戸内作品も石原作品も、革命のバックボーンを骨抜きにする「毒」にしか見えなかったはずだ。

一九七二年の瀬戸内晴美論（平野謙「作家論Ⅲ　瀬戸内晴美」）になると、事態はよりはっきりする。これは、「夏の終り」（一九六二年）を中心として、「盗む」や「帰らぬ人」、さらには「地獄ばやし」「黄金の鋲」などの連作の私小説群など、「長短あわせてちょうど十篇の瀬戸内晴美の作品を中心として、その作品性格を論じ」たものだ。

「花芯」を批判した平野は、「夏の終り」が発表されると一転、第二回女流文学賞に推した。それには、瀬戸内が、七〇枚だった「花芯」原作を、翌年（一九五八年）二〇〇枚に「面目一新したもの」へと書き改め、平野が「ここに作者のねばりづよい負けじ魂の発露」を見たことも大きかったろう。このあたりの経緯について、平野はこう述べている。「してみると、一時評家として『花芯』をけなし、『夏の終り』を褒めあげた私なども、なにがしかは瀬戸内さんの文壇生活に関与したことになるかもしれないと顧みられ、いまさらながら時評家という稼業の罪ふかさ、そらおそろしさに思いいたる次第である」。平野は、「花芯」の書き直しのみならず、「夏の終り」以降の連作私小説についても、自らの影響を感じ取ったのだろう。そしておそらく、それに応答する形でこの瀬戸内論を書いたのである。

「夏の終り」は、染色を生業にする女性主人公が、妻子ある不遇の作家と恋愛関係に陥り、男が妻と愛人である主人公とのあいだを、八年間「等分に往還して暮」らし続ける。そのように三角関係が拮抗しているところへ、今度は女性主人公の昔の年少の愛人が介入してきて四角関係になっていくのだが、この年少の愛人が他の三人に対して次のように言い放つ場面がある。「三人が三人ずるくて、狎合いでごまかしあってきたんじゃないか。せんじつめれば愛の不能者のより集りだ」、「あんたたちくらい不潔で卑怯な関係はない」、「ぼくは男妾じゃない」。これについて平野は次のように論じる。

〔…〕しかし、『夏の終り』には文学の毒のために、『帰らぬ人』にはみられぬ不透明な部分が生じてもいる。たとえば八年間かよいつづける男の態度も、それを黙殺する男の妻の態度も、普通の常識では割りきれない。おそらくいつまでたっても報いられぬ不遇作家のデスペレートな現世放棄の姿勢が、女性にとってはいいしれぬ魅力になっているのかもしれぬが、それこそ文学の毒以外のなにものでもあるまい。そういう文学の毒のおかげで危く均衡を保っている不自然な人間関係を、むかしの恋人が「あなたたちくらい不潔で卑怯な関係はない」と鋭く批判するのである。彼がよく批判し得たのは、まだ文学の毒をあびていないからである。結局その小癪な批判にあらがうことができなくて、八年間の変則な生活に終止符を打つことになったのは、その文学の毒にもかかわらず、女主人公と作者とが天性の真率な人間性を摩滅していなかったからである。くりかえせば、『夏の終り』一連の私小説を作者の文学的頂点とみなすのも、もっぱらそのせいにほかならない。

引用箇所のみならず、この瀬戸内論には、何度となく「文学の毒」という言葉がまるで警告のように連呼される。平野には、この私小説の連作が書き継がれれば継がれるほど、女性主人公に「文学の毒」がまわっていっているようにしか見えなかったのだ。しかも作中に「もはや歯止めになるような主要人物はひとりもいなくなる」と。ではいったい、「文学の毒」とはいかなるものなのか。

ここで文学の毒ということについて若干の註釈をくわえておけば、太宰治のようにこの人生をドラマに見立てるという態度も文学の毒にあてられたひとつの結果にちがいないが、不如意な人生を文学に従事しているという一点にすがって凌ごうとしているうちに、それがいつしか悪循環となって、実人生をますます架空のものと観念するような、藝術至上主義ならぬ一種の藝術家至上主義みたいなところへ落ちこむ陥穽を、私は文学の毒と呼びたいのである。〔…〕そういう文学の毒は、私小説家の場合いちばん蒙りやすいともいえよう。なぜなら私小説家がプロフェッショナルに成立するためには、つねに俳優と観客と演出家とを一身にかねそなえるような非人間的な危険にさらされているからである。

ここに平野が一貫して主題化してきた、「芸術と実生活」の問題を見るのはたやすい。つまり、「芸術と実生活」の間の矛盾や葛藤に耐えられず、実生活（実人生）が芸術へと完全に回収され、「藝術（家）至上主義」に陥っていく事態が「文学の毒」と呼ばれているわけだ。先の「組織と人間」論の文脈でいえば、「人間」が「組織＝機械」に回収された状況を無葛藤に受容していく事態といってもいい。そして平野にとって、対立する両項の間の矛盾や葛藤が必ずや招き寄せる危機を描くものこそが、純粋性のシンボルとしての「私小説＝純文学」であった。「しかし私小説の本質は作者の日常的な瑣事を描くことにはなくて、むしろその反対じゃないか、非日常的な生活の危機を描くところに、そのエッセンスが存するのじゃないか、というのが私自身のひそかな意見なのである」。

党であれ文壇であれマスコミであれ市民社会であれ家族であれ、人間は外側を取り巻く組織や秩序の不合理さに安住できず、不可避的にそれらと衝突しては矛盾や葛藤を発生させる。資本主義下であろうと共産主義下であろうと、そのとき複雑化した組織や秩序は、決してわれわれのエゴを許容せず、私小説家の逃亡奴隷の自由すら奪うだろう。「しかし、もし藝術のすがたにおいてエゴが純粋結晶されるならば、そのとき世人がそれをしぶしぶ容認することも事実である。この関係を見忘れて、現代文学がそのまま現世的容認を獲得しつつあるかに錯覚するとき、すでに現代文学はキバをぬかれて、巨大な現存秩序のペースにまきこまれつつあることを、いまこそ私どもは三思すべきではないか」(平野謙「秩序と生命」)。このように、「芸術と実生活」や「組織と人間」の間にある、緊張をはらんだ「この関係を見忘れて、現代文学がそのまま現世的容認を獲得しつつあるかに錯覚」した状況を、平野は「文学の毒」と呼んだのである。そして、この「文学の毒」にまみれてしまえば、「芸術と実生活」や「組織と人間」の間の破れ目からのみかろうじて見えてくる「よりよき秩序への願い」(伊藤整)を、文学は永遠に失うことになるだろう。

瀬戸内「花芯」には「夏の終り」に見られるような、女性主人公の「歯止めになるような主要人物はひとりもいな」い。平野には、「花芯」の主人公にはすでに「文学の毒」がまわっており、したがって作品があまりに「現代文学がそのまま現世的容認を獲得しつつあるかに錯覚」しているように見えたのだ。

老いた男は、もう一度私を、それ以上優しく扱えまいといったふうに抱きよせた。私の胸に、柔らかな白髪の頭をうずめ、うわごとのように囁いた。かすかな、気配ほどのひくい声であったけれど、私は聴いてしまった。

「かんぺきな……しょうふ……」

〔…〕私が死んで焼かれたあと、白いかぼそい骨のかげき、私の子宮だけが、ぶすぶすと悪臭を放ち、焼けのこるのではあるまいか。（「花芯」）

ここに見られる「完璧な娼婦」や「子宮」が、三角関係や四角関係という組織や秩序との矛盾や葛藤から主人公を安易に救いあげ、それらを無批判に容認してしまうパワーワード、キラーワードとして作中に君臨していることは見やすいだろう。

一方、冒頭に触れたように、瀬戸内には平野の批判が「こたえ」ていた。それはまた、平野の批判を正面から受け止めたからでもあっただろう。「花芯」の書き直しや「夏の終り」以降の連作私小説のみならず、『美は乱調にあり』（一九六六年）の伊藤野枝や『遠い声』（一九七〇年）の管野須賀子など、まさに「よりよき秩序への願い」を抱きつつ、「恋と牢獄」（江口渙）にも似た革命とロマンの三角関係を生きたアナーキストたちの生涯に向かったのも、その影響への応答ではなかったか。

瀬戸内には、自覚的に仕事を純文学に絞った一時期がある（一九六八年前後）。「何月何日といえなくても、私がひとつの決意をして、中間雑誌の仕事と、きっぱりと縁を切った歳月と関係がある。三年にあたる」（瀬戸内寂聴「自分への問い」）。また、自らの『選集』から中間小説やエンターテインメント的な作品を外したりして、秋山駿などから「ご自身のエンターテインメント的な作品を、ちょっと軽く見られていませんか？」と嗜められてもいる（前掲インタビュー）。それほどまでに、瀬戸内には純文学が「コムプレックス」となって、「こたえ」ていたのだ。

ここ数年、私は毎年、今年こそは純文学の年にしようと心に誓う。私の純文学コムプレックスはもはや病気みたいなもので、元旦の計に必ずそう自分にいいきかすと同時に、私は一種絶望的な気持を味わっている。それが守りきれないことが、すでにその年の仕事のスケジュール表の中にはつきりとあらわれているからであるし、それでいてまだ私が、子供がほしい玩具を手に入れることが出来ず、泣きわめく時のような全身のせつなさにあえいでいるからである。（瀬戸内寂聴「烈しい生と美しい死を」）

「病気」のごとき「純文学コムプレックス」。瀬戸内は自分の文学のすべてを純文学で埋め尽くしたいという欲望を抱くものの、それはついに手に入らない。あの純粋性のシンボルの崩壊過程を生きた作家にとって、それはどんなに「泣きわめ」いても手に入らない「玩具」のようなものだった。だからこそ「それ」は、毎年オブセッションのように襲ってきたのである。

Ⅲ 時評

内戦前夜にある「日本」

二〇一四年一月

大きくは三・一一の影響といえようが、山本太郎や竹田恒泰といった、いわばタレントでもある人物たちを通じて、にわかに天皇の問題が浮上してきている。

継続的に山本の声を取り上げてきた『創』（創出版）は、一月号でもまた山本へのインタビューを掲載している（「〈園遊会での「直訴」事件のその後〉天皇への手紙をめぐる事情をメディアはきちんと伝えていない」）。山本は、二〇一三年一〇月三一日の園遊会にて、天皇に直接手紙を手渡したのは、原発事故後の東日本一帯にわたる汚染や、秘密保護法の問題点などを知らせたかったからだと語っている。

だが、一方で山本は、全国会議員七二二人中、唯一東京オリンピック（に向けた努力を政府に求める決議）に反対したのではなかったか（二〇一三年一〇月一五日参議院本会議）。そして、東京オリンピック招致が、その招致活動の過程から最終プレゼンに至るまで、天皇・皇室の力のもとで行われたことは、当事者の一人である猪瀬直樹東京都知事（在任期間二〇一二年〜二〇一三年）も「東京五輪招致で考えた《ミカドの肖像》」（『正論』二〇一四年一月号）で述べるとおりである。

ならば、東京オリンピックへの反対は、それをもたらした天皇・皇室の力に対する反対でもなければなるまい。「空虚な中心」で催された「おもてなし」の会で手紙を渡してしまっては、筋が通らないだろう。

一方、これまた旧皇族の出とも言われ、またオリンピック招致の中心人物でもある、ＪＯＣ会長の竹田恒和の息子である竹田恒泰は、ＴＶ番組で「在日特権を許さない市民の会」（在特会）について、在日特権の存在を明らかにしたので「いいこともした」と発言し物議を醸した。それに対しては「訂正も謝罪もしない」と言う（「「在日特権」生んだ〝戦後〟と訣別せよ」、『正論』一月号）。

だが、むしろ竹田の主張の核心は、そもそも自分は著書の中でも「在日は日本の宝だ」と述べており、「私は在日を批判しているのではなくて、在日の一部が悪いことができる日本の制度を批判しているので」あり、「在日も日本人も同等の制度にすべきだ」というところにあるようだ。「戦後、よく朝鮮人差別が持ち出されてきましたが、私は在日特権があるからこそ、差別が残るのだと思います」と。

では、仮に在日特権なるものがなくなったとして、差別は解消されるだろうか。ここでは歴史に触れる余裕はないので論理的な指摘にとどめるが、竹田の言うように「在日も日本人も同等」にするには、竹田の愛する「日本人」をも失くさねばならないだろう。「日本人である」という認識には、国内外に日本人「ではないもの」を必要とするからだ。ラカン的に言えば、「在日」はその一つにほかならない。「在日」はその一つにほかならない。「在日（差別）」は存在しない」状態にまで至らねばならないのである。にもかかわらず、一方で竹田は、日本や日本人にことさら美質を詰め込んで実体化し、その連続性を担保する憲法第一条を守りとおすべきだと主張する。これまた論理的に矛盾しているというほかはない。

かつて、津村喬は、資本は労働予備軍を必要とするだけでなく、さらにその労働予備軍の持続を保証する、いわゆる「労働後備軍」（鈴木二郎）なるものが、国内に折り返される第三世界的なものとして要請されると言った（『われらの内なる差別』)。この、国内の第三世界を形成してきたのが、「在日」、部落、沖縄などであり、日本資本主義の内部にいる以上、彼らに対する構造的な差別から免れることはできない、と。そして、その日本資本主義の構造全体を上から支えているのが天皇制であることはいうまでもない。したがって、オリンピック反対も、在日差別反対も、天皇制に補完されつつ、不断に「収奪されるもの」を生みだしている資本主義に対する批判に向かわないならば、それは何ものでもない。

例えば、オリンピックについて見れば、野宿者の小川てつオは、今回の招致前後から、すでに渋谷周辺や代々木公園、明治公園では、野宿者の排除が始まっていたという(「オリンピックにおける排除の問題」、『現代思想』二〇一三年一二月号)。「オリンピックは都市再開発の別名であるとともに、ナショナリズムを強化するものでもあり、再開発を統合するシンボルとしてナショナリズムを強く織り込んでくるだろう。一九四〇年大会の枝川収容、一九六四年大会の野宿者・精神障害者・身体障害者の排除・収容、一九九八年長野オリンピックの外国人労働者の排除はこのような文脈の中で行われたことだ」。「枝川収容」は、在日朝鮮人が収容=集住の対象だった。すると、オリンピックで排除の対象となってきたのが、被差別者たる国内の第三世界であったことは一目瞭然だろう。オリンピックによって高まる「日本人」の意識=ナショナリズムとは、このような排除によって成り立つ。問題は、現在それがむしろある種の「保障=特権」に見えてしまい、排除には見えないことだ。

在特会によるヘイトスピーチなども、この文脈において捉えるべきだろう。安田浩一は、在特会の広報担当者が「意外な言葉」を口にしたことを記している。「我々の運動は一種の階級闘争なんですよ」「左翼だろうと労働組合だろうと、あんなに恵まれた人たちはいませんよ。みんな特権階級じゃないですか。そんな恵まれた人々によって在日などの外国人が手厚く庇護されている。差別されてるのは我々のほうですよ」(「幻想が生む現実の暴力」、『現代思想』一二月号)。

重要なのは、この発言が「幻想」ではなく、むしろ正しさを示してもいることだろう。在特会の問題を「デマに基づいた排外主義的運動」(菅原琢「討議　変化の手前にある現在」、『現代思想』一二月号)であり、したがって「真実」をつきつけるべく行動せよ(エイブラハム・クーパー「「ヘイトスピーチ」にどう向き合うべきか。」、『潮』二〇一四年一月号)と言ってもはじまらない。

在特会のヘイトスピーチが、まずもって「一種の階級闘争」でもあることを理解すべきである。資本主義がネオリベ化し急速にパイが縮減するなか、階級的にあぶれていく(またはそれに怯える)国内の第三世界のそのまた内側で、いわば内戦前夜になっているのだ。

安田は、彼らは「誤解を恐れずに言えば、今の世の中ではけっして珍しくない「しんどそうな」人々ばかりだった」という。それは、先のオリンピックにおける野宿者排除を指摘する小川てつオが、猪瀬都知事らの「開催決定都民報告会」へのカウンター情宣を行った際、「「非国民」「東京から出ていけ」などと叫ぶ人々に取り囲まれた」光景と重なってこよう。糾弾の声を上げる人々の中には、「貧困で生活の苦しそうな」、それこそ「しんどそうな」人々が多く含まれていたというのである。ネオリベ化が進む現在、階級脱落の怯えはすでに一般化し、さらに広がるほかない。たとえ在特会そのものは、それこそオリンピック準備でＰＣ的に排除されたとしても、おそらく、今後「内戦」は激化し、また違った形で現れてくるだろう。

冷戦後を生きはじめた言論空間

二〇一四年二月

在特会やヘイトスピーチについては、依然さまざまな議論がある。だが、そもそもそれらは、どのように登場してきたのだろうか。古谷経衡の「嫌韓とネット右翼はいかに結びついたのか」(共著『ヘイトスピーチとネット右翼』所収)は、この問いに明快に答えている。

古谷は、この問題について保守の「体たらく」を指摘する。在特会を、レイシズム的なヘイトスピーチを振り回す過激な連中だとして、「一緒にするな」とトカゲのしっぽ切りのごとく対話を拒否しているのは保守の側だと言うのだ。では、このとき保守と在特会を隔てているものは何か。それが「嫌韓」だと古谷は言う。

戦後保守は、反共を軸に展開してきた。そして、冷戦構造の中では、韓国もまた反共の砦であった。日本に対しては、初代大統領李承晩政権こそ反日を掲げていたものの、その後の朴正熙軍事政権は経済成長(援助)と引き換えに反日の旗を降ろし、日韓国交正常化を実現、ベトナム戦争への派兵もあり日米との連携を深めていく。この韓国軍事政権と日本保守政権の蜜月を、フジサンケイグループなどの大手メディアが物心ともに支え、それらの傘下に保守論壇が形成された。

だが、冷戦が崩壊すると韓国が変質する。北朝鮮を民族同胞と見なし、反共で連携してきた台湾と断交、反日カードを続々と切ってきたのもそれ以降のことだ。「嫌韓」とは、この「冷戦後の国際情勢の変化にともない、韓国という国自体が変質し」たことに対する敏感な反応だったと古谷は述べる。しかし「この国の「保守空間」こそが伝統的親韓の体現者であったがために、そういった「嫌韓」の発露は、必然的に既存の保守団体やメディアではなく、インターネット空間によって行われるよりほかなかった」のだと。「ネット右翼」の登場である。

この古谷の議論は、三つの点ですぐれている。まずは、ネット右翼の発生を、日本社会の右傾化や、社会的格差の拡大や貧困が生み出す鬱積といった一国的な視点ではなく、ソ連崩壊と冷戦の終焉によるグローバルなパラダイムチェンジにおいて見出している点。そして、それにともなう、既存の保守とそれに飽き足りない新しい保守との「分離・結合」を見ている点。さらにそれが、それまで反共一点ばりだった保守の側に、従来タブーだった「嫌韓」というアイデンティティを「解放」したこと、そしてそのタブーを作りだしたのは「サヨク・リベラルに蔓延する韓国=善」の思想だけでなく、戦後韓国と癒着してきた保守政権とそれを支えた保守論壇だったことを明確にした点である。すなわち、在特会やネット右翼、嫌韓の問題には、反共なきポスト冷戦期における保守の漂流が表れているというのである。

こうした文脈は、「偽装する保守」を告発し、本来的な保守のあり方を問おうとする、藤井聡と適菜収の議論にも共有されていよう(対談「偽装する保守」、『新潮45』二〇一四年一月号)。藤井と適菜は、改革・改造信仰というパンドラの箱を開けてしまった『日本改造計画』(一九九三年)の小沢一郎の手法を、そのまま踏襲したのが小泉純一郎だったという。小泉は、靖国神社を利用して「エセ保守、バカ保守を取り込むことで政権を強化していった」(藤井)と。

そして、その小泉構造改革路線を「しっかり引き継ぎ」「むしろ加速させる」と所信表明したのが安倍晋三にほかならない。したがって、「安倍は誰がどう見ても構造改革論者」(適菜)であると。

正論である。とりわけ、今回の東京都知事選において、小泉と安倍が、あたかも対立しているかのように「偽装」されているのを見るにつけても、彼らがともに、むしろ左派に親和的(＝グラムシ的)な「構造改革論者」であるという視点は重要だろう。

この冷戦後における保守の漂流と混乱を考えるうえでは、千坂恭二の議論にも注目だ。千坂は、全共闘の年長派と年少派に差異を見出している(「右も左も革命戦線異状なし　一九六九年高校全共闘から未来派の若い戦士へ」、『デルクイ02』)。「全共闘世代」と言っても、当時年長だった者と年少だった者とでは、同じバリケードや隊列で共存しながらまったく異なった経験をしていたのではないかと言うのだ。

「全共闘の意識の左翼イデオロギー的理解は年長派の立場にすぎず、年少派では、その無意識において左翼イデオロギーの『神』は死んでいた。その意味で年少派は、たとえマルクスや左翼の言葉や思想を口にしていたとしても、その政治的無意識は脱左翼、脱マルクスの革命派だったのである。誤解を恐れずにいえば、年長派はその左翼的理想主義においてスターリン主義的旧左翼への回帰の可能性を持つ左翼であり、年少派はニヒリズム的な脱左翼革命派としてファシズムへの可能性を無意識的に保持していたといえよう」。

一九六八年の全共闘運動が、一九五六年のスターリン批判以降、「左翼イデオロギーの『神』」の権威が失墜の一途をたどっていた過程に起こったことを考えると、この考察は、現在を捉えるうえでも極めて示唆に富む。しかも、この過激化する全共闘年少派のファシズムへの接近は、戦後民主主義においてはタブーとされてきたた思想の解放だったのだ(この場合、ファシズムと言っても、ナチスやムッソリーニの体制ではなく、日本でいえば保田與重郎や日本浪漫派、蓮田善明のような「保守改革」〈ホフマンスタールーアルミン・モーラー〉を指す）。

これは、ソ連崩壊後、それまでタブーとされてきた「嫌韓」の解放とともに、既存の保守よりも過激化した形でネット右翼や在特会が出てくる過程とパラレルに捉えられないか。いわば、一九五六年から約一〇年かかって、既存の左翼との切断をはかった六八年が爆発したとしたら、一九八九年／九一年からやはり約一〇年かかって、それまでの保守と分離するようにネット右翼が発生してきたのである（ネット右翼の登場は、二〇〇二年の日韓ワールドカップを一つの契機としている）。逆にいえば、一九六八年当時、インターネットが普及していたら、全共闘年少派は「ネット左翼」になっていたかもしれないのである。

千坂の「右も左も革命戦線異状なし」も左右混淆反体制マガジン『デルクイ』が表紙にうたう「右とか左とか云うのはまだ新しすぎる　未分化の状態へと退却せよ」という言葉も、このような文脈において、「文字通りに」受け取られるべきだろう。この国の言論空間は、左右問わず、ようやく今、冷戦後を生きはじめたのかもしれない。

技術は、人間に総動員を要請する

二〇一四年三月

東浩紀、津田大介らが「福島第一原発観光地化」なる「計画」を進めている。計画は、次のような問題意識に基づいているという。「福島第一原発の事故は世界史に残るものである。したがって事故の教訓は後世にきちんと伝える必要がある。とはいえ、福島第一原発のある福島県浜通り地域は、もともと交通の便がよくなく過疎化も進んでいた地域。博物館や公園を作っただけでは訪れるひとは限られる。であれば、ただ跡地を保存するだけでなく、できるだけ多くの、そして多様な人々を効果的に「動員」する仕掛けを作らなければならない」。そして「事故跡地の観光化こそが、悲劇の伝承の条件であり」、「原爆投下から七〇年、いまや広島が「ヒロシマ」となり、世界中から観光客を呼び寄せているように、福島もまた将来的には世界の「フクシマ」となるべきではないだろうか」と（東浩紀「福島第一原発「観光」記」、『新潮』二〇一四年三月号）。

戦争遺構や災害遺構を観光で巡る、いわゆる「ダークツーリズム」である。彼らは、すでに『チェルノブイリ・ダークツーリズム・ガイド　思想地図β vol.4-1』（二〇一三年）を出しており、今回の計画は、その際に取材したチェルノブイリの試みを福島に活かそうというものだ。

「「フクシマ」はひとつの思想である」と東はいう。ならば、それがいかなる「思想」なのか、と問うことは必要だろう。

例えば、原爆ドームなど広島の「悲劇」の遺構は何をもたらしたか。むろん、それを十全に言うことは不可能だ。だが、あえて誤解を恐れずに言えば、遺構に寄り添う「悲劇の伝承」というスタンスは、結局はあの「あやまちはくりかえしませんから」という曖昧な言葉に収斂されてしまうものをはらんではいないか。

日本に原爆が投下され、その悲劇によって二度と原爆が投下できなくなって以降、だがいよいよ原子力は「戦争＝政治」の問題となったのではなかったか。いわゆる冷戦下の核抑止力である。アメリカによる原爆投下後、ソ連は原爆、水爆の実験を次々に成功させた。アメリカはそれを受けて、原子力の軍事利用＝原水爆から、平和利用＝原発へと舵を切り、その技術を日本を含む西側諸国に広めることで社会主義陣営に対抗せざるを得なくなる。同様にソ連も「平和共存」路線を敷き、原発による生産力でもって資本主義陣営に対抗することを余儀なくされた。両陣営にとって原発は、戦争の延長としての政治＝平和にほかならなかった。そしてチェルノブイリ原発事故とは、このソ連「平和共存」路線の決定的な破綻を意味した。現に、この事故によってソ連は崩壊したのである。

津田大介によれば、ウクライナでは「今後国策として原発を推進していくために、国民や周辺諸国の理解を得ることが最重要課題になって」おり、「現在のチェルノブイリ原発やプリピャチをありのままの形で見せることで原発事故を「負の教訓」として啓蒙し」、それが「原発推進政策のプロパガンダ」になっているという（「チェルノブイリで考える――報道、記憶、震災遺構」、『チェルノブイリ・ダークツーリズム・ガイド』）。そして、瀬戸内明久も指摘するように、それこそが科学技術社会のしたたかさであり、よって事態は不可避的なのだ（「境界と監視のテクノロジー――自然と人工のあいだ」、『情況』二〇一三年一一・一二月合併号）。

チェルノブイリ原発は、二〇〇〇年に発電はストップしたものの、現在も送電基地として機能している。ロシアは二〇〇一年に一五年ぶりに原発を新設し、ウクライナも二〇〇四年に事故後初の新原子炉を稼働した。ウクライナは、ロシアが政治的な駆け引きに使っている天然ガスの高騰から、原発依存率五〇％を維持しなければならない状態だ（ロシアからの天然ガス問題は、ロシアとＥＵとに引き裂かれている現在のウクライナ情勢へとまっすぐにつながっていよう）。ソ連崩壊とともに独立したウクライナは、皮肉なことに、まるでソ連「平和共存」路線を延長、延命させるかのように原発増設を構造的に宿命づけられているのだ。このときチェルノブイリのダークツーリズムは、体制延命の装置として、まさに「あやまちはくりかえしません」とばかりに原子力との正しい付き合い方を教えてくれるだろう。

かつて、ポール・ヴィリリオは、新しい技術の発明は新しい事故の発明だと言った。船の発明は沈没事故を、鉄道の発明は脱線事故を、原子力の平和利用は原発事故を必ずや生みだす。現代の技術文明は根源的に事故を原罪ならぬ「原事故」のごとく内蔵しているのだ。だからこそ、事態を直視するために「事故の博物館」が必要なのだ、と。一見、東らの「フクシマ」の観光地化という発想は、このヴィリリオの「事故の博物館」の延長線上にあるかのように見える。

だが、後者にあって前者には消えてしまったものがある。ハイデガー的な技術論である。ヴィリリオは、ハイデガーを、西洋哲学の伝統において最後に技術について思考した哲学者として明確に意識している。「事故の博物館」とは、いわばハイデガーの技術論――技術は手段などではなく、その本質において人間が支配することのできない何ものかである――の顕在化であった。ハイデガーのいう技術の本質が、最も露呈するのが事故なのである。

一方、福島第一原発観光地化計画の方はどうか。繰り返せば、東は、今回の事故の展示は「博物館」では不十分であり、もっと「動員」をはかるべきだという。「動員は全体主義国家では容易だが〔…〕自由主義で資本主義である現代社会において、さまざまなイデオロギー、さまざまな趣味関心に分断された多様な市民をひとつの場所に動員すること、それは現実的には、そこを「観光地」にすることでしか達成されない」のだと。

だが、ハイデガーなら、われわれは、もうとっくに「動員（Mobilisierung）」されていると言うだろう。ハイデガーにとって技術とは、その都度「せき立て」るように更新されていくプロセスそのものであり、それに対して人間は、その発展の論理に動員され巻き込まれるほかはない。技術は、人間に総動員を要請するのである。ここでは、動員は技術の別名なのだ（『福島第一原発観光地化計画』を見ると、東らは自らの「動員」と「総動員」体制とを区別しているようだが）。だからこそ、轟孝夫が指摘するように、「ハイデガーが技術について語るときにはつねに、第一次世界大戦以降、総動員体制や総力戦体制という名で知られるようになった現象を念頭に置いている」のである（「テクノロジーとデモクラシー——ハイデガー技術論の観点から」、『情況』二〇一三年一一・一二月合併号）。

この、技術の総動員の前では、「その時々の政体、民主主義的、ファシスト的、ボルシェヴィズム的政体とそれらの混合形態は見かけでしかない」（ハイデガー『エルンスト・ユンガーに寄せて』、引用は轟前掲論文より）。技術＝動員は、全体主義であろうが、自由主義、資本主義、民主主義であろうが、そんな違いなど頓着しない。固有で自律的な展開なのだ。

動員されないから、悲劇が伝承されないから、悲劇が繰り返されるのではない。ついに人間は技術＝事故が統御できず、すでに逃れがたく動員に巻き込まれてしまっていることが、したがってあやまちが繰り返されるだろうことが悲劇なのだ。

すべてが物語となる中で　二〇一四年四月

佐村河内氏、ビットコイン、ＳＴＡＰ細胞……。いったい何が真実で何が虚構なのか。「ポストモダン」もここまで来たか、と言ってみたくもなる。

佐村河内騒動の発端ともなった『週刊文春』のスクープを手掛けた神山典士は、佐村河内守氏とゴーストライターの新垣隆氏、さらにヴァイオリニストの少女という三人の関係を軸に、ＮＨＫをはじめとするメディアとの関連を含めて、詳細な事の経緯を述べている（「佐村河内守氏の嘘に踊ったメディアの責任」、『創』二〇一四年四月号）。今回の騒動につながっていく流れや、その過程で肥大化していく佐村河内氏の「増長」ぶりは、記者会見からはうかがい知れなかった生々しさだ。

だが、この騒動を振り返ってみて、果たしてそこに何か新しい論点はあったのだろうか。神山は語る。「聴覚障害という、本人が申告しない限り医者でもわからない迷宮と、クラシック音楽という、これまた専門家でないとわからない迷宮。今回の事件には、その二つの迷宮があったので、これまで真相が明らかにならなかったわけです」。「でも、この騒動が深刻なのは、本当に無自覚な共犯者が多かったことですね。障害とか被曝を乗り越えてといった物語にマスメディアが競って乗っていった。今のメディア界のある種の虚構性みたいなものもあぶり出されました」。

この、障害や被曝といった物語、マスメディアの虚構性、あるいは迷宮的な専門知の問題は、三位一体のように互いに連関している。クラシック音楽は専門的であるがゆえに、大衆にとっては迷宮のようにアクセス困難だ。だから彼らは、楽曲そのものというより、それにまつわる物語を聴き、感動を覚えていったのだろう。そのとき障害や被曝といった、より悲劇的で疎外－差別的な、二重苦より三重苦とばかりに刺激の強い物語の方が、物語性は高まるわけだ。そしてマスメディアは、この扇情的ともいえる物語の虚構性に飛びつき、それを増幅する装置として機能していった。佐村河内氏は、この三位一体構造がよく分かっていたからこそ、これを利用しようとしたのだろう。彼は、新たな物語のネタを求めて被災地に赴き、「不憫《ふびん》な境遇の子はいませんか」と探しまわったりもしていたようだ。

では、こうした物語やその虚構性を、音楽にとって余計なものとして排除することができるだろうか。それらは、いわば音楽についてくる「おまけ＝食玩」のようなものだと、佐倉統は言う（「佐村河内騒動とお菓子のおまけ」、『中央公論』二〇一四年四月号）。確かに佐村河内騒動は、音楽そのものよりおまけがメインになってしまった悲喜劇的な現象だが、それは「別に珍しい現象ではない」、そもそも「作品の価値は、それが置かれている場、文脈、環境とセットで決まる」ものであり、今さら「「純粋な作品だけの価値」が存在すると思うのは、あまりにもおめでたい見方である」と。

だが、この「おめでたい見方である」という「見方」をさせるものこそ、ポストモダンだと言わなければならない。

一八世紀までは貴族をパトロンとする高級な娯楽にすぎなかった音楽は、一九世紀の「神の死」以降、感動という物語によって神の代わりに人々を救済するものとなった。「作曲家」という概念自体、このロマン派的な物語の産物である。それは、感動を提供する神の代理人であった。

二〇世紀になると、ロマン派的な感動は遠ざけられ、音楽は神も神の代理も不在の世界へと突入していく。複製技術としてのレコードは音楽を産業化し、またジャズやロック、ポップスといった形で大衆化させもした。ここでは、作曲家は楽曲の作り手に過ぎず、それよりも楽曲にいかに「おまけ」の付加価値を付けて戦略的に売り広げていくかという、プロデューサー的な存在が重視されるようになる。その帰結が、現在のアイドル産業やゲーム音楽の状況であることは言うまでもない。

したがって、ゲーム音楽のオーケストラ化の仕事をしたこともあるという千住明のように、「HIROSHIMA」は、佐村河内氏と新垣氏による「立派な共作」であり、その場合、佐村河内氏は「プロデューサー」や「コンセプトデザイナー」、「クレジットを入れるとしたら、「原案」でしょうか」と言うことは可能である。「佐村河内さんは、みんなに聞いてもらうためのツボがどこにあるか、というところに非常に長けている。新垣さんのような現代音楽の修行をしている人は、逆にそこにはあまり興味がない。佐村河内さんのツボと、新垣さんの職人の力が一体となって、強力な相乗効果が生まれたと言えるのではないでしょうか」と（「作曲家の立場から見た佐村河内守「代作騒動」」、『中央公論』二〇一四年四月号）。だからこそ、佐村河内氏の方が新垣氏を名誉棄損で訴えるという、一見トンデモな展開も出て来るのである。

千住のいう「ツボ」は、先の「物語」と言い換えられよう。かつて、リオタールは、ポストモダンとは、近代において真理と信じられてきた「大きな物語の終焉」だと言った。以降、あらゆる真理は再帰的にすぎない、すなわち真理だから信じられるのではなく、信じられているからそれが真理となると見なされるのだ。このとき、多くが信じられる物語が要請されるだろう。

だが、それは物語にすぎないので、ある日信じられなくなれば終焉する。佐村河内騒動に限らず、ビットコインやSTAP細胞への信用失墜も、とうにリオタールやアンソニー・ギデンズが指摘していたように、貨幣や科学がいかに再帰的な物語に塗れているかを、改めて破廉恥なまでに露呈させたにすぎない、と一応は言える。これまたリオタールやギデンズの言うように、ポストモダンはモダンの否定ではなく、その徹底化であり論理的な帰結なのだ、と。

ならば、リオタールの「大きな物語の終焉」自体にも「物語」を見なければなるまい。このときリオタールは、いわば「大きな物語＝マルクス主義」を「物語」と見なしたのではないかと。

リオタールは、カストリアディスやルフォールが主催する反スターリン主義的な集団「社会主義か野蛮か」に所属、一九六八年革命にも積極的にコミットした。『ポスト・モダンの条件』が書かれた一九七九年には、ソ連がアフガニスタンに侵攻している。いわば、マルクス主義への信用が失墜していく過程を身を持って経験するなかで、「大きな物語の終焉」は宣告されたのだ。

だが、三月一二日に亡くなった大西巨人なら、こう言うだろう。「しかし、何か大切なことが抜けている気がするんだ。人間はひとつのAというものを求めて必死に努力を〔…〕放棄しないで続けていかないといかんと思うわけよ。Aが他の人にはいくら不人気であろうとも、自分では求めて押し出すようにしないといけない。本当に信じてAはすぐれたものであると言う。それがクリティシズムというものじゃないかね」(鎌田哲哉との共著『未完結の問い』)。

すべてが物語にすぎないという柔軟さが支配的なところでは、一生懸命に不動のAを追究する頑固さこそが、最も批評的になるのだ。

リオリエント的歴史観への転回

二〇一四年五月

『Voice』二〇一四年五月号の「総力特集」は、「クリミアの次は尖閣　中露の暴走を止めよ」。最近の中国やロシアの帝国主義的な膨張に警鐘を鳴らす論考が並ぶ。この「中露の暴走」というテーマは、かつてウィットフォーゲルが、マルクスの「アジア的生産様式」や「ヴェラ・ザスーリッチへの手紙」をふまえ、ロシア革命や中国革命にアジア的な専制国家の復活を見たことを想起させよう（『オリエンタル・デスポティズム　専制官僚国家の生成と崩壊』）。当時は転向左翼の反動と受け止められたものの、むしろ現在見直されているようだ。

例えば柄谷行人は、そうした視点を批判的に発展させ、ロシアや中国を、ウォーラーステインのいう旧「世界＝帝国」と捉えている。ロシアや中国で起こったのは、民族や国民ではなく、階級に基づく社会主義革命だった。そのため、「世界＝経済」（世界資本主義）の中でブルジョア革命が起きて、各々のネーション＝ステートに分解されてしまう事態を防ぐことができ、「世界＝帝国」を保持し得た、というのだ（『世界史の構造』）。その後柄谷は、ソ連は崩壊したにもかかわらず「中国だけは存続した。それはなぜなのか」という問いを追究している（丸川哲史との対談「帝国・儒教・東アジア」、『現代思想』二〇一四年三月号）。

また、冷戦の崩壊に、社会主義に対する自由主義の最終的勝利を認め、それをもって「歴史の終わり」を宣言したフランシス・フクヤマは、その後イラク戦争の際には、そのアメリカ中心主義的な自説を覆すかのように「アメリカの終わり」を告げ、最近の中国や東アジアの台頭を目の当たりにするや、今度は「政治の起源」に中国を置こうとしている。

フクヤマは、中国は、紀元前三世紀の秦朝においてすでに最初の「近代」国家だった、という。春秋戦国時代の五五〇年にわたる戦争の末、中央集権的な官僚統治国家を成立させた秦は、まさに内戦を抑圧する専制国家であり、その伝統は現在の中国共産党に至るまで継続しているというのだ。日本や韓国など東アジアの国々も、この文化圏の一員として、西洋と接触するまでは同様な国家を形成し、この「国中どこへ行っても同じという意味できわめて近代的で、国民を登録し、秩序を維持する」「能力」が、西洋との接触による混乱をこえ二〇世紀後半に一気に開花、これが現在の中国、東アジアの急成長の理由だというのである。その主張は、一見反マルクス的だが、奇妙にも先のアジア的専制国家論に類似しているようにも見える（「中国、「法の支配」なき大国の未来」、『中央公論』二〇一四年三月号）。

さらにフクヤマは、一方の西洋が、中国に二〇〇〇年遅れて続々と主権国家を形成していったものの、中国のような専制的な力を持ち得なかったために戦争が相次ぎ、したがってそれを抑止するために「法の支配」を確立する必要があったとも述べている。いわば、西洋的な近代国家において不可欠なのは、民主主義の理念ではなく、民主主義を実行する法の支配なのだ、逆に中国がなかなか民主化されないのはこの法の支配が確立されていないからだ、と。

この「歴史の終わり」以降のフクヤマの転換を典型として、従来の西洋中心主義的な歴史観から、中国を中心とした歴史観への移行が、今や時代の趨勢となった観すらある。むろん、それは昨日今日始まったものではない。西洋中心主義をオリエンタリズムと呼んで批判したサイード、またウォーラーステインの「近代世界システム論」を西洋中心主義と批判し、中心は再び東洋に戻っていると主張した『リオリエント　アジア時代のグローバル・エコノミー』のフランク、あるいは冷戦崩壊後においては、中国とイスラームという二大文明が復活し西洋の脅威となるという『文明の衝突』のサミュエル・ハンチントン、その他、いくつも数え上げることができよう。

こうした歴史観の転換は、日本国憲法を改正し、集団的自衛権を行使していこうとする現政権寄りの主張とも相性がよい。中国の脅威は、いつまでもアメリカの一極的な覇権が続くという「アメリカの夢」からこの国が「覚醒」し、自らが決して西側諸国の一員ではなく、まさにハンチントンのいう「The Rest（それ以外）」にすぎないと自覚する、またとない契機となるからだ（中西輝政「「反日」オバマと習近平に感謝する」、『Voice』二〇一四年五月号）。中国の台頭によって、いよいよ日本は冷戦の崩壊に直面せざるを得なくなったというわけだ。

昨今のリオリエント的歴史観への転回は、したがって現体制のイデオロギーとなり得る。だが、むしろこの点については、ウォーラーステインの共同研究者でもあったアリギの『北京のアダム・スミス　21世紀の諸系譜』の議論に即して見ておくべきだろう。

アリギは、なるほど中国は政治的には専制国家だが、経済的にはアダム・スミス的な自由放任に近いといい、これを、ヨーロッパ的な「マルクス的発展」と区別して「アダム・スミス的発展」と呼んだ。前者は、海外植民地における資源を略奪し、それを原始的蓄積として資本を劇的に拡大させる暴力的な不等価交換であり、後者は端的に市場における等価交換である。

むろんこの区別は、ブローデルによる資本主義の分類に倣ったものだが、アリギはそこに、いわゆる「大分岐」（ポメランツ）の問題を念頭に、西洋と中国の対比を重ね合わせ、さらに後者の中により普遍的なモデルを見出した。このとき普遍性の担保となるのが、西洋の産業革命に対する、東アジアの「勤勉革命」(速水融)なのである。これはもともと江戸時代の日本に見出されたものだが、東アジア全域にも認められるとして、現在の中国の台頭と相まって「普遍化」されたわけだ。與那覇潤なども、こうした文脈から、世界は、そして日本は「中国化」していると述べ、中国をネオリベラリズムの元祖と見なしている(『中国化する日本　日中「文明の衝突」一千年史』)。

だが、一八世紀東アジアの農業に見出されるエートスを、そのまま現在に当てはめることが、果たして本当に可能なのだろうか。「アダム・スミス的発展」が普遍化したのだとしたら、それは資本主義が金融資本主義化し、生産＝労働を基調とする産業資本主義(＝マルクス的発展)以前の、交換を中心とする商人資本主義的な形態に近似してきたにすぎないからではないのか。かつてフーコー(『言葉と物』)や絓秀実(『小説的強度』)が強調したように、アダム・スミスにとって価値とは、リカードやマルクスとは異なり、生産＝労働ではなく交換によって生じるものだったはずだ。この資本主義の形態の移行こそが、産業資本主義に親和的だった西洋から、商人＝金融資本主義に親和的な中国へのヘゲモニーの移行を、あくまで「見かけのうえで」もたらしているのではないか。

ならば、リオリエント的、中国中心主義的な歴史観を無批判に受容することは、ネオリベラリズムや金融資本主義を肯定することに帰結するほかない。現在あふれている中国普遍論が、そのことに一体どれほど自覚的なのかはわからない。だが、そもそもブラック企業や過労死が問題となっているさなかに勤勉革命を寿ぐなど、シャレにもならないではないか。

「スキゾ」から「アスペ」へ　二〇一四年六月

今月は、『現代思想』二〇一四年五月号の特集「精神医療のリアル　DSM-5時代の精神の〈病〉」がとにかく興味深かった（以下、論考やインタビューはすべて『現代思想』同号による）。ほとんど身につまされたと言ってもよい。

振り返れば、一九八〇年代は境界例、九〇年代は解離性障害とPTSDの時代だった。松本卓也は、最近の精神病理学の知見をふまえながら、現代社会は「自閉症化（発達障害化）」、「アスペルガー化」しており、そこには、「スキゾキッズ」（浅田彰）から「アスペキッズ」へという移行が見られるのではないか、「強大な〈父〉がうまく機能しなくなった」「現代社会を生き抜く上では、むしろアスペルガー的な人物像があらたな適応者となっているのではないか」というのである（「DSMは何を排除したのか？」）。

言われてみれば、例えば教育現場などでも、自閉症やアスペルガー症候群、発達障害、うつなどの診断書をもつ生徒や学生が増加の一途をたどっており、教員は簡単な講習を受け、いかに彼らに「対応」するかが求められている。それぞれの状況は基本的に単独的、特異的なので、学校生活の中で彼らに不都合が生じないような方途を探るためには、時には授業や校務よりも多くの時間や労力が割かれねばならない。と言っても、それは精神医療の専門知識がないなかで場当たり的になされる、対応とも呼べないような代物なのだ。おそらく、今後教育現場では、（大）教室での画一的な授業や、形式的に一律公平な評価などは、早晩成立しなくなるだろう。二〇〇四年に、自閉症やアスペルガー症候群ほか学習障害（「学習症」と言いかえられるらしいが）、注意欠陥多動性障害などを含む「発達障害者」を学校教育において支援せよとする、発達障害者支援法が法制度化されて以降、この流れはいよいよ避けられないものとなった。

精神医学の後進国であったアメリカが、フランスやドイツからヘゲモニーを奪ってからというもの、そのプラグマティックな精神医学の代名詞的存在となった『ＤＳＭ（精神障害の診断・統計マニュアル）』も今や第五版を数えている。そこにおいては、前述の発達障害は、「自閉症スペクトラム」と分類されているようだ。コミュニケーションの質的な障害や間主観性の欠陥まで含まれるそれは、まさに「正常者」「定型発達者」との間に広がるスペクトラム（連続体）として捉えられるようになっている。ネット上でも、いわゆる「困った人」、「コミュ障」などと揶揄的、自虐的に呼ばれるほど、その裾野は広がっていると言ってよい。こうした趨勢のもとでは、小泉義之も言うように、「いずれ、誰でも大なり小なり人格障害者であるといった物言いを普及させていくであろう」し、したがって問題は決して「他人事ではない」（「人格障害のスペクトラム化」）。

逆にいえば、これまた小泉が指摘するように、そこで施されるあらゆる「療法」は友達との会話のスキル（！）を向上させるといった「軽度」な徳育と感情教育にすぎず、要は「友愛の政治」の実践たらざるを得ない。すなわち「そこで行なわれていることは、実質的に脱精神医学化・脱病院化している」、また「脱病理化・脱心理（主義）化しているとも見るべきである」と。このように、自閉症化する社会、アスペルガー化する社会とは、障害への対応が脱精神医学化、脱病院化されるほかない社会の到来を意味しているのである。小泉が「専門家は妥協的に共存し連携しているためにそこを見ることができなくなっているが、精神＝心理療法は実は反精神医学的で反社会学的である」と断言するのもそのためだ。

一方、例えば、「全国「精神病」者集団」の大野萌子や山本眞理は、「「反精神医学」というのが日本にあったというのは大嘘です」（山本）と主張し、その「脱」と「反」の差異や揺れの前に、頑なに踏みとどまろうとする存在だといえようか。今回『現代思想』に収められた、この大野（「私の筋が通らない、それはやらないと。」）と、山本（「「精神病」者集団、差別に抗する現代史」）に対する立岩真也らによるインタビューは、「脱」精神医学化の傾向を、決して「反」と読み替えることを許さない、貴重な声の記録としてある。「全国「精神病」者集団」は、保護室占拠に端を発して、大野が一人で開始した運動の過程で一九七四年に結成された。だが、山本は、その数々の闘争のなかで、「私たちの言葉はつねに取り込まれてきた」と言う。「むかーしむかし、「障害は個性だ」という障害者運動がありました。そしていつの間にか、厚労省が「障害は個性だ。だから自助努力でなんとかしろ」という話になっている。自己決定についても私たちが言ってきたら、いつの間にか脳死臓器移植で死ぬときだけ私たちの自己決定が尊重されるという話になってしまった。私たちの言葉はつねに盗まれてきた、簒奪されてきたと思っています」。

聞き手の立岩真也は「前だったら、非常に暴力的な体制とそれに抗するなんとかというかたちで対立軸があった。〔…〕明らかに悪いやつと被差別者みたいな、そういう対立軸があった。であるがゆえに、そういうのに参集するというか、そっちに肩を持つみたいな感じでやってきたのが、二〇年くらい経つなかで、話がぐちゃぐちゃになってというか、こんがらがってきた」と言う。言い換えれば、精神障害の当事者運動は、「反」が「脱」に回収される過程としてあったということだろう。六八年革命がネオリベに回収されたように。回収の過程で、だがその局面において、山本の言う「言葉」の「簒奪」があったということ。主体的な「反」が消毒され、いつのまにか滑らかで必然的な流れとしての「脱」となっていくこと。

むろんそこには、痛ましいまでに、言葉の簒奪と「脱」への回収に抵抗し続けた存在がいる。例えば自らの「病」を対自化し「狂気」へと称揚させ、ラジカルな「狂気論」にまで発展させていった吉田おさみのような存在には、不勉強で知らなかったこともあり、正直震撼させられた。「吉田は「精神病」を狂気と位置づけ、狂気であること自体がすでに反差別運動であるとする。それは決して精神病者であることによる社会からの排除／迫害や治療／支援に対抗する反差別／障害者解放運動の産物としてではない」(樋澤吉彦「治療／支援の暴力性の自覚、及び暴力性を内包した治療／支援の是認について」)。

吉田にとっては、正気（正常者）はそれだけで敵であり、したがって自分が治ることも忌避される。クスリは「麻薬」であり、精神科医は「麻薬販売人」、自身は「麻薬常習犯」と呼ばれる。ここでは、「クスリが効かないことが問題ではなくて、実は効くことが問題」なのだ。

吉田においては、「脱」はもちろん、本当は「反」すら存在しない。吉田は、「反」が、言葉の簒奪の悪循環に巻き込まれ、狂気がはらむ鋭利な敵対性の減退に帰結することを嗅ぎつけた。だからこそ、病に苦しみながらも狂気に踏みとどまろうとしたのだ。安易に革命家と呼ぶことを、それこそ吉田は許さないかもしれない。だが、吉田のような存在は、このアスペルガー化する社会のなかで、いかに敵対性が見失われ、またなぜそれが見失われてしまうのかを、戦慄とともに知らしめる。

日本に近代市民社会は成立しているか　二〇一四年七月

イギリスのキャメロン首相は「大きな社会を」と言った。和田伸一郎が言うように、「これは、戦後の社会民主主義的（ケインズ主義的）な「大きな政府」（福祉国家）、一九八〇年代以降のサッチャーによる「小さな政府」（新自由主義国家）に続く国家経済政策であ」り、そこでは不断の自助努力と相互扶助が求められる。「つまり、やや強引な言い方をすれば、NGOなどに属する、無償で困っている人びとを助ける一部の「プロ市民」のように、すべての一般市民がなりなさい、と。小さい政府をもっと小さくして、政府による保護の埒外の空白地帯が拡大するのだから（＝大きな社会）、そこで自分たちで自立しなさい、と」いうわけだ（「ビッグデータとビッグソサエティ」、『現代思想』二〇一四年六月号）。いわば「大きな社会」とは、「社会は存在しない」と嘯くネオリベによる「市民社会の衰退」（マイケル・ハート）を飽くなき自助努力と相互扶助で補完せよ、衰退の一途をたどる市民社会を想像的に回復せよ、という掛け声なのだ。すなわち、ネオリベは、市民社会を相補的に要請するのである。

絓秀実の新刊『天皇制の隠語《ジャーゴン》』はまさしく、こうした状況に批判的に介入しようとするものだ。そこで絓は、三・一一後の市民運動的な「新しい社会運動」が、あっけらかんと無防備に天皇を招き寄せているさまに切迫した事態を看取し、日本に近代市民社会は成立しているか否かをめぐって、かつて共産党系の講座派と労農派の間で繰り広げられた、日本資本主義論争の問い直しへと向かっている。まずもって日本はいまだ不徹底な近代市民社会の成立を目指すべきだとした講座派（理論）と、市民社会の欠如を想像的に乗り越えようとする現在とは、課題を共有しているからである。別名「封建論争」と呼ばれたその論争は、「封建制」という「隠語」で呼ばれながらも、あくまで「天皇制」を問題化したものだった。

したがって、本書は、講座派理論の末裔たる戦後の「市民社会派」マルクス主義、さらにその現在における「変奏」ともいえるハート／ネグリの〈共《コモン》〉や、柄谷行人の「イソノミア」に対する警戒も怠らない。今回、久々に絓が文学を論じたのも、とりわけ「近代の市民的叙事詩」たる小説中心の近代「文学史」を問題化するためだろう。近代文学＝小説は、それによって市民社会を作為、擬制することで、統治の装置として機能する。本書のタイトルにもなっている巻頭論文の末尾に、稲川方人や安里ミゲル《ミゲル》といった詩人の名が読まれるのも、統治のテクノロジーたる小説から相対的に距離を取るためにほかならない。

絓は、柄谷の『マルクスその可能性の中心』（一九七八年）と『日本近代文学の起源』（一九八〇年）が絶大な影響力を持った理由を、それまで「支配的だった講座派的史観を「労農派」的なそれによって覆してみせたところにある」と言う。従来見られなかった、極めて批評的な視座である。が、真の問題はその先にある。にもかかわらず、最近の柄谷が、初期にその影響が見られた講座派市民社会論に回帰しているように見えることだ、と。「論点を先取りして言えば、このマルクス市民社会論への深く潜行した関心が、『世界史の構造』（二〇一〇年）の交換様式論をへて、近著『哲学の起源』（二〇一二年）で開示され、スキャンダラスとさえ言いうるほどの話題を呼んでいるところの、古代ギリシア・イオニア哲学をその表現形態とする「イソノミア」

の発見にいたるのではないかと考えられる。奇妙なことに（あるいは、当然にも）、近年の柄谷は市民社会という言葉を、ほとんど用いることがないにしても、である」。

ここでは、このことを、絓とは別の視点から見ておこう。柄谷は、『探究Ⅱ』（一九八九年）において、例の高名な、市民社会は「全歴史の真のかまど」であるというマルクス『ドイツ・イデオロギー』の一節を引いたうえでこう述べている。「マルクスがいう市民社会が、近代国家や市民と無縁であることは明白である。それは社会的な「交通形態」なのである」（「自然権」）。

このとき、市民社会は「交通空間」と読み替えられた。「交通空間」とは、マルクスが交換が始まると言った共同体と共同体の「間」であり、それはまたジェイン・ジェイコブスの言う「原都市」のごとく、共同体に先行する内／外のない無限空間である。「共同体は、このような交通空間から自閉することによって形成されたが、交通空間はそのことで消滅したりはしない」（「贈与と交換」）。ここでは、「交通＝交換」空間が普遍性としてある。したがって、必ずやそれは「抑圧されたものの回帰」（フロイト）として、諸共同体に対して強迫的に現れるだろう、と。以降の柄谷は、最近の『遊動論 柳田国男と山人』（二〇一四年）に至るまで、基本的にこのパースペクティヴを保持している。

だがこれは、例えば市民社会派マルクス主義者である望月清司の論理――「かつて存在した「本源的な市民社会」が「資本家的な市民社会」という「疎外態」へと転回しているので、それを否定して成立する「社会主義」は失われた「本源的な市民社会」を回復するものだ」（引用は植村邦彦『市民社会とは何か　基本概念の系譜』）――と、あまりに近似してはいないか。ならば、「大きな社会」を要請する現体制のロジックとも、それは寄り添うことにもなりかねないだろう。

今や「労働組合は役に立つのか」（『情況』二

〇一四年五・六月合併号）と叫ばねばならないほど、労働組合ほか市民社会を構成する中間団体は縮減している（労働組合は大企業内部にのみ存在を許され、したがって資本への対抗組織たり得なくなっている）。労働力は市民社会から放り出され、その「間＝隙間」で裸の「人的資本」と化している。自らは、取り換えのきかない「単独性」としての「自由な創造性」を発揮し得る「資本」だと呟きながら。かつて柄谷は、単独性と単独性との交通空間に普遍性を見出したが、それはネオリベ以降の現在にあっては、酷なほどネオリベに親和的になっているように見える。

樫村愛子は、すでにDSM（精神障害の診断・統計マニュアル）は、こうした人的資本の単独性をターゲットにしていると言う。DSMによって、人的資本の「一連の「不足や欠乏」（不注意、騒々しさ、臆病、悲しみ等々）がチェックされ」、「ネオリベ的理性に呼応する「過剰正常性」」へと不断に向かわされているという。やがてDSMは「分厚い電話帳のような年鑑になり、すべての人がそこに自分を見つけ出すこととなる」だろう。だからこそ、樫村は、DSMは「「単独性の経験」としての精神分析への道を開くものとなるだろうと予測する」（「「ネオ精神医学」を生み出した「トロイの木馬」：DSM」、『現代思想』二〇一四年六月号）。

隙間だらけの市民社会の「間」で、むきだしの人的資本と化してあえいでいる単独性（「たったひとりきりの〈一者〉」〈ジャック＝アラン・ミレール〉？）が、DSMに則ったネオ精神医学の介入によって、「正常」という名の「過剰な従属」を強いられている。もはや「従属」する場所＝市民社会などないのだから、それはますます「過剰な」ものになっていかざるを得ない。「大きな社会」の一員たれ、という道徳や友愛が、弱まることはないだろう。

ピケティ・パニック　二〇一四年八月

フランスの経済学者、トマ・ピケティの『21世紀の資本論』(邦訳『21世紀の資本』、二〇一四年一二月刊)がアメリカで飛ぶように売れていて、論壇誌にもその波が来ているようだ。その話題の書は、過去三世紀にわたる二〇ヵ国以上の税務統計をもとに、富と所得分配の変遷を検証した七〇〇頁の専門書である。コアにある主張は、資本収益率(r)が経済成長率(g)を常に上回る、言い換えれば、経済成長で全体が豊かになるスピードよりも、資本家が財産を運用してより豊かになっていくスピードの方が速い、というものだ。すなわち、資本主義においては、格差拡大が避けられないということである。

このような、「資本主義の根本的矛盾」(ピケティ)を告発した専門書が、資本主義の総本山ともいえるアメリカで、なぜ熱狂的に受け入れられているのだろうか。

赤木昭夫は、その理由を、「世界の行き詰まりとして現在進行中の「右傾化」に訴えたから以外にはない」と断言する。赤木は、現在の世界各地の右傾化を、貧困層が立ち上がる「前段階」として起こっているものと見なし、それを「主導するのは、体制の巨悪をはぐらかされ、浮かばれないのは下層救済の負担のためと思いこまされた中間層であり、彼らは変革よりも旧態の安穏を求める。それにたいし彼らの意を迎えようと、保守もどきの政権がポピュリズムへ傾き、行き詰まれば、ファシズムを呼び込みかねない」と述べる(「ピケティ・パニック――『21世紀の資本論』は予告する」、『世界』二〇一四年八月号)。

ベルナール・スティグレールは、まさにそのようにしてフランスの極右政党FN（国民戦線）は台頭してきたと言う（『FNの薬理学』、未邦訳）。世論調査では、四〇パーセント以上ものフランス人が、FNの主張には正しい面があり、投票はしなくとも考え方には共鳴できる部分があると述べているという。スティグレールによれば、すでに「FNは、フランスにおける支配的なイデオロギーになっている」のだ（インタビュー「国民戦線」の治療法 世界の右傾化をいかに超えるか」聞き手、解説、訳・石田英敬、『世界』二〇一四年八月号）。

また、広瀬英治は、アメリカでは学会や政界に「ピケティ・パニック」が広がっていると言い、その理由を「ピケティの主張が、冷戦期に西側陣営を理論面で支えた経済学者サイモン・クズネッツ（一九〇一年〜一九八五年）の「所得格差は経済が成長すれば自然に縮小していく」という命題に正面から挑むものだからだ」と捉えている。いわゆる「逆U字型仮説」である（『21世紀の資本論』が米国で読まれる理由」、『中央公論』二〇一四年八月号）。

ピケティは、単にクズネッツの命題を覆しただけではない。ここ二〇〇年以上の資料を追うことで、両大戦間の時期だけが例外的にg＞rになっており、クズネッツの命題が現れたのが、まさにこの例外的な時期に当たっていたと喝破したのだ。この時期は、二度の世界大戦と世界恐慌による暴力的な資本破壊によって不平等と格差が減少し、またニューディール政策が機能したこともあって、クズネッツの言うように不平等が解消されたかのように見えたにすぎない一時期だったのだ、と。

だが、今回アメリカのピケティ・パニックの背景として、やはり三年前の「ウォール街を占拠せよ（Occupy Wall Street）」を忘れてはならないだろう。もちろん、ピケティ本が、この99％運動の理論的根拠となったとまでは言えないし、そもそも時期的に運動の方が先に起こっている。だが、運動と理論とがいかんともしがたくシンクロし、同時多発的に起こったことが、アメリカに大きな衝撃を与えたとはいえるだろう。

だからこそ、ポール・クルーグマンも言うように、保守派の論客は警戒を強めたわけだ。曰く、「マルクス主義の再来」(『ナショナル・レビュー』)、「ソフト・マルクス主義」(アメリカン・エンタープライズ研究所、ジェイムズ・ペトクーカス)。さらには、何しろアメリカには階級がないのだから、ピケティが「中間層」と言うのはすでに「マルクス主義的言葉」だと批判する共和党議員もいて、富の集中を制限する方途として累進課税を提唱することすら、「スターリン主義の悪」(『ウォールストリート・ジャーナル』)と非難されている(「「ピケティ・パニック」――格差問題の言及者に「マルクス主義」のレッテルを貼る保守派はこれにまっとうに対抗できるのか?」、松村保孝訳、「現代ビジネス」二〇一四年五月一九日)。

だが、たとえピケティが、フランスでは穏健左派である社会党員であり(二〇〇七年の大統領選では、サルコジの対抗馬セゴレーヌ・ロワイヤル陣営でキャンペーンを張った)、労働者階級の出で、両親は急進的なトロツキー主義政党「労働者の闘争」の活動家であったとしても、そもそも本人が「資本主義を否定するつもりはない」と明言するとおり、彼はマルクス主義者ではあり得ない。

かつてマルクスは、資本主義的蓄積の一般的法則として、富の生産と資本の蓄積に応じて、必ずや貧困の蓄積を生み出す、いわゆる労働者の窮乏化を主張した(『資本論』)。これは大量の産業(失業)予備軍があふれている旧第三世界ではもちろん、旧先進国内部においても第三世界化が進行している現在、否定しようもない現実としてあろう。今やリベラル派ですら認めるように、グローバルに見てマルクスの窮乏化論は当たったわけだ。

だが、ここから労働者階級の反抗、すなわち階級闘争を訴えたマルクスに対して、ピケティは、グローバルなレベルでの資産への累進課税を提案する。両者が直面する資本主義が時代的に異なるからか。いや、現代は格差において、むしろ一八世紀からベルエポックに近づきつつあるというのがピケティの主張なのだ(バルザック『ゴリオ爺さん』が盛んに引用されるのもそのためだ)。

ピケティは「資本主義は民主主義に隷属するものであって、その逆ではない」と言う。ならば、むしろそれは、不平等や格差がある程度是正されれば資本主義のままでよいという保守派の主張ではないのか。現にフランスでは、保守派や右派として受け取られてもいるようだ。

だが、r＞gということは、資本(r)は不断に民主主義(g)を裏切るということではないのか。先月言及したことだが、もはや資本は市民社会から撤退し、それを隠ぺいするように労働者を人的資本と見なしつつある。お互いに資本という立場ならば、格差はおとがめなしになるからだ。資本主義が民主主義や市民社会に隷属するように見えたのは、それこそ例外的な一時期にすぎない。

では、ピケティの議論は注目に値しないのか。いや、三・一一以降、すっかり格差や貧困をめぐる議論が影をひそめてしまったように見える日本においては、決してそうではないだろう。労働分配率が主要国中最低であるにもかかわらず、アメリカのような超高額報酬を手にする経営者が見当たらず、また低所得者が層として増加しているこの国においては、格差や貧困が目立たないだけだ。このように「資本主義の根本的矛盾」を露呈させないような、「みんな仲良く貧困社会」(『週刊東洋経済』二〇一四年七月二六日号)という巧妙な統治が暴露されるためにも、むしろこの国こそピケティ・パニックを必要としているのではないか。

期せずして問題化される「帝国」

二〇一四年九月

今月の対談で佐藤優と與那覇潤は、沖縄がウクライナ問題を、他人事ではなく自分の事として捉えていることに注目している（「「沖縄問題」の底流を読む。」、『潮』二〇一四年九月号）。『琉球新報』は、五月にウクライナのドネツク州とルガンスク州で行われた民族自決に関する住民投票について、「設問にある「自立」が独立を意味するのか、自治権拡大を意味するのか」、「東部2州とロシアとの結び付きを考慮《こうりょ》せず、投票した住民の思いを全否定するのはフェアではない」といった社説を出した。概ね沖縄以外の新聞が、ロシアが介入し親ロシア派が多数の得票を占めた選挙自体に頭から批判的だったのに対して、これは事態をまったく異なる視点で捉えたものだと言える。「自分たちはウクライナ人なのか、ロシア人なのか。平時であれば二者択一的に突き詰めて考える必要はないのに、それが許されない状況になってしまった。近代初頭に沖縄が直面したのと、まさに同じことが起きている。それに「琉球新報」は、敏感に反応したのですね」（與那覇）。

江戸時代、琉球王国は、薩摩藩から役人を迎えながらも、同時に中国の清朝にも朝貢し、臣下として仕えて貿易を行った。近世の間は、自分たちは「日本なのか、中国なのか」を決めなくても大した問題ではなかった。それが許されなくなったのが近代である。以降、日本全体の〇・六％の面積の沖縄に、七四％の米軍基地が集中するという、構造的差別を受けることとなった。「沖縄にとっては、基地問題は安全保障でなく「沖縄に対するヤマトのエリートによる差別」という受け止めなのです」(佐藤)。その結果、沖縄独立論までが浮上してきている。

だからこそ、沖縄の新聞には、九月一八日に実施が予定されている、スコットランド独立の住民投票の話題も頻繁に登場しているのだろう。佐藤は、イギリスが握る北海油田がスコットランドの領域にある以上、もしスコットランドがイギリスから独立したら、両者の間に武力衝突が起きてもおかしくないという。沖縄は、これまた自分たちの事として、深刻に捉えているわけだ。

今月も集団的自衛権や日米同盟、憲法九条、東アジア情勢などを中心に、日本の安全保障の問題が盛んに論じられている。だが、この沖縄の構造的差別を無視した議論は不毛である。それらは、すでに沖縄との間に起こりつつある「戦争」すら感知し得ないものだからだ。今や、一六〇九年の薩摩軍による「琉球侵攻」を、「琉日戦争」と書き換えている若手研究者もいるという。今、必要なのは、沖縄もウクライナも、ともに貫くような視座だろう。

新刊『帝国の構造　中心・周辺・亜周辺』で柄谷行人は、ブローデルによる「世界＝帝国」と「世界＝経済」の区別に基づき、そこにウィットフォーゲルの「中心、周辺、亜周辺」を導入しつつ、さらにはフランク、ウォーラーステインの視点なども重ね合わせながらそれらを練り直している。そして、「近代の国民国家と資本主義を越える原理」を、「何らかのかたちで帝国を回帰すること」に見出した。「世界＝帝国」は、それまでその「亜周辺」にあった「世界＝経済」が、内部に深く浸透することで生じた世界資本主義によって内からも外からも破られて衰退していったが、そこには帝国の抵抗、すなわち「近代西洋の資本主義と国民国家の観念を疑い、それらを越えようとする志向があった」というのだ。そのとき、西洋列強が帝国を解体するために用いたのが、「「民族自決」というイデオロギー」である、と。

沖縄が、ウクライナやスコットランドに突きつけられた「民族自決」に敏感であるのも、沖縄では、日本が同胞としてではなく、まさに「民族自決」の「観念」に訴えることで侵略してきたのではないか、という「疑い」が抱かれているということだろうか。柄谷は、「民族自決」によって分解せずに広域国家として存続した旧帝国に注目し、それは「民族よりも階級を重視したマルクス主義者が革命を起こしたところだけだ」、「皮肉なことに、帝国は、マルクス主義によって存続した」と述べる。資本主義経済の浸透によって階級格差が広がり、それが民族的格差に転化され、結局は諸民族が分解してしまったソ連やユーゴスラビア連邦に対して、今回とりわけ重視されるのが、最後まで崩壊しなかった中国である。毛沢東の「文化革命」を、柄谷がこれほど評価するのも珍しいのではないか（二〇一四年五月の時評で述べた「リオリエント」）。

柄谷は、中国が崩壊しなかったのは、毛の革命が「帝国の経験に立脚した」ものだったからだと言う。少数民族を優遇、援助する清朝の政策を継承し、農民を革命の主体として「易姓革命」の伝統に則ったために、「たんにマルクス主義にもとづくのでない「正統性」があった」、「ソ連でマルクス主義者の政権が滅んだのに、中国が壊れなかったのは、そのためだ」と。

中ソ論争の影響や、もともとスターリンが旧帝国の中で思考したマルクス主義者だったことが軽視されていることなど、いくつかの疑問は今は措く。ここではむしろ、一見無関係に見えながら、その帝国への着目が、これまた最近刊行された、蓮實重彥の大著『『ボヴァリー夫人』論』にも共有されていることへの驚きを書き留めておきたい。

蓮實は、フローベール『ボヴァリー夫人』が、物語の時代背景としては「七月王政」期に設定されているにもかかわらず、テクストに露呈している権力の形態がルイ＝フィリップ的な立憲君主の統治形態とは異なり、むしろルイ＝ナポレオンの「第二帝政」期のそれではないかと論じている。そして、その権力構造を「帝国の遊戯」と呼ぶのだ。「その政治空間では、誰もが自説を述べることが許されていながら、それが権力によっていかに処理されるかをめぐっては、誰も何ひとつ知ることができない。それ故、「懇願」の主体は、むなしく待つばかりである。為政者は〔…〕帝国の維持を堅固に内面化する。「命令」や「禁止」を口にして拘束することより、その方が遥かに有効な支配網をめぐらせることができるはずだからである」。

この「遊戯」的な帝国の統治形態が、服従さえすれば、あとは諸民族の自由に任せつつ保護するという、柄谷の言う、帝国主義とはまったく異質な帝国の統治システムを想起させることは言うまでもないだろう。逆にいえば、そこにはかつての「帝国主義戦争を内乱へ」（レーニン）といった革命戦略など芽生える余地もない。したがって、そこでは、「作中人物の誰一人として、進歩主義者を気どるオメーさえ、作者自身が体験している革命やクーデタの可能性など思い描けずにいるのであ」る（蓮實、河出文庫版『ボヴァリー夫人』解説）。今、期せずして「帝国」が問題化されていることは、何を示しているのだろうか。

冷戦後の不可避的な移行

二〇一四年一〇月

今月は、各誌競うように朝日新聞問題である。『正論』が一五〇頁にわたって「朝日新聞炎上」と題した特集を組み、『Voice』が「朝日の慰安婦報道を叱る」を、『文藝春秋』は朝日を中心に「新聞、テレビの断末魔」を、それぞれ「総力特集」で論じている。

だが、今回の朝日問題にしても、従軍慰安婦問題にしても、何かそこに思想的（政治的ではない）問題が、本当に存在するのだろうか。「慰安婦を強制連行した」とする吉田清治の証言（一九八二年）にしても、元慰安婦だったという金学順の証言に基づいて「「女子挺身隊」の名で」強制連行があったとする朝日・植村隆記者の記事（一九九一年八月一一日）にしても、今までも再三再四その信憑性を疑われてきた。そもそも、朝日の二〇一四年八月五日の検証記事にもあるように、一九九三年の時点で朝日新聞自体が強制連行の証拠が存在しないことに気づき、それ以来「強制連行という言葉をなるべく使わないようにしてきた」というのだ。したがって、むしろ問題は、ではなぜ今まで記事を訂正、撤回せずに来たのか、だろう。すなわち、池田信夫が言うように、「慰安婦問題の本質は「朝日新聞問題」だ」と言っても過言ではない（「朝日の「検証記事」を検証する」、『Voice』二〇一四年一〇月号）。

むしろこの、朝日が今まで慰安婦の記事を撤回してこなかったことにこそ、思想的な問題を見るべきかもしれない。さらに池田が自らのブログで言うように、これには冷戦の崩壊が大きく関わっているからだ。「しかし90年代には社会主義が崩壊し、平和憲法も風化したため、アジアとの和解とか反原発とか、朝日もいろいろな正義をさがした。「慰安婦問題の本質」が女性の人権だなんて、90年代には言っていなかった。彼らはそれを日本軍の戦争犯罪として糾弾したのだ。それが強制連行があやしくなったら、広義の強制やら女性の尊厳やら、あとから取って付けたご都合主義の「本質」が出てきた」(「『朝日新聞の正義』の賞味期限はとっくに切れた」二〇一四年九月一六日の記事)。

だが、「強制連行」が、「広義の強制やら女性の尊厳やら」にスライドしていったことが、単なる朝日の「ご都合主義」として片づけられないところに、慰安婦問題の困難がある。先に述べたように、今までも慰安婦問題は、思い出したように繰り返し論じられてきた。最も加熱したのは、一九九〇年代後半の高橋哲哉(『戦後責任論』)と加藤典洋(『敗戦後論』)の論争だろう。だが、絓秀実がそれこそ何度も論じてきたように(『吉本隆明の時代』など)、これ自体が一九七〇年代の津村喬と吉本隆明の論争の「劣化コピー」だといってよい。

このとき津村が展開した、いわゆる「在日」を軸とした入管闘争=反差別闘争は、「日本人」というナショナルな主体の十全性を決定的に疑わせることとなった。と同時に、その闘争は、その後必然的に「在日」にとどまらない、「部落民」「障害者」「女性」などへの差別に対するマイノリティーの運動へとシフト、拡大していった。

だが、そのシフトと拡大は、「すべてのことは政治的である」という一般化をともなって、かえって非政治的で倫理=道徳的な「正義」(ジョン・ロールズ)を招き寄せ、いわゆるPCへと帰結していくことになる。朝日が、あるいは一部の歴史家が、「広義の強制」や「女性の人権」にスライドしていったことは、ご都合主義や居直りというより、このポストポリティカルな「正義＝ＰＣ」への不可避的な移行によるところが大きいと言えよう。

それは、社会主義圏が衰退、崩壊していくなかで革命という政治が退潮し、すべてが温存された資本主義の枠内における正義の実現という、倫理＝道徳の問題へと変質していく過程そのものだったのだ。慰安婦問題が、冷戦崩壊以降に争点として浮上してきたゆえんである。

呉善花が言うように、「いくら『朝日新聞』が誤報を認めたところで、韓国が日本への謝罪要求を引っ込めることはありえ」ないだろう（「さよなら、幻想の国」、『Voice』二〇一四年一〇月号）。先に述べたように、問題の本質が朝日新聞問題だったとして、だからといってそれは「慰安婦問題は存在しない」という意味ではない。逆である。むしろ、朝日新聞問題は、慰安婦問題の「本質」を覆い隠す蓋だったのではないか。

朝日の記事の訂正が認められ、国家＝軍による「強制連行」はなかったとなったら、いよいよ今度は、ならば民間業者による売春や人身売買ならよいのかという、まさに「女性」に対する差別の問題へとステージは移行していかざるを得まい。それが、グローバルスタンダードというものだからだ。「慰安婦の強制連行はなかった」とは言えても、今や議会で女性議員に「早く結婚しろよ」というセクハラ発言を行うことは許されない。もちろん、「民間による売春なら日本だけではない、欧米諸国もやっている」と、まさにグローバルなレベルでの「解放」（津村との論争で吉本がもたらしたものも、一種の「解放」だった）を求めることは可能だ。だが、同時にそれは、慰安婦を性奴隷と見なそうとする国連や海外メディアの「グローバルスタンダード」と表裏一体なのだ。

そんななか、李香蘭＝山口淑子が亡くなったことには、正直驚かされた。四方田犬彦が言うように、「山口淑子は一度として朝鮮人従軍慰安婦をスクリーンで演じたことはない」にもかかわらず、「神話としての李香蘭と慰安婦問題の間には深い結び付きがあ」るからだ（『李香蘭と原節子』）。

　例えば、小説『春婦伝』（一九四七年）の作者、田村泰次郎は、主人公の朝鮮人慰安婦「春美」を、「満州」で出会った李香蘭をイメージして造形している。したがって、翌年『暁の脱走』として映画化された際、彼女が春美を演じたのは当然の成り行きだった。だが、映画の春美は、朝鮮人慰安婦から日本人の慰問歌手へと変更された。重要なのは、その改変が、ＧＨＱ（ＣＩＥ）の検閲ではなく、制作会社・東宝によるものだったことだ。朝鮮人慰安婦の存在は、当時の日本映画にとって、正面からは描きにくい禁忌だったからだ。そのとき「装置」として機能したのが、李香蘭＝山口淑子という女優だった。

　戦前「李香蘭」の名で植民地の女性を演じ続けた女優が、戦後「山口淑子」として、そんな「女は存在しない」（ラカン）かのように表象＝隠蔽すること。「アジア女性募金」の設立に関わったのも、そのことと無縁ではないはずである。

　まるで、慰安婦は、歴史的事実ではなく、スクリーン上の幻想だったとでも言うように、今回の騒動のなか、彼女はひっそりと亡くなった。だが、「存在しない」ことで、かえって記憶の中で存在感を増すのが、「女」優というものではなかったか。李香蘭＝山口淑子の映像とそれがもたらしたものは、そう簡単に消えることはないだろう。

ネオリベ化する大学　二〇一四年一一月

今月も各誌、「従軍慰安婦」「朝日新聞」「ヘイトスピーチ」に関する特集や論考が並ぶなか、『現代思想』の「大学崩壊」という特集が目を引く。この六月に成立し、来年四月から施行される「学校教育法及び国立大学法人法の一部を改正する法律」によって、教授会が学長の諮問機関に格下げされ、人事権と経営権を剥奪されることで、事実上「教授会の自治」が失われることとなった。

では、今まで教授会の自治はあったのか。例えば小沢弘明は、「いまさらこの改正に限って反対するのでは遅すぎるのではないか」、「なぜなら、今回の事態は一〇年前に訪れていたとしてもまったく不思議ではなかったからです」と言う。二〇〇三年に制定された国立大学法人法を「一〇年遅れで実現するために、今回の法改正はなされたと見るべき」だと(「大学改革という「永久革命」」)。

むろん「大学改革」といえば、一九六三年に研究学園都市が構想されはじめ、一九七三年に実現した筑波大学開設に、その端緒を見るべきだろう。この東京教育大学の筑波大学への改組こそが、現在にまでつながる終わりなき「永久革命」としての「大学改革」の始まりであった。そして、教授会の自治は、すでにこの時否定されていたのではなかったか。

今回の法改正によって、いわば構想から五〇年かかってほぼ全大学が筑波化されたわけである。筑波化＝大学改革にこれほど時間がかかった大きな理由は、一八歳人口の急激な減少が始まったのが一九九三年であり、したがって大学が本格的に少子化による経営危機に直面するのが、九〇年代後半以降だったことによるのだろう。

注意すべきは、この教授会の自治の剥奪が、政府のみならず、かつての学生運動の目指すところでもあったことだ。石原俊は言う。「日本の一九六八年の学生叛乱は、「国家権力の手先である教授会の自治から学生による大学の自主管理へ」という旗印を掲げた。〔…〕そして、東大をはじめとする当時の旧帝大の学生たちは、「自主管理」というスローガンとエリートとしての自らの特権性との矛盾に苦悩した結果、ついに「大学解体」、すなわち自分たちのモラトリアムを特権的に保障してきた場の解体を掲げるに至ったのである」(「大学の〈自治〉の何を守るのか」)。

当時の学生が本当に「自主管理」を望んでいたかは疑問だが、教授会の自治なる「擬制の終焉」(吉本隆明)の果てに「大学解体」というスローガンに行きついたというのはその通りだろう。今日の「大学解体」とは、その帰結でもあるわけだ。

全学連(全日本学生自治会総連合)の初代委員長だった武井昭夫は、全学連ができた一九四八年当時は、大学の自治、学問の自治といえば、大学を構成する三要素たる学生、教授、職員が、それぞれ相互の自治を尊重し、協力し合ってはじめて成り立つものであり、そうした学生の主張を教授会も受け入れてきたと言う(『層としての学生運動——全学連創成期の思想と行動』)。

だが、その後の全共闘の時代になると、学生自治会を「セクトの私物」だ、占領下にできた「ポツダム自治会」だと言って自治会否定論が広がった。むろん全学連・武井からすれば、「ポツダム自治会」呼ばわりなど「歴史の断続による無知の然らしめる言説」でしかなかったが、全共闘から見れば、そのとき自治会は一党派による独裁的支配下にあり、しかもそれ自体大学側に簒奪されていた。すでに自治会は、大学がそれを通して学生を排除しつつ統治する「装置」と化していたのだ。敗戦後、戦争の遺産を破壊して、学園の自治を目指した自治会の初発の精神は、資本主義の力によって徐々にねじ曲げられていった。全共闘が、「自治会を守れ」ではなく「ポツダム自治会」解体を掲げざるを得なかったゆえんである。彼らにとって「大学の自治」など、学生自治会を回収した教授会の自治にすぎなかったのだ。

　したがって、今回の法改正に対して、教授会の自治を守れ、それが学生や学問、ひいては大学の自由や自治を守ることにつながる（そのために中世ヨーロッパの大学自治を説く者もいる）というのは、あまりにも一面的な議論ではなかろうか。

　現在の、教授会や大学の自治を守れ、学問の自由を守れという声は、どこか、守られるべき大学の自治とはまずもって教授会の自治であり、またもともと学問は自由であったかのように聞こえてならない。だが、規律／訓練《ディシプリン》が機能していた頃においても、それが機能失調した監視／管理《コントロール》下の現在においても、大学教員とは、資本主義に従属する主体を生産する「装置」であり、したがって学問が不自由なものでしかないことは自明ではないか。そうした視点なしに教授会の自治や学問の自由が叫ばれるならば、結局それは、自らが資本主義の片棒を担いだ存在であることを隠蔽し、学生を排除したうえで成り立つ自らの自治と自由だけは保持されるべきだという主張になりかねない。

　しかも、今やその学生の排除は、宇都宮健児と大内裕和が言うように、彼らを貧困化させ借金漬けにすることに及んでいる（「「受益者負担の論理」を超えるために」）。「学生消費者主義」（リースマン）は、ならば学費は教育の消費者（利用者）が負担すべきという「受益者負担論」へと巧妙にスライドし、学費の高騰と奨学金制度の改悪を招いた。学生を正規社員という労働者として輩出し、市民社会へと包摂することが困難になった資本主義は、今度は彼らを労働力商品ではなく人的資本の所有者＝「資本家」と見なし、不断のキャリアアップに駆り立てている。そこでは、奨学金はあくまで「資本家」への投資なので、将来的に債務を背負わせ借金漬けにすることは織り込み済みなのだ。「驚くべきことに」、大学が導入した（多くの場合アウトソーシングの）「キャリア教育」とは、「職業教育のことを目指すのではな」く「人間力」（人的資本！）のアップであるという佐々木隆治の指摘は重要であろう（「資本蓄積と大学改革」）。

教授会の自治と学問の自由から排除されているのは何も学生ばかりではない。ここでは非常勤講師問題に触れる余裕はないが、入江公康、大野英士、小田原琳、林克明による座談会「労働現場としての大学　非常勤講師問題から考える」は、現在いかに非常勤講師が排除されているか、状況が切迫していることを告げている。

今やネオリベ化を完成しつつある大学は、専任教員／非常勤講師／学生が、まるで中心／半周辺／周辺として再編成されており、まさに「世界システム」そのものである。むろん人的資本論は、専任教員をも例外とはしないから、早晩「生き残る大学教授」（『中央公論』二〇一四年八月号特集）が問われることになろう。最近話題になった「G型大学とL型大学」（冨山和彦）も、大学全体を中心＝G型／周辺＝L型に振り分け、配置し直そうとする試みとして捉えられる。大学解体＝崩壊とは、このように大学が、なりふり構わず資本主義的な存在として現れるようになった事態にほかならない。

こうした状況において、いったい何をなすべきか、また何ができるのか。どこかに明確なビジョンがあるわけではない。だが、見てきたように、それは、単に教授会や大学の自治、学問の自由を守れといった方向ではないだろう。

代表制＋資本主義そのものを問う選挙

二〇一四年一二月

本当は別のテーマで考えていたが、急きょ選挙をめぐる言説を取り上げる。

一一月一八日、安倍晋三首相は、衆議院の解散を宣言した。その際に口にした「代表なくして課税なし」という言葉が、ちょっとした話題になっている。ネット上では、「意味不明」「難しい」「全然意味も場面も違う」「貴方が代表ですよ」など、首相の発言の真意を測りかねるといった趣旨のコメントが多く見られる。

「代表なくして課税なし」とは、アメリカ独立戦争の時の有名なスローガンだ。まだアメリカがイギリスの植民地だった当時、移民たちは税を課せられたにもかかわらず、自分たちの代表をイギリス議会に選出することができなかった。いまだ代表権を持つ「市民」と見なされていなかったからである。このことに反発し、イギリスからの独立運動の中で訴えられたのがこの言葉だった。すなわち、「税を課すなら代表を認めよ」「課税あるところに代表あり」ということだ。

であれば、首相＝代表が、増税を延期して打って出た今回の解散は、いわば「代表あって課税（増税）なし」であり、先のスローガンはまったくの見当外れ、さらには「いや、あの時のイギリスに対するアメリカにならって、対米従属からの「独立」を問う選挙なのではないか」といった奇をてらった反応まで飛び出すのも分からないではない。

だが、果たして本当にそうか。首相の「代表なくして課税なし」には、今回の選挙、いや資本主義下の代表制民主主義における、極めて本質的な問題が露呈しているように思える。

首相は、スローガンに続けて「国民生活に大きな影響を与える税制において、重大な決断をした以上」「どうしても国民の皆様の声を聞かなければならないと判断いたしました」と述べた。この「大きな影響を与える」「重大な決断」とは、何より増税を先送りにすることで、現在日本が抱える一〇三八兆円の政府債務を、たとえわずかではあっても現行世代に負担を求めていこうとする姿勢を放棄し、次世代の納税者にツケを回すことを指していよう。

むろん、安倍ブレーンの内閣官房参与たる浜田宏一や本田悦朗らは、そうでないとアベノミクス自体が崩壊するのだと警告する。「財政健全化のために将来的な消費増税は避けて通れない」が「問題は、その時期」(浜田)であり、「インフレ率が二%で安定し、デフレ脱却宣言が出た後にすべきだ」(本田)と、あいかわらずの持論を展開する(対談「アベノミクスはこのままでは崩壊する」、『文藝春秋』二〇一四年一二月)。「日本は、政府こそ借金にあえぐ「貧乏父さん」ですが、民間は海外にも巨額な資産を持つ「金持ち母さん」」であり、「国民の租税負担力への信頼が日本国債に対する信認に繋がっている」から「消費増税を延期したからといって、すぐさま崩壊するはずはありません」と(浜田)。

だが、その「国民の租税負担力への信頼」には、まだ生まれていない将来世代も見込まれていよう。ゼロ歳児は、現在の投票者の中央値である六〇歳世代に比べて、生涯所得で一億円の負担増になるともいう。にもかかわらず、彼らは国会に代表を送り込むことができない。財政再建か経済再生かは常に世代間闘争だ。だが、選挙で闘う以上、若者に勝ち目はなく、少子高齢化のなか、今後はますますそうなるだろう。

代表制民主主義とは、選挙結果が「民意」と見なされるシステムである。すなわち、その勝ち目のない選挙によって、代表されざる年少世代はおろか、代表を送り込みようのない将来世代すら「租税負担力」の担い手と見なされてしまう装置なのだ。そしてこれこそが、首相の言う「代表なくして課税なし」の真意である。裏を返せば、それは「代表あれば課税あり」なのである。一見的外れに見える首相の言葉は、選挙で「代表」の信認を取り付けることで「課税」の正当性を得ようという、代表制民主主義の原則を述べた極めて真っ当な発言と受け取るべきなのだ。

そもそも、第一回帝国議会選挙（一八九〇年）からして、選挙権は一五円以上の男性納税者にしかなかった。選挙とは最初から「代表あれば課税あり」なのだ。問題は、いくら制限選挙であっても、代表制民主主義においては選挙が「民意」という普遍性を形成することである。選挙とは、選挙権があろうとなかろうと、一人一票の平等な市民によって「民意」が形成されたことにする擬制である。

若者や将来世代にとって、現在政府が抱える債務は自らが借りた覚えのない借金だ。その返済義務を負わされている状況とは、端的に搾取だろう。しかも債務はＧＤＰの二倍にも膨れ上がっており、すでにわれわれは生産する以上に多く借りているという異次元に突入している（市田良彦・王寺賢太・小泉義之・長原豊『債務共和国の終焉　わたしたちはいつから奴隷になったのか』）。だが、資本主義社会とは、一応は等価交換の法則や労働価値説をベースにした社会ではなかったか。もしそうであるなら、生産する以上に借りることなど論理的にあり得ないはずではないか。

もはや社会から資本が撤退しているのだ。沖公祐が言うように「新自由主義とは、資本が社会的再生産を担えなくなったことの資本自身による告白にほかならない」（「制度と恐慌」、『情況別冊 思想理論編第二号　現代政治経済（学）批判』二〇一三年六月号別冊）。互酬や再分配のように、債権債務関係（信用）は、関係を持続させ社会を再生産する効果を持つ。資本主義とは、その「社会的再生産の編成原理であった債権債務関係を交換に置き換えることによって成立したものである」。

資本にとっては、債権債務関係は不合理なものだ。ゆえに、それを交換という「合理」へと「置き換える」必要がある。自分が借りた覚えのない債務を押し付けられるという「不合理」が、あたかも「合理」であるかのようにまかり通っているゆえんだ。だが、この不合理の合理化には無理があるから、それ自体「社会的再生産に不安定性をもたらさずにいな」い。そこで社会は、その都度「民意」を擬制的に形成しなおし、この「無理」を糊塗するほかないのだ。当初首相は、「アベノミクス解散」ではなく「「この道しかない」解散」という名前にしたかったようだが、確かに代表の立場からすれば、この無理を無理やり通す以外に「道」はない。

無理を通す「代表」たる私がいなかったら、もはや「課税」による社会の再生産はあり得ない――。合理（交換＝経済再生）と不合理（債権債務関係＝財政再建）の間の矛盾がはち切れんばかりになっている現在、首相の「代表なくして課税なし」は、まさに待ったなしのスローガンとしてある。首相は、今度の選挙は、無理を「民意」で塗りつぶそうとする、この代表制というシステムそのものを、そして「アベノミクス解散」と言うことで資本主義経済そのものを問うのだ（かってそんなことがあっただろうか）と宣言した、そのように真に受けるべきである。だとしたら、野党を含めた代表制－資本主義の内部に、もはやこれに対する「否」が組織される余地はない。したがって、今度の選挙は、投票率自体が争点でなければならないはずなのだ。

「嘘」に塗れていた二〇一四年の言葉たち　二〇一四年総評

一〇月二〇日に行われた、在特会会長桜井誠と大阪市長橋下徹の意見交換会は、その開催が批判されたうえ、結果についても、おおよそ「ガキの喧嘩」「史上最低」と酷評された。だが、この悪名高き討論において、はからずも露呈してしまったものがある。今、政治はどこにあるのかという問題だ。

ほんの数分で終わった両者のやり取りは、政治は代表制の中にあるのか否か、というただ一点をめぐっていた。「民主主義なんだから、選挙に出て訴えろよ」と盛んに主張する橋下に対して、桜井は一貫して「政治にまったく興味がないんでね」と応じた。「国会議員に言え、政府に言え」という橋下の言葉は、「政治を信じていない」、「政治家っていうのは、この世でもっとも醜悪な人種だと思っているんでね」という桜井にははなから届かない。

そして、二〇一四年とは相対的に、だが決定的に、政治のリアリティーが、この橋下的言説から桜井的言説へ、すなわち代表制民主主義からその外へとシフトした年ではなかったか。「世の中を変えるのは、そんな簡単じゃないの」という橋下に対する、「君を見てればよくわかるよ」という桜井の言葉は単なる揶揄ではない。

一二月の時評で述べたように、最初から数のうえでは負け戦を強いられている若者を中心に、選挙に勝つことが「世の中を変える」ことにつながるというリアリティーは、今や急速に失われつつある。誕生当時（二〇〇九年）は革命的と言われた民主党政権への幻滅も反動となっただろう。だから、討論が数分で物別れに終わったのは、何も両者が感情的になったからばかりではない。代表制の内と外では、もう言葉が通じないのだ。

一月の時評で触れたように、在特会は、「我々の運動は一種の階級闘争なんですよ」と言っている。左翼などの「恵まれた」「特権階級」によって、「在日などの外国人が手厚く庇護されている」と。「階級闘争」自体左翼用語ではないかという点は措こう。彼らが既存の保守に対しても「行動する保守」を掲げている以上（二月の時評参照）、彼らの言う「特権階級」とは、左右を問わない代表制民主主義の枠内にある「市民」階級を指していると捉えるべきである。すなわち、彼らは「在日」と「闘争」している（橋下の言葉で言えば「弱いものいじめばかり」している）が、それが、衣食足りて礼節を知っていることで差別せずに済んでいる「市民」階級に対する「闘争」でもある点を見ないと、彼らが何をやろうとしているのか見えてこない。

彼らは、直接は「入管特例法」（一九九一年施行）の廃止を闘争目標としており、これが実現した暁には在特会は解散すると明言している。在特会の究極的な目標は、「在日」を他の外国人と平等に扱おうとすることなのだ、と。

とすれば、桜井的言説が不気味なのは、その主張が、一見真逆に見えるものの、ほとんどロールズの『正義論』（原著一九七一年）、そしてそれを政策化した、いわゆるアファーマティヴ・アクション（格差是正措置）と隣接しているからである。反PC的なヘイトスピーチを繰り返す側にどれだけ意識されているかはともかく、それは、政治を文化的で倫理的なPCへと回収し、パラダイム・シフトをもたらしたロールズの「正義」の文脈にあると捉えた方が、おそらく相対的には正しい。従来型のPC的言説や運動が、在特会に対する本質的なカウンターになり得ないゆえんである。

スターリン批判からソ連崩壊へと共産主義の政治が退潮していくにつれ、ロールズ的な「正義」＝ＰＣが浮上し普遍化していく。そのなかで、冷戦後に既存の保守と分離・結合した在特会（やネット右翼）が（二〇一四年二月の時評参照）、まさに冷戦後に施行された入管特例法を「特権」と見なし、それによる格差を是正する闘争を繰り広げているのである。

だが、格差問題をターゲットにしながら、資本主義自体を問題にしないために、アメリカ一国内の格差是正に終始してしまうアファーマティブ・アクション同様、在特会の主張や活動も、結局は一国内の分配をめぐる「正義」にとどまるほかはない。彼らには、まるで市民階級が「在日」と結託して、「自らの享楽を盗んでいる」（ミレール）ように感じられているのだろう（松本卓也「レイシズム2.0?」、『atプラス 21』二〇一四年八月号を参照）。「市民」を形成する装置たる代表制民主主義をまるで信じられず、その「外」にいると自認している彼らは、いわば彼らよりもっと「外」にいるはずの「外国人」が、「特権」によって「内」へと入り込み、自らの分け前を簒奪しているように見えるのである。

このとき、在特会には裕福な者もいる、それ相応の身分の者もいると言ってもあまり意味がない。「市民」とは、その内実をいかようにも捉え得る概念であり、「市民」であるか否かは主観的なものにすぎないからだ（逆に、そうであるはずのない者が、自ら「市民」だと思い込むこともあり得る）。したがって、在日特権なるものが本当にあるのかどうかさえ、彼らを支持する者には実はあまり問題ではないように見える。自らが代表制の枠内にいる市民とは思えない者にとっては、そして何者かに自らの享楽を脅かされていると感じる者にとっては、それに向けたアクションをともなった在特会が、いかんともしがたくリアルに映るのであり、したがってたとえ在特会がなくなったとしても、桜井的言説は延命するだろう。

STAP細胞、佐村河内事件、朝日新聞問題、あいかわらずの政治とカネ。「回顧」するまでもなく「嘘」に塗れていた二〇一四年の言葉たちに、最後の最後にまた最大の「嘘」と言ってもよい解散総選挙の言葉が加わるのを見せられるとき、この言葉の表象=代表システムの「外」が、より一層不穏なまでにリアルになっているのを感じてやまない。

Ⅳ　書評

それでも福田和也が現代文学を語る理由

福田和也『現代文学』（文藝春秋、二〇〇三年）

本書の著者福田和也は、保守の批評家ということになっている。だが、『奇妙な廃墟』以来一貫して著者の批評の根底にあるのは、むしろ「故郷喪失」のモチーフである。大衆社会化した資本制社会において「故郷＝本来性」の「喪失」を余儀なくされ、もはやその回復（帰郷）が徹底的に不可能になってしまった地点。著者が立つその場所は、絓秀実の論じる「六八年」のニューレフトと酷似しているとすらいえる。

本書の「あとがきにかえて」にあるように、一九九〇年代の批評に著者は「日本」を導入した。だがその「日本」は、あくまでこの「故郷喪失」自体を「故郷」とするような心性《メンタリティ》に基づいており、それはかつて橋川文三が大江健三郎や石原慎太郎ら「若い日本の会」に見たロマンティシズムと同型のものだ（あるいはハイデガーのファシズムを批判したブルデューの言葉を用いれば、いわゆる「保守的革命」ということになろうか）。

シンプルにも『現代文学』と名づけられた本書が書かれるのも、基本的には同じ「場所」においてである。著者にとって「現代」とは、あくまで「故郷喪失」という「故郷」を強いられた場所であって、従って本書で取り上げられる作家や批評家らは、おしなべてその感覚を引きずっている経験豊富な「喪失者」たちでなければならない。普通言われるところの「現代作家」には、その「喪失」感すらも欠落しているからだ。

例えば『われらの時代』の大江健三郎や『太陽の季節』の石原慎太郎は、まさにその「喪失」の「時代＝季節」を代表するような作家であり、ゆえに著者にとって特権的な存在となっている。むろん本書で論じられるのは両作家の近作だが、著者の読解はやはり「喪失」とその「回復（不可能性）」という視点からなされるのである。石原の『僕は結婚しない』は、「処女性」に担保されていた「結婚」の一回性・絶対性が「喪失」されたなかで、「処女性を再び輝かせる」作品として評価され、一方で大江の『宙返り』は、その「師匠《パトロン》」の裏切り（宙返り）というテーマにおいて、ハシディズムを断念しその後イスラエルという近代国家に向かわざるを得なかったゲルショム・ショーレムの途方もない「喪失」に比すべきものがありながら、しかし最終的にはその「喪失」から逃避してしまったために批判されることになるだろう。

同様に中上健次と村上春樹もまた、著者にとっては「対」になる作家である。もはやメインカルチャーがあり得ないという認識を共有し、その「喪失」に対していかにふるまうかというフェイクかつアーティフィシャルな戦略をともに余儀なくされている作家だからである（共著『皆殺し文芸批評　かくも厳かな文壇バトル・ロイヤル』参照）。従って著者はこの両者の作品にも執拗に「喪失」の匂いを嗅ぎ取っている。

> 「特権的」な浪人生活を送ることで、中上は「怒る」権利を喪失してしまった。

> 『神の子ども』における「散文」が恐ろしいのは、ただ現実と仮想の区別がないからではない。現実と仮想が一つであるということは、もうどこにも出口がない、その「向こう」はない、ということなのだ。

（傍点引用者）

その両者にさらに島田雅彦を加えれば、本書の文脈はより明確になるだろう。著者にとって論ずるにたる「現代文学」の担い手とは、明らかに「六八年」以降の、あるいは同じことだが三島由紀夫以降の「喪失者」たちにほかならない。

> 　三島が設定した範型が、ニセモノ、フェイクであることによって真実を、真なる物の顕現をうながすことであるとすれば、すすんで蝶々夫人のエキゾチズムを引き受けた島田雅彦は、瓦礫の上に瓦礫を立て、イカサマの上にイカサマを連ね、けして本当らしいものを示さないことによって、インチキの連鎖を提示することで、歴史全体を奪還し、笑い、捏《こ》ねくりまわし、何だかわけのわからないものにしようとしている。

このような文脈の中で、本書の主題が決定的になるのが、批評家柄谷行人を論じた一文であろう。論の大半が、過剰ともとれる膨大な引用で塗り固められていることからも、著者の緊張感が伝わってくる。私はこの一文に雑誌掲載当初から注目していたが、おそらくこの時ほど著者と柄谷が主題的に接近した時はない。ここにはそのニアミスの緊張が漲っている。

　両者の交錯は、もはや「革命という劇がないにもかかわらず、私たちはいかにして世界を、現実を変革することを夢見ればいいのか」という問い、いわばまさに革命の「喪失」とそののり超えをめぐっている。著者は、いかに柄谷のアソシエーション理論が論理的に正しかろうとも、実践的には致命的な欠陥があるという。すなわち、連帯を可能にするような「熱情」、「当為を燃やす炎」を「喪失」しているという欠陥が。だが同時に著者は、この柄谷の「喪失」を最も理解し共有し得る存在でもあるはずだ。その種のサンボリックな「熱情」こそがファシズムの火種になるということを、著者ほど知悉しまた声高に訴え続けた者もいないからである。

本文発表からおよそ二年後（二〇〇二年）、著者と柄谷は絓秀実を交えてアナーキズムの再検討に向かった（『批評空間 第Ⅲ期第4号』、二〇〇二年七月）。いかにアナーキズムが歴史的、論理的にナショナリズムに回収され、あるいはファシズムに転化してきたか――。そこには、資本制の進行に伴い共同性（故郷）を「喪失」してしまった「現代」において、それでもなお新たに共同性を組織していこうとする際、左右を問わず不可避的に直面するだろうアポリアのありかが示されているのである。この「喪失」と、そののり超えのアポリアを回避したところには、確かに「現代文学」などあり得ようはずもない。

ファシストの孤独

福田和也『イデオロギーズ』（新潮社、二〇〇四年）

以前、福田和也と坪内祐三が「我々が文壇だ」とぶち上げた時、その真意はともかく、ついに文壇も二人きりになってしまったかと半ば本気で心配になった。先日も上野昂志が、今回の自衛隊イラク派遣に対して（湾岸戦争の時と違って）声明一つ出せない「文学者」を批判しながらも、もう「「文学者」というような括りで共同行動を取ることは、ほとんど不可能だろう」と述べていた（『早稲田文学』二〇〇四年五月号）。それは一九九〇年代以降、「「私」的ものいいだけがひたすら肥大してきた」つけであり、当然の帰結であると。

そのスタイルの好悪はともかく、福田和也ほどこうした事態にいらだち、抵抗してきた批評家はいない。それこそが特に一九九〇年代の後半以降、福田の批評がヘゲモニーを握っていった理由である。〝日本〟を持ち出して共通感覚を訴え、社交から文壇を再構築せんとし、あいのり的雑誌空間『en-taxi』を立ち上げる（二〇〇三年創刊）。ここ数年の福田の批評＝実践は全て〝私〟的なものの粉砕と、社交や連帯への誘いの表現であった。柄谷行人の批評が共同体からの徹底した分離や切断をもたらしたとしたら、その後福田は、分離切断された〝私〟を丹念に繋ぎ合わせようとしてきた。その連帯への渇望はファシズムと見紛うばかりで、事実福田は、矛盾した言い方だが、孤独にファシストを実践してきたのだ。

今回の『イデオロギーズ』の根底に聞こえるのも、あくなき連帯への希求の詩《うた》だ。いや、散文的にばらばらなものを、繋ぎ連帯させるものこそが〝詩〟であり、したがって連帯とは〝詩〟にほかならない。「自由」「信仰」「愛」といったいわば哲学思想的な大問題を、「様々なる意匠《イデオロギー》」を散歩するように検証しつつ論じていく本書は、だから一見そうは見えないものの、〝現代の詩論〟と言っても差し支えないはずだ。

むろん、今や連帯は容易ではない。本書の根幹にあるのは、例えばヴィーコの「真なるものと作られたものは置き換えられる」という言葉であり、あるいはハイデガーのいう「惑星的な技術主義」である。人間によって「作られた」技術《テクノロジー》が、今や人間自体を凌駕し飲み込んだまま全「惑星」規模で自己運動を完遂させている――。そこには人間の主体性や相互の連帯など立ち入る余地はない。こうした考察がアクチュアルなのは、やはり湾岸戦争後今日のイラク攻撃に至るアメリカの圧倒的な軍事力《テクノロジー》が常に背景にちらつくからだろう。

実際、本書はハイデガーとの絡みでイラク攻撃に言及しているし（二七五頁）、福田は別の所でも同様な認識を語っている。「啓蒙的な理想を今一度語るためには、アメリカの武力行使を批判するのではなくて、テクノロジーによって無効にされて、細分化された人間同士のつながりを、再構成し、まったく新しい形で作りなおすことが必要なのです。ローマ帝国を内から食い破って破滅させたキリスト教のような」（「「国家《アメリカ》」という怪物　「正義」という空疎」、『晴れ時々戦争いつも読書とシネマ』〈新潮社、二〇〇四年〉所収）。

しかし、これはほとんど昨今の左翼の発想ではないか。「キリスト教がローマ帝国に対して行ったことを」「今日の帝国に対してすべきだ」というスラヴォイ・ジジェク（『信じるということ』〈松浦俊輔訳、産業図書、二〇〇三年〉）。技術《テクノロジー》を網羅した「帝国」に随伴しつつ「マルチチュード」の〝連帯〟を訴えるネグリ／ハート。また技術《テクノロジー》に覆われた人間世界とは、ギー・ドゥボールのいう「スペクタクルの社会」そのものだろう。

決定的なのは、福田の思考が初期から一貫して一八四八年の二月革命を切断線とする歴史観に基づいていることだ。例えば福田にとって「暴力」（本書第二章）とは、二月革命の後、国家の管理システム強化によって革命が不可能になって以降はじめて現れるものであり、すなわちシステムへの一撃＝テロルのことにほかならない。

ウォーラーステインは世界革命はこれまで二度あっただけだと言ったが、二度目の一九六八年を最近の絓秀実が盛んに主題化しているとしたら、福田はずっと一度目の一八四八年を思考してきたといえる。福田を凡百の日本の保守と見なしてはならない。その視線は常に「世界（革命）」に向けられており、本書からそうした革命の匂いを消毒してしまうなら、この左右を問わないファシストの仕事を、孤立した無菌室に閉じこめることになるだろう。

福田和也から詩を奪回する

守中高明『存在と灰――ツェラン、そしてデリダ以後』（人文書院、二〇〇四年）

詩学とは、闘争する思考の場である――本書のあとがきで著者は宣言する。そう、本書は論争の書である。いったい何に対する？ これまたあとがきにあるように、「延命装置」化した「アカデミズム」に対して？ いや、本書の真のターゲットは福田和也、そして福田が代表する九〇年代《ポストモダン》の批評である。

両者の論争は、すでに一九九六年『情況』誌上で起こっている。まず著者は、本書所収の「〈物質〉の要請――終焉の政治学と詩のプログラム」において、福田の言説は「言語の物質的次元」を「まったく考慮しない」ために、例えば保田與重郎、伊東静雄、ツェラン、ヘルダーリンといった詩人たちの差異を同一化するイデオロギーとして機能していると批判した。対する福田は、著者のいう「物質」は「イマージュ」にすぎない――かつて柄谷行人が秋山駿の「石」を「観念」にすぎないと斬って捨てた手つきにどこか似ている――とすかさず反論した。そして、それでは差異を同一化の「泥の中」に放り込む「私の「暴力」に対抗しえない」、と述べたのだった（「守中高明氏へ――《物質》というイマージュ」、『情況』一九九六年四月号）。

両者の論争は、さらに展開された様子はないものの、その後鎌田哲哉のジャッジメント（「この件では福田にはっきり理があり、守中が手もなく一蹴された」）らしき介入があった（「進行中の批評（6）松本圭二の重力と卵巣」、『早稲田文学』二〇〇二年五月号)。例によって鎌田は、福田の紳士的な〝暴力〟を超える原理主義的な〝暴力〟でもって、著者の言説を「何年経ってもツェラン/デリダ/レヴィナスの用語を直接的に真似し続ける愚行」、「この人は、手づかみで物を語れる人ではないよ」と粉砕したのである。

福田と鎌田の差異――差異を暴力で押し流す福田と、暴力で差異を生み出す鎌田――はここでは措く。指摘したいのは、著者と福田の論争が、鎌田のジャッジも含めて、やはり九〇年代の批評の文脈にあるということだ。極限まで、〝差異〟の政治学を推し進めてきたポストモダニズムがいよいよ限界に達し、今度はその種の見かけの〝差異〟を破砕する〝暴力〟が政治から言説までさまざまなレベルで要請されていったのが九〇年代の状況だった。むろん、〝暴力〟が不在の批評など皆無だ。だが〝暴力〟がヘゲモニーを握っている時、批評はそうした状況に対して批評的でなければなるまい。著者が福田を批判したのは、単に保田やツェランの問題ではなく、まさにそうした理由からではなかったか。

事態は〝暴力〟を〝パフォーマティヴ〟(オースティン―ド・マン)と言いかえれば、より鮮明になろう。福田に代表される九〇年代の批評(斎藤美奈子、宮台真司、大塚英志など)を〝パフォーマティヴ〟な言説の隆盛と捉えたのは東浩紀であったが、おそらくその東の分析を踏まえて、本書では何回となくこの〝パフォーマティヴ=遂行文〟という用語が批判的に使用されている。そしてそれらのほとんどは、ハイデガーの言説に対して向けられているのである。そして著者は言う。「われわれはやがて、再度ツェランを経由したのち、さらに何人かの詩人たちをハイデガーの圏域から分離することを試みるだろう」。ここでいうハイデガーが、同時代的には福田和也を指していることは、もはや言うまでもない。

したがって本書のモチーフは明確だろう。著者にとってツェランや朔太郎といった詩人が重要なのは、ハイデガー＝福田（福田にとってはは最大の賛辞であろうが）的な〝パフォーマティヴ〟な言説に対する一つの抵抗たり得ているからであり、またヘルダーリンやベンヤミンの翻訳が「使命」のごとく著者にとって不可欠なのも、それが「逐語的＝コンスタンティヴ」な実践によって〝パフォーマティヴ〟な言説に断線を走らせるからにほかならない。

本書のタイトル『存在と灰』とは、まさに〝ハイデガー＝パフォーマティヴ〟と、それに対抗する〝ツェラン＝詩と翻訳〟ということであり、副題の「デリダ以後」が告げるように、その対立はすでにデリダが両者のテクストの読み込みを通じて、『精神について』（ハイデガーの「精神＝炎」）と『シボレート』（ツェランの「灰」）という二つの著作によって浮きぼりにしていたものである。鎌田が言うようにそれがデリダの口真似に終始しているかどうかはともかく、〝パフォーマティヴ〟との対決において「デリダ以後」に連なろうとする著者にとって（先に挙げた東のデリダ論もこの文脈にある）、ハイデガーとツェランに詩作＝思索する課題の「一致」を見てしまう福田の批評が許せなかったのは、したがって当然であった。

この時ツェランの「灰」とは、ほとんど著者自身の言葉のありようを示している。九〇年代以降、〝パフォーマティヴ〟な言説＝「炎」が全てを焼き尽くしたあとになお残る、極めて枯渇した言葉＝「灰」。〝パフォーマティヴ〟で〝暴力〟的な言説にくみできない著者は、いやがうえにもこの「灰」の言葉からはじめるほかはない。「灰」は「物質」か「イマージュ」かなどと議論している余裕はない。選択の問題ではないのだ。おそらく言葉に関して、「手づかみ」（鎌田）で「泥」（福田）を摑むような温い実感など、著者にはとても信じられないのである。

本書は、九〇年代に急速に閉塞した文学やコミュニケーションの〝場所〟を、〝パフォーマティヴ〟な「炎」ではなくあくまで「灰」でしかない言葉によって模索するという、極めてアクチュアルな試みである。そのことを認めたうえでなお不満があるとすれば、それは本書の各章、各節の末尾および末尾近くに、かなりの頻度で詩が置かれていることについてであろう。言葉の物質性を重んじたうえで論理的に運ばれてきた文章が、しかし詩によって閉じられてしまう時、それは最悪の意味で詩的かつ抒情的な効果を生んでしまうことになりかねない。それこそ、著者が対峙しようとしてきた〝パフォーマティヴ〟な言説そのものではないのか。そしてまさにその時、詩の言葉の物質性は、「イマージュ」と化してはいないだろうか。

鷗外の憂鬱

福田和也『現代人は救われ得るか　平成の思想と文芸』（新潮社、二〇一〇年）

あのときの感触を抜きに、福田和也を読むことはできない。

数年前、呼ばれたある座談会の席にずいぶん遅れてやってきた批評家は、待っていた私の前で、いきなり「土下座」まがいに座敷に額を押し付けた。果たして、あれは本気だったのか、パフォーマンスだったのか。本書に即していえば、それは江藤淳のいう「ごっこ」ではなかった。現に行為はなされたのだから。そこには、まったくリアリティーが欠如していたが、その一方、欠如ぶりが妙にリアルでもあった。本書が掲げる「現代人は救われ得るか」という問いは、まさにこのような「現代人は・現実《リアリティー》の欠如から・救われ得るか」ということにほかならない。

本書は、そのように、現実の欠如を江藤淳の「ごっこ」や「治者」といった概念で捉えてみせる。だが、それは見かけの上のことにすぎない。確かに、冒頭から「平成」を「大空白」として時代精神の欠如を憂う江藤が登場するし、続けて野村秋介に話題が及ぶとき、本書はいよいよ江藤の思考の圏域にあるかに見える。なぜなら、一九七〇年の江藤に「『ごっこ』の世界が終わったとき」を書かせることになった最大の「ごっこ」とは、「革命ごっこ」（学生運動）や「自主防衛ごっこ」（自衛隊）以上に、おそらくは三島事件（正確にはその前夜にある「楯の会」）だったはずであり、「平成年間」に朝日新聞本社で自決した野村とは、三島の「ごっこ」をさらに反復しようとした存在にほかならないからだ。

　だが本書では、さらに、村上春樹、舞城王太郎、佐藤友哉、保坂和志、島田雅彦、長嶋有、堀江敏幸、川上弘美、江國香織といった作家たちが、引用過多に見えるほど具体的に作品の言葉につきながら論じられていくが、そうした現在（の文学）における現実《リアリティー》の欠如ぶりは、もはや「ごっこ」や「治者」といった概念では捉えられないほどに進行していることを明かしていくのだ。

　代わって導入されるのが、森鷗外の「かのように」である。「ごっこ」においては、依然としてその背後で「ごっこ」ではない現実や真実が自己主張しており、擬似的な「父」たる「治者」もまたしかりだ。だが、「かのように」は、現実や真実の存亡の危機をふまえたうえで、あえてそれらが存在する「かのように」見なそうとする知恵が説かれるのである。戦後日本の「ごっこ」の世界」が「終ったとき」を夢見ていた江藤に比べ、端から「かのように」を前提とし、むしろ進んで「ごっこ」にまみれる戦術をとろうとした、この鷗外のしたたかさ。

> 国家の、共同体の基礎が、虚偽である事、解明をさし控えられた偽善であるという認識は、虚偽の要請が切実である事を理解している者においてこそ、おいてのみ切実なものに違いない。その遣りきれない切実さと、鷗外が直面していた事、切実において傍観者でありえなかった事を、むしろ鷗外の「傍観者」的作品は示している。

鷗外を、決して「傍観者」と見ないこと。鷗外を傍観者と見ることは、現在でいえば、たとえばそれは舞城王太郎を「人間が書けていない」と評するのと同じだとこの著者なら言うだろう。著者は舞城に「推理小説の正統」を見る。そして推理小説とは、もともと「人間性の軽視、ヒューマニティの縮減を必然的に要請する」ものだったはずだ。すなわち、推理小説とは、現実《リアリティー》の欠如のなかで縮減された人間性《ヒューマニティー》を、「探偵」というフィクショナルな存在が駆使する「論理」の力によって補強しようとする知恵であり戦術なのだ。言うまでもなく、鷗外は、「大逆事件」という「殺人事件」に際して、官僚側にも社会主義者側にも通じていた「密偵《スパイ》」的存在であった。ならば「かのように」とは、「大逆事件」に接した鷗外が「要請」した「切実」な「虚偽《フィクション》」であり、鷗外とは「推理小説の正統」のひとつの起源ではないか（したがって本書と比較すべきは、同じくフィクション分析の中核に「かのように」を置いた、蓮實重彥『「赤」の誘惑　フィクション論序説』（二〇〇七年）かもしれない）。現代文学が「救われ得る」とすれば、この鷗外の延長線上においてほかはないと本書は告げているのだ。

「妄説」を語るのは誰か?

鈴木貞美『「日本文学」の成立』(作品社、二〇〇九年)

本書が書かれた動機は、次のような「近代」の破綻に対する危機感である。

今日、科学技術の発展に支えられた生産力主義にせよ、人間中心主義にせよ、〔…〕あらゆる「近代」が破綻を示している。「近代」的価値観から自由になることが学問全体に問われている。近代を支えてきた概念組織の総体を批判的に再検討しなければならないからだ。

「概念組織」とは耳慣れない言葉だ。ある学問の正当化が図られる際に、特定の概念が絶対化される。そうした傾向を批判的に乗りこえるために、それぞれの概念を相対化し、各概念間の関係を著者は「概念組織」と呼ぶ。

一例を挙げよう。例えば、漱石『文学論』(一九〇七年)のよく知られた一節、「漢学に所謂文学と英学に所謂《いはゆる》文学とは到底《たふてい》同定義の下《もと》に一括し得《う》るべからず」について著者はいう。そこでは、伝統的な漢文学と近代的な英文学とが対立させられているが、そうした「伝統」対「近代化=西欧化」という図式にとらわれてしまうのは、そのいずれでもない広義の「文学」——神話や歴史や地誌を含むいわゆる「人文学」——という「概念」を視野に入れてないからだ、と。

一般的に「文学」といえば、小説、詩、戯曲などを指す概念だが、それは狭義の「文学」に過ぎない。一九世紀中葉の香港などにおいて、宣教師らの活動によって中国語「文学」と英語"literature"とが互いに翻訳語となったとき、それはあくまで文字に記された言語芸術全般を、すなわち広義の「文学」(=「人文学」)を指す概念だった。この広義と狭義という「ふたつの「文学」」の概念間の差異をふまえなかったために、漱石はあたかも英文学と漢文学が、交通(翻訳)関係ならぬ対立関係にあるように錯覚し、漱石に限らずそうした錯覚の累積が、今日までつながる「近代化=西欧化」対「伝統」という図式を作り出し、前者を優位に後者を劣位に、という権力関係のもとに置いてきたというのだ。

そして、「近代」の破綻に際して、著者が特に批判の矛先を向けるのは、漱石の「誤り」を踏襲するかのような現在の言説である。

「明治期『言文一致』はヨーロッパの俗語革命に匹敵する」、「明治期に客観的リアリズムが成立した」、「『風景』が成立した」、「明治期に黙読が成立し、近代文体をつくった」などは、みな滑稽な妄説である。

言うまでもなく、ここで「滑稽な妄説」!としてあげつらわれているのは、順に絓秀実、中村光夫-江藤淳、柄谷行人、前田愛のものだろう。著者は、これらが「近代化=西欧化」図式に則った、あまりに一面的な言説だとして、それぞれに批判を加えていく。

例えば、著者は、前田愛の「音読から黙読へ」という図式を、リースマンに依拠し過ぎたものと退け、こう主張する。

「一般庶民の若年層に読み書き能力を養うことがさかんになることを近代化というのなら、近代化が進めば進むほど音読はさかんになるのである。しかし、そのため以外の場所、図書館や読書室などでは音読や暗唱練習は、はた迷惑だから禁止される」。したがって、近代に黙読率があがった「その理由は、ただひとつ、読書についてのマナーの教育が行きとどいた結果にすぎない」。

だがしかし、このような論にはどう対処したらいいのか。ここで、前田は文字通り「声帯を震わせ」るか否かを問題にしていたわけではない、などとわざわざ言わねばならないだろうか？前田は、活版印刷術の導入や出版資本主義の発展によって、（本であれ新聞であれ）文字媒体が希少であるために読みきかせなければならなかった享受形態から、コミュニケーション様式が劇的に転換した事態を「音読から黙読へ」と言ったのであって、本が多数あり各々同時に読める環境にあるならば、実際に各自が音読していようが、あるいは立って読もうが座って読もうが、そんなことは二義的でしかあるまい。

他の「妄説」への批判も大同小異なのだが、本書の問題点を違う角度からもう一つだけ挙げておく。「妄説」からの脱却をはかり、「読者の頭の隅にこびりついているそれらの日本近代の「神話」の残り滓を速やかに洗い流してほしい」とまで謳っているのに、先の「妄説」のうち絓秀実だけは、その「言文一致＝俗語革命」という議論への批判に一章割いているにもかかわらず、その名が一切示されていないことだ。その「妄説」の主体は別の人物だというのだろうか。あるいは、絓は名前を出すに及ばないと判断したのだろうか。

一方、絓の方は、以前からきちんと著者の名前を出して批判している。


日露戦後の文壇が、「生命」をキーワードとすることになるについては、近年、鈴木貞美ら研究者からの注意が向けられている。〔…〕しかし、「生命」を何か普遍的な概念のように思って礼賛することに（多少の留保がつけられたとて）、何の意味もあるまい。

（『帝国の文学　戦争と「大逆」の間』）

この一事をもってしても、どちらがフェアな態度かは一目瞭然だろう。これでは論争にもならない。著者は、「妄説」の論者が、「写実主義－自然主義の流れを重視」するあまり、生命主義や象徴主義の価値を見逃してきたというが、むしろ絓は両者が不可分だと論じていたのではなかったか。「市民（社会）的なもの」は、必然的に「生命」を媒介として「象徴的なもの」（民族、天皇）を呼び込むと言っているのだから（現在の文脈でいえば、フラット化する「社会」の果てに崇高な「世界＝宇宙」が現れるという、いわゆる「セカイ系」の問題である）。

絓が生命主義を重視しないのは、それが論理的に「象徴＝天皇」を温存せざるを得ず、この国唯一の王殺しであった「大逆事件」を思考し得ないからである。要は、政治が回避されるということだ。したがって、絓を隠蔽することは、もしそれが意識的でないとしたら、無意識の政治の忌避にほかならない。現在の愚劣な「1968年」ブームにおける絓の隠蔽ぶりも同様である。ジジェクが揶揄した「認識するマルクスはいいが、革命するレーニンは勘弁してくれ」ではないが、「文学を論じる絓はいいが、政治の絓は勘弁してくれ」ともいうべき態度が蔓延している。

そもそも、「人間中心主義」や「資本制生産様式」によって人間の生存が危機にあるという現状認識が、どうして「それを解決する方向に、学問のしくみ自体を組み替える」という行為につながるのか。そうした現状認識に対する「解決」を本当に求めるのならば、悠長に学問を再編している場合ではあるまい。いち早く政治運動を行うべきだ、とは言わないが、肝心なものを回避するこの種の教養主義こそ、「大正期」の生命主義－教養主義以来、何度も反復されてきたものであることぐらいは忘れるべきではない。

鈴木貞美に反論する　その1

今月号の『新潮』に、一月号に掲載された私の書評に対する鈴木貞美の反論が出た（「中島一夫の「書評」を駁す」、『新潮』二〇一〇年一月号）。案の定、完全に議論はすれ違っている。

はじめに断わっておくが、私は書評とは解説や概説ではないと考えている。そもそも、紙幅は限られているので、切り口は限定的とならざるを得ない。鈴木は、反論のはじめに自著（『「日本文学」の成立』）のポイントを解説しつつ、「中島は、この骨格がまるで把握できないまま、「批判」を試みている」と述べるが、鈴木のいう「骨格」は、ほぼ本書の「はしがき」が引用された「帯」の文句そのままだ。

さすがに、「帯」をなぞる程度の解説で貴重な紙幅を費すのは失礼だと考えただけで、その代わり、「近代を支えてきた概念組織総体を批判的に再検討しなければならない」という鈴木のモチーフについては冒頭でそれなりに触れ、それに関わる問題点に絞って論じたのが、私の書評だったはずである。

以下、本をまとめた著者としては不満もあろうが（その苦労ぐらいはわかるつもりだ）、やはりポイントを絞って応えておく。

まずは、議論を少しでも生産的にするために、鈴木が「内容のある意見らしきものは、前田愛の「音読から黙読へ」説に対する私の批判にふれたところだけだ」と認めてもいる論点に触れておこう。私はこう書いた。

例えば、著者は、前田愛の「音読から黙

読へ」という図式を、リースマンに依拠し過ぎたものとして退け、こう主張する。

「一般庶民の若年層に読み書き能力を養うことがさかんになることを近代化というのなら、近代化が進めば進むほど音読はさかんになるのである。しかし、そのため以外の場所、図書館や読書室などでは音読や暗唱練習は、はた迷惑だから禁止される」。したがって、近代に黙読率があがった「その理由は、ただひとつ、読書についてのマナーの教育が行きとどいた結果にすぎない」。

だがしかし、このような議論にはどう対処したらいいのか。ここで、前田は文字通り「声帯を震わせ」るか否かを問題にしていたわけではない、などとわざわざ言わねばならないだろうか？　前田は、活版印刷術の導入や出版資本主義の発展によって、(本であれ新聞であれ)文字媒体が希少であるために読みきかせなければならなかった享受形態から、コミュニケーション様式が劇的に転換した事態を「音読から黙読へ」と言ったのであって、本が多数あり各々同時に読める環境にあるならば、実際に各自が音読していようが、あるいは立って読もうが座って読もうが、そんなことは二義的でしかあるまい。

私は右のように書きながら、著者には通じないかもしれないと思ってはいた(理由は後に記す)。果たして鈴木の反論は予想通りのものだった。

中島は、自分が『近代読者の成立』からはじめて知ったことを、前田愛の主要な論点と勘ちがいしている。

そもそも江戸時代に「文字媒体が希少」だったわけではない。が、それはここで問題にしなくてもよい。明治中後期がメディアなどの文化事象の大きな変革期であったことは以前から知られており、前田がそれに何か新しい事象を付け加えたわけではない。これについては筑摩書房版「前田愛著作集」の当該巻の解説（第二巻山本武利）が丁寧に述べている。前田がしたことは、民衆のリテラシーの向上やメディアの発達と「音読」が減少した現象を短絡させ、「音読から黙読へ」と定式化し、それを個室の増加や文体の変化などと結びつけて論じたことなのである。だが、初期教育の発達は「音読」の、メディアの発達は読み聞かせの機会の絶対数を逆に増やすので、音読の相対的な減少は別の理由による。その理由を明らかにするために、そもそも音読と黙読とは区切りがつけられないということから説いたのだ。オルタナティヴとして、中島があげている理由のほかに速読者の増加をあげてある。

近代に「黙読率」が増加したのは、ただ「マナー教育」と「速読者の増加」によるものだ——別に私が前田の肩を持つ必要もないが、これではあまりに前田がかわいそうだ。そもそも前田は、「現象」としての「音読」や「黙読」を問題にしていたのではない。くどいようだが、前田が問題にしたのは、あくまで資本主義の力学によって変容する「コミュニケーション様式」だ。

日本のばあい、活版印刷術の移入に先立つ木版整版印刷の期間が、ほぼこの音読の時代に対比しうると考える。そして活版印刷と木版印刷との交替期にあたる明治初年は、リースマンのいう口話コミュニケイションの段階から活字コミュニケイションの段階への過渡期、それもその最終期であったと規定されよう。

（前田愛「音読から黙読へ」、『近代読者の成立』〈岩波現代文庫、二〇〇一年〉）

ここで前田は、「音読」を「口話コミュニケイション」、「黙読」を「活字コミュニケイション」と言い換えている。このことからも分かるように、極端にいえば、ここでは、本を読んでいるか否かすらも問われない。出版資本主義の発展によって（そして後で述べるように国民国家の形成によって）、本を読まない人間ですら、いやおうなく「黙読＝活字コミュニケイション」の土俵の上に居合わせることとなった。「音読から黙読へ」とはそういう意味であり、「絶対数」であれ、相対的にであれ、文字通りの「音読」「黙読」数（率）の増減が問題ではないのだ。

どうしても数を問題にしたいのなら、ドゥルーズもいうように、ここではもはや、「マイノリティとマジョリティは数の大小で区別されるものではなく、「マイノリティのほうがマジョリティより数が多いこともある」（『記号と事件　1972–1990年の対話』〈宮林寛訳、河出文庫、二〇〇七年〉）と考えるべきである。鈴木がいうように、「近代化が進めば進むほど音読はさかんにな」ったとして、だが、そのときすでに「音読」は、たとえ数が多くても「マイノリティ」になっているのだ。

私が、自分の書評が鈴木には通じないかもしれない、と考えていたのは、結局この手の抽象力が本書には決定的に欠落していたからだ。おそらく、この点についての議論は平行線をたどるだろう。したがって、見やすいところで、鈴木が前田を批判して言っている「そもそも音読と黙読とは区切りがつけられない」ことなど、すでに前田が論じていることを、最後に一応念のため指摘しておこう。

ところで活版印刷術の導入により、廉価な出版物が木版印刷の時代とは比較にならない規模で供給され始めた明治初年は、識字者とそれを上廻る潜在的読者層というアンバランスが拡大再生産された時期にあたる。

また、めまぐるしい文明開化の世情は、おびただしい量の情報の消化を民衆に要求する。村の有志が村人を集めて新聞記事を読んで聞かせる「新聞解話会」や、僧侶・神官が新聞や三条の教憲にもとづいて民衆に文明開化の情報と、王政復古のイデオロギーを説いて聞かせた「説教」は活字コミュニケイションに口話コミュニケイションが継ぎ足されたものであって、この過渡期におけるコミュニケイション市場の不均衡が産出した畸型的な機関に外ならない。（前田前掲書）

これまた、誤解がないように急いで付け加えておくが、私は前田が全面的に正しいなどと言っているのではない。前田の論については、別に批判も修正もあり得るだろうし、実際されてもいる。だが、鈴木の場合は、そもそも読み違えているのであり、低いレベルで前田を乗り越えたつもりになっているだけなのだ。私の書評は、それを指摘したものである。

さらなる論点については、次回。

鈴木貞美に反論する　その2

私はまた書評で次のように書いた。

他の「妄説」への批判も大同小異なのだが、本書の問題点を違う角度からもう一つだけ挙げておく。「妄説」からの脱却をはかり、「読者の頭の隅にこびりついているそれらの日本近代の「神話」の残り滓を速やかに洗い流してほしい」とまで謳っているのに、先の「妄説」のうち絓秀実だけは、その「言文一致＝俗語革命」という議論への批判に一章を割いているにもかかわらず、その名が一切示されていないことだ。その「妄説」の主体は別の人物だというのだろうか。あるいは、絓は名前を出すに及ばないと判断したのだろうか。

まず、本書で鈴木貞美が挙げている「妄説」とは、次のようなものである。

「明治期『言文一致』はヨーロッパの俗語革命に匹敵する」、「明治期に客観的リアリズムが成立した」、「『風景』が成立した」、「明治期に黙読が成立し、近代文体をつくった」などは、みな滑稽な妄説である。

（鈴木『「日本文学」の成立』）

そして、鈴木の反論とは次のようなものだった。

「明治期『言文一致』はヨーロッパの俗語革命に匹敵する」という過剰な意味付与に

ついても、私は議論の混乱の原因を明示し、では何が起こったのかを具体的に明らかにした。

中島は、これも中身にふれず、その見解を説いた人物として絓秀実をあげ、その名が「一切示されていない」、「その『妄説』の主体は別の人物だというのだろうか」と書いている。どうやら、自分の読書範囲がこの人のモノサシらしい。ここで、私の対象は、ずっと以前から辞典や事典に記され、今日、常識のように流布している「神話」である。それゆえ『成立』には、「妄説」として『新潮日本文学辞典』（一九八八）と最近の百科事典『スーパー・ニッポニカ2002』から引用してある（二八五頁）。この議論をリードしてきた人びとの執筆によるものだ。中島は本文を読まずに、索引だけ見たことになる。

語るに落ちる、とはこのことだ。それにしても、この部分には正直驚いた。この言葉を信用するならば、鈴木は、日本の「言文一致」を「俗語革命」という観点から問題にしながら、絓の議論が全く視野に入っていなかった、ということになる。以下、簡単に確認しておく。

絓秀実は、ベネディクト・アンダーソンの『想像の共同体』をふまえ、次のように論じていた。

明治維新（一八六八年）という「革命」が、大久保利通、西郷隆盛、木戸孝允、伊藤博文らの、いわゆる薩長下級青年武士によって担われたとすれば、その革命の実質化たる、「想像された共同体」（ベネディクト・アンダーソン）としての国民国家《ネイション・ステイト》の形成を担ったのは、彼ら幕末下級武士たちの子供の世代に属する文学者たちではなかったか。その子供たちの「革命」を、本書では「俗語革命《ヴァナキュラリズム》」と呼んでおいた。明治二十年前後から開始された、いわゆる言文一致運動のことである。木《ママ》書の論議の発端として参照したアンダーソンの『想像の共同体――ナショナリズムの起源と流行』に拠れば、言文一致運動の展開と定着によって、顔を合わせたこともないさまざまに多様な人間は、同一の「国語」を話す一つの「国民《ネイション》」として共同体＝国家を構成しているというイメージを共有しうるようになるのだが、それは、一見すると明治維新の推進者たちが懐胎していた「革命」的ラディカリズムを持たないようであるにしても、実は、国民主義《ナショナリズム》の実質化としての深い「革命」と呼ぶにふさわしいものだろう。

（絓秀実『日本近代文学の〈誕生〉』）

絓は、「俗語革命」を、従来の「言文一致（運動）」の概念をふまえつつも、大幅に更新する概念――上からの「国家＝ステート」の形成に呼応する、下からの「国民＝ネイション」を形成していく受動的革命――として定義した。「俗語革命」という概念には、「言文一致」を従来とは違った視座から捉え直すという批評的な意図がこめられているのだ。

絓の議論のベースにある、ベネディクト・アンダーソン『想像の共同体』についても簡単に触れておこう。

この、近代文学をナショナリズムとの関係から論じた書物の導入以降、近代文学を国民国家（ネイション・ステート）の形成過程から政治的に捉え直すという視点が不可避となった。そして、その視点から眺めたとき、鈴木に何が見えないのかが見えてくる。

例えば、先に挙げた鈴木のいう「妄説」をもう一度見てみよう。これらは、時期的にも、アンダーソンに依拠して唱えられたものではなかったが、現在の時点からみるならば、実はそれらが別々のものではなかったことがわかるはずだ。

鈴木が「妄説」として挙げているものは、すべて日本にネイション・ステートが形成されていく過程で起こったパースペクティヴの変容を、それぞれ別の視点から示したものである。

　鈴木は、これら「妄説」を「すでに学説史の標本箱におさめられているはずなのに、いまだ亡霊のように漂っている俗説」とも語っている。あえて、その表現に乗っかれば、それを「亡霊」のごとく甦らせたのが、アンダーソン導入の意味である。

　鈴木の著書には、だが、ベネディクト・アンダーソンへの言及は皆無である。だから、「妄説」が、相互に密接に関連していることが見えない。各「妄説」に対する鈴木の批判を、「大同小異」と言ったのはそういう意味においてだ（ちなみに、鈴木は、私の書評における「大同小異」と「二義的」という言葉を、恣意的に使用することで混同している。私が「二義的」と書いたのは、先に触れた、前田愛の議論における現象としての「音読」「黙読」に対してであり、そこに限定して使用しているはずだ。ついでにいえば、私は、「日本の「人文学」」や「知のしくみ」を再編すること自体を「悠長」だとも書いていない。正しく読んでいただきたい）。

　鈴木は、アンダーソンを参照することすら「前近代の日本文化を考えようとせずに西欧モデルに頼」ることだと言うのだろうか。だが、「「近代」を根本から問い返す」ために、「東アジア近現代における知的システムとそれを支える価値観とを問いなおすことを提案する」という鈴木が、どうしてアンダーソンを回避できるのか。

　そもそも、『想像の共同体』が理論的インパクトを持ったのは、この本が、マルクス主義の失効に伴ってわき起こった東南アジアのナショナリズムを背景としていたからだ。一九七八年以降、中国、ベトナム、カンボジアといった共産主義国間に戦争が起こる。「いまひそかにマルクス主義とマルクス主義運動の歴史に根底的変容が起こりつつある」ことを痛感したアンダーソンは、東南アジア研究者としてインドネシア、タイ、フィリピンなどのナショナリズムを検討せざるを得なくなったのだという。

すなわち、『想像の共同体』は、まさに「西欧モデル」への信頼が崩壊した地点から書かれており、だからこそある種の普遍性を持ち得たのだ。この時期に、再び（いや何度目か）各地でナショナリズムが「亡霊」のごとく甦り、文学もナショナリズムの観点から再考することを迫られたのである。

鈴木の議論に戻ろう。鈴木は「妄説」の主体として、先の辞典や事典における「言文一致（運動）」の項の執筆者（山田有策、山本正秀）を名指した（正確にいうと、「この議論をリードしてきた人びと」と巧妙に名指しは回避されている。他の「妄説」の主体が、それぞれ中村光夫－江藤淳、柄谷行人、前田愛と明確に批判されているのと比べて、奇妙な感じは否めない）。

だが、ここまで述べてきたところからも明らかだろうが、その辞典や事典のどこにも「俗語革命」という言葉はないのである。彼らは、「一種の精神革命」「近代文体革命」と書いてはいるが、述べてきたように、両者は区別されるべき概念だ。鈴木は、虚偽の引用に基づいて、先の執筆者らを「妄説」呼ばわりしたことになる。

確かに、鈴木は、私の言う意味においては「アンフェア」ではなかった。日本の研究の世界で「明治期『言文一致』はヨーロッパの俗語革命に匹敵する」という過剰な意味付与」を問題にする以上、当然、アンダーソン－絓の引いた線をふまえつつ、だがそれを認めまいとする立場だと考えたのは、こちらの買いかぶりであった。すなわち「アンフェア」ですらなかった、ということだ。

これらの議論をふまえることが、「絓の受け売り」「読書範囲がこの人のモノサシ」（鈴木）ということになるのなら、私は甘んじてその「評価」を引き受けよう。確かに、アンダーソンや絓を参照しないような「日本文学の成立」の議論など、鈴木のいうように、私にとっては「無用の長物」である。

前衛の再建

武井昭夫『〝改革〟幻想との対決　武井昭夫状況論集2001–2009』（スペース伽耶、二〇〇九年）

タイトルが告げるように、本書を通じて聞こえてくるのは、「改革は幻想にすぎない」という怒号である。

だがそれは、単に二〇〇一年以降吹き荒れた「小泉改革」の嵐が、大衆的な幻想だったという、今では誰もが口にするだろう表面的な意味にとどまるものではない。本書の迫力は、「小泉改革」が、意外にも左派的なものの流れにあったことを浮かび上がらせてしまうところにある。すなわち、それは「グラムシ－トリアッチの路線が構築したイタリア共産党の構造改革論」を輸入した、日本共産党の「構造改革派」の流れにある――。

著者はまず、「構造改革派」がその後共産党を離れたからであろう、そのグラムシ理論の輸入自体をすでに「右翼的な取入れ」だったと批判する（「護憲の闘い――その前提の考察」）。だが、本書は次第に、「構造改革」が左派から右派に簒奪されていった、その過程を浮き彫りにしていくのだ。

そういう歴史の過程で、市民運動の中や周りに、市民運動と労働運動とを意識的（あるいは無意識的）に対立させ、市民運動を階級闘争から離反させていく、という誤った考え方がつきまとってきた。これはわたし流の命名だが、〝「市民主義」主義〟というのがそれだ。このイデオロギーは主として思想の科学研究会の鶴見俊輔やベ平連のリーダー小田実らとその系統の市民運動家たちが助長してきた。それがどんなに悪しき影響を及ぼしてきたか。総評解体から連合制覇にいたる過程で、多くの青年学生活動家が職場・学園からの闘いの組織化を放棄して、街頭での高揚に走った、その結果がもたらしたものを見定めれば、答えは明瞭であろう。

（「改憲阻止の統一戦線問題に寄せて」）

鶴見や小田が「構造改革派」の近傍にあり、労働運動から離反した〝「市民主義」主義〟の代表的存在だったことは論を俟たない。彼らは、職場や学園から街頭へと闘争の拠点を移していき、現在は「ストリートの思想家」（毛利嘉孝）などと呼ばれている。だが、彼らが、思想的にはグラムシからフランス現代思想を経て、「最近のネグリとハートの『帝国』論などにいたる、マルクス・レーニンに代わってあるいはマルクスの修正的現代版と名乗って登場している「革命」運動理論」（「歴史と現状認識の再確認、および自己革新の課題」）を背景としているとしたら、やはりそれは「構造改革派」の末裔と見なすべきだろう。

一見、「小泉改革」と「ストリートの思想」は対極的に見える。だが、「郵政を民営化せよ」というワンフレーズの叫びと、「公共圏を市民に取り戻せ」という身体的なパフォーマンスと、いったいどこが異なるのか。一時的な「高揚」しか生まない点において両者は酷似している。「ストリートの思想」によって「小泉改革」と「対決」していると考えることこそが幻想なのだ。

いったい「（構造）改革」は、なぜ左派から右派に簒奪・回収されたのか。著者は、その理由を「前衛（党）の不在」だと躊躇なく答える。職場や大学での運動を放棄し、街頭での「陣地戦」（グラムシ）へとスライドすることによって、資本主義への対抗軸、すなわち「前衛党」は決定的に機能不全に陥った。職場と大学とは、人間が労働力商品化されるか否かという資本主義の矛盾が最もリアルに露出する「場」であり、したがっていまだ階級闘争の主戦場となり得る「場」である。だからこそ、著者は、その活動家人生を貫くなかで、学生運動と労働運動の双方を、自身影響を受けた花田清輝のいう「楕円＝二つの中心」のごとく終始手放さなかったのである。労働運動に対する学生運動の先駆性を掲げ、その後の学生運動の理論的ベースとなった「層としての学生運動」（武井理論）を唱える一方、共産党を批判するとも決別せず、それを真にグローバルな共産主義組織へと再建する必要を、ソ連崩壊後に至っても、ひるむことなく訴え続けてきたのだ。

今、議論を要するのは、後者を切断した「六八年革命」を、したがって著者が「反革命の起点」と位置付けていることだろう（「二一世紀の革命と非暴力」）。「六八年革命」がグローバルに広がった根底には就職不安があり、「六八年」は労働者を資本主義に隷属する者と見なした。だが、現ネオリベ下の労働者は自由に使い捨てられ、もはやその半身が資本の外へと放擲された存在でしかない。誤解を恐れずにいえば、正規・非正規を問わずそうなのだ。両者を分断させず、また労働運動を資本や国家への依存を求める声へと縮小させないためには、著者のいう、真の労働運動のための前衛党再建は、決してアナクロニズムではない。

〝楕円〟を描く武井の「二重性」

武井昭夫『創造としての革命　運動族の文化・芸術論』（スペース伽耶、二〇一一年）

かつて、ネグリに、「コミュニケーション社会の到来によって、コミュニズムはもはやユートピアではなくなったのではないか」と問われたドゥルーズは、「創造するということは、これまでも常にコミュニケーションとは異なる活動でした。」とその主張を一蹴した。コミュニケーションは、すでに金銭に侵食されきっている。したがって、むしろ「非＝コミュニケーション」の空洞や、断続器をつくりあげ」る必要があり、そこにしか「創造」としてのコミュニズムはないのだ、と（『記号と事件　1972-1990年の対話』〈宮林寛訳、河出文庫、二〇〇七年〉）。

「コミュニケーションスキル」などという企業の言葉が、社会全体の掛け声となり合言葉となって広がる現在、事態はより進行している。ならば、武井昭夫が、一九五〇年代から六〇年代にかけて展開された「創造運動」や「芸術運動」を、本書で再び問い直そうとしたのも、決して過去の遺物を愛でるためではないということだ。

そういえば、武井もまた、ネグリ・ハートの『〈帝国〉』を修正主義的だとして退けていた（『〝改革〟幻想との対決』）。それは、職場や地域における「運動族」の闘争を放棄して、「街頭（ストリート）へ」という「パーティー族」の群れに帰結するだけだ、と。両者を隔てるものは何か。運動の根っこに「正統＝党」があるか否かだ。それがなければ、どんなに運動が華々しく見えたとしても、やがてそれは転向イデオロギーと化し、最後は（ネオリベ的）コミュニケーション空間に回収される。武井は、「運動内部者」として、嫌というほどそれを見てきたのだ。

どうしたらよいのか。本書の武井は、こうした状況に抗するために、敢然と花田清輝とブレヒトを掲げる。ただちに花田とブレヒトを読み直せ。死の直前に「状況論集」と並行して編集されたという本書全体から、そうしたメッセージが聞こえてはこないか。

例えば、武井は、不断に論争を繰り返した花田の姿勢に焦点を当て、とりわけ諸々の「論争を貫く」ものとして「モラリスト論争」を重視する。一九五四年に高見順との応酬にはじまったこの論争は、やがて埴谷雄高ら「近代文学」派のモラリストとの対決へと進み、ついに高名な吉本隆明との論争へと発展していった。

この一連の論争が重要なのは、国内的には一九五五年の日共「六全協」、グローバルには一九五六年のスターリン批判を背景としており、これらをきっかけに開始された反共・反社会主義の「転向イデオロギーとの闘い」としてそれらがあったからだ。こうした花田の姿勢は、そのように「正統＝党」の権威が弱体化しつつあったなか、当時は硬直したスターリン主義者としてしか映らなかっただろう。だが実際には、その文章や文体からも明らかなように、一切「異端」を気取らない「正統」たる花田の姿勢こそが最も柔軟だったのだ。

難しいのは、そのようにスターリン主義的な花田の伴走者であった武井が、一方で「反スタ」の象徴的存在でもあった――全学連初代委員長からブント結成に至るまで、その「層としての学生運動」理論はずっと学生運動の理論的支柱だった――ことについての今日的判断であろう。

おそらく、この武井の「二重性」が最も露わになるのは、「六八年革命」をめぐってである。本書において、武井は、六八年革命を「勝利」とする絓秀実の理論の「二重性」を指摘する。

「六八年」が反スタの決定的な勝利だったとして、だがそれは社会主義体制そのものの崩壊を招いたのではなかったか――。

しかし、本来は「社会主義は、生成のプロセスだから」「存在していた社会主義に対しての絶対化はナンセンスだけれども、反対にそれの意味をまったく認めないというのもナンセンス」なのだ。スターリン主義と反スタをともに「ナンセンス」とするこの「二重性」は、武井においては花田的な「楕円」を形成している。

これは、絓が「六八年」の「勝利」を、あくまで受動的かつ反革命的なそれだとする「二重性」と、ちょうど裏腹の関係にあろう。武井と「六八年」は、この裏腹な「二重性」においてすれ違ったのだ。ずっと学生運動の象徴だったにもかかわらず、「奇妙なことに、武井は「六八年」に「学生」という潜勢力を発見できなかったのだ」(『吉本隆明の時代』)と絓が述べるのもそうした意味においてであろう(別の文脈でいえば、それは「六八年」に浮上した第三世界〈論〉を「発見できなかった」という意味でもある)。

鎌田哲哉に対して、「「モラリスト論争」について、わたしが書いた文章をそのように受け止め、評価してくださったのは、あなたが初めてです」という本書の武井の発言には、軽い驚きを覚える。なぜなら、すでに武井－鎌田対談の二年前に、絓は『吉本隆明の時代』において、「モラリスト論争」の意味を「転向イデオロギーとの対決」に求めた武井の「慧眼」を高く評価しているからだ(論点としては、一九八二年の『花田清輝　砂のペルソナ』にすでに出ている)。武井と「絓＝六八年」とのすれ違いの大きさを痛感させられる。

本書に読まれるように、絓がインタビュアーを務めたドキュメンタリー映画『LEFT ALONE』(井土紀州監督)には、実現しなかった「幻の「武井パート」」があったという。両者のすれ違いの原因を、「モラリスト論争」から「六八年」にかけて、ねじれながらも地続きに潜在していたあの「二重性」に求めることも、あながち間違いではないはずだ。

　もはやこの武井と絓の幻の対話は想像してみることしかできない。だが、それは現在をも規定するあの「二重性」をめぐるものだったはずであり、そうである以上、その「想像」はまた「創造」へと転化するものでもあったはずなのだ。

実存主義的な「生」への抵抗

稲川方人、瀬尾育生『詩的間伐　対話 2002-2009』（思潮社、二〇〇九年）

稲川方人と瀬尾育生が、「詩作する者のひとり」という立場で同時代の詩と詩的事象を論じた、二〇〇二年から二〇〇九年までの対話の集積である。繊細な言葉の使用と、これ自体ひとつの詩作品としても読めるような「かつて聞いたことのないトーン」（吉増剛造）に覆われている本書には、瀬尾のいう、次のような認識と感覚が通底している。

戦後、六〇年代ぐらいまでだったら、理念的・政治的な超越性みたいなものがそこらにはびこっていて、それをどう作るのか、どう解体していくかという話になっていた。つまり、なんらかの超越性をめぐって言葉は転回していたわけですよね。その後、それらはほとんど解体し尽くされ、すりつぶされてしまった。いまわれわれは、全然理念的なものがないとか、絶対性のまったく成り立たない空間に生きているんですが、それはじつは解放でもなんでもなくて、大変生きにくい、いやな感じの空間になっている。

超越性なき空間においては、詩の批評も「ニヒリズム」になる。たとえば「現代詩年鑑2007」（『現代詩手帖』二〇〇六年一二月号）のようなあり方はどうか。そこでは、ある視点から詩集Aを論じ、また別の視点から詩集Bを論じるといった「各論」の並存と「統覚」「総論」の放棄とが起こっている。超越性が、「抑圧的に作用する邪悪なもの」として忌避されているのだ。
したがって、本書は、時に怖れず超越性を導入し、同時代の詩を端から価値判断していく。だが、同時に、論者もまた「詩作する者のひとり」であり、超越性にとどまることができない。瀬尾が、批評は現場性を欠いているから「ずるい」というのはそういうことだ。本書が、今回「第1回　鮎川信夫賞（詩評論部門）」を受賞したのも、メタレベルとオブジェクトレベルを不断に往還する、両者のこうしたスタンスが評価されたためだろう。
だが、本書には、その超越性が大きくゆらぐ瞬間がある。両者に守中高明を交えて行われたイベントの座談会において、客席から新鋭、岸田将幸の発言が介入する瞬間である（第十章）。

先月、日本人がイラクで殺されたわけで、それで私は昨日、その日本人、香田証生さんが首を切断される映像をネット上で見たわけです。首を切られるというのは一刀両断されるというのではなくて、鋸で三十秒以上かけて香田さんの首は切られた。〔…〕私はもうどうしていいのかわからなくなって、いまももう震えているんですけれども、ひとが歩いているのを見ても生首にしか見えない。そういったときにわれわれは詩にまだ何か期待できるのかという問題をぜひうかがいたいと思います。

一見、座談者三人は、イラクと詩の問題をダイレクトに結びつける、この問いの立て方自体が間違っていると一蹴しているように見える。だが、結局この岸田発言の余波は、次章のみならず本書全体に、いやさらには『現代詩手帖』（二〇一〇年四月号）における瀬尾、岸田対談（「詩魂を継ぐこと　なぜ鮎川信夫なのか」）にまで及ぶことになる。なぜか。

守中のいう、こうした「今日の詩的イデオロギー」――世界史的な出来事をプライベートな心理に導き入れて、そこで生理的に反応してしまう「詩＝主観性＝私的なもの＝内面＝心」――こそが、冒頭に引いた瀬尾のいう「理念的・政治的な超越性」なき空間における、ひとつの帰結にほかならないからだ。すなわち、本書で語られている認識をラジカルに突き詰めていった場所に、岸田はいるのである。

その場所は、実はすでに本書第一章において、「人間が露わになる場所」と呼ばれている。「人間が露わになる場所」とは、国家、法、制度など「人間に対して皮膜をかけていたものが、次々無効になって」いく「場所」である。そこにおいてもはや人間は「剥き出しの生」であり、「言葉＝実存」なのだ。

岸田は、先の瀬尾との対談において、どうしてイラク（政治）と詩とを分けることができるのか分からない、殺害された香田氏に「容易に自分を重ねることができた」「彼が私である可能性があった」と述べている。ともに実存なのだから、彼らは容易に交換可能なのだ。むしろここでは、こうした「混同」こそがシニシズムから脱却する倫理となる。

この今日の実存主義とでも呼ぶべき言説に、政治と詩はダイレクトには結びつかないといった「正論」は通用しない。岸田と二人の見かけの距離とは異なり、瀬尾が、詩の言葉としてもはや「直接話法」しかないというのも、そうした剥き出しの生の感覚から来るものであろうし、一方でまた、稲川の詩集『聖－歌章』（二〇〇七年）の「聖」にある種の超越性が喚起されるのも、同じ「場所」においてであるはずだ。

本書は、冒頭からベルリンの壁崩壊の歴史性を映像化した、ジャン＝リュック・ゴダール『新ドイツ零年』を話題にしながら、今はなき「理念的・政治的な超越性」がマルクス主義（前衛党）だったとは名指さないし、ましてや今日導入すべきものとして呼び戻すこともない。率直にいえば、それを回避しながら超越性を確保し得るのかという疑問が私にはある。だが、おそらくはそれゆえに本書は、俯瞰できない鬱蒼とした森に「間伐地」を作るように、詩の現在を語りまた詩作し続けたのだ。その言葉の豊饒な堆積が、それ全体として、今日の実存主義に対抗し得ていることも、また確かである。

文学にならなくて私はなんらかまわない

稲川方人『詩と、人間の同意』(思潮社、二〇一三年)

書いては消し、書いては消し、だ。本書の、中でもこちらの感情を激しく揺さぶってくる巻末の二つの文章の強度にふさわしい書評を、いったいどのように書いたらいいのか。

「郷里が避難区域になったら、俺はそこに戻って被曝しながら抵抗するよと、オーストラリアン・リトルホースに耳打ちした」というタイトルの、巻末に置かれた一文は、句点を無視した終わりなきセンテンスで息つぎすることもままならず、とても平静に読むことはできなかった。その直前の一文(タイトルは「アシナガバチが巣を捨てた夏、私も住む家を探しながら、命の最期を正しく生きたわが猫のために泣いていた」)は、打って変わって、「怒りと悲しみで小刻みに」震えるような短いセンテンスで、これまた冷静には読めない。

どのような「怒りと悲しみ」なのか。さしあたり、それは、「国家=資本の意識への憎悪と軽蔑」(「終わりに」)であるとはいえる。だが、決してそれは、その言葉が想起させるような、安定した高みから説かれる胡散臭い「知」としてではなく(「低い場所から私はそれらの「知」を罵倒したい」)、「そこに書かれる言葉が「詩」にもならず「文学」にもならなくても私はなんらかまわない」「文体が死んでもかまわない」、という覚悟と引き換えに書きつけられているのだ。

本書には、一九八〇年代後半から二〇一二年までの二十数年にわたる文が収められている。

だが、そのような覚悟と引き換えの本書は、まるでその二十数年の積み重ねと詩人としてのキャリア（という言葉を、かつて「詩はキャリアではない」と言い切った著者は否定するだろうが）の全部に、「バッテン」をつけようとするかのようなのだ（「オレはどこでバッテンをつけられるのか」）。むろん、著者が「×」「否」の詩人であるのは今に始まったことではない。だが今、いよいよ「バッテン」が、著者自らに付されようとしているのだ。

だがそれは、ネガティヴな「バッテン」ではあり得ない。そのように読んでしまえば、著者の涙は、怒りのない悲しみでしかないだろう。著者の言うように、「「人間の同意」を希求しながら「同意」自体が詩から（文学から）奪われていく過程がこの二十数年だった」として、しかしそれでも詩が、「「人間の同意」なしには書き得ない」以上、いったいどうすればいいのか。

著者はそこで、たとえそれが、「「同意」を希求する「詩」にとって矛盾」であっても、「断絶」の意志を表明することとなる。「バッテン」は、このポジティヴな断絶に関わっている。この断絶は、例えばドゥルーズのそれ――金銭（国家＝資本）に毒されたコミュニケーション社会とは異なる活動としての「創造」を可能にするためには、非＝コミュニケーションの「空洞」や「断続器」をつくりあげるほかない（『記号と事件』）――と同じ陣営にあるはずだ。

それだけではない。著者が言うのは、「同意」ではなく、あくまで「人間の」同意だ。現在「人間の同意なしの「世界」が一方的な権力によって構築されようとしている」としたら、今や人間であろうとする意志を捨てなければ世界の構成員にはなれない。もはや世界は人間を必要としていない、そこには人間が不在ではないか、といっそ著者は言いたいのだ。このとき、著者の目は、必然的に「アシナガバチ」や「オーストラリアン・リトルホース」へと向かうだろう。

そして、この著者の目と意志こそが、詩人・古賀忠昭との「同意」をもたらしたのではなかったか。一九七〇年代に三冊の詩集を出した古賀忠昭は、二〇〇六年に三〇年ぶりに『血ん穴』を刊行する。その後の手紙のやりとりで、著者は古賀から重大な委託を受けることになる。「余命のうちになお厳然と書くべきことは多くあり、それらを書いた順に送るから読んではくれまいか、読むだけでいい」。大学ノートにして一三冊。膨大な詩稿は、詩集「血のたらちね」（二〇〇七年）をはじめ、同人誌『スーハ！』4号（二〇〇八年）や『子午線』創刊号（二〇一三年）に掲載され、徐々に読めるようになってきている。

古賀の詩は、それ自体、また別途に論じられるべき重要なものだと思われるが、今はまず、著者と古賀の「同意」に目を凝らさねばならない。余命わずかだった晩年の古賀が、死者である自己、すなわち「バッテン」を付された自己を引き受けたうえで、意志の力のみで詩を書いたこと。おそらく、この一点で両者は「同意」を得た。のみならず、著者も論じるように、「従軍慰安婦　金愛花日記」（『子午線』掲載時は「金愛花日記」）や「古賀廃品回収所」などに読まれる古賀の言葉は、「じべた」で血と汚辱に塗れながら、「たかかとこ」にある権力と衝突することで一瞬の閃光を放つ「階級の「外部」」の声（まさにフーコーのいう「汚辱に塗れた人々の生」）を、文字通り廃品回収するように拾い集めた集積であり、その無数の言葉と、「いまは無産者のひとりでしかない」著者、そして震災と原発事故の後、無数の無産者があふれていく人間不在の「世界」の光景に怒りと悲しみを覚える著者の言葉とが、まるで「×」を形作る「／」と「＼」のごとく、交錯という「同意」を見たのではなかったか。

今、この両者の「×」の交点ほど、詩が、文学が、強度を放っている場所を、私はほかに知らない。

新たな視点を提示する

法政大学比較経済研究所／長原豊編『政治経済学の政治哲学的復権　理論の理論的〈臨界－外部〉にむけて』（法政大学出版局、二〇一一年）

ソ連崩壊とともに、マルクス主義の終わりが叫ばれた。タガが外れた新自由主義の中で、貧困が前景化、今度は『蟹工船』ブームなどを伴ってマルクスが復活した。だが、そのときマルクスは、すでに消毒済だった。『生政治の誕生』のフーコーがいうように（また本書の論者らもたびたび言及するように）、新自由主義において主題化される貧困とは、革命によって解決されるべき「相対的貧困」ではなく、貧困者が再び経済のゲームに参加できるよう調整される「絶対的貧困」にすぎない。ここでは、貧困の主題化は、かえって（相対的）貧困の温存への加担となる。

かつて新左翼に受容された経済学者、岩田弘も言っていた。「結局、資本主義をトータルに覆そうとする革命の戦略戦術論と結び付いていないと、資本主義をトータルに解明しようとするマルクス主義の生命力がなくなってしまうんですね。宇野派は客観的な科学性をしきりに強調したことによって、革命の戦略戦術論を見ない口実をインテリゲンチャに与えてしまう格好になってしまった」（『批評空間 第Ⅱ期第20号』、一九九九年一月）。

この当然といえば当然の指摘を、本書の編者（また『われら瑕疵ある者たち　反「資本」論のために』の著者）である長原豊ほど真摯に捉えようとする者も、現在少ないのではないか。「マルクス経済学をその生業とする人びと」は、と長原は本書「序論」にいう。「理論的閉域に沈潜するか、あるいは理論を忘れて実証分析に溺れるかの、何れかを選択してきたにすぎない」。したがって、目下の使命は、「政治経済学批判（マルクス経済学）を批判的に復権すること」にある。本書は、この使命のもとに集まった一六名による、「マルクス経済学が密かに抹消してきた外部を存在（論）的に復権する」、実に「懲りない試み」である。

本書には、現在最も信頼できる「マルクス読み」――少なくとも私のような門外漢にも届く思考だ――が集結している。いつもこちらの思考に刺激を与えてくれる佐藤隆、大黒弘慈、沖公祐らの新論文が並ぶ（今回も、佐藤が「労働力請求権」、大黒が左右田喜一郎や高田保馬、沖がアルチュセールの「偶然の唯物論」をそれぞれ導入するという新鮮な視点が提示されている）。

マルクスからは離れるものの、松本潤一郎の本領たるクロソウスキー論が読めるのも嬉しい。「光文社争議」を中心に六六年の労働運動を論じた巻末の絓秀実論文は、かつてその六八年論を「圧巻だが、やや労働が弱いのでは」と書評した私には、そのときのレスポンス――こちらの指摘など軽々と踏み越えた、「認知労働」における労働運動の可能性という、より広大なパースペクティヴが展開されている――として（勝手な思い込みだが）読むことができた。

それにしても、先の、長原が傍点を付した「懲りない」には、思わず胸を打たれた。昨年（二〇一〇年）亡くなった武井昭夫が思い出されたからである。武井は、最後まで「党＝労働者」にこだわり、街頭で楽しげに高揚する「パーティー族」に日和ることなく、懲りずに「運動族」（花田清輝）を貫いた。本書で言われる「円環」を形成する資本制の「臨界＝外部」を体現していたのは、武井のような「存在」ではなかったか。

　その意味で、「今日、マルクス主義の歴史的経験においてその信認をもっとも広範に失っている側面、それが党である」とし、「党なき政治は政治なき政治にすぎないのではないか？」という問いを反復的に突きつける、ギャヴィン・ウォーカー論文には大いに感銘を受けた。

　ジジェクもいうように、現在、どういうわけか「プロレタリアート」や「党」という言葉は消されている（それらは「フランスのアルジェリア人」や「アメリカのメキシコ人」など「移民（労働者）」に置換されている）。武井なき現在に必要なのは、その消去された言葉を、懲りずに言い続けることではないか。

　「周知のように、宇野弘蔵は「労働力商品化の無理」をもって資本主義のリミットとした。〔…〕しかし、新自由主義は、資本主義を「道理」が通るものへと組み替える試みであったと言える。われわれは、その「道理」が通らないことを主張すべきではないのか」。この結論文の一節は、懲りない面々による懲りない試みたる、本書全体を集約した主張として響いている。

消えゆく媒介者、田村孟

田村孟『田村孟全小説集』（航思社、二〇一二年）

二段組みで七〇〇頁にもわたらんとするこの分厚い小説集を読破し、すぐさま「何と重要な小説家を今まで見落としていたことか」と恥じた。大島渚監督作品や長谷川和彦監督『青春の殺人者』の脚本家としての「田村孟」は知っていたし、「青木八束」の小説を、蓮實重彥が文芸時評で高く評価していたのも目にしてはいたのだが。

最初は、すでに世に出ているシナリオライターが、余技で書いた小説だろうくらいに高を括っていたが、全く違うことが読み始めてすぐに分かった。明らかに小説でしか出来ないことをやろうとしている。

鍵括弧を排し会話を地の文に溶け込ませる。たちまち、登場人物たちの声が反響しあう。その声も、方言あり、手記あり、女性語ありありと、過剰なまでに多声的だ。とりわけ、人称と視点の書き分けは、きわめて意識的で実験的である。同じ主人公「津和子」が、「蛇いちごの周囲」では「あなた」、「津和子滝留」では「彼女」、「鳶の別れ」では「津和子」と書き分けられているし、「いま桃源に」では、『心変わり』のビュトールよろしく、「私」を「お前」と書いたりもする。

巻末の年譜を見ると、田村の小説発表は、一九七〇年の『映画批評』誌上の連作「細民小伝」にはじまる。「会計係加代子」や「理容師リエ」らの生き生きとした語りによって、まさに「細民」たちの「小伝」が次々に綴られていく。これがそれぞれに面白く、もしこのスタイルで書いていけたなら、おそらくこの作家はいくらでも書き続けられただろう。

だが、この連作が評判になり、文芸誌からも依頼が来るようになって、改めて小説を方法的に捉え直そうとしたのではないか。このとき田村は、自らを「小説家」として意識した。初の文芸誌掲載作「蛇いちごの周囲」(『文學界』新人賞にして芥川賞候補作)で、初めて「青木八束」という筆名を名乗ったゆえんだろう。

だが、この小説家青木八束誕生は、同年の大島渚や石堂淑朗らと立ち上げた独立プロ「創造社」の解散と引き換えだった。田村は一九五五年に松竹入社、助監督部に入る。同期に石堂や吉田喜重、一期上に大島や山田洋次、二期上には篠田正浩、高橋治らがいた。助監督が多すぎて監督になる見通しも暗いなか、彼らはせめてシナリオを書こうと同人誌『7人』を刊行(一九五六年、2号で廃刊)。このとき田村は、「映画とは関係なしに」「自分の書きたいものを方法的な興奮だけで書いていた」という(田山力哉「田村孟　父親への怨念と山仕事と創造社と」、『日本のシナリオ作家たち　創作の秘密』〈ダヴィッド社、一九七八年〉)。

だが、監督という共同作業は性に合わなかったようだ。監督作品は『悪人志願』のみ。この時も「訴えるべき内容がな」く「その頃から監督なんて一本きりでいいと思ってましたよ」、「映画の実質をつくる考えが、どこまで行ってもなかったもんで、まったく方法なんですね」ともらしている。

すなわち、監督志願者が挫折してシナリオに移ったのではない。もともと告白し訴える「内容」や「実質」の不在を内部に抱え、そのかわり「方法」に興奮を覚えるタイプだったのだ。創造社の解散も、結局は「ぼくもそうだったけど、大島ももう言うことがなかったわけね」というのが本音だったようだ。そこから小説に向かったのも、これまた挫折ではなく必然だった。なぜなら、小説とは「方法としての芸術」（シクロフスキー）にほかならず、そこでは最初から「何を書くか」（内容）ではなく「いかに書くか」（方法）が問題だったからだ。

おそらく本書の中でも今後最も話題になるのは、（反？）天皇小説「世を忍ぶかりの姿」だろう。国体の危機を乗り越えるべく、天皇裕仁の影武者を七人用意し、その都度目くらましのように交代を目論む一団が、しかし彼ら自身コピー的存在たることに直面していく本作は、天皇のオリジナルとコピーの序列を廃棄した三島由紀夫の『文化防衛論』へのレスポンスとしても読み得る。また裕仁その人が登場人物として描かれる以上、渡部直己『不敬文学論序説』にも新たな一章を要請するかもしれない。

大江健三郎『飼育』（大島渚監督）のシナリオで本領発揮し、三島を視野に入れた小説を書いたと思いきや、中上健次「蛇淫」のシナリオであっという間に小説から去っていった田村孟という小説家の七年間はまるで、大江、三島と中上をつなぐ「消えゆく媒介者」のようだ。だが、この問題は、そしてこの作家は、小さな書評でとても手に負えるものではない。

三・一一後に読み直すブロッホ

エルンスト・ブロッホ『希望の原理』（全六巻、山下肇、瀬戸鞏吉、片岡啓治、沼崎雅行、石丸昭二、保坂一夫訳、白水社、二〇一二年〜二〇一三年）

三・一一後に本書を読むとは、いかなる体験であろうか。

ここで、本書の思想（史）的意義や、本書全体の構想について論じることは能力的にもスペース的にもできない。前者は柄谷行人（第一巻）の、後者は保坂一夫（第二巻）の、それぞれ行き届いた解説を読まれたい。ここでは、冒頭の一点に絞って述べよう。

ブロッホの最初の著作『ユートピアの精神』（以下『精神』）と、この『希望の原理』（以下『原理』）とは、内容的、思想的に共通するところが多く、後者の骨組はすでに前者に見られると言われる。だが、ロシア革命直後の一九一八年に刊行された『精神』と、その第一巻がスターリン死去直後の一九五四年に刊行された『原理』では、特に三・一一後においては無視できない差異が存在する。

『精神』では、放射能の発見と原子核破壊という現象が、「サタンのつけいる危険な決壊箇所」として告発されているのに対し、『原理』では基本的に原発が肯定されているのだ。

『精神』が書かれたのは、原爆の実現のはるか以前のことだ。にもかかわらず、放射能の存在と原子核破壊の発見が、地球と人間の存在を脅かすという指摘は、例えばそれらがエントロピーを飛躍的に増大させ、それまでエントロピーを熱として宇宙に放出することで保持されてきた地球の「定常開放性」を不可能にするという、物理学者槌田敦の理論を、認識としてははるかに先取りするものだ（好村冨士彦『ブロッホの生涯　希望のエンサイクロペディア』〈一九八六年〉参照）。

　だが、一方『原理』はどうか。そこでは、社会主義における原子力の平和利用が、「技術のユートピア」としてほとんどバラ色に描かれている。アメリカは、原子力を「原爆に使用する以外には用のない」ものと位置付けていたが、対する「ソヴィエト連邦は最初の原子力発電所を建設した」。すなわち、資本主義的、帝国主義的な「利潤の経済」に代わる、社会主義的な「需要の経済」によって、初めて「発明は真のユートピアを再び我が物とする」のだ、と（第四部「意志と自然、技術のユートピア」）。

　むろん、ブロッホは、原子力産業が「グロテスクな次元をもつ原子の内部を動力と」し、したがって、「在来の技術にたいしこれまでとまったく異なった世界を使用する技術」である危険を十二分に認識していた。彼はそうした意味をも込めて、原子力の技術を「非ユークリッド的技術」と呼んだ。それは「原子力エネルギーを人間的に管理するもはや帝国主義的ではない社会」のみが我が物にできる。そのとき「技術の実践上の勝利」としての「ユートピア」が訪れる――。

　ここには、技術に対する楽天的かつ無防備なまでの信頼がある。プロメテウスは単に火を奪ってきただけでなく「アテネの精妙な知恵」を携えてきたというわけだ。だが、この『精神』から『原理』に至る、反核から原発肯定への一八〇度の転回は、いったい何を意味するのだろうか。

　反ファシズムの人民戦線はいかにあるべきかをめぐって、青春の友ルカーチと袂を分かつこととなった、高名な「表現主義論争」を経て、ブロッホは一九三八年にアメリカへと亡命する（これが親交のあったベンヤミンとの永遠の別れとなった)。当時のアメリカは、アメリカ共産党さえも支持したルーズヴェルトのニューディール政策一色にあり、ブロッホは友人アドルノらとともに、良くも悪しくもニューディールに首まででつかることとなる。『原理』の草稿が、この時期ニューヨークの図書館にこもって執筆されたことも忘れてはならない。

戦後の「原子力の平和利用=原発」とは、いわばアメリカのニューディールと競い合うことを余儀なくされた、ソ連の生産力理論に基づく「平和共存」政策の産物だった。むろん今となっては、平和利用など欺瞞であり、原爆と原発とが別のものではないこと(潜在的核保有)など誰もが知っている。だが当時は、あくまでアメリカ資本主義を凌ぐための原発推進であり、原子力を軍事的にではなく平和的に利用すること、すなわち反核にして原発推進こそが共産主義革命を可能にし、ユートピアをもたらすと信じられていたのだ。『精神』と『原理』とは決して矛盾しない。技術を信頼するブロッホほど、原発が革命にとって「希望」であり「ユートピア」だったことを示している思想家もいないだろう。

ブロッホから反原発の論理は出てこない。だが、それは、ブロッホ個人というより、革命戦略全体の問題というべきだろう。三・一一後にブロッホを読み直すとは、その歴史を問い直すことにほかならない。

人間の「外」へ、言語の「外」へ

マウリツィオ・ラッツァラート『記号と機械　反資本主義新論』（杉村昌昭・松田正貴訳、共和国、二〇一五年）

本書のモチーフは、一九六八年の「敗北」以降、「政治的主導権を回復するにはどうしたらいいか」に尽きている。あくまで資本主義下における労働（者）の視点から論じられるのは、一九七〇年代にアウトノミア運動に身を投じ、現在もアンテルミッタン（非常勤芸能従事者）や不安定生活者（プレカリアート）らの連携組織の活動に関わる著者ならではだろう。

その主張を一言で言えば、人間の「外」へ、言語の「外」へ、ということになろうか。かつてラッツァラートは、『出来事のポリティクス　知－政治と新たな協働』（二〇〇八年）の巻末インタビューで、「私はあらゆる人に、フーコーの最後の二つの講演録（『安全・領土・人口』、『生－政治の誕生』）を読み、考えることを勧めたい」（村澤真保呂・中倉智徳訳）と述べた。言うまでもなく、フーコーは『言葉と物』で、「言語」と「労働」と「生命」が可能にした「人間」という概念の終焉を論じた後、『生政治の誕生』において、今や労働価値説は失効し、労働者は「人的資本」であり「企業」であるとすら見なされる新自由主義へとパラダイムが転換したことを宣告した思想家だった。

ラッツァラートは、人的資本化は、だが「失敗」したと見る。というより、土台それは無理なのだ、と。「資本主義は次第に自由、イノベーション、創造性、知識社会などにもとづいた叙事詩的な英雄物語から離れていった。いまや人々は、金融、企業、福祉国家が社会に「委託する」ものをすべて引き受けなくてはならない」。要は自己責任であり、そのために「非物質的労働者」は、他の労働者や消費者とともに「莫大な量の無給労働を行なっているのである」と。

当初、人的資本は、自由や創造性の「物語」によって労働者の解放を謳った。今や皆、資本家（企業）である！と。だが思うに、「世界に一つだけの花＝創造性」を実現するためには、まずもって「花屋の店先に並ぶ＝商品としての価値を持つ」必要がある。それに、現在の資本主義はそれほど「花＝認知労働者」を必要としない。多くの者は、花屋に並ぶことすら出来ずに放擲されるだけ、というわけだ。しかも、資本はそうした者を放っておいてもくれない。花となれない大多数の者は、ラッツァラートが言うように、永遠に返済し終わることのない債務を、生まれる前から背負わされた「借金人間」（ホモ・デビトル）として捕捉されることになる（『〈借金人間〉製造工場 〝負債〟の政治経済学』〈二〇一二年〉）。何も剰余価値を産み出さないなら、せめて借金を背負うことで資本主義に貢献しろ、というわけだ（以前も論じたが、人的資本化した現在の大学生は、奨学金を通じて「借金人間」として統治されている。かつてのような労働のエートスを喪失している彼らは、代わりに借金を返済するというモチベーションによって就職へと急き立てられている）。

ラッツァラートが、さかんに「社会的服従」と「機械的隷属」の区別を強調するのは、この人的資本のまやかしに対する警告だろう。たとえ、資本家に従属する労働者という「社会的服従」から解放されたかに見えても、われわれは、さらにモルならぬ分子のレベルで、また「シニフィアン」以前の「非（前）シニフィアン」の記号論を通じて、何よりも主体＝個体ではなく「主観性＝動的編成」（ガタリ）として、資本主義なる「機械」への「隷属」を余儀なくされているのだ、と。

こうした新自由主義の統治の「外」へと出るのは容易ではない。本書が見出そうとする「出口」は、フーコーの「パレーシア」のようだ。確かに、共産主義や労働価値説という「真実」も「価値実体」もすでに見失われたなか、著者曰く「「どこにも真実がないとき」われわれはどう生きるべきなのか」を模索したフーコーの晩年は、「別の生」「別の世界」を諦めそうになるわれわれを、もう一度奮い立たせる。

吸引されながら、なお耐えて軋む

新木正人『天使の誘惑』（論創社、二〇一六年）

一九六八年革命の渦中で書かれたこれらの言葉を、まともに論じる能力も資格もない（詳しくは、絓秀実による『遠くまで行くんだ』復刻版の「解説」など参照）。

橋川文三『日本浪漫派批判序説』を筆頭に、六〇年安保の後、桶谷秀昭、磯田光一、村上一郎など、保田與重郎や日本浪漫派を論じるのがブームだった一時期があったと言われる。以前はそれを、単なる「転向」としか思わなかったが、当時の保田の論理と昨今のＩＳのそれとが類似している（まさに「非西洋」が「もの」〈フェティッシュ〉ということだろう）と感じて以来、妙にリアリティを帯びてきた。

本書所収の新木による日本浪漫派にまつわるエッセイは、そのブームの中で、しかしそれらと決定的に距離を置こう、「遠くまで行」こうとする試みである。少し読んでみればすぐにわかるが、なるほど、先に挙げた日本浪漫派論とは文章からしてまったく異質なのだ。

本書で新木は、何度となく「マルキシズム憎悪する献身的なマルキストの快感」と言う。これは、いわば六八年のテーゼだろう。既成左翼や社会主義勢力の担保たるマルクス主義を「憎悪」しつつ退けながら、なお「献身的なマルキスト」たり得るか。そしてこれは、六八年の「成果」たる冷戦崩壊後の現在においても、なお一層われわれを規定している「前提条件」である。

だから、当時の日本浪漫派＝保田ブームは、

「そこには、マルクス主義（反スターリン的なものも含む）の思考に欠落していたものを埋めるというモティーフがあり、主観的にはマルクス主義の放棄ではなかった」（絓秀実『革命的な、あまりに革命的な』）という。すなわち、マルクス主義前衛党が見出すプロレタリアートではなく、それが見逃してきた「生活者」、「大衆」、「民族」、「アジア」、……一言で言えば「故郷」へと向かったのだ。むろん、実体としてではなく「喪失」された「故郷」として。ロマン的イロニーである。

新木が重要なのは、半ばそこに不可避的に吸引されながらも、最後のところで何とかそれらを断ち切ろう、踏みとどまろうとしていることだ。その耐え方が、いわゆる「少女論」なのである。「更級日記の少女」といい、「黛ジュン」といい、「赤い靴」の少女、「上海帰りのリル」、「雪村いづみ」、果ては「中森明菜」、「きゃりーぱみゅぱみゅ」まで、次々と連鎖される（非行）少女たちが、いったい何を意味し、どうして彼女らが選ばれたのかは、ついに分からない。

おそらく、彼女らは、それが「美空ひばり」ではなく、「藤圭子」ではなく、「山口百恵」「ではない」ことにおいて重要なのだ（「明菜が明菜であり、百恵ではない理由はここにある」）。そして、その「ではない」ことを、新木は「軋み」（本書のキーターム）と呼んだのだろう。

輪島裕介が言うように、美空ひばりや藤圭子は、ニューレフト（竹中労－五木寛之）によって「演歌」のスターとして祭り上げられた（『創られた「日本の心」神話 「演歌」をめぐる戦後大衆音楽史』）。既成左翼が「低俗」、「頽廃」として下位に置いてきたレコード歌謡を、それらに対抗する必要上、「土着的」、「民族的」、「民衆的」として肯定的に読み替えていったわけだ（典型的な吉本隆明「転向論」のロジックだ）。これが先の、日本浪漫派＝保田ブームと同じロジックに基づくことは言うまでもない。まさに、「喪失」されている「もの」として創造された「日本の心」である。

新木は、「国民的」な美空ひばりや藤圭子や山口百恵との差異＝軋みにおいて、先の「少女」たちに寄り添ったのではなかったか。『山口百恵は菩薩である』を書いた平岡正明同様、新木にしても、例えば「百恵は私にとって神である。かつて山口百恵という歌手がいた、ということだけを支えに私は生きることができる」と言う。そのとき新木は、「百恵はなによりもアジアの子であり、アジアの最良の魂を具現していた」と、日本浪漫派＝保田ブームの論理にからめとられそうになっていただろう。

だが、ぎりぎりのところで、「百恵の影」である「明菜」を選択するのである。百恵の自意識は「アジア的に円環して」おり「その強さと鋭さが、自分と他者を傷つけることはな」いが、「明菜は違う」からだ。


アジア的円環とは無縁の、自分を傷つけ、他人を傷つけ、もがき苦しみ、のたうちまわったあげくに時間とともに衰えていく、そんな悲しい自意識だ。（「中森明菜」）


美空ひばり、藤圭子、山口百恵の「アジア的円環」に吸引され、からめとられた帰結が、「天使の誘惑」に「身を任せきった」天皇制なのだと、今は論証抜きで断言しておく（最近の宇多田ヒカルの、母・藤圭子への「回帰」もこの文脈で見るべきだろう）。とりわけ三・一一以降、またしても「故郷＝天皇制」への「誘惑」が激しくなるなかで、横になれないほどのひどい不整脈、ユンケルをがぶ飲みしないと立っていられなかった新木が、「少女」をもって必死に耐えようとする姿は、何とも言えず胸を打つとともに、極めてアクチュアルではなかろうか。

もちろん、この程度の読みでは、唖然とするほどひたすら遠くまで行こうとしていた新木には、まだまだ届かないだろう。

混迷の一〇年の世界にクリアな見通しを

絓秀実『タイム・スリップの断崖で』（書肆子午線、二〇一六年）

二〇〇四年春から二〇一五年冬まで文芸誌『en-taxi』にて連載された、批評家絓秀実の時評集である。イラク反戦、ぷちナショ、デリダの死、ホリエモン騒動、中韓反日デモ……。著者は「矢継ぎ早にさまざまな「事件」の情報が流れ込んできて、それらを或る一定のパースペクティヴのもとに収めることができない」と言う。だが、本書はそうした喧騒にまみれながらも、その実すでにこちらの記憶が曖昧な、この混迷の一〇年の世界にクリアな見通しを与えてくれる。いや、短いスパンの記憶喪失はもういい。本書がマルクス『資本論』に即して指摘するように、そもそも資本制社会はその基礎を作った「原始的蓄積」の暴力に対する不断の「記憶喪失」の上にある。資本主義を問い続ける本書は、したがって読む者を不可避的に「タイム・スリップ」と「記憶喪失」へと直面させるのだ。

本書で最も使用される語に「ディレンマ」がある。それは市民主義的なイラク反戦運動のディレンマに始まり、九・一一以降の暴力の、護憲＝九条擁護運動の、ナショナリズムの、日米同盟の、民主主義のディレンマ、というように展開される。

それらのディレンマは、基本的にある共通の出来事に起因する。一九八九／九一年の冷戦体制の崩壊である。例えば著者は、六〇年安保では反安保と言い得たのに、現在は言えないのはなぜかと問う。それはかつて反安保＝反米と言う時に、まがりなりにも「平和」を担保していたソ連や中国が、現在は崩壊、変質してしまっているからだ。今、反安保＝反米を言ったところで、ではどう自衛するのか。そこから集団的自衛権という発想も出てくるが、したがってそれに反対することは、まさか後ろ楯も何もない空間に裸で立つわけにもいかない以上、結局は対米従属＝安保を強化することにしかならない。そのとき沖縄問題は切り捨てられる。こうして「戦争反対」「民主主義を守れ」の声は、（沖縄の）「平和反対」に帰結するほかない。ディレンマである。

だが著者からすれば、この「ディレンマ」は、すでに「六八年」が直面していたものだ。「六八年」とは、先行するロシア革命も中国革命も「ロクでもない」ものだったと退けながら、その「百万回の否定の後に、なおそれを肯定すること」だったからだ。すなわちその時すでに冷戦後の現在は先取りされており、そのことが忘却されていることこそ最大の「記憶喪失」なのである。二〇世紀の革命の成果たる社会主義勢力の崩壊が、そのように六八年革命によってもたらされたものでもある以上、六八年の「ディレンマ」に覆われたのが現在の世界だといえる。著者が六八年を「勝利」と言ってきたゆえんだ。それを忘れることが、冷戦後をリベラルの勝利と錯覚させる。

著者は、この見渡すかぎりのディレンマのなか、「ポスト真実」などと嘯いては相対主義と戯れる「重層的な非決定」（吉本隆明）を退け、あくまで「「最終的な」立場の決断」をしなければならないと主張する。繰り返すが、もはや共産主義もマルクス主義も「「最終的な」立場」となり得ない。だから「断崖」であり「決断」なのだ。ジジェクも言うように、共産主義を「答え」ではなく「問題」をさし示すものとして捉え直さねばならない。著者のいう「ディレンマ」とはこの「問題」のことだろう。

それにしても、とりわけ三・一一以降、一国的な歴史観に基づく「四五年八・一五」を切断線（＝革命？）とする「戦後」によってのみ、言葉や思想が生き延びようとする現状はどうしたことか。それは、危機のなか延命をはかり続ける資本主義（リフレ）、民主主義（共和制抜きの）、天皇制（生前退位）に歩調を合わせ、したがってそれらと同様「決断」を無限に先送りすることで生き延びようとするかのようだ。その「断崖＝決断」なき「戦後」への偽のタイムスリップ＝回帰は、「何も変わらない」というニヒリズムでしかない。本書は、それに対する決断の書である。

批評家としての思考の足跡

柄谷行人『柄谷行人書評集』（読書人、二〇一七年）

批評家柄谷行人の書評や文芸時評、さらには文庫や全集の解説などを広く収めた、新設の「読書人」出版部からの一冊である。第Ⅰ部には、『朝日新聞』書評委員としての仕事が、第Ⅱ部には最初期からの単行本未収録の書評や時評が、第Ⅲ部には全集や文庫の解説がそれぞれ収録されている。著者の批評は可能なかぎり読んできたつもりだったが、はじめて目にするものも少なくない。著者自身も「ほとんど覚えてい」ないような「書き散らした書評」を、恐るべき収集者として知られる山本均氏が集めていたものだという（「あとがき」）。

著者の本に親しんできた読者も瑞々しく読める。また第Ⅱ部→第Ⅲ部→第Ⅰ部の順に読むことで、概ね時系列に沿って、柄谷自身言うように、「確かに現場にいた文芸批評家」としての著者の思考の足跡を確かめることができるだろう。

今回通読してみて改めて感じたのは、批評家として出発した最初期に、著者はある選択をしたのだということだった。それはまず、詩から小説へという近代の歴史過程に即して、詩ではなく小説を擁護することである。著者が批評を開始した一九六〇年代末から七〇年代にかけては、現代詩の季節でもあったはずだ。だが、近代が散文＝小説の時代である以上、必ずや「彼」を相対化してしまう「他者」や「生活」が、彼と世界を緊密につないでいた自然的な〈詩〉的紐帯を破壊させてしまう」ほかはない（「小説家としてのダレル」)。ダレルは「詩的全体性」を装ったが、我々の内部に「他者」が入り込んできて「全体性」を不可能にするのが近代=散文なのだ、と。ここにはすでに、後年著者の思考に前景化する「他者」のテーマの萌芽が見られよう。

確かに、現代詩を論じる著者は想像ができない。例えば、吉本隆明『言語にとって美とはなにか』改訂新版(Ⅱ巻、角川文庫、一九八二年)の文庫解説においても、現代詩、とりわけ「荒地」的な隠喩論と切り離せないこの書物を、著者は詩には目もくれず、マルクス『資本論』とのアナロジーで論じきる。

こうして散文=小説を選択した著者は、なかでも「内向の世代」を支持することになる。本書の第Ⅱ、Ⅲ部は、「杳子」、「妻隠」、『行隠れ』、『水』など多くの作品が論じられる古井由吉を筆頭に、後藤明生、小川国夫、坂上弘、柏原兵三など、「内向の世代」の作家に多くの筆が割かれている。これも、高橋和巳らが読まれていた時期に、あえて古井や後藤に「加担」する選択をしたのである。小田切秀雄が命名した「内向の世代」とは、何より脱政治的で脱イデオロギー的な、知識人批判の文学を意味していたのだから、このとき著者はこの「転向」文学にあえてコミットしたのだ。一九七〇年代初頭には、この「内向の世代」を肯定するか否かをめぐって論争が起こったが、小谷野敦も言うように(『現代文学論争』)、したがってこれは「政治と文学」論争の一つのバリエーションだったと言えよう。「内向」とは「内面」への自閉ではなく、あくまである方法的な懐疑——「内面」とは他者との関係に置かれた構造的な所産ではないか——であって、むしろ彼らの「内面への道」だけが「外界への道」なのだというのが著者のテーゼであった(「内面への道と外界への道」、『畏怖する人間』)。ここでは、「内面」(の豊饒さ)への不信から、「転向」もその「現実」感もすでに喪失されている。本書を読んでつくづく思ったが、著者の他者＝外界への道は、実にここから出発したのだ。

　政治、イデオロギー、神などあらゆる超越性への不信によって、「内面と外界」（＝文学と政治）の双方に「手ざわりのなさ」（「文芸時評2」）しか感じられないからこそ、相対的な他者との非対称的な関係の認識が生まれるということ（後藤明生『パンのみに非ず』解説）。後年、この他者との非対称性から、個体の「単独性」や「固有名」が新たな「外」として著者の手につかまれていくのは知られるとおりだ。

　それはまた、「何の意味がありますか？」（チェーホフ『三人姉妹』）とばかりの「意味という病」からの解放でもあった。著者によって見いだされたこの「外」に解放された読者も多かっただろうし、私自身その一人であったことを否定しない。だが、本紙（『週刊読書人』）「論潮」欄（二〇一四年七月四日号）でも指摘したように、衰退しつつある市民社会や人的資本主義下の現在において、その「外」が外としてうまく作動しなくなっていることもまた否めない（本書第Ⅲ部「時評」の二〇一四年七月に掲載）。

　著者の「単独性」は、「個体的所有」（平田清明）やそれによって本源的な市民社会（アソシエーション）が高次に回復するという市民社会派マルクス主義の理論と同根であり、その思考が、例えば本書第Ⅰ部の、ネグリとハートや、デヴィッド・グレーバー、レベッカ・ソルニット、汪暉、あるいは佐藤優や宮崎学への高い評価と必然的につながっていることについては、率直に疑問がある。それは、中国を「帝国」として肯定しつつ、その一方で台湾のひまわり学生運動に共感を示すという近年の著者の混乱にも言える。

　だが、誰も「外」が見出せない現在、もとより混乱していない者などいない。「いったい自己を賭けることなく、いいかえれば〝心中〟することなしに、「当為」として批評が存在すると思うことが迷蒙である」(「文芸時評3」)。これもまた批評家の選択なのだ。本書は全身でそう語っている。

壮大な「必敗」の記録

松本圭二『チビクロ』（航思社、二〇一八年）

以前、安里미겔《ミゲル》は、松本圭二の『アストロノート』を高く評価する一方で、その末尾の二行「ああ／俺に出来ることは「否定」だけだ」を、「『必敗』的抒情性」、「必敗者の美学」と批判した（長谷川龍生、究極Q太郎との鼎談「現代詩——その過去・現在・未来」、『社会評論』二〇〇六年夏）。これは、究極Q太郎が『アストロノート』の書評（『社会評論』一四五号、二〇〇二年春）で、「六八年」に挫折した七〇年代の詩人たちが「「必敗」という言葉でおためごかしし」、松本をその延長上に位置する存在と論じたことを受けたものだ。

松本圭二は、おそらくこれらの批判を否定しないだろう。松本にとって、「必敗」は現代詩の条件だからだ。松本は、その第一詩集『ロング・リリイフ』から「必敗＝戦意の喪失」の詩人として出発した。稲川方人が「六〇年代の気風を負う」ならば、自分はその後の負け続けている「七〇年代の気風」を負って「ロング・リリイフ」に立つのだ、と（稲川方人・松本圭二・森本孝徳による討議「現代詩の「墓標」——六〇年代詩」、『子午線 原理・形態・批評』VOL.6、二〇一八年）。実際、今回完結したセレクション全九巻を通読して、改めてこれらが壮大な「必敗」の記録であることを痛感した。詩と映画についてのエッセイや批評が収められた、この第九巻『チビクロ』は、創作でないぶん、とりわけ「必敗」がストレートだ。

もはや自らの欲望を離れた書くべき文字が、書かれる直前に音と意味を壊しながら分裂増殖し、まるで言語自身がアナグラムのゲームのなかで崩壊を夢見ているような。〔…〕山本陽子、菅谷規矩雄の晩年、あるいは『ジャスミンおとこ』（みすず書房）のウニカ・チュルン。〔…〕そこではその双方の欲望が共に、対言語の敗戦の傷痕を正確に記録するために消失しているのだ。

（「チビクロ」）

では、この「必敗＝対言語の敗戦」とは何か。山本や菅谷に加え支路遺耕治らの名が散見されるように、六〇年代後半から七〇年代にかけて、現代詩は最もラディカルに日本語破壊を敢行した。それ以上進めば「狂うか、死ぬかする」（「ニッピョンギョと詩のことば」）しかない。そのリミットを見てしまった者が、尻込みしつつも、彼らが身をもって示した「外」にどうしようもなく誘引されていく。「必敗」とは、この現代詩人のジレンマそのものである。松本に許せないのは、そうした「六八年」後の現代詩において、「必敗」の「ロングリリーフ」を宿命としていることを知ろうともしない「ボンクラ詩人ども」が、「判りやすい普通の言葉」で詩は書かれるべきだという勢力」として「ヌケヌケと存在する」ことだろう（「殺気と抒情」、「ミスター・フリーダム」）。「六八年」を嫌う松本はこうした見方を肯わないだろうが、「六八年」後の言語論的転回を、松本ほどまともに受けとめてしまった詩人を他に知らない。本書に「これから」という素晴らしいエッセイがあるが、松本に「これから」はないのだ。

だから、松本の「必敗」は、安里の言うようには、「短歌的抒情」や「日本浪漫派的心情」に直結するものではない。近代詩の端緒たる『新体詩抄』からして、「平常ノ語ヲ用ヒテ詩歌ヲ作ル事」という「判りやすい普通の言葉＝俗語」

で書く「勢力」に牛耳られてきた詩というジャンルに、真摯に向き合おうとするがゆえの「チンピラ」のような純粋な荒ぶりがそこにはある。近代が散文＝小説の時代である以上、詩も散文化を免れない。だが、詩が詩であるためには、散文＝小説を「奴隷の書き物」として退け自らを不断に生成させ続けなければならない。それは、自らも拠って立つ日本語の散文というプラットホームを壊し続ける自爆的な行為だ。本書後半の諸エッセイに読まれる「フィルムアーキヴィスト」という、松本のもう一つの顔ともそれは関わるだろう。フィルムアーカイブとは、進行する散文＝ビデオ化、デジタル化に対して、いかに詩＝フィルムを保存するかという、これまた「必敗」の実践だ。

だが松本は、自らの「必敗」を、例えば岡田隆彦のような「敗北主義」とは考えない。松本はあくまで稲川の「彼方へのサボタージュ」に連なろうとする。「それは言わば勝ち目のないバリストである。そういう意味では敗北主義かも知れぬが、一人バリケードの向こうに居座り続けるという態度によって、あの甘く切ない敗北主義からもサボタージュし続けるのだ」（「稲川方人考」）。松本に必敗的「抒情」が宿るとしたらむしろこの地点だろう。おそらく稲川は、「一人」でバリストしようとは考えていない。そこに、いまだ一人称複数「われわれ」で詩を書こうとする稲川と、それを「うざい」と退ける松本の決定的な差異がある（前掲討議）。そこには、詩を「労働」ではなく「道楽」だと見なす松本の「思想」が関わると思われるが、もはや紙幅は尽きた。

「近代文学の終り」のインパクト

ジョ・ヨンイル『柄谷行人と韓国文学』（高井修訳、インスクリプト、二〇一九年）

本書は、柄谷行人「近代文学の終り」（『早稲田文学』二〇〇四年五月号）が韓国文学界に与えたインパクトやリアクションを論じた一冊である。「近代文学の終り」は、韓国の文芸誌『文学トンネ』（二〇〇四年冬号）に掲載されると大きな反響を呼んだ。「近代文学の終り」の根拠として、ほかならぬ韓国文学が言及されていたからである。

柄谷の「近代文学の終り」は日本でも賛否両論を巻き起こした。だが、ずっと柄谷を読んできた者からすれば特に衝撃はなかった。柄谷が「近代文学の終り」から出発した批評家であることは自明だったからだ。『日本近代文学の起源』は「終り」から系譜学的に見いだされた「起源」であるし、文芸時評集に『反文学論』と銘打つ批評家は、当初からすでにオワコンである近代文学の批判＝吟味を行う存在だった。

本書は、韓国の文芸批評家であるジョ・ヨンイル（曺泳日）の第一評論集である（第三評論集『世界文学の構造　韓国から見た日本近代文学の起源』はすでに日本語訳〈岩波書店、二〇一六年、原著二〇一一年〉がある）。ジョもまた「近代文学の終り」から出発した批評家だということだろう。高井修の「訳者あとがき」によれば、特に「国民作家」の黄皙暎を真っ向から批判した「第五章」は大反響だったようだ。だが、それは四〇万部のベストセラー『パリデギ脱北少女の物語』を批判したからばかりではない。「ここで注目すべきなのは、ジョが、他ならぬ黄晳暎がその形成に関わったとも言える――文学者への創作支援金制度を作ったのは黄晳暎自身である〔…〕――韓国の三位一体の文学システム（国家による創作支援――教授となった作家による大学の文芸創作科での作家養成――一部大手出版社による作家の囲い込みと共有ならびに図書定価制を無視した割引による有名作家の優遇）を理論的に批判するだけでなく、自ら出版界に飛び込んで実践も始めたということだ」。韓国では宝くじの収益の一部が作家の創作支援金にあてられている。ジョにすれば、目前の韓国文学システムが、黄ら権威を保護優遇する「資本－国民－国家」の三位一体システム（柄谷）そのものなのだ。

したがって、「近代文学の終り」や中上健次の遺志を継いで実現した日韓文学シンポジウムでの柄谷の呼びかけは、本書の論じるように、概ね韓国側の反発を受けるか無視された。多くの文学者が、そのシステムにパラサイトしているからだ（日本での反応も似たりよったりだった）。だが、ジョが言うように、「柄谷が同シンポジウムで一貫して行なっていたのは両国の作家の親睦をはかることや出版産業の交流ではなく、近代文学批判とネーション批判であった」。すなわち、柄谷が呼びかけたのは、ネーション＝ステート形成の装置だった「近代文学」を超える超国家的な連帯（ゲーテの「世界文学」にも似た）だった。それは「近代文学」の政治性に自覚的＝批評的な文学者だけが可能にする。「近代文学の終り」とは、「終り」に直面したからこそ可能になる、「近代文学」に無自覚であることの「終り」だったのだ。

だが、韓国での無理解には日本とは決定的に異なった側面があった。本書第四章で論じられる「民族」の問題である。柄谷は、「民族解放」はブルジョア革命をはらんでいるので、韓国では左翼こそ「ネーション」を実現し、「民族」が革命性を帯びていたことは分かるが、今後それが外部に向けられれば帝国主義や排外主義になると警告した。だが、対する白楽晴は、「民族」や「ネーション」を重視し、それがなければ謝罪も不可能だとした加藤典洋『敗戦後論』の方を評価した。

このすれ違いは、だが単に文学システムの問題ではなく、いわば日本資本主義論争の問題だろう。絓秀実『天皇制の隠語《ジャーゴン》』が喝破したように、柄谷の『起源』や「終り」は、労農派＝一段階革命論的な文学の世界同時性の視点から論じられており、まずは（第一段階は）「民族」の重視という講座派＝二段階革命論的な韓国側の視点と、連帯への戦略を共有できなかったのだ。韓国側からすれば、柄谷の「終り」が「民族」、すなわち「天皇制」の問題を都合よく「終」わらせ乗りこえてしまったように見えたのだろう。現在の日韓関係が、この両者の対立の延長上にあることは言うまでもない。

既存の「イメージ」を退ける

綾目広治『小林秀雄　思想史のなかの批評』（アーツアンドクラフツ、二〇二一年）

今なお陸続と出る小林秀雄論の多くが、小林の絶対化と礼讃にある。その中にあって、本書は、小林批評の相対化を試みようとする一冊である。小林の読者や論者は、その断定的な言葉と論理的に曖昧な文章に幻惑され、主観的なイメージを各々作り上げてしまうと著者は言う。「読者は小林秀雄を読んでいるというよりも、自分の中にあるイメージを読んでいる」と。本書は、批評家以前の時代から始まって（一、二章）、「様々なる意匠」（三章）、ドストエフスキー論（六章）、歴史論（七章）などを経て、未完の『感想』（十一章）や晩年の『本居宣長』（十二章）に至るまで主要作品をほぼ網羅し、小林の言葉をできるだけ正確に読んでいこうとする。断固「イメージ」を退けようとする研究者の気概を感じる一冊だ。

おそらく、それは小林との出会いからくるものだろう。高校生のとき、模試に小林が出題され、現代国語に自信のあった著者は、だが惨憺たる結果に終わってしまう。「当時、唯物史観を単純に信奉していた私は、歴史についての小林秀雄の論を、無理やりに唯物史観的に解釈した答案を書いた」のが理由だった（「あとがき」）。この出会い、いや出会い損ねが、いかにイメージに翻弄されずに小林を相対化するか、という著者のスタンスにつながったのではないか。

なかでも「様々なる意匠」の時点で、実は小林はマルクスを読んでいなかったのではないかという主張は、その「相対化」の最たるものだろう（三章）。「意匠」におけるマルクスの引用が、三木清『唯物史観と現代の意義』の孫引きであることを実証的に暴露したのだ。すでに八三年の指摘だったことに驚くが、小林はマルクス主義者よりもマルクス的であったという通説を根底から覆す神話破壊である。続く四章でも、「マルクスの悟達」におけるマルクス唯物論の捉え方や、「私小説論」の講座派マルクス主義の摂取の仕方などが疑問に付され、ついに著者は「小林秀雄は生涯においてマルクスから学ぶところはほとんど無かった」と結論する。結局小林は、一貫して「ノンポリティカル＝非政治的」であり、「政治的な事柄についてほとんど何も解っていないのではなかろうか」と。ほぼ同意だ。が一方で、小林の場合、むしろノンポリだったからこそかえってポリティカルに機能したのではないか。

一例を挙げよう。かつて平野謙は、「私小説論」をはじめマルクス主義に歩み寄りを見せていた時期の小林に文学的人民戦線の可能性を見た。この「平野史観」は、当時から賛否両論を呼んできたが、著者は、非政治的な「小林秀雄にはそのような発想は皆無だった」、それをあえて政治的に捉えた平野の「見果てぬ夢」にすぎないと否定的だ。だが、小林が批評の始祖になり得たのは、平野の「見果てぬ夢＝人民戦線論」に負うところが大きかったように思える。小林の言葉でパラフレーズすれば、マルクス主義という「絶対的」「普遍的」な「思想」から疎外され、「故郷を失った」自由浮動的な「宿命＝単独性」、すなわち広く「転向」者たちの群れが、二重化する「自意識」に苛まれながらも「主体」的に戦線を模索していくほかない――。これがプロレタリア文学の壊滅した「昭和十年前後」（平野）以降を規定する条件であり、ここではたとえノンポリであろうと「転向」者を免れない。その意味で、いまだに我々は人民戦線の「夢」

の中にあり、したがってそれを体現する小林は何度でも呼び出される。だからこそ、本書のような小林の相対化が必要なのだ。

おわりに

私が到着すると、彼女はダンゴ虫のようにダイニングの床にうずくまりながらうめき声をあげていた。部屋に入った瞬間、尿の匂いが鼻に広がったので、寝室からリビングとダイニングを横切って、トイレに行こうと這いつくばって何時間もかけほふく前進してきたとわかった。ベッドから落下して腰を骨折し、激痛に耐えながらここまできたのだ。ふとリビングの方を見ると、指定席であるテレビの前の座椅子で、いつものように彼がテレビを見ている。私は最低限の処理をして、すぐに救急車を呼んだ。救急隊がやって来て、リビングに担架を置き彼女を乗せた。その間、ずっと彼はテレビを見ていた。救急隊がそれを横目に、無言で担架を運び出していく。私は、テレビの前の彼に決して家を出ないよう告げ、救急隊の後に続いた。

その夜うつらうつらしかけた頃、暗闇の中から枕元に彼がゆっくりと現れた。暗くて顔はよく見えない。「おい、あいつはどこへ行った。帰ってこないぞ」。その時私は、昼間どかどかと救急隊が家にやってきて、彼女を担架で運び出していったことを、彼がまったく感知していなかったことを知った。耳が遠くほぼ会話のできない彼に、私はホワイトボードで彼女の入院を伝えた。すると彼は、「世話」をかけた彼女をさんざんディスり始めた。ところどころしか聞き取れない否定の言葉は、二人の出会いの頃まで遡った。初めて聞かされる内容も多かった。しばらくすると、彼は何事もなかったようにベッドに戻っていった。再び暗闇に現れ、「あいつはどこへ行った」からディスりのオンパレードのくだりは、朝まで五回、まるで台本があるかのように同じ言葉同じ順番で繰り返された。一睡もできなかった私は、翌日何かを振り払うように本書の初校正に向かった。だが、あのリビング、ダイニングの光景が頭から離れず、今も離れない。

そこに存在した三人に、もはや私は親子という縦糸も家族という横糸も感じることができない。彼らは三個の石だった。ふと「鉱物中心主義」(花田清輝)という言葉がよぎったが、そんな言葉を繰り出す余裕は私になく、それを鉱物「中心」主義と呼ぶにはあまりにも「中心」が欠けていた。そこには、互いに無関心で、言葉で関係を切り結ぶ能力を欠いた石が三つ転がっていただけだ。前著や本書の「収容所=ラーゲリ」も思い浮かんだが、それもイメージに過ぎないだろう。

何と呼んだらいいのか。「石」と言った瞬間、それは表象に掠め取られてしまう。まだ私にはつかめないが、少なくとも、今の私はここからしか言葉というものを考えることができない。三個の石に規定されて、あらゆる人間が、そしてそれらとの関係がそのようにしか見えない。本書を出す意味があるとしたら、そんな最も身近だったはずの人間が、さまざまな理由で互いに無機質にしか感じられなくなった人々に向けてなのだろうと漠然と思っている。

「ここからしか言葉を考えることができない」という「ここ」とは、あの言葉が死である場所（「仮死」すら今の私には「生」にすぎる）、中途半端に生であるかのような幻想が完全に断ち切られた場所である。いまだに「表象」や「言文一致」と戯れていると批判もされてきたが、それでは「表象だけ残った」「言文一致だけ残った」事態を無批判に受容していくだけだろう。つい「アフターリアリズム」などと口走ってしまったところを見ると、やはりどこかでそんな「アフター」を信じているのかもしれない。

本書の編集は、一人出版社である書肆子午線の春日洋一郎氏に全面的にお願いした。今、このような本を出すことがいかに困難か。前の事務所が地上げにあい、またコロナもあって、この間多大なご負担とご苦労をおかけしたことと思う。一時は「お蔵」も覚悟したが、何とか出版にこぎつけていただいたことに感謝しかない。

装幀は、稲川方人氏にお願いした。本書に収めた稲川の『詩と、人間の同意』の書評で述べたように、現在、稲川ほど人間の同意なしの言葉が横行する世界に怒りと悲しみを抱き、したがって「彼方へのサボタージュ」という断絶の意志を表明する者もいない。『アフター・リアリズム』は、僭越ながら、断絶の意志において「同じ陣営」に立とうとするものである。

その他、私のような者に本を書くことを陰に陽に鼓舞し続けて下さった方々、わずかながら本書を待ってくれていた方々には、これから一人一人謝辞を伝えていければと思う。

初出一覧

I

「復讐の文学　プロレタリア文学者、中村光夫」、『子午線　原理・形態・批評』VOL.4、書肆子午線、二〇一六年
「なし崩しの果て　プチブルインテリゲンチャ、平野謙」、『子午線　原理・形態・批評』VOL.5、書肆子午線、二〇一七年
「江藤淳の共和制プラス・ワン」、『子午線　原理・形態・批評』VOL.6、書肆子午線、二〇一八年
「批評家とは誰か　蓮實重彦と中村光夫」、『論集 蓮實重彦』工藤庸子編、羽鳥書房、二〇一六年
「PC全盛時代の三島由紀夫　その反文学、反革命」、書き下ろし

II

「前線としてのラーゲリ　スパイにされた男、内村剛介」、『述6』、近畿大学国際人文科学研究所編、論創社、二〇一三年
「鮎川信夫のユートピア　ソルジェニーツィン・内村剛介・石原吉郎」、『現代詩手帖』二〇一〇年四月号
「反原発と毛沢東主義」、『述5』、近畿大学国際人文科学研究所編、論創社、二〇一二年
「自然災害の狡知　「災害ユートピア」をめぐって」、『映画芸術』四三六号、二〇一一年七月三〇日
「木登りする安吾　「文学のふるさと」再考」、『ユリイカ』二〇〇八年九月号
「江藤淳と新右翼」、『江藤淳　終わる平成から昭和の保守を問う』中島岳志・平山周吉監修、河出書房新社、二〇一九年
「疎外された天皇　三島由紀夫と新右翼」、『文藝別冊　三島由紀夫1970』河出書房新社、二〇二〇年

「文学の毒——平野謙と瀬戸内晴美」、『ユリイカ』二〇二二年二月号

III

「内戦前夜にある「日本」」、『週刊読書人』二〇一四年一月三日号
「冷戦後を生きはじめた言論空間」、『週刊読書人』二〇一四年一月三一日号
「技術は、人間に総動員を要請する」、『週刊読書人』二〇一四年三月七日号
「すべてが物語となる中で」、『週刊読書人』二〇一四年四月四日号
「リオリエント的歴史観への転回」、『週刊読書人』二〇一四年五月九日号
「「スキゾ」から「アスペ」へ」、『週刊読書人』二〇一四年六月六日号
「日本に近代市民社会は成立しているか」、『週刊読書人』二〇一四年七月四日号
「ピケティ・パニック」、『週刊読書人』二〇一四年八月八日号
「期せずして問題化される「帝国」」、『週刊読書人』二〇一四年九月五日号
「冷戦後の不可避的な移行」、『週刊読書人』二〇一四年一〇月三日号
「ネオリベ化する大学」、『週刊読書人』二〇一四年一一月七日号
「代表制＋資本主義そのものを問う選挙」、『週刊読書人』二〇一四年一二月五日号
「「嘘」に塗れていた2014年の言葉たち」、『週刊読書人』二〇一四年一二月一九日号

IV

「それでも福田和也が現代文学を語る理由」、『文學界』二〇〇三年四月号
「ファシストの孤独」、『波』二〇〇四年六月号

「福田和也から詩を奪回する」、『新潮』二〇〇四年九月号
「鴎外の憂鬱」、『週刊読書人』二〇一〇年八月二七日号
「「妄説」を語るのは誰か?」、『新潮』二〇一〇年一月号
「鈴木貞美に反論する　その1」、ブログ「間奏」二〇一〇年二月一〇日
「鈴木貞美に反論する　その2」、ブログ「間奏」二〇一〇年二月一一日
「前衛の再建」、『映画芸術』四三〇号、二〇一〇年一月三〇日
「〝楕円〟を描く武井の「二重性」」、『思想運動』二〇一一年一二月号
「実存的な「生」への抵抗」、『映画芸術』四三一号、二〇一〇年春号
「文学にならなくて私はなんらかまわない」、『映画芸術』四四四号、二〇一三年七月三〇日
「新たな視点を提示する」、『週刊読書人』二〇一一年七月一五日号
「消えゆく媒介者、田村孟」、『週刊読書人』二〇一二年一二月七日号
「三・一一後に読み直すブロッホ」、『週刊読書人』二〇一三年二月二二日号
「人間の「外」へ、言語の「外」へ」、『週刊読書人』二〇一六年二月二六日号
「新木正人『天使の誘惑』書評」、ブログ「間奏」二〇一七年二月四日
「混迷の十年の世界にクリアな見通しを」、『週刊読書人』二〇一七年二月一〇日号
「批評家としての思考の足跡」、『週刊読書人』二〇一八年二月九日号
「壮大な「必敗」の記録」、『週刊読書人』二〇一八年八月二四日号
「「近代文学の終り」のインパクト」、『週刊読書人』二〇二〇年二月二一日号
「既存の「イメージ」を退ける」、『週刊読書人』二〇二一年四月二三日号

参考文献一覧

Ⅰ　文学・転向・リアリズム

はじめに

モーリス・ブランショ「文学と死への権利」、篠沢秀夫訳、白井健三郎編『現代人の思想2　実存と虚無』、平凡社、一九六七年
中村光夫「言葉と文章」、『中村光夫全集』第八巻、筑摩書房、一九七二年
三島由紀夫「太陽と鉄」、『決定版 三島由紀夫全集』第33巻、新潮社、二〇〇三年
橋川文三『日本浪曼派批判序説』、講談社文芸文庫、一九九八年

第一章　復讐の文学

丸山眞男『日本の思想』、岩波新書、一九六一年
夏目漱石「トライチケ」、「点頭録」、『漱石全集』第十六巻、岩波書店、一九九五年
平野謙「芸術と実生活」、『平野謙全集』第二巻、新潮社、一九七五年
中村光夫「小説の可能性と限界」、『中村光夫全集』第八巻、筑摩書房、一九七二年

二葉亭四迷「予が半生の懺悔」、『二葉亭四迷全集』第四巻、筑摩書房、一九八五年
中村光夫「リアリズムについて」、『中村光夫全集』第七巻、筑摩書房、一九七二年
寺田透「中村光夫論」、『群像』一九五五年一月号
絓秀実・蓮實重彦「中村光夫の「転向」」、『海燕』一九九三年一二月号
中村光夫「プロレタリア文学当面の諸問題」、『中村光夫全集』第七巻、筑摩書房、一九七二年
〃「転向作家論」、同前
〃「私小説について」、同前
平野謙「文学・昭和十年前後」、『平野謙全集』第四巻、新潮社、一九七五年
江藤淳『小林秀雄』、講談社文芸文庫、二〇一九年
小林秀雄「私小説論」、『小林秀雄全集』第三巻、新潮社、二〇〇一年
橋川文三『日本浪漫派批判序説』、講談社文芸文庫、一九九八年
柄谷行人「近代日本の批評　昭和批評の諸問題1925-1935」、『季刊思潮』No.5、一九八九年七月
中村光夫「批評の使命」、『中村光夫全集』第八巻、筑摩書房、一九七二年
〃「ふたたび政治小説を」、同前
〃「言葉と文章」、同前
〃『憂しと見し世　文学回想』、中公文庫、一九八二年
蓮實重彦・中村光夫「破局の時代の豊穣　今日における言葉・文字・西欧」、『饗宴II』、日本文芸社、一九九〇年
立尾真士「「おこりそうなことはすべてリアルなのです」——中村光夫の批評と小説」、『G-W-G（minus)』5号、
二〇二〇年五月
高見順『昭和文学盛衰史』、角川書店、一九六七年

中村光夫「鉄兜」、『中村光夫全集』第十五巻、筑摩書房、一九七二年
〃「日本の近代化と文学」、『中村光夫全集』第八巻、筑摩書房、一九七二年

第二章　なし崩しの果て

平野謙「文藝時評Ⅰ　昭和二十一年一月」、『平野謙全集』第十巻、新潮社、一九七五年
荒正人「第二の青春」、『近代文学』一九四六年二月号
荒正人・小田切秀雄・佐々木基一、埴谷雄高、平野謙、本多秋五「文学者の責務」、『人間』一九四六年四月号
平野謙「文学・昭和十年前後」、『平野謙全集』第四巻、新潮社、一九七五年
〃「恩賜賞受賞のこと」、『群像』一九七七年六月号
杉野要吉『ある批評家の肖像　平野謙の〈戦中・戦後〉』、勉誠出版、二〇〇三年
田村泰次郎「肉体が人間である」、『群像』一九四七年五月号
平野謙「「群像」十五周年によせて」、『戦後文学論争』下巻、番長書房、一九七二年
〃「純文学論争以後」、『平野謙全集』第五巻、新潮社、一九七五年
伊藤整「「純」文学は存在し得るか」、『群像』一九六一年一一月号
大岡昇平「批評家のジレンマ」、『中央公論』一九六一年一一月号
平野謙「中間の締めくくり」、「文学・昭和十年前後」第十六回、『平野謙全集』第四巻、新潮社、一九七五年
菊池寛「文芸作品の内容的価値」、『新潮』一九二二年七月号
広津和郎「散文芸術の位置」、『新潮』一九二四年九月号
ジェルジ・ルカーチ『小説の理論』、原田義人・佐々木基一訳、ちくま学芸文庫、一九九四年

有島武郎「宣言一つ」、『有島武郎全集』第九巻、筑摩書房、一九八一年
平野謙「「政治の優位性」とはなにか」、『平野謙全集』第一巻、新潮社、一九七五年
広津和郎「有島武郎氏の窮屈な考へ方」、『現代日本文学論争史』上巻、未來社、一九五六年
有島武郎「広津氏に答ふ」、『有島武郎全集』第九巻、筑摩書房、一九八一年
平野謙「昭和文学の可能性」、『平野謙全集』第三巻、新潮社、一九七五年
〃「プティ・ブルジョア・インテリゲンツィアの道」、『平野謙全集』第一巻、新潮社、一九七五年
〃「純文学更生のために」、『平野謙全集』第五巻、新潮社、一九七五年
〃「再説・純文学変質」、同前
高見順「純文学攻撃への抗議」、『群像』一九六二年一月号
横光利一「純粋小説論」、『定本横光利一全集』第十三巻、河出書房新社、一九八二年
中村光夫「ケンカではなく議論を——平野謙氏への手紙——」、『東京新聞』一九六二年一月二五日～二八日、後に
「文学の回復——平野謙への手紙」と改題され『中村光夫全集』第九巻（筑摩書房、一九七二年）に収録
二葉亭四迷「小説総論」、『二葉亭四迷全集』第四巻、筑摩書房、一九八五年
平野謙「わがアクチュアリティ説」、『東京新聞』一九六二年六月二三日～二六日夕刊
〃「小説の社会性」、『群像』一九六二年一一月号
絓秀実「探偵=国家のイデオロギー装置」、『ユリイカ』一九九九年一二月号
小林秀雄「「紋章」と「風雨強かるべし」とを読む」、『小林秀雄全集』第三巻、新潮社、二〇〇一年
中沢忠之「純文学再設定　純文学と大衆文学」、『文学』二〇一六年五月号～六月号
さやわか『文学の読み方』、星海社新書、二〇一六年
絓秀実『小ブル急進主義批評宣言——90年代・文学・解読』、四谷ラウンド、一九九九年

ミシェル・フーコー『外の思考――ブランショ・バタイユ・クロソウスキー』、豊崎光一訳、エピステーメー叢書、一九七八年
平野謙「さまざまな青春」、『平野謙全集』第六巻、新潮社、一九七四年
沖公祐「マルクス主義における再生産論的転回」、市田良彦・王寺賢太編『現代思想と政治　資本主義・精神分析・哲学』、平凡社、二〇一六年

第三章　江藤淳の共和制プラス・ワン

山田宗睦『危険な思想家　戦後民主主義を否定する人びと』、光文社カッパ・ブックス、一九六五年
江藤淳「安保闘争と知識人」、『朝日新聞』一九六五年九月七日
〃『閉された言語空間　占領軍の検閲と戦後日本』、文春文庫、一九九四年
丸山眞男「超国家主義の論理と心理」、『増補版 現代政治の思想と行動』、未來社、一九六四年
〃「増補版への後記」、同前
ペーター・スローターダイク『シニカル理性批判（MINERVA 哲学叢書1）』、高田珠樹訳、ミネルヴァ書房、一九九六年
吉本隆明・江藤淳「現代文学の倫理」、『海』一九八二年四月号
福田和也「解説」、江藤淳『一九四六年憲法――その拘束』、文春文庫、一九九五年
江藤淳「「ごっこ」の世界が終ったとき」、同前
〃「〝戦後〟知識人の破産」、同前
〃「あとがき」、同前

丸山眞男「復初の説」、『丸山眞男集』第八巻、岩波書店、二〇〇三年
佐藤卓己「丸山眞男「八・一五革命」説再考」、『丸山眞男没後10年、民主主義の〈神話〉を超えて』、河出書房新社、二〇〇六年
米谷匡史「丸山真男と戦後日本――戦後民主主義の〈始まり〉をめぐって」、『情況　第二期』一九九七年一・二月合併号
スラヴォイ・ジジェク『イデオロギーの崇高な対象』、鈴木晶訳、河出書房新社、二〇〇〇年
佐伯隆幸・絓秀実・鵜飼哲・米谷匡史「特集討議「1968」という切断と連続」、『悍』創刊号、白順社、二〇〇八年一〇月
江藤淳「戦後と私」、『群像』一九六六年一〇月号
〃「ハガチー氏を迎えた羽田デモ――目的意識を失った集団――」、『朝日ジャーナル』一九六〇年六月一九日号
絓秀実・木藤亮太『アナキスト民俗学　尊王の官僚・柳田国男』、筑摩選書、二〇一七年
ジクムント・フロイト『精神分析入門』上巻、高橋義孝・下坂幸三訳、新潮文庫、一九七七年
江藤淳『忘れたことと忘れさせられたこと』、文藝春秋、一九七九年
〃『新版　日米戦争は終わっていない――宿命の対決　その現在、過去、未来』、文春ネスコ、一九八七年
〃「憲法と禁圧」、『一九四六年憲法――その拘束』、文春文庫、一九九五年
〃「遺された欺瞞」、『天皇とその時代』、ＰＨＰ研究所、一九八九年
篠田英朗『ほんとうの憲法――戦後日本憲法学批判』、ちくま新書、二〇一七年
江藤淳「国、亡し給うことなかれ」、『天皇とその時代』、ＰＨＰ研究所、一九八九年
江藤淳・大原康男「昭和史を貫くお心」、同前
福沢諭吉〔立案〕・中上川彦次郎〔筆記〕「帝室論」、『福沢諭吉全集』第五巻、岩波書店、一九五九年

江藤淳「転換期の指導者像」、『考えるよろこび』、講談社、一九七〇年
江藤淳・井尻千男「昭和天皇とその時代」、『天皇とその時代』、ＰＨＰ研究所、一九八九年
大塚英志「江藤淳と少女フェミニズム的戦後」、『文學界』一九九八年四月号
江藤淳「〝フォニイ〟考」、『リアリズムの源流』、河出書房新社、一九八九年
江藤淳・平野謙・中村光夫・秋山駿「文学・73年を顧みる」、『東京新聞』一九七三年一二月一八日・一九日夕刊
小谷野敦『現代文学論争』、筑摩選書、二〇一〇年
江藤淳「青春の荒廃について」、『群像』一九六二年四月号
〃「スリラー時代」、『東京新聞』一九五九年七月一四日〜一六日
江藤淳・中上健次対談「今、言葉は生きているか」、柄谷行人・絓秀実編『中上健次発言集成3』、第三文明社、一九九六年
中上健次「三島由紀夫をめぐって」、高澤秀次編・解説『現代小説の方法』、作品社、二〇〇七年
江藤淳「近代散文の形成と挫折——明治初期の散文作品について——」、『文学』一九五八年七月号
ジャック・ラカン「無意識における文字の審級、あるいはフロイト以後の理性」、『エクリⅡ』、佐々木孝次・三好暁光・早水洋太郎訳、弘文堂、一九七七年
二葉亭四迷「小説総論」、『二葉亭四迷全集』第四巻、筑摩書房、一九八五年

第四章　批評家とは誰か

蓮實重彥・吉本隆明「批評にとって作品とは何か」、『海』一九八〇年七月号
絓秀実『吉本隆明の時代』、作品社、二〇〇八年

吉本隆明「転向論」、『吉本隆明全集』第五巻、晶文社、二〇一四年
平野謙「文学・昭和十年前後」、『平野謙全集』第四巻、新潮社、一九七五年
長濱一眞『近代のはずみ、ひずみ　深田康算と中井正一』、航思社、二〇二〇年
蓮實重彥・上野昂志・絓秀実「「一九六八年」とは何だった／何であるのか？――一九六八年の脅迫」、絓秀実『知の攻略　思想読本11　1968』、作品社、二〇〇五年
蓮實重彥・高橋源一郎「作家と批評」、『魂の唯物論的な擁護のために』、日本文芸社、一九九四年
蓮實重彥・金井美恵子「蓮實重彥論のために」、同前
蓮實重彥『凡庸さについてお話させていただきます』、中央公論社、一九八六年
〃『凡庸な芸術家の肖像　マクシム・デュ・カン論』、青土社、一九八八年
絓秀実「ハムレット／ドン・キホーテ／レーニン　近代初頭における詩・小説・演劇」、『劇場文化』二〇〇八年一一月号
絓秀実・蓮實重彦「中村光夫の「転向」」、『海燕』一九九三年一二月号
蓮實重彥「「栄光の絶頂」という修辞が誇張ではない批評家が存在していた時代について」、『随想』、新潮社、二〇一〇年
中村光夫「ふたたび政治小説を」、『中村光夫全集』第八巻、筑摩書房、一九七二年
蓮實重彥『批評あるいは仮死の祭典』、せりか書房、一九七四年
江藤淳・蓮實重彥『オールド・ファッション　普通の会話』、中央公論社、一九八五年
渡邊守章・山口昌男・蓮實重彥『エナジー対話20　フランス』エッソ・スタンダード石油広報部、一九八二年七月
蓮實重彥・絓秀実「なにものによっても「代表」されないし、またなにものをも「代表」しない」、『海燕』一九九三年八月号

蓮實重彥・金井美恵子「反動装置としての文学」、『魂の唯物論的な擁護のために』、日本文芸社、一九九四年
中村光夫・三島由紀夫『対談　人間と文学』、講談社文芸文庫、二〇〇三年
蓮實重彥『伯爵夫人』、『新潮』二〇一六年四月号

第五章　ＰＣ全盛時代の三島由紀夫

三島由紀夫「反革命宣言」、『決定版　三島由紀夫全集』第35巻、新潮社、二〇〇三年
三島由紀夫・古林尚「三島由紀夫　最後の言葉」、『決定版　三島由紀夫全集』第40巻、新潮社、二〇〇四年
スラヴォイ・ジジェク『絶望する勇気　グローバル資本主義・原理主義・ポピュリズム』、中山徹・鈴木英明訳、青土社、二〇一八年
三島由紀夫「自由と権力の状況」、『決定版　三島由紀夫全集』第35巻、新潮社、二〇〇三年
〃「反革命宣言補註」、同前
ジャック・ラカン「カントとサド」、『エクリⅢ』、佐々木孝次訳、弘文堂、一九八一年
イマヌエル・カント『実践理性批判　倫理の形而上学の基礎づけ』、熊野純彦訳、作品社、二〇一三年
澁澤龍彥「サド侯爵──その生涯の最後の恋」、『悪魔のいる文学史　神秘家と狂詩人』、中公文庫、一九八二年
三島由紀夫「跋（『サド侯爵夫人』）」、『決定版　三島由紀夫全集』第33巻、新潮社、二〇〇三年
〃「『サド侯爵夫人』について」、同前
〃「サド侯爵夫人」、『決定版　三島由紀夫全集』第24巻、新潮社、二〇〇二年
澁澤龍彥『マルキ・ド・サド選集　別巻　サド侯爵の生涯』、桃源社、一九六四年
三島由紀夫・古林尚「三島由紀夫　最後の言葉」、『決定版　三島由紀夫全集』第40巻、新潮社、二〇〇四年

内村剛介『内村剛介ロングインタビュー　生き急ぎ、感じせく──私の二十世紀』、陶山幾朗編、恵雅堂出版、二〇〇八年
三島由紀夫「文化防衛論」、『決定版 三島由紀夫全集』第35巻、新潮社、二〇〇三年
〃「太陽と鉄」、『決定版 三島由紀夫全集』第33巻、新潮社、二〇〇三年
「二千語宣言」、竹田裕子訳、みすず書房編集部編『戦車と自由　チェコスロバキア事件資料集Ⅰ』、みすず書房、一九六八年

II　ラーゲリ・ユートピア・保守革命

第一章　前線としてのラーゲリ

鮎川信夫・吉本隆明『対談　文学の戦後』、講談社、一九七九年
内村剛介「モスクワ街頭の思想　3　〝異端と正系〟の蜜月」、『日本読書新聞』一九六三年一月一日号
内村剛介・松田道雄「私のロシア」、『文藝』一九七〇年七月号
内村剛介『生き急ぐ　スターリン獄の日本人』、三省堂、一九六七年
〃『内村剛介ロングインタビュー　生き急ぎ、感じせく──私の二十世紀』、陶山幾朗編、恵雅堂出版、二〇〇八年
梶浦智吉『スターリンとの日々──「犯罪社会主義」葬送譜──』、武蔵野書房、一九九三年
白井久也『検証　シベリア抑留』、平凡社新書、二〇一〇年
内村剛介『わが身を吹き抜けたロシア革命』、陶山幾朗編、五月書房、二〇〇〇年

原暉之『シベリア出兵　革命と干渉　1917–1922』、筑摩書房、一九八九年
内村剛介・石堂清倫・工藤幸雄・澤地久枝座談会「日本人にとって満州とは何か」、『文藝春秋』一九八三年九月号
小林英夫『「日本株式会社」を創った男――宮崎正義の生涯――』、小学館、一九九五年
中村光夫『二葉亭四迷伝』、講談社、一九五八年
二葉亭四迷「予が半生の懺悔」、『二葉亭四迷全集』第四巻、筑摩書房、一九八五年
増山太助『戦後期 左翼人士群像』、柘植書房新社、二〇〇〇年
内村剛介『失語と断念――石原吉郎論』、思潮社、一九七九年
梅森直之編著『ベネディクト・アンダーソン　グローバリゼーションを語る』、光文社新書、二〇〇七年
ベネディクト・アンダーソン『想像の共同体　ナショナリズムの起源と流行』、白石隆・白石さや訳、リブロポート、一九八七年
内村剛介『流亡と自存』、北洋社、一九七二年

第二章　鮎川信夫のユートピア

岸田将幸『〈孤絶-角〉』、思潮社、二〇〇九年
鮎川信夫「椅子」、『鮎川信夫全集Ⅰ』、思潮社、一九八九年
〃「囲繞地」、同前
〃「雨をまつ椅子」、同前
〃「橋上の人」、同前
菅谷規矩雄「世界への、さいごの合図――現代史としての鮎川信夫」、『現代詩手帖』一九八八年一〇月号

鮎川信夫「私のユートピア」、『現代詩文庫154　続続・鮎川信夫詩集』、思潮社、一九九八年
内村剛介『内村剛介ロングインタビュー　生き急ぎ、感じせく――私の二十世紀』、陶山幾朗編、恵雅堂出版、二〇〇八年
鮎川信夫・吉本隆明『対談　文学の戦後』、講談社、一九七九年
鮎川信夫・内村剛介対談「現状況における知性の役割」、『現代の眼』一九六七年一〇月号
鮎川信夫「「Solzhenitsyn」」、『鮎川信夫全集Ｉ』、思潮社、一九八九年
〃「地平線が消えた」、同前、初出は『早稲田文学』一九七三年九月号
〃「世界は誰のものか」、『鮎川信夫全集Ｉ』、思潮社、一九八九年
〃「愛なき者の走法」、同前
〃「Who I Am」、同前
〃「死んだ男」、同前
鮎川信夫・石原吉郎対談「生の体験と詩の体験と」、『現代詩手帖』一九七三年一月号
鮎川信夫「詩がきみを」、『鮎川信夫全集Ｉ』、思潮社、一九八九年
石原吉郎「詩が」、『新選現代詩文庫115　石原吉郎』、思潮社、一九七九年
〃「内村剛介の石原吉郎論」、『現代詩手帖』一九八〇年三月号
鮎川信夫・吉本隆明対談「石原吉郎の死」、『磁場』一九七八年春季号
石原吉郎「ある〈共生〉の経験から」、『石原吉郎全集Ⅱ』花神社、一九八〇年
〃「一九五九年から一九六一年までのノート」、『現代詩文庫26　石原吉郎』、思潮社、一九六九年

第三章　反原発と毛沢東主義

野坂昭如・田原総一朗「想像力としての原発」、反原発事典編集委員会編『反原発事典Ⅰ』、現代書館、一九七八年
吉本隆明、武井昭夫『文学者の戦争責任』、淡路書房、一九五六年
武井昭夫「この国の「戦後責任」とは——文学者の戦争責任論を振り返って」、『わたしの戦後——運動から未来を見る　武井昭夫対話集』、スペース伽耶、二〇〇四年
〃「運動内部者の微視的感想」、『新日本文学』一九五七年二月号
〃「これからの反戦平和運動の在り方を探る」、『思想運動』二〇〇三年二月一日号
外山恒一『青いムーブメント　まったく新しい80年代史』、彩流社、二〇〇八年
吉本隆明『「反核」異論』、深夜叢書社、一九八三年
高澤秀次「吉本隆明と「文学者の原発責任」　八〇年代から3・11以降へ」、『atプラス09』、二〇一一年八月
津村喬・西尾漠「原子力推進と情報ファシズム」、『技術と人間』一九七六年一一月号
吉川勇一「原水爆禁止運動からべ平連へ」、高草木光一編『連続講義　一九六〇年代　未来へつづく思想』、岩波書店、二〇一一年
野坂参三「ソ連の核実験再開と日本人民　野坂議長と一問一答」、『アカハタ』一九六一年九月九日付号外
新島淳良『現代中国の革命認識——中ソ論争への接近』、御茶の水書房、一九六四年
スラヴォイ・ジジェク『ロベスピエール／毛沢東　革命とテロル』長原豊・松本潤一郎訳、河出文庫、二〇〇八年
高木仁三郎『市民科学者として生きる』、岩波新書、一九九九年
山口幸夫「三里塚と脱原発運動」、高草木光一編『連続講義 一九六〇年代 未来へつづく思想』、岩波書店、二〇一一年
武藤一羊・松岡信夫「人民が立ちあがることの意味」、反原発事典編集委員会編『反原発事典Ⅱ』、現代書館、一九

七九年
前田俊彦・橋爪健郎・高木仁三郎・津村喬「運動に新しい風を　風車・反原発・三里塚」、同前

第四章　自然災害の狡知

レベッカ・ソルニット『災害ユートピア　なぜそのとき特別な共同体が立ち上がるのか』、高月園子訳、亜紀書房、二〇一〇年
スラヴォイ・ジジェク『人権と国家　世界の本質をめぐる考察』、岡崎玲子訳・インタビュー、集英社新書、二〇〇六年
高祖岩三郎『新しいアナキズムの系譜学』、河出書房新社、二〇〇九年
Solnit, Rebecca『Wanderlust: A History of Walking』Verso Books, 2001（邦訳『ウォークス　歩くことの精神史』、東辻賢治郎訳、左右社、二〇一七年）
ミシェル・フーコー「地理学に関するミシェル・フーコーへの質問」、國分功一郎訳、『ミシェル・フーコー思考集成VI　1976–1977』、筑摩書房、二〇〇〇年
柄谷行人『世界史の構造』、岩波書店、二〇一〇年
ミシェル・フーコー『ミシェル・フーコー講義集成〈8〉　生政治の誕生（コレージュ・ド・フランス講義 1978–1979年度）』、慎改康之訳、筑摩書房、二〇〇八年
生松敬三『社会思想の歴史　ヘーゲル・マルクス・ウェーバー』、日本放送出版協会、一九六九年

第五章　木登りする安吾

坂口安吾「暗い青春」、『坂口安吾全集05』、筑摩書房、一九九八年
柄谷行人「現実について――「日本文化私観」論」、『文藝』一九七五年五月号
坂口安吾「女占師の前にて」、『坂口安吾全集02』、筑摩書房、一九九九年
筒井清忠『日本型「教養」の運命　歴史社会学的考察』、岩波書店、一九九五年
竹内洋『教養主義の没落　変わりゆくエリート学生文化』、中公新書、二〇〇三年
坂口安吾「堕落論」、『坂口安吾全集04』、筑摩書房、一九九八年
〃「不良少年とキリスト」、『坂口安吾全集06』、筑摩書房、一九九八年
スラヴォイ・ジジェク『ラカンはこう読め！』、鈴木晶訳、紀伊國屋書店、二〇〇八年
亀山郁夫・佐藤優『ロシア　闇と魂の国家』、文春新書、二〇〇八年

第六章　江藤淳と新右翼

フォルカー・ヴァイス『ドイツの新右翼』、長谷川晴生訳、新泉社、二〇一九年
千坂恭二「蓮田善明・三島由紀夫と現在の系譜　戦後日本と保守革命」、『思想としてのファシズム「大東亜戦争」と1968』、彩流社、二〇一五年
マルティン・ハイデガー『「ヒューマニズム」について』、渡邊二郎訳、ちくま学芸文庫、一九九七年
江藤淳・井尻千男対談「昭和天皇とその時代」、『天皇とその時代』、PHP研究所、一九八九年
大塚英志『サブカルチャー文学論』、朝日新聞出版、二〇〇四年

〃『江藤淳と少女フェミニズム的戦後』、筑摩書房、二〇〇一年
江藤淳『昭和の文人』、新潮社、一九八九年
江藤淳・大原康男対談「昭和史を貫くお心」、同前
三島由紀夫「英霊の聲」、『決定版 三島由紀夫全集』第20巻、新潮社、二〇〇二年
〃「果たし得てゐない約束――私の中の二十五年」、『決定版 三島由紀夫全集』第36巻、新潮社、二〇〇三年
江藤淳「ヒットラーのうしろ姿」、『江藤淳コレクション〈3〉文学論I』、ちくま学芸文庫、二〇〇一年

第七章　疎外された天皇

堀幸雄『増補　戦後の右翼勢力』、勁草書房、一九九三年
梶尾文武『否定の文体　三島由紀夫と昭和批評』、鼎書房、二〇一五年
安田浩一『「右翼」の戦後史』、講談社現代新書、二〇一八年
フォルカー・ヴァイス『ドイツの新右翼』、長谷川晴生訳、新泉社、二〇一九年
三島由紀夫・福田恆存「文武両道と死の哲学」、『論争ジャーナル』一九六七年一一月号
三島由紀夫「反革命宣言補注」、『決定版 三島由紀夫全集』第35巻、新潮社、二〇〇三年
〃「自由と権力の状況」、同前
〃「「わが友ヒットラー」覚書」、同前
三島由紀夫・古林尚「三島由紀夫　最後の言葉」、『決定版 三島由紀夫全集』第40巻、新潮社、二〇〇四年
林房雄・三島由紀夫『対話・日本人論』、番長書房、一九六六年
柄谷行人「新しい哲学」、『柄谷行人初期論文集』、批評空間、二〇〇二年に掲載

三島由紀夫・林房雄対談「現代における右翼と左翼　リモコン左翼に誠なし」、『流動』一九六九年一二月号
絓秀実「戦後－天皇制－民主主義をめぐる闘争――八・一五革命 一九六八年革命」、『増補 革命的な、あまりに革命的な「1968年の革命」論』、ちくま学芸文庫、二〇一八年

第八章　文学の毒

瀬戸内寂聴インタビュー「もう、書けなくてもいい　文学と人生を振り返って」聞き手＝秋山駿、KAWADE夢ムック『文藝別冊 瀬戸内寂聴　文学まんだら、晴海から寂聴まで』、河出書房新社、二〇一二年
平野謙「文藝時評Ⅰ　昭和三十二年十月」、『平野謙全集』第一〇巻、新潮社、一九七五年
吉岡栄一『文芸時評　現状と本当は恐いその歴史』、彩流社、二〇〇七年
絓秀実『文芸時評というモード　最後の／最初の闘い』、集英社、一九九三年
平野謙『文藝時評（下）』、河出書房新社、一九六九年
〃「昭和文学史」、『平野謙全集』第三巻、新潮社、一九七五年
伊藤整「組織と人間」、『改造』一九五三年一二月号
平野謙「戦後文学の一結論」、『平野謙全集』第一巻、新潮社、一九七五年
〃「文学理念の喪失」、同前
〃「文学・昭和十年前後」、『平野謙全集』第四巻、新潮社、一九七五年
〃「作家論Ⅲ　瀬戸内晴美」、『平野謙全集』第九巻、新潮社、一九七五年
〃「秩序と生命」、『平野謙全集』第一巻、新潮社、一九五七年
瀬戸内晴美「花芯」、『瀬戸内寂聴全集』第一巻、新潮社、二〇〇一年

瀬戸内寂聴「自分への問い」、『文学者』一九七〇年七月号
〃「烈しい生と美しい死を」、『新潮』一九六八年一月号

中島一夫　なかじま・かずお

1968年生まれ。文芸評論家。
2000年に「媒介と責任――石原吉郎のコミュニズム」で新潮新人文学賞受賞。
2014年の一年間『週刊読書人』にて論壇時評を執筆。
著書に『収容所文学論』（論創社、2008年）。

アフター・リアリズム　全体主義《ぜんたいしゅぎ》・転向《てんこう》・反革命《はんかくめい》

二〇二五年一月三一日第一刷発行

著　者　中島一夫

発行人　春日洋一郎
発行所　書肆 子午線
〒一六九‐〇〇五一
東京都新宿区西早稲田一‐六‐三筑波ビル四E
電話 〇三‐六六二七三‐一九四一
FAX 〇三‐六六八四‐四〇四〇
メール info@shoshi-shigosen.co.jp

印刷・製本　モリモト印刷

ISBN978-4-908568-47-3　C 0095